FOLIO SCIENCE-FICTION

# Henri Courtade

# Loup, y es-tu ?

Gallimard

Une première édition de ce roman
a paru en 2010 aux Éditions Mille Saisons.

Né en 1968, Henri Courtade est biologiste. Passionné de littérature, il écrit dans des genres aussi variés que le roman historique, le thriller ou le fantastique. *Loup, y es-tu ?* est son premier roman. Son deuxième, *Lady R.*, a été finaliste du prix littéraire du voyage extraordinaire du magazine *GEO*.

*À Vincent*

# Avant-propos

En 1945, lors de l'occupation de l'Allemagne nazie vaincue, les Alliés interdirent la publication des contes de Grimm, comme celle d'ailleurs de centaines d'autres ouvrages de la littérature allemande, détournés par la propagande nationale-socialiste du Troisième Reich.

Linguistes talentueux et érudits, Jacob et Wilhelm Grimm ont passé leur vie à récolter et compiler les textes les plus précieux du folklore germanique. En 1837, ils s'opposèrent vivement aux dérives totalitaires du pouvoir en place et furent révoqués de l'université de Göttingen, puis bannis. Aussi auraient-ils été profondément blessés d'apprendre que, cent ans plus tard, leurs contes étaient utilisés par les nazis au profit de leur idéologie.

En mettant à l'index ces fables pour enfants, les Alliés souhaitaient avant tout épargner aux jeunes esprits allemands des récits associés à une propagande antisémite. L'interdiction fut temporaire et de courte durée, car il paraît évident que ces légendes millénaires, ancrées dans la tradition populaire, ne peuvent être anéanties par la censure ou la barbarie du XXe siècle…

On peut tout fuir, sauf sa conscience.

La feuille était posée sur le siège en cuir de la limousine blindée. La femme s'en saisit et la contempla quelques instants, relisant pour la centième fois les quatre noms inscrits dessus. Sa décision était prise : elle devait agir sans attendre.

« *Gouverner, c'est prévoir* », avait dit un journaliste français du siècle dernier. Bientôt deux siècles, puisqu'en cette nuit de la Saint-Sylvestre 2000, le monde allait basculer vers le troisième millénaire. La femme était prévoyante, son empire s'étendait à présent sur toute la planète. Elle avait prévu la chute du mur de Berlin, la montée en puissance de la Chine et, sous peu, l'émergence d'une menace terroriste sans précédent qui bouleverserait la géopolitique mondiale. Cette guerre d'un nouveau genre ne l'inquiétait pas, au contraire. Le chaos engendré était la source de son pouvoir. Il en avait toujours été ainsi depuis la nuit des temps.

*Gouverner, c'est prévoir.* Et prévoir, c'était éliminer tout obstacle. Il en restait quatre, inscrits sur la feuille qu'elle tenait entre ses mains. Le premier des noms manuscrits ne tarderait pas à être localisé. Pour trouver les trois autres, elle serait patiente, elle qui était sur cette terre depuis plusieurs millénaires.

La limousine remontait Broadway en direction de Times Square. Là-bas, un million de New-Yorkais devaient s'être amassés pour fêter la nouvelle année, attendant avec impatience que la traditionnelle boule de cristal commence la descente de son mât à 23 h 59. La femme regarda sa montre.

23 h 58. Il lui fallait à présent décider comment éliminer les créatures de sa liste. Elle relut : *Cendrillon, la Belle au bois dormant*... des noms enfantins, dont la simple évocation la fit frémir, car ces jeunes femmes étaient aussi les grains de sable en mesure de gripper les rouages de son plan maléfique. Times Square approchait et, déjà, la circulation se faisait plus dense. Des milliers de badauds se dirigeaient vers le lieu mythique, criant, sautant, buvant, ou simplement joyeux d'entrer dans ce nouveau millénaire.

23 h 59. Elle les regarda à peine, réfléchissant au moyen de tuer. Pour la *Belle au bois dormant*, elle savait comment procéder. Elle hésitait encore au sujet de *Cendrillon*. Elle avait plusieurs possibilités, mais elle était minutieuse, agissant toujours avec rigueur et exactitude. Elle devrait donc choisir la méthode la plus adéquate ; n'avait-elle pas failli avec la troisième de la liste, il y a longtemps de cela ? Cette fois-ci, le hasard n'aurait pas sa place.

23 heures 59 minutes et 48 secondes. Là-bas, à Times Square, la boule de cristal étincelante devait s'approcher du sol, pendant que les New-Yorkais entonnaient le compte à rebours :… 12, 11, 10, 9…

*Qu'ils y lisent un brillant avenir !* ne put-elle s'empêcher de penser, elle qui savait pertinemment quels funestes augures cette nouvelle année laisserait présager. Elle releva la tête et, à travers les vitres fumées, vit passer un nain devant la voiture. Puis un groupe de jeunes gens éméchés vint taper sur la carrosserie, des cannettes de bière à la main.

00 h 00. Les douze coups de minuit avaient dû retentir. *Les douze coups de minuit.* La femme regarda le premier nom de la liste en esquissant un sourire lugubre. Elle avait tranché sur la manière d'éliminer *Cendrillon.* La *Belle au bois dormant,* elle s'en occuperait plus tard. Elle savait aussi comment tuer la troisième et, cette fois-ci, n'y apporterait aucune variante. Quant à la quatrième, elle ne s'en chargerait pas elle-même. Non, pour celle-là, elle avait un autre plan.

*Gouverner, c'est prévoir.* Ensuite, le monde entier serait à elle. Sans partage. Totalement.

# 1

## *Tout commença…*

… Lorsqu'une belle jeune femme blonde aux yeux bleus décida de devenir mannequin. La nature l'avait dotée de formes parfaites, d'un visage aux traits agréables et de pieds admirablement proportionnés. Ironie du sort, peu de personnes pouvaient admirer sa plastique, car Cindy Vairshoe vivait dans une petite ville perdue au nord de l'Alaska.

En ce début du mois de mai 2001, la neige n'en finissait pas de tomber et l'été n'était encore qu'une lointaine promesse. Allongée sur son lit, elle rêvait d'arpenter un jour les podiums de Paris, Milan ou New York comme ses « grandes sœurs », Claudia Schiffer et Cindy Crawford. En ce moment même, songeait-elle en observant les flocons qui virevoltaient derrière les carreaux, celles-ci devaient poser en bikini sur une plage des tropiques ou sur un yacht au large de Saint-Tropez.

Toutefois, Cindy n'en gardait pas moins les pieds sur terre : pas question pour elle de se montrer en compagnie d'un vulgaire illusionniste ou d'une star d'Hollywood aux cheveux poivre et sel. Elle se voyait plutôt épouser un prince de sang, comme ceux qui défrayaient les premières pages des magazines people.

— Arrête de rêver, ma pauvre fille ! lui lança Jackie, sa coiffeuse, pendant que Cindy contemplait le reportage photographique sur papier glacé d'une de ces soirées mondaines.

Jackie était une blonde peroxydée qui avait dû être belle à l'âge où les formes naissantes des jeunes femmes font tourner la tête aux adolescents prépubères. Ses parents l'avaient prénommée ainsi en hommage, bien entendu, à Jacqueline Kennedy, alors première dame des États-Unis. Le temps avait rapidement fait des ravages sur son corps. Trois enfants, autant de maris qui étaient tous partis un beau matin et un régime alimentaire composé exclusivement de hamburgers arrosés de sodas avaient fait le reste. À trente-neuf ans, Jackie dépassait déjà le quintal et volait vers de nouveaux records.

— Pourquoi ? Je n'ai pas le droit de rêver ? Je ne suis pas plus moche que ces filles, je pourrais être à leur place.

— C'est ça, marmonna l'autre en maniant son peigne et ses ciseaux avec dextérité. Et moi, à cette heure, je devrais être médecin !

Cindy referma le magazine.

— Je te sens aigrie, dit-elle en la dévisageant au travers du miroir.

Jackie lui rendit son regard, accompagné d'une moue agacée.

— Pas du tout, rétorqua-t-elle gauchement. Mais ce que j'en dis, c'est que si tu veux devenir mannequin, t'as plutôt intérêt à te bouger les fesses. Parce que, vois-tu, la beauté, ça ne dure pas longtemps et, au final, tu te retrouves avec un polichinelle dans le tiroir sans avoir connu le prince charmant !

S'apercevant à cet instant que la cliente assise dans le fauteuil d'à côté, une rousse de seize ans à peine, était enceinte jusqu'aux yeux, elle marqua une pause.

— Tu sais comme moi que ces choses-là, ajouta-t-elle un ton plus bas en lorgnant vers le ventre de la rouquine, une fois qu'elles sont entrées, il faut bien qu'elles ressortent !

Elle appuya sa remarque imagée d'un hochement de tête entendu.

Jackie parlait effectivement en connaisseuse : elle avait mis au monde son premier enfant à l'âge de quinze ans, tuant dans l'œuf une hypothétique carrière de professeur de médecine à Harvard. Enfin, c'est ce qu'elle prétendait à qui voulait l'entendre.

— Que me conseilles-tu ?

Jackie arrêta de mâchonner le chewing-gum qui ne la quittait pas et considéra sa cliente d'un air bovin.

— Comme disait ma mère, déclara-t-elle avec le plus grand sérieux, évite de mettre le loup dans la brebis !

Cindy l'observa avec étonnement.

— *Le loup dans la bergerie*, tu veux dire ?

— Oui, bon, enfin, c'est la même chose ! Ce que je veux dire par là, c'est qu'il ne faut pas qu'un joli cœur te harponne, sinon c'en sera fini de toi. Quitte ce bled paumé et tente ta chance à New York. Hier à la télé, j'ai vu que la chaîne *Sydow Network* organisait un concours pour devenir mannequin professionnel. Fonce, ma grande ! Inscris-toi, avant que la peau d'orange ne frappe à la porte de tes fesses !

En sortant du salon de coiffure, Cindy avança prudemment, veillant à ne pas glisser sur le trottoir verglacé qui longeait l'unique rue de la ville. De la neige sale à moitié fondue encombrait la chaussée. Une voiture passa à vive allure, qui l'éclaboussa de pied en cap. Elle pesta contre le chauffard, puis s'assura dans le reflet de la vitrine que son brushing n'avait pas été souillé. De l'autre côté, Jackie faisait une permanente à la rousse. En observant le ventre rebondi de la gamine, elle se dit qu'il serait peut-être bon de suivre ses conseils.

Le soir même, elle envoya son « book ». Ô surprise, elle fut retenue quelques jours plus tard, avec douze autres candidates des quatre coins des États-Unis.

L'émission de téléréalité filmait les apprenties mannequins durant leur formation et le téléspectateur assistait à la vie de top-modèle en temps réel. Des professeurs enseignaient aux jeunes femmes comment défiler sur un podium ou se maintenir avec élégance sur des talons aiguilles. Cette formation durait un mois, pendant lequel le spectateur-voyeur éliminait une à une les candidates qui ne se montraient pas à la hauteur.

Cindy avait un don inné pour ce métier. En outre, son charme et ses origines exotiques faisaient merveille devant les caméras. Elle devint rapidement la star de l'émission et, un mois plus tard, grimpa sur la plus haute marche du podium, remportant ainsi le premier concours de mannequins organisé par la chaîne. Le prix consistait en un contrat professionnel en bonne et due forme. Sa première séance photo aurait lieu la semaine suivante, sur la terrasse d'une des tours jumelles du World Trade Center de New York.

Les prises de vue devaient débuter un mardi matin à six heures. Une longue limousine vint la prendre devant son hôtel pour la conduire jusqu'au pied de la tour Nord, alors que l'aube tardait encore. Le photographe arriva peu après. Il commença à monter son matériel sur des trépieds pendant qu'une maquilleuse préparait Cindy. Les vêtements qu'elle avait revêtus étaient plutôt légers et elle frissonna. À cette heure matinale, il ne faisait pas bien chaud sur cette terrasse battue par les vents. Elle portait aux pieds de minuscules sandalettes de grande marque que le photographe n'avait de cesse d'observer.

— Vous avez des pieds magnifiques. Vous permettez que je prenne quelques clichés ?

— Bien entendu.

— Vous devriez poser pour des marques de chaussures, dit-il, tout en mitraillant les petons de son modèle. Si vous voulez, je vous mettrai en contact avec des publicitaires.

— C'est très gentil à vous, fit-elle, adoptant une pose affriolante en guise de remerciement.

La séance proprement dite débuta ensuite par une série de photos dynamiques. Le soleil se levait sur New York et la journée s'annonçait splendide. Le ciel était d'un bleu pur sans nuages. En bas des tours, la ville s'éveillait à la vie trépidante. Cindy se prêta à tous les caprices du photographe de bon cœur. Ravi, l'homme gâchait pellicule sur pellicule pour immortaliser à jamais le corps de rêve qui s'offrait à lui.

À huit heures trente, sa montre sonna. Il expliqua que c'était terminé. Il remercia son modèle et commença à ranger ses appareils dans leurs étuis. La séance, disait-il, avait été fructueuse. Il lui promit qu'elle serait la première d'une longue série.

— S'il vous plaît, supplia-t-elle, pourquoi ne ferions-nous pas d'autres clichés ? Il y a ici des robes que je n'ai même pas essayées. Je suis sûre qu'elles m'iraient à merveille.

Le photographe arrêta de démonter les trépieds et la fixa.

— J'ai rendez-vous à dix heures dans Central Park, expliqua-t-il. Si vous tardez, votre voiture sera repartie et vous en serez quitte pour rentrer en taxi.

Elle insista, prenant son air le plus enjôleur.

— S'il vous plaît, minauda-t-elle, juste une dernière série.

L'homme maugréa et finit par se plier à ses caprices.

— D'accord, seulement quelques clichés avec la robe *Gucci* et les sandalettes *Prada*. Venez par ici, près de la balustrade ; la luminosité est exceptionnelle. J'en profiterai pour prendre l'Empire State Building en arrière-plan.

Cindy s'illumina.

— Merci, fit-elle en sautillant sur place, vous n'aurez pas à le regretter.

Comment refuser cet extra à une si charmante ingénue ? pensa le photographe en rechargeant son appareil. Il mitrailla donc la belle sous toutes les coutures. À parler franc, il se focalisa plus particulièrement sur ses pieds et son visage. Cette femme avait vraiment quelque chose de plus que les autres, songeait-il en l'observant à travers son objectif. Ce petit supplément d'âme qui faisait la différence entre un simple modèle et une grande star.

C'est à cet instant que le visage de Cindy se figea, comme paralysé par une vision effroyable. Ses sourcils si délicats se froncèrent, son nez se plissa et ses yeux azur s'agrandirent soudain, prenant une expression à mi-chemin entre l'étonnement et la peur panique. Elle tendit le doigt en direction de l'objectif, désignant en tremblant de tout son être quelque chose derrière le photographe.

— L'avion ! s'écria-t-elle, la bouche tordue en un rictus d'effroi, il fonce droit sur nous !

Il était huit heures quarante-six et un Boeing venait de percuter la tour Nord du World Trade Center.

## 2

## *11 Septembre 2001*

Ce jour-là à la même heure, mais à des milliers de kilomètres de là, le gratin de la pègre mondiale se réunissait dans un hôtel du centre de Prague. Une estrade avait été installée dans la salle de conférences pendant qu'un vidéoprojecteur retransmettait en direct sur écran géant le dramatique événement qui se déroulait à New York. Des avions venaient en effet de percuter les tours jumelles du World Trade Center, ce qui suscitait une émotion considérable parmi l'assistance prenant place dans la pièce.

Responsables des triades chinoises et des mafias colombiennes s'asseyaient dans les fauteuils et côtoyaient de ce fait parrains siciliens et mafieux russes. Si la réunion avait eu lieu ne serait-ce qu'un jour plus tôt, tout ce joli monde aurait passé son temps à s'observer et se jauger. Aujourd'hui, tous avaient les yeux rivés sur les images projetées en boucle. Certains téléphonaient, d'autres se réunissaient par petits groupes pour commenter les tragiques événements. Inlassablement, les tours fumaient puis chutaient l'une après l'autre dans un épais nuage de poussière, donnant l'impression que ce drame n'aurait pas de fin, une vision d'apocalypse aux dimensions d'éternité.

Les deux organisateurs avaient pris place sur l'estrade. La femme, une grande brune trentenaire aux traits parfaits, s'entretenait avec son voisin, qui avait masqué son corps et son visage derrière une étole bleutée, à la manière des Touaregs. Il se pencha vers elle tout en continuant de fixer la salle à présent comble.

— Il semblerait que tu aies parfaitement choisi la date pour capter l'attention de ton public, glissa-t-il à son oreille. Comment savais-tu que les terroristes allaient agir aujourd'hui ?

— L'information était sur le bureau de toutes les agences gouvernementales, dit-elle en gardant la tête droite. Ils n'y ont pas cru, moi si.

— Tu connais la nature humaine.

Elle ne put réprimer un sourire narquois.

— Je me trompe rarement à son sujet, en effet.

— Avoue que leur audace t'a prise de court.

— Je l'avoue, dit-elle avec une pointe d'excitation dans la voix. Moi-même, je n'aurais pas osé le faire.

— Jalouse ?

— Un peu.

— L'être humain ne serait donc pas aussi prévisible que tu le penses ?

— Il l'est. Seul un petit nombre échappe à mon contrôle. Ceux-là sont dangereux, très dangereux.

— Rassure-toi. Il n'y en a aucun dans cette salle.

— N'en sois pas si sûr. Aujourd'hui en tout cas, ils sont trop choqués pour oser me défier.

— Et ta Cendrillon, crois-tu qu'elle ait été prise au piège ?

La femme considéra les écrans avec désinvolture. Un nuage de poussière masquait les ruines.

— Le chauffeur m'a appelée, elle n'a pas regagné la limousine (son regard s'éleva), elle était donc encore là-haut quand les avions ont percuté les tours.

Son voisin resta pensif.

— Tu vas faire pareil avec les trois autres ?

— Évidemment !

— Il va falloir d'abord mettre la main dessus…

— Je les trouverai.

— J'espère que j'en goûterai une.

— La tienne…

Il la considéra d'un air gourmand.

— Je me ferai une grande joie de t'en débarrasser.

La femme se tourna vers lui, un masque impassible sur son visage sans défaut.

— Je savais que ça te ferait plaisir.

— Rien que d'y penser, j'en ai l'eau à la bouche.

— Prends le temps de la savourer. Lorsqu'elles auront disparu toutes les quatre, tu risques de trouver les autres humains bien fades.

— C'est certain. Mais alors, le monde nous appartiendra totalement…

Les lèvres de la femme frémirent imperceptiblement.

— Il nous appartient déjà, dit-elle en englobant du regard la foule assemblée. Simplement, ils ne le sauront jamais.

Son voisin se tourna vers l'écran géant. Pour la énième fois, les tours s'effondrèrent devant un public toujours fasciné par ce spectacle incroyable.

— Je crois qu'il est l'heure de faire ton speech, dit-il, ton auditoire est mûr pour l'entendre.

La femme se leva et le silence se fit. Tous ici la

connaissaient et personne n'avait osé décliner son invitation. Son discours fut bref et s'acheva en ces termes :

— … Chers amis, une page de notre histoire vient de se tourner avec la chute des tours jumelles. Les gouvernements vont prendre des mesures exceptionnelles pour traquer toute forme de terrorisme. J'y vois là une chance et non pas une malédiction, comme certains d'entre vous pourraient le croire. J'y vois même une opportunité unique de saisir enfin les rênes de cette planète.

Elle se rassit au côté de l'individu masqué, savourant les applaudissements nourris et les vivats de son auditoire. Son voisin ne prit même pas la peine de frapper dans ses mains.

— Ça me rappelle les grands discours d'Hitler à Nuremberg, lança-t-il. C'était bien toi qui l'avais sorti de prison et mis sur le trône, si je me souviens bien ?

— Peuh ! fit-elle. Cet imbécile a voulu croire en son étoile, lâcher la main de son Pygmalion et faire quelques pas tout seul. Pour quel résultat, finalement ?

— Pour se vautrer lamentablement, ma chère.

— Regarde-les m'acclamer. Tu verras, d'ici peu l'un d'eux me demandera ce qu'il doit faire.

Les yeux de l'individu masqué émirent un reflet doré.

— Et tu leur répondras sans te faire prier…

— Rabâcher sans cesse les mêmes choses, recommencer éternellement la même histoire en des lieux et des époques différentes.

— Tu es éternelle, vénéneuse beauté. N'est-ce pas pour cela qu'ils t'adulent ?

Un bras se leva parmi l'assistance.

— Madame Von Sydow, demanda poliment un Coréen, que proposez-vous concrètement ?

La femme se rapprocha du micro. Elle nota au passage que son interlocuteur n'avait de cesse de jeter de brefs regards inquiets vers les écrans géants.

— Communiquer, intoxiquer et manipuler, expliqua-t-elle. Nous sommes à l'heure de l'information mondialisée et de la rumeur permanente. À nous de répandre la bonne nouvelle, le conte de fées que le public veut entendre. Car si la plèbe lynche les porteurs de mauvaises nouvelles, elle adule celui qui lui susurre des berceuses.

L'auditoire resta interloqué, manifestement déçu par la banalité de ses propos.

— C'est tout ? s'enquit un Colombien au visage basané.

— C'est tout, confirma-t-elle. Regardez ces attentats à New York : les pays occidentaux voudront se venger, trouver des coupables réels ou imaginaires pour les actions terroristes qui ont eu lieu ; à nous de leur fournir ces responsables. Ils ne veulent plus voir leurs enfants mourir à la guerre : qu'à cela ne tienne, nous fournirons également les hommes qui seront leur bras vengeur.

Marilyn Von Sydow fixa le Colombien, s'adressant à lui personnellement :

— Victorio Sanchez, les soldats de ton cartel deviendront des mercenaires, au service des gouvernements qui partiront en croisade contre le terrorisme. Les dirigeants préserveront leurs opinions du spectacle tragique du retour des cercueils au pays. En contrepartie, le marché de l'opium et du chanvre te sera offert sur un plateau sans que personne ne vienne te demander des comptes. Davantage d'argent, davantage de pouvoir et une impunité totale.

Le Colombien reporta son regard vers les images, les considérant à présent d'un œil nouveau.

— Si je marche avec toi, qu'aurai-je à y gagner? fanfaronna un Russe, un de ceux qui paradaient sur la Côte d'Azur en compagnie de splendides créatures à chaque bras.

— Fédor Voïvodine, toi aussi, tu auras ta place dans ce monde qui est en train de naître. Car, comme la guerre, le sexe se fera également par procuration. Tes plus belles prostituées ne perdront plus leur temps à arpenter les trottoirs. Elles tourneront dans des films pornographiques que tu vendras à des sites Internet et à des chaînes satellites. Les rues de Moscou, de Prague et de Kiev regorgent de lolitas qui rêvent d'être Cendrillon et d'avoir leur quart d'heure de gloire. Sache en tirer parti.

— Ça ne remplacera jamais le plaisir procuré par le corps d'une vraie femme !

— Tout à fait, ce sera simplement un produit d'appel qui préparera tes futurs clients à consommer. Investis dans l'hôtellerie de luxe à Madagascar, en Thaïlande, ou à Budapest et fournis ensuite des prestations clés en main.

— Et ceux qui ne peuvent pas aller là-bas, les hommes mariés avec femme et enfants, notre fonds de commerce ?

— Crée des tournées européennes de tes plus belles filles dans toutes les capitales, mais aussi dans les villes de province.

— Avec un calendrier prévisionnel de passage dans les hôtels, des préréservations sur Internet…

31

— Exactement. Une discrétion et un service que le client sera prêt à payer le prix fort.

Le Russe hocha la tête. À présent, un large sourire flottait sur ses lèvres.

— Très bien, reprit le Coréen, quoi d'autre ?

Marilyn Von Sydow le fixa quelques instants, puis embrassa la salle du regard.

— Suscitons la peur et l'insécurité. Montons en épingle des faits divers dans les banlieues, les villes et les campagnes. Les peuples trembleront, voudront élire à leur tête des hommes forts pour les guider et les rassurer. Ce genre de politiciens pullule dans les ministères. Ils rêvent de diriger le monde, ne les privons pas d'un tel plaisir.

L'auditoire semblait à présent comprendre où elle voulait en venir.

— Tout être humain souhaite le meilleur pour lui-même et pour ses enfants, enchaîna-t-elle. Faisons croire à chacun sur cette planète que la croissance est infinie, ce qui au demeurant est aussi stupide que de penser qu'une allumette peut brûler éternellement. Il faudra étouffer toute forme de solidarité collective, puis exalter le désir en chaque individu d'avoir une maison, une voiture comme son voisin. Investissez dans les matières premières, le pétrole, prêtez-leur de l'argent et, lorsqu'ils ne pourront plus rembourser leurs dettes, saisissez-vous de leurs biens et revendez-les !

— Ça ne marchera pas ! s'insurgea le Coréen. Des personnes vont se lever, des autorités religieuses, morales ou politiques qui dénonceront la manipulation…

— Qu'à cela ne tienne, il y aura également des médias pour les discréditer.

Marilyn Von Sydow fit une pause pour observer la salle. Au début de la réunion, la chute des tours avait suscité une stupeur indicible chez les participants. L'angoisse du lendemain, disparue depuis la fin du communisme, venait de faire un retour fracassant sur le devant de la scène mondiale. Puis ces images dramatiques reproduites à l'infini sur les écrans avaient généré une excitation palpable, confinant peu à peu à une addiction quasi jubilatoire : assister en direct à l'effondrement du colosse aux pieds d'argile. Bien entendu, aucun des invités présents dans cette salle n'avouerait publiquement se réjouir de sa chute. Cependant, Marilyn pouvait lire dans tous les regards cette joie si particulière du gamin prenant des raclées dans les cours de récréation, découvrant avec plaisir que la petite frappe qui le harcèle à longueur d'année vient elle aussi de trouver son maître.

Toutefois, si ce géant était parfois arrogant, il n'en demeurait pas moins un être rassurant, protecteur et reconnu. L'aveu flagrant de sa vulnérabilité, brutalement mise à nu aux yeux du monde, laissait également augurer d'un avenir instable. Marilyn pouvait le deviner sans peine dans leurs esprits. À elle maintenant d'en tirer profit. N'était-elle pas devenue leur nouveau guide en ces temps incertains, un phare inébranlable au beau milieu de ce déferlement de violence totalement inédit ?

— Gardez votre main dans la mienne, vous en serez récompensés, conclut-elle. Lâchez-la, vous mourrez des mains du bourreau, vous et votre organisation. Le temps où l'on pouvait bricoler dans son coin est terminé. Je serai votre architecte, vous serez les éléments de ma construction, une tour grandiose qui va s'élever sur les décombres fumants de l'ancien système aujourd'hui obsolète. À vous de choisir si vous voulez faire partie de l'édifice… ou des gravats.

Comme pour appuyer ses dires, la seconde tour s'effondra une fois encore. Elle ressentit au plus profond d'elle-même la vibration de la salle tout entière, en résonance totale avec l'événement. Le public se souviendrait longtemps de ce 11 septembre 2001, pensat-elle, davantage qu'elle ne l'aurait cru lorsqu'elle avait fixé la date de son assemblée. Aujourd'hui, elle n'avait pas produit son meilleur discours, loin de là. En ce jour unique en son genre, les images seules étaient éloquentes. Les mots importaient peu. Son public n'était-il pas conquis, hypnotisé, rêvant à des fontaines intarissables de lait et de miel ?

L'individu masqué ne prit pas part au débat. Il était resté sagement assis, le corps et le visage enveloppés dans sa tenue de Touareg. En vérité, il faisait fi de toutes ces théories trop élaborées pour son entendement : à sa voisine de les échafauder et de les mettre en œuvre. L'apologie d'un égoïsme absolu dans un monde inégalitaire, tout comme le déchaînement de haine des terroristes islamistes envers cette même société le laissaient de marbre — il lui en fallait davantage pour l'ébranler. Lui songeait à cet instant aux trois jeunes Tchèques qu'il avait laissées, lascives, dans le lit de sa chambre d'hôtel. À présent, il avait hâte de les rejoindre. Ses désirs et ses envies étaient simples, encore plus élémentaires que ceux du Colombien. Il n'avait pas besoin de montrer ses crocs pour se faire respecter, sa seule présence dans la salle suffisait à faire frémir les invités.

Chaque triade et chaque mafia le connaissaient sous un nom différent. Toutefois, le *Loup du Caucase* était le surnom qu'il préférait. C'était celui que Joseph Staline lui avait attribué lorsqu'il l'avait nommé héros de l'Union soviétique pour sa lutte contre l'envahisseur nazi. Les autres adjectifs l'affublaient de vices fort peu flatteurs, même si tous évoquaient sa sauvagerie et son manque d'humanité, attributs qu'il s'accordait volontiers.

Car le Loup avait une très haute opinion de sa personne. Toutefois, sa principale qualité résidait dans le fait qu'il n'ignorait rien de ses mauvais penchants. Ils étaient ancrés en lui comme les impuretés à l'intérieur des émeraudes. Et, comme pour les précieuses pierres vertes, ces imperfections faisaient sa gloire et sa renommée.

## 3

## Bête de somme

Dix ans plus tard, Isabelle de Boisjoly expliquait à son époux qu'elle partait travailler comme infirmière bénévole à Médecins sans frontières. Ce matin-là, le couple connut sa première et dernière crise conjugale.

C'était le mois de janvier 2011 et Pierre d'Armancour de Boisjoly était le P.-D.G. d'une chaîne internationale de relais et châteaux. Leur appartement de trois cents mètres carrés à Neuilly eut droit à des cris et des grincements de dents, fait rarissime pour ce couple bourgeois modèle. Isabelle argua du fait qu'elle voulait prendre sa vie en main en consacrant du temps à autrui. Une mission humanitaire partait dans le sud du Soudan, ravagé par la guerre civile. Elle s'était engagée à travailler dans un dispensaire de l'O.N.G. pour quelques mois.

Finalement, Pierre d'Armancour de Boisjoly céda à son épouse, car il l'aimait plus que tout et avait toujours souhaité son bonheur. En outre, les journaux vantèrent les mérites de cette femme multimillionnaire qui laissait son confort pour aller aider des enfants en Afrique. Le chiffre d'affaires de la chaîne d'hôtels augmenta d'ailleurs proportionnellement à la médiatisation de l'événement, heureuse conséquence d'un acte au demeurant généreux, altruiste et désintéressé.

La mission humanitaire consistait à soigner des réfugiés déplacés par la guerre, atteints de malnutrition, de paludisme et autres maladies parasitaires. Le sida et les hépatites virales complétaient ce tableau dramatique. Le jour de son arrivée au camp, le médecin responsable de l'antenne médicale accueillit Isabelle sous la tente qui tenait lieu d'hôpital de campagne.

— Mesdames et messieurs, déclara-t-il, enthousiaste, à son entourage constitué de médecins et d'infirmiers locaux, je vous présente Isabelle, qui vient de Paris pour une mission bénévole dans notre camp. Isabelle, soyez la bienvenue ici.

— Merci, docteur, répondit-elle, flattée.

Le médecin se départit de son air bonhomme.

— Avant toute chose, il faut que je vous mette en garde. Ici, beaucoup de malades sont atteints d'hépatites virales et du sida. Aussi, il vous faudra être extrêmement attentive à respecter les consignes d'hygiène et de sécurité.

— Compris, docteur.

— Par exemple, fit le médecin en saisissant une seringue, ne re-capuchonnez jamais une aiguille souillée, vous risqueriez de vous piquer avec.

Il reposa la seringue sur un plateau en inox et, glissant ses mains dans les poches de sa blouse blanche, lui demanda d'un air docte :

— Vos vaccinations sont-elles à jour ?

— Absolument. Je pense également à prendre mes médicaments contre le paludisme !

La région était infestée d'insectes et autres bestioles qui trouvent leur bonheur à pondre dans l'eau traînant au fond d'une boîte de conserve, ou dans les chairs corrompues. Cependant, ce ne fut pas le moustique vecteur du paludisme qui entra dans la tente à cet instant, mais une petite mouche répondant au doux nom de *Glossine*.

L'insecte en question qui voleta à l'insu de tous jusqu'au cou d'Isabelle était plus connu sous le pseudonyme de mouche tsé-tsé. À la vérité, cette bestiole n'avait rien à faire là, car elle aurait normalement dû être absente de cette région d'Afrique. Mais un avion-cargo en provenance d'un pays voisin était arrivé le matin même au camp de réfugiés. Affrété par la chaîne de télévision américaine *Sydow Network*, il transportait dans sa soute des tonnes de riz, ainsi que ce ridicule moucheron qui vit l'opportunité de fonder, loin de ses bases, une nouvelle colonie.

— Très bien, continua le médecin. Nous allons vérifier tout de suite la qualité de votre formation. Vous allez pratiquer une prise de sang sur ce patient.

Un homme d'une trentaine d'années gémissait, étendu sur un lit de camp. Son teint était gris et il frissonnait malgré la chaleur qui avoisinait les quarante degrés sous la toile de tente. Isabelle prit le matériel nécessaire, posa un garrot et introduisit l'aiguille dans une veine au pli du coude du patient. Au même moment, l'insecte planta sa trompe dans la chair de l'infirmière qui, concentrée sur son geste, ne remarqua rien. Elle avait empli trois tubes de sang, qu'elle tendit au médecin avant de retirer le garrot, puis l'aiguille du bras du malade.

— Et voilà ! s'exclama-t-elle fièrement.

— Bravo ! dit le médecin qui avait observé attentivement ses gestes, vous vous débrouillez très bien.

Elle eut un sourire triomphant.

— Ma première prise de sang sur le sol africain !

Au même instant, non loin de là, quelqu'un d'autre avait effectué également son premier prélèvement dans le camp.

Une fois repu, le moucheron se remit à voler et sortit de la tente. Une mouche normale aurait considéré qu'il était l'heure de pondre ses larves dans une jolie plaie béante. Or, ces insectes sont cabots, et la *Glossine* en question décida au contraire de retourner à table. Les œufs qu'elle portait dans son abdomen avaient besoin de davantage de sang pour grossir et multiplier l'espèce. Et son instinct animal — ou son orgueil, si tant est que ces bestioles possèdent de l'amour-propre — lui dit qu'une lampée supplémentaire ne serait pas de refus. Cela donnerait plus de vigueur à ses futurs enfants, qui seraient les plus beaux jamais pondus de toute la longue histoire des mouches tsé-tsé.

L'insecte observa en voletant son nouveau territoire. Les victimes potentielles s'offraient par milliers, juste à portée d'ailes. Il hésita longuement — le sang devait être frais, riche en nutriments, non contaminé par d'autres parasites pour donner la meilleure chance à ses petits de réussir dans la vie… — et cette indécision lui fut fatale. Une hirondelle qui passait par là le goba goulûment.

D'aucuns prétendent qu'un battement d'ailes de papillon peut provoquer un ouragan à l'autre bout de la planète ou qu'une hirondelle ne fait pas le printemps. En tout état de cause, veau, vache, cochon, couvée de la mouche tsé-tsé finirent lamentablement dans le ventre de l'oiseau, qui n'eut même pas conscience d'avoir sauvé, ce jour-là, des milliers de vies humaines.

Toutefois, lors de son repas sur le cou d'Isabelle, la mouche injecta dans le corps de sa victime un petit parasite répondant au nom savant de *Trypanosome*. Il se multiplia dans le sang de l'infirmière et migra jour après jour vers son cerveau.

Deux mois plus tard, alors qu'elle était au chevet de l'un de ses malades, le médecin entra dans la tente et se dirigea vers elle en s'exclamant :

— Isabelle, j'aurais besoin de vous pour…

Il s'interrompit et l'observa gravement.

— Que vous arrive-t-il ? Vous êtes livide !

— Ce n'est rien, soupira-t-elle, ce doit être la fatigue et la chaleur.

De grosses gouttes de sueur perlaient de son front sur son visage terreux.

— Vous travaillez trop, Isabelle, il faut vous reposer.

Elle s'épongea du revers de sa manche. Ses traits étaient marqués et des cernes violacés apparaissaient nettement sous ses yeux brillants.

— Vous avez raison, docteur, lâcha-t-elle, l'air las. Je vais aller faire une sieste.

— Je vous ai vue souvent somnoler, ces temps-ci. Reposez-vous et revenez lorsque vous serez rétablie.

— Bien, docteur.

Elle se leva péniblement et tituba, avant de s'effondrer inanimée dans les bras du médecin. Passant la main sur son front, il s'écria à l'adresse d'un infirmier :

— Elle a de la fièvre, elle doit faire une crise de paludisme !

Ce ne fut pas cette affection qui fut diagnostiquée…

— Vous faites une maladie du sommeil, vint lui annoncer le médecin lorsqu'il eut entre les mains les résultats du laboratoire.

— C'est grave ? s'enquit Isabelle, allongée sur un lit de camp du dispensaire.

— Non, car nous avons diagnostiqué la maladie à temps. Malheureusement, nous n'avons pas ici les médicaments pour vous soigner. Vous allez être rapatriée dès aujourd'hui vers Paris. D'ici une semaine, vous serez guérie et ce ne sera plus qu'un mauvais souvenir.

C'est à cet instant que retentirent au-dehors des coups de feu d'armes automatiques. Un homme entra en trombe, l'air paniqué.

— On attaque le camp !

La région était instable certes, mais il n'y avait jamais eu jusqu'à ce jour d'incursion des rebelles aussi loin de leurs bases. Ils firent prisonniers les médecins et le personnel de l'organisation caritative et les entraînèrent avec eux dans la brousse. Leurs revendications politiques étaient accompagnées d'une demande de rançon, corollaire à toute bonne prise d'otages. Le gouvernement français tergiversa suffisamment pour que la maladie d'Isabelle atteigne un stade dont l'issue ne pouvait qu'être fatale. Lors de la libération des otages, elle était déjà dans un coma profond. Elle mourut à l'hôpital du Val-de-Grâce à Paris le premier mai 2011.

# 4

## *Un jour, mon prince viendra...*

Sur le terre-plein central de Times Square, un kiosque proposait des places à moitié prix pour les spectacles du soir à Broadway. Tous les jours, Albe Snösen, jeune femme brune au teint d'albâtre et aux yeux bleus, prenait place derrière le guichet à onze heures et ne le quittait qu'à dix-neuf heures, heure de la fermeture. C'était le début du mois de mai 2011, le temps était au beau fixe et la queue serpentait ce jour-là tout le long du terre-plein. Les touristes américains et étrangers, mais aussi les New-Yorkais profitaient de cette braderie pour aller voir des pièces en perte de vitesse, ou bien des spectacles encore inconnus du grand public.

La population qui attendait devant son guichet était disparate. Cependant, Albe travaillait depuis suffisamment longtemps à ce poste pour savoir quel type de spectacle allait lui être demandé par chaque client qui se présentait à elle. Pas besoin pour cela de faire une étude sociologique des individus. Elle le savait et se trompait rarement, même si elle était incapable d'expliquer pourquoi. Un sixième sens, certainement. Cette capacité de divination amusait d'ailleurs ses plus fidèles clients. Ils avaient coutume de la questionner, lorsque leur tour était arrivé et qu'ils se tenaient derrière l'hygiaphone :

— Mademoiselle Snösen, quel spectacle vais-je vous demander aujourd'hui ?

Ce couple d'étudiants, par exemple, venait acheter des places pour la comédie musicale *Chicago*. Cet homme policé de cinquante ans, aux tempes blanchies, en costume trois-pièces, viendrait réclamer une entrée à prix réduit pour *Le Roi Lion*, à n'en pas douter. Et ce vicelard aux airs de bon père de famille lui demanderait à quelle heure elle terminerait son service.

Le client suivant qui se présenta devant son guichet la surprit. Tout d'abord, il ne mesurait pas plus d'un mètre vingt et ensuite, sa requête déjoua ses pronostics. L'homme d'un âge indéfini, au visage imberbe dans lequel pétillaient deux yeux ronds et gris, et aux cheveux blancs qui dépassaient d'un bonnet en laine trop étroit pour sa tête, ne passait pas inaperçu. Il ne faisait certes pas spécialement chaud à New York en ce début du mois de mai et les habitants étaient parfois loufoques, mais l'assortiment vestimentaire de cet individu paraissait grotesque, déplacé même. Une longue vareuse sur une chemise à carreaux bleus et blancs, des jeans trop larges retenus par une ficelle en guise de ceinture et des rangers aux pieds. Un clochard sorti du Bronx où le maire de la ville les avait parqués, pensa-t-elle, et qui ne tarderait pas à y repartir, encadré par des policiers.

— Bonjour mademoiselle, déclara-t-il, je voudrais deux places pour le ballet *Blanche-Neige*.

Son américain avait un fort accent allemand ou autrichien, et Albe songea qu'il n'était pas aux États-Unis depuis longtemps.

— La création française ?

— Exactement. Celle avec les costumes de Jean-Paul Gaultier.

— Je suis désolée, ce spectacle se joue à guichets fermés. Il n'y a aucune place à tarif réduit. Je doute fort d'ailleurs qu'il y en ait un jour.

Il prit un air déçu et resta bouche bée.

— Ah ! fit-il, étonné, je pensais qu'il y en avait malgré tout.

Albe ne put s'empêcher de sourire devant sa mine déconfite.

— Je peux vous proposer d'autres ballets, suggéra-t-elle. Il y a, par exemple, une chorégraphie de Maurice Béjart qui se joue actuellement, en hommage au maître.

Le petit homme se hissa sur la pointe des pieds et, rapprochant sa tête de l'hygiaphone, scruta du regard l'intérieur du guichet.

— Excusez-moi d'insister, mademoiselle, j'aimerais quand même que vous vous assuriez qu'il n'y a pas une place disponible qui traîne.

— Écoutez, monsieur. Je suis sûre…

— Vérifiez, je vous prie, coupa-t-il avec fermeté.

Les personnes qui attendaient leur tour derrière le bonhomme commençaient à protester et à s'impatienter. Devant son insistance, Albe fouilla parmi les dossiers rangés par type de comédie et par ordre alphabétique. Elle ouvrit le porte-documents à la lettre B et tomba avec stupéfaction sur une enveloppe blanche d'où dépassaient deux billets. Elle les prit et lut le titre du spectacle indiqué dessus. Il s'agissait bien de places au balcon pour le ballet *Blanche-Neige*. La date était celle du jour, dimanche 8 mai 2011, et le prix était remisé de cinquante pour cent par rapport au prix public.

— Effectivement, admit-elle avec surprise, j'ai des places pour ce spectacle.

Le petit homme eut un sourire de triomphe.

— Vous voyez, mademoiselle, commenta-t-il malicieusement en lui tendant un billet de cent dollars, il arrive parfois que l'on se trompe.

Elle n'en revenait toujours pas.

— C'est incroyable ! J'aurais juré ce matin que ces deux tickets n'étaient pas là !

Elle prit l'argent et glissa les places par l'ouverture. Le petit homme s'en empara et les rangea soigneusement dans la poche de son pantalon.

— Gardez la monnaie, fit-il en partant, pour votre dédommagement.

Albe le regarda traverser la Septième Avenue et se fondre dans la foule dense de Times Square. Déjà, le client suivant s'impatientait derrière l'hygiaphone, maugréant après elle. Elle jeta un œil à sa montre : il n'était pas loin de seize heures et il lui restait encore trois bonnes heures de travail. La queue s'était allongée et semblait à présent interminable. Elle se dit que les dernières personnes arrivées n'auraient pas de spectacle à prix réduit ce soir.

— Désolée, on ferme ! clama Albe en abaissant le rideau de fer devant l'édicule.

Les derniers clients, qui avaient commencé à faire la queue une heure plus tôt, protestèrent vivement, comme c'était le cas chaque soir. Elle ne faisait pas d'heures supplémentaires. Son métier lui assurait à peine de quoi payer les charges de son appartement dans le Queens et subsister décemment. Pas question de s'attarder, les agressions étaient fréquentes en dehors de Manhattan.

Elle attacha ses longs cheveux avec un élastique et vissa par-dessus une casquette aux couleurs des *Yankees*. Le base-ball était une de ses passions, avec le chant choral. Elle enfila son manteau et ferma la porte du kiosque. À cette heure, Times Square s'illuminait et les nuées de touristes déboulaient en masse sur la place, tels des papillons de nuit attirés par les envoûtantes lumières multicolores des écrans publicitaires géants.

Elle glissait les clés dans sa poche lorsqu'elle vit le petit homme, qui l'attendait. Elle s'arrêta net. Ce n'était pas la première fois qu'un client venait l'accoster à la sortie du guichet et elle savait comment y remédier. Elle plongea sa main dans la poche de son sac, le doigt sur la détente d'une bombe lacrymogène, prête à faire face à toute éventualité. Il se forçait à sourire, l'air franchement gêné. Elle avait l'impression qu'il se sentait presque honteux de devoir l'aborder ainsi. Habituellement, ceux qui agissaient de la sorte étaient sûrs d'eux et de leur charme, même s'ils en étaient le plus souvent dépourvus. Au contraire, il avança vers elle, hésitant, tenant les billets du spectacle en avant, bien visibles dans sa main.

— Mademoiselle, annonça-t-il tout en sautillant sur ses pieds, j'aurais un immense plaisir à vous inviter à ce ballet.

Il tenait toujours les deux places tendues vers elle, attendant sa réponse d'un air mal assuré. Ses joues s'étaient empourprées et il n'osait plus la regarder dans les yeux. Elle n'avait pas lâché sa bombe lacrymogène. Elle resserra la prise sur son sac.

— Je vous remercie, je n'accepte pas une invitation d'un parfait inconnu.

Il se frappa le front.

— Je suis vraiment trop stupide de ne pas faire les choses dans le bon ordre ! Je ne me suis même pas présenté !

Il tendit maladroitement sa main droite. Elle était propre et ses ongles coupés court. Albe s'avança et la serra. Il avait une poigne franche et cela lui plut.

— Je m'appelle Franz Schüchtern. Je suis à présent à la retraite. Auparavant, j'ai exercé la profession de joaillier à Vienne. Voilà, vous savez tout sur moi !

Il accompagna ses propos d'une révérence d'un autre âge, ce qui arracha un sourire à Albe. Les centaines de passants qui n'avaient de cesse de défiler s'écartèrent devant son noble geste, chose peu courante sur les trottoirs de New York où l'on s'entrechoquait plutôt sans vergogne. Elle mit ses poings sur ses hanches et se campa face à lui, faisant fi du flot continu de la foule.

— Pourquoi devrais-je vous accompagner à ce spectacle ? demanda-t-elle sèchement.

— Pour deux très bonnes raisons, décréta-t-il le plus sérieusement du monde. La première, c'est qu'il ne vous en coûtera rien. La seconde, c'est qu'il me paraît intéressant de vous faire connaître le conte des frères Grimm, ou de le rappeler à votre bon souvenir.

— J'imagine qu'ensuite vous me conduirez galamment jusqu'à mon domicile, grommela-t-elle, commençant à s'impatienter.

— Évidemment, mademoiselle ! s'offusqua-t-il. Je ne suis pas un rustre qui songerait à vous abandonner sur le trottoir de Broadway. Vous serez reconduite à mes frais par un taxi où vous le souhaiterez, sans aucune contrepartie.

Lorsqu'il eut dit ces derniers mots, il devint rouge comme une pivoine. Elle sourit devant l'attitude décalée et la timidité maladive de cet individu sorti de nulle part.

— Il se fait tard, reprit-il en se ressaisissant, si nous restons plantés là, vous et moi manquerons la représentation. Ce serait dommage de gâcher ces places obtenues avec tant de difficultés.

Elle finit par céder devant son insistance.

— Très bien, avertit-elle en prenant un billet, mais s'il n'y a pas de taxi pour me ramener chez moi, vous irez vous en expliquer à la police.

Il afficha un large sourire.

— Je suis heureux que vous acceptiez mon invitation, dit-il avec le plus grand sérieux. Je vous promets que vous ne le regretterez pas.

Il fit quelques pas, puis se figea.

— Zut ! s'exclama-t-il en se frappant de nouveau le front.

— Que se passe-t-il ?

— J'ai oublié de m'habiller pour la soirée. Attendez-moi devant le théâtre, j'en ai pour cinq minutes !

Sans rien ajouter d'autre, il partit en courant, laissant Albe seule au milieu du terre-plein, une place de spectacle à la main. Décidément, songea-t-elle en le regardant disparaître dans la foule, ce pauvre Franz ne savait vraiment pas s'y prendre avec la gent féminine.

— J'espère que je n'ai pas été trop long, hasarda Franz, qui venait de réapparaître devant Albe, tout essoufflé.

Après son départ précipité, elle était descendue à pied jusqu'au théâtre. En cheminant, elle s'était demandé si son mystérieux compagnon allait revenir ou s'il s'était moqué d'elle. Au pire, le ticket était valable et elle en serait quitte pour aller voir un spectacle toute seule. Cependant, Franz fut à l'heure pour la représentation. Il avait revêtu pour l'occasion un costume queue-de-pie et des chaussures italiennes qu'il avait loués dans un magasin de la Septième Avenue. Il ne semblait plus du tout grotesque dans son habit de gala et ce fut elle qui se trouva bien peu élégamment vêtue. En effet, elle n'avait sur elle qu'un pull, un jean et une paire de baskets en toile, la tenue qu'elle enfilait pour aller travailler dans son kiosque et rentrer le soir chez elle sans trop se faire remarquer dans les transports en commun.

Certes, le public new-yorkais avait paru intrigué lors de l'entrée dans la salle de ce duo inédit ; une jeune femme aux allures de mannequin, accompagnée d'un nain qui aurait pu être son grand-père. Toutefois, les regards du voisinage s'étaient vite désintéressés de l'étrange couple pour se reporter sur la scène. C'était cela, l'avantage de vivre à New York : ses habitants ne prêtaient guère d'attention aux extravagances qui les entouraient.

Une grande dame brune vêtue de noir prit place au premier rang avec ses quatre gardes du corps, un murmure soutenu se propagea alors dans la salle. Des doigts se tendirent impoliment dans sa direction et un brouhaha emplit soudain le théâtre. La femme, une trentenaire d'une beauté et d'une élégance rares, enleva son manteau d'un geste souple et le tendit avec grâce à l'un de ses gorilles. Puis elle embrassa la salle du regard, faisant taire comme par enchantement la rumeur qui enflait une seconde auparavant. Personne ne sembla échapper à son œil inquisiteur, pas même les spectateurs tapis dans l'ombre.

— Il me semble la connaître, remarqua Albe.

Tous deux avaient pris place dans une loge au premier balcon. L'entrée de cet étrange personnage, puis le regard qu'elle avait jeté sur chacun avaient suscité son interrogation. Albe avait également noté que Franz était devenu blême lorsque la dame en noir avait posé ses yeux sur eux. En effet, elle avait suspendu un infime instant le fluide et gracieux mouvement de sa tête, à la manière d'un prédateur ayant flairé une présence hostile dans les parages.

— C'est Marilyn Von Sydow, murmura-t-il, comme si ce nom ne devait pas être prononcé. Vous avez certainement dû voir son visage dans les médias. Elle est propriétaire de plus de trois cents journaux, chaînes de télévision et sites Internet à travers le monde. Elle possède aussi des intérêts dans le secteur de l'informatique, de l'armement et des télécommunications, sans compter diverses participations dans des sociétés paramilitaires privées qui sont actuellement engagées au Moyen-Orient.

— Maintenant que vous le dites, je vois qui c'est. Un magnat de la presse, en somme.

— Marilyn n'est pas *Citizen Kane*, si c'est cela que vous entendez par *magnat de la presse*. Son ingérence dans les affaires politiques de cette planète est réelle, même si elle l'a toujours niée. Elle fait et défait des gouvernements, pas seulement en Amérique, mais aussi en Europe et en Asie.

Albe était perplexe.

— Quel intérêt a-t-on à vouloir toujours plus de pouvoir ?

— Le pouvoir et l'argent sont des pis-aller pour ces individus-là. Cette course effrénée ne peut avoir de fin. Elle est le sens même de leur existence, leur drogue. Cependant, ce qui les maintient en vie, c'est qu'autour de ces personnes gravitent des centaines de satellites affamés de ce même pouvoir. Des gens prêts à tuer père et mère pour récolter une miette du gâteau. Ce sont ces ambitions qui nourrissent ces personnages, un flot d'envie constitué de millions de ruisselets qui devient finalement un fleuve en crue. Marilyn peut être comparée à l'océan où se déversent ces flots.

Elle dévisagea Franz. Il affichait une étrange détermination et cette assurance la laissa perplexe. Sous son apparente timidité se cachait un esprit brillant. Ses traits étaient lisses, seules quelques ridules soulignaient çà et là l'expressivité de son regard. Il avait le physique d'une personne de cinquante ans tout au plus, pourtant, elle eut la certitude que ces yeux gris avaient vu défiler davantage qu'un simple demi-siècle.

— Vous semblez bien connaître ces gens, déclara-t-elle, curieuse à présent d'en savoir un peu plus.

— J'ai été joaillier, ne l'oubliez pas. Au cours de ma longue existence, j'ai eu l'occasion d'en côtoyer beaucoup. Toutefois, sachez que cette femme les surpasse tous de plusieurs longueurs.

— Que voulez-vous dire ?

Il semblait maintenant gêné par son insistance, comme s'il en avait trop dit.

— Nous pourrons reparler de tout ça plus tard, fit-il en détournant le regard, je crois que le ballet va commencer.

Il y avait quelque chose d'autre qu'il taisait. Il incombait à Albe de soulever le voile avec délicatesse, comme si la vérité qui se cachait dessous était trop crue pour être dévoilée d'un coup. Aussi tenta-t-elle sa chance d'une autre manière.

— L'avez-vous rencontrée personnellement ? demanda-t-elle.

— Je n'ai jamais eu cette chance, si je puis parler de chance en la matière. Je l'ai manquée de peu à trois reprises, à vrai dire. Mes connaissances la concernant sont purement livresques.

*Des connaissances livresques...* Elle ne le crut pas une seconde. Normalement, il aurait dû dire qu'il la connaissait par le biais de la presse ou de la télévision. Cette splendide femme à qui on n'aurait pas donné trente ans ne sortait certainement pas d'un livre poussiéreux, comme la représentation du conte de Grimm auquel ils allaient assister.

— Le ballet de ce soir, questionna-t-elle pour changer de sujet, comment en avez-vous entendu parler ?

— Par les magazines, tout simplement. Il se trouve en outre que j'aime énormément la musique de Gustav Mahler qui l'accompagne. Saviez-vous d'ailleurs qu'au crépuscule de sa vie, juste avant la Première Guerre mondiale, ce grand compositeur a fui l'Autriche pour New York, où il a dirigé son prestigieux orchestre philharmonique ?

— Je ne le savais pas. Pour quelle raison a-t-il dû quitter son pays ?

— Mahler était juif. Même converti au catholicisme,

il a été victime d'antisémitisme, vingt ans avant l'avènement en Europe de la bête immonde.

Albe comprit que la bête immonde dont il parlait était le nazisme. Ce petit homme avait certainement plus de cinquante ans et il n'avançait rien au hasard. À mots couverts, il lui signifiait qu'il avait fui lui aussi.

— Vous avez dû quitter l'Autriche nazie, c'est cela ?

Il la regarda longuement, les yeux humides, avant de baisser la tête.

— Nous fuyons tous quelque chose, déclara-t-il mystérieusement, la persécution, la mort, ou même l'amour…

— … plus que nous ne cherchons à atteindre un but, compléta-t-elle, pensive.

Il esquissa un sourire las, apparemment satisfait par sa réponse. Elle-même, que fuyait-elle ? pensa-t-elle à cet instant. Ou qu'avait-elle fui par le passé ? aurait-elle plutôt dû dire. À la vérité, elle n'en savait rien, mais à présent, elle était certaine de n'être qu'une fugitive dans cette ville immense. Soudain, son existence lui parut moins lisse et réelle qu'avant sa rencontre avec Franz. Déroutante sensation de n'être qu'une étrangère à ce monde moderne et technologique, un sentiment qu'elle n'avait jamais éprouvé auparavant. Inconsciemment, elle observa de nouveau Marilyn Von Sydow, assise au premier rang. Son élégance distinguée transpirait de chacun de ses gestes. Elle admira son port de tête aristocratique et y trouva soudain une étrange familiarité.

*J'ai dû voir cette femme en photo dans les kiosques à journaux des dizaines de fois sans même y prêter attention*, pensa-t-elle en fixant son profil altier, quand celle-ci se tourna vivement vers elle et sonda les balcons dans sa direction.

Albe eut à peine le temps de baisser la tête afin d'éviter de croiser ses yeux. *Cette femme est une vraie sorcière !* ne put-elle s'empêcher de penser, faisant mine de chercher quelque chose dans son sac à main. À présent, elle sentait peser sur elle la ténébreuse menace de son regard perçant. *Elle me cherche,* pensa-t-elle avec effroi, *elle a senti qu'on la regardait et maintenant, elle veut savoir qui a fait ça !*

Un frisson lui parcourut l'échine, ses poils se hérissèrent. Franz n'avait rien remarqué. Tête baissée, il lisait le livret accompagnant le spectacle. Toujours penchée en avant, Albe n'osait plus relever la tête, de crainte que la dame brune ne sonde son âme. Autour d'elle, le brouhaha n'avait pas diminué.

*Elle me cherche,* pensa-t-elle, *elle ne cherche personne d'autre*, et son effroi redoubla.

À cet instant, le noir se fit dans la salle et un silence religieux l'accompagna. Le rideau se leva et l'orchestre se mit à jouer. Franz posa son livret sur ses genoux et contempla la scène. Il ne semblait pas inquiet. Apparemment, Marilyn ne devait plus regarder vers eux. Albe se redressa enfin avec méfiance : au premier rang, la dame brune était concentrée sur le ballet qui débutait, indifférente à ce qui l'entourait. Elle se détendit et, peu à peu, la peur qui l'avait saisie s'estompa.

La musique de Mahler, les costumes, la chorégraphie et la prestation exceptionnelle des danseurs étaient un pur ravissement des sens. Elle songea que cela faisait des années qu'elle n'avait pas assisté à l'un des spectacles qu'elle vendait pourtant quotidiennement. Il avait fallu que ce petit homme vienne la trouver ce soir pour changer cela.

— Comment avez-vous trouvé la représentation ? demanda Franz en sortant du théâtre.

— Magnifique ! dit Albe encore sous le charme. C'était la première fois que j'allais voir un ballet. Je dois avouer que celui-ci est de toute beauté.

Le public s'égaillait en tous sens sur le trottoir de Broadway. Il avait plu et le sol humide brillait, reflétant les éclairages des enseignes lumineuses géantes qui ornaient la façade des théâtres. Les voitures se pressaient en double file pour accueillir les spectateurs à présent pressés de rentrer chez eux et cette foire d'empoigne se heurtait au flot débordant de touristes flânant le long de l'avenue. Dans la rue, un joyeux méli-mélo de semi-remorques, de taxis jaunes par dizaines, de longues limousines noires et de véhicules de particuliers s'interpellait à coups de klaxons et d'interjections. Une sirène retentit et un camion de pompiers tenta de se faufiler parmi l'embouteillage.

— Faisons quelques pas, voulez-vous ? suggéra-t-il, bousculé par la multitude de passants qui se dirigeait vers les lumières de Times Square. Toute cette cohue et ce bruit m'oppressent. J'appellerai pour vous un taxi un peu plus loin.

— D'accord, acquiesça-t-elle en se mettant en marche.

Ils cheminèrent côte à côte le long de l'avenue. En s'éloignant des théâtres, la circulation des touristes se fit plus fluide et la rue moins bruyante. Franz sortit deux pommes de la poche de son manteau et les lui présenta.

— La rouge ou la verte ?

— La verte, merci, répondit-elle sans hésiter en prenant la *Granny Smith*, je les aime acidulées.

Elle croqua dedans à pleines dents et savoura le morceau.

— Blanche-Neige n'est pas du tout comme je me la représentais, dit-il.

— Comment l'imaginiez-vous ?

— Plus naturelle, moins sophistiquée, un peu comme vous en somme. La méchante reine, en revanche, est très explicite. J'ai énormément apprécié la manière dont le metteur en scène a traduit la course contre le temps de la belle-mère, prise au piège de sa déchéance physique. La marâtre ne veut pas céder son pouvoir et sa beauté à plus jeune et plus belle qu'elle. Une vraie métaphore de notre époque. Grâce à la chirurgie esthétique et aux progrès de la médecine, les gens se croient devenus immortels. On congèle les embryons, on prolonge la vie des agonisants : la frontière entre la vie et la mort à ses deux extrémités est devenue floue. Du coup, lorsque la fin survient, du moins dans nos pays occidentaux, on la cache comme si elle n'existait pas.

— La vieillesse et la mort sont des angoisses communes à tous les humains.

— Sauf que certaines personnes pensent repousser l'échéance, à tort ou à raison. J'ai de bonnes raisons de penser que les plus douées d'entre elles parviennent à suspendre le vol du temps, au prix du sacrifice de la masse. Les actionnaires des mines de charbon au XIXe siècle, par exemple, se nourrissaient du travail des mineurs qui mouraient à quarante ans, pendant qu'eux-mêmes engraissaient. De nos jours, les maîtres de ce monde usent de techniques bien plus sophistiquées.

Albe interrompit sa marche et jeta le trognon dans une poubelle. Franz lui tendit la pomme rouge.

— Vous en voulez une autre ? proposa-t-il avec un petit sourire.

— Non, merci, ça ira.

— Comme vous voudrez, dit-il en croquant dedans à pleines dents.

— Quelles sont ces techniques sophistiquées employées de nos jours par les puissants ?

— L'abrutissement des masses ou la soif de pouvoir, lâcha-t-il en mordant à nouveau dans la pomme.

— Je ne comprends pas, dit-elle en lui faisant face, le regard interrogateur.

À cet instant, Franz s'approcha de l'avenue et héla une voiture jaune, qui vint se garer le long du trottoir.

— Mademoiselle, il me semble que vous avez un taxi à prendre. N'oubliez pas que j'ai une promesse à respecter. Je ne voudrais pas finir la nuit au poste de police.

Il ouvrit la porte arrière du véhicule, l'invitant à monter. Encore une fois, pensa Albe frustrée, il avait laissé entrevoir un fragment de ce qui se cachait sous le voile.

— J'ai été ravie de passer cette soirée en votre compagnie, déclara-t-elle en s'asseyant sur la banquette. Pourrons-nous continuer cette conversation un autre jour ?

— Avec plaisir !

— Vous savez où me trouver.

— Il y a un excellent restaurant italien, à trois blocs de Times Square. Je pourrais vous y inviter à dîner demain soir, si cela vous convient ?

Il tortillait ses mains et semblait extrêmement confus d'avoir eu une telle audace. Son visage glabre s'était empourpré et il ne pouvait cacher sa gêne.

— En tout bien tout honneur ! ajouta-t-il d'un air offusqué.

Il devint rouge comme une écrevisse.

— Pourquoi pas ? répondit-elle amusée, pourquoi pas…

Elle referma la porte, lui adressa un petit signe de la main en guise d'adieu, puis le taxi s'éloigna et se fondit dans la circulation.

\*

Franz soupira et descendit l'avenue. Il tourna à gauche quelques blocs plus bas et s'engagea dans une rue perpendiculaire mal éclairée. Les bruits de Broadway s'estompèrent peu à peu, non sans laisser persister un bruit de fond en sourdine où se mêlaient klaxons étouffés et mélodieuses ondulations des sirènes d'ambulances. Une bouche d'égout fumait, faisant monter dans la nuit une épaisse colonne de vapeur. Il fourra ses mains dans ses poches et entonna dans sa tête un air de Mahler, bientôt troublé par un étrange et régulier claquement.

Quelqu'un marchait dans la rue derrière lui. Il se retourna vivement : personne. Une brise légère et humide s'était levée, dispersant la fumée vomie des sous-sols, fantomatiques évanescences projetées au gré de ses envies sur le trottoir ou dans la rue.

Rien.

Il reprit sa marche, se retenant de prendre ses jambes à son cou, persuadé d'être suivi. Des bruits de pas résonnaient dans la nuit et dans sa tête, des bruits de bottes sur le pavé. Il jeta un regard par-dessus son épaule, examinant une fois de plus la chaussée plongée dans une semi-pénombre, vide. Il accéléra, tourna à gauche à l'angle de la rue suivante, se dissimula dans une entrée d'immeuble et attendit. Sa poitrine se soulevait et s'abaissait au rythme d'un staccato effréné, galop infernal devancé par les battements de son cœur dans ses oreilles.

Le bruit de pas avait cessé.

Il resta là cinq minutes, retenant sa respiration, écoutant son cœur reprendre peu à peu un rythme normal. Le spectacle et la musique du compositeur viennois avaient réveillé en lui ce sentiment de panique et d'horreur imminente qu'il pensait ne plus avoir à éprouver, le souvenir d'une course folle à travers la capitale autrichienne durant la Seconde Guerre mondiale, quand les nazis le recherchaient.

Il prit une profonde inspiration et tendit l'oreille. Plus rien. Il repartit en courant sur le trottoir, tourna à droite à l'intersection suivante, traversa la rue en trombe et sprinta aussi vite qu'il le put jusqu'à son immeuble. Jetant furtivement un œil de toutes parts et ne voyant personne, il sortit un trousseau de clés de sa poche et choisit l'une d'elles. Un point de côté terriblement douloureux transperçait son abdomen à chaque inspiration, réduite à un court halètement.

*Tu as rêvé*, songea-t-il entre deux coups de poignard dans son ventre, *la Gestapo a disparu depuis longtemps !*

Impossible de calmer cette peur irraisonnée. Les vieux démons enfouis au plus profond de son être avaient entrouvert un œil. À présent, ils semblaient sonder son esprit à la manière de Marilyn Von Sydow, lorsqu'elle avait posé ses yeux sur lui dans ce théâtre d'illusions.

*Fais attention, Franz,* disait une petite voix intérieure, *elle est toujours là, elle !*

Il poussa un soupir. La véritable sorcière n'était pas sur la scène, ce soir. Elle admirait son triomphe en tant que spectatrice, savourant sa victoire sur le monde comme un lion se repaît de sa proie, veillant, à l'affût, à ce que rien ni personne ne vienne contester son hégémonie.

*Décidément,* pensa-t-il en introduisant la clé dans la serrure, *tirer le diable par la queue comme je viens de le faire n'est plus de mon âge !*

Il abaissa la poignée de la porte et l'ouvrit.

— Sacré Franz ! Tu l'as donc retrouvée ! assena quelqu'un dans son dos.

Il se retourna vivement en sursautant.

— Albert ? s'exclama-t-il en observant l'individu qui se tenait sous la lumière de l'éclairage public, c'est bien toi ?

L'homme, qui n'était pas plus haut que lui, haussa les épaules sans rien dire. Franz restait interdit, tremblant sous le coup de l'émotion.

— Je te croyais mort ! bégaya-t-il. Comment est-ce possible ?

— Tout le monde me croit mort, déclara l'autre. Tout le monde et c'est tant mieux ainsi !

Franz se jeta enfin dans les bras de l'apparition et éclata en sanglots.

— Albert Mürrisch, fit-il ému aux larmes, c'est la plus belle surprise depuis au moins…

— Soixante-dix ans ! trancha son interlocuteur qui défit l'étreinte. Je peux entrer ?

— Évidemment ! Tu me raconteras ton histoire devant une tasse de thé. Tu aimes toujours le thé ?

— Le thé vert à la menthe, si tu en as. Cela nous rappellera le bon vieux temps.


— Tu t'es rasé la barbe ? demanda Albert en reposant la tasse sur le plateau.

Assis face à face dans les fauteuils du salon, les deux hommes auraient pu passer pour des frères jumeaux en dépit de ce détail pilaire.

— Ça me rajeunit, plaisanta Franz en se calant dans son siège et en observant longuement son compagnon barbu. Albert, je n'en reviens toujours pas, je croyais que tu avais disparu dans les camps de concentration ! Comment est-ce possible ?

— C'est une longue histoire, une très longue histoire dont je n'ai pas envie de parler ce soir. Sache seulement que je me suis évadé de Mauthausen avec un groupe de résistants tchèques qui a rejoint par la suite l'Armée rouge. Ça m'a permis de survivre à travers l'U.R.S.S. puis la Russie postcommuniste, et d'être ici avec toi.

— Et nos cinq autres compagnons arrêtés par la Gestapo ? En ont-ils réchappé, comme toi ?

Albert s'assombrit.

— Aucun, que je sache.

Franz resta un long moment silencieux.

— Tout ça par la faute de Marilyn !

— Que veux-tu dire ?

— Après la guerre, j'ai mené mon enquête sur notre rafle par la police allemande. Dans l'une des archives que j'ai consultées, les mots *Frau V. S.* y figuraient.

— *Madame Von Sydow...* traduisit machinalement Albert, ça ne m'étonne pas. Figure-toi que j'ai découvert son implication avec les nazis, par hasard, au moment où je m'y attendais le moins.

— Toi aussi ? Raconte !

— À Mauthausen, j'ai subi les expériences du Dr Fringgs, l'un des médecins qui sévissaient là-bas. Après mon évasion du camp en mars 1945, j'ai harcelé des semaines durant l'armée allemande en déroute, en compagnie des résistants tchèques qui m'avaient sauvé. Un jour où on posait des mines sur une route de montagne, j'ai vu une femme qui ressemblait trait pour trait à Marilyn, en compagnie de Fringgs, dans un blindé léger qui fuyait devant l'avancée des Américains.

— Es-tu sûr que c'était elle ?

— Certain.

Franz mit du temps à digérer l'information.

— On pourrait la dénoncer, dit-il enfin.

— Qui nous croirait ? Qui irait imaginer qu'une femme trentenaire dirigeant une multinationale est en fait vieille de plusieurs millénaires ?

— Tu as raison, personne.

— Nous passerions pour des fous en allant témoigner contre elle. Ensuite, elle nous tuerait. Non, c'est à nous seuls de l'empêcher de nuire !

Les épaules de Franz s'affaissèrent.

— Cela ne finira donc jamais, lâcha-t-il. Nos cinq autres compagnons sont morts par la main des nazis. Il ne reste plus que nous pour contrer l'un des plus grands fléaux de cette planète.

— Nous ne sommes plus seuls, je te rappelle. Tu as retrouvé Albe.

Franz tourna lentement la tête de gauche à droite, tout en soupirant.

— Elle ne se souvient de rien, dit-il. Elle croit que je suis un pauvre fou qui la courtise, rien de plus.

— Ses souvenirs remonteront à la surface. Je te sais capable de l'aider.

— Elle a croisé le regard de Marilyn, ce soir au théâtre. C'était pour moi le seul moyen de commencer à lui faire recouvrer la mémoire, même si ce que j'ai fait là était extrêmement dangereux.

Albert le regarda, compatissant.

— Tu n'avais pas d'autre choix, tu le sais bien.

— Je pense que Marilyn ne l'a pas reconnue. Si c'était le cas, je ne donne pas cher de sa peau. Cette sorcière a déjà tué deux des quatre femmes qui auraient pu lui nuire. Albe lui échappe encore parce qu'elle reste dans l'anonymat. La quatrième, par contre, vient de faire parler d'elle à la télé. Crois-moi, elle ne tardera pas à envoyer le Loup pour l'assassiner.

Franz prit sa tête dans ses mains et fixa le sol d'un air désespéré.

— Il y a peut-être une solution pour sauver la quatrième.

— Laquelle ?

— Un homme qui traque le Loup depuis la nuit des temps.

— Arrête de rêver, Albert ! Tu sais comme moi que c'est une légende. Personne n'a jamais pu prouver qu'il était réel.

Son compagnon se pencha vers lui, le fixant droit dans les yeux.

— Ne sommes-nous pas des légendes ? Pourtant, nous sommes vivants, assis autour d'une table à boire du thé.

— Inutile de se bercer de faux espoirs. Quand bien

même il existerait vraiment, comment mettrons-nous la main sur lui ? Dans ce cas, comment le convaincre de nous aider dans notre entreprise ? Tu sais qu'en théorie, son rôle est exclusivement de chasser le Loup, pas de faire du baby-sitting !

Albert eut un petit sourire malicieux.

— Pourquoi crois-tu que j'ai attendu soixante-dix ans avant de refaire surface ?

Franz resta abasourdi.

— Il existe vraiment, alors ?

— Et il est prêt à nous aider, oui ! Une fois qu'il aura mis la quatrième à l'abri ici avec Albe, j'irai témoigner en Allemagne contre le Dr Fringgs en toute tranquillité d'esprit.

— Et pour Marilyn ?

— Chaque chose en son temps. Fais-moi confiance, nous aurons sa peau !

*

Le taxi déposa Albe devant son immeuble, situé dans un quartier populaire du Queens. Elle entra dans le hall et se dirigea vers l'ascenseur, en panne, comme d'habitude. Tout en pestant après l'incompétence du syndic, elle fit demi-tour et grimpa d'un pas lourd les marches de l'escalier. Arrivée sur son palier, au quatrième étage, elle se retrouva nez à nez avec son voisin, un étudiant du Montana venu faire ses études à New York.

C'était un grand gaillard aux cheveux blonds et aux yeux bleus, à la dégaine de cow-boy. Albe avait appris de sa bouche que ses parents avaient un ranch. Il avait passé sa jeunesse à planter des piquets pour dresser des barrières à bétail, et à chevaucher après les vaches égarées dans les prairies qui s'étendaient autour de la ferme sur des milliers d'hectares. Un gentil garçon qui avait le cœur sur la main et beau gosse, ce qui ne gâchait rien.

— Bonsoir Frédéric.

— Bonsoir Albe.

Elle allait ouvrir sa porte mais, voyant qu'il restait planté là, elle se tourna vers lui d'un air intrigué.

— Tu as besoin de quelque chose ? s'enquit-elle.

— Non, euh, en fait…

Il affichait un air gêné.

— Oui ?

— À vrai dire, tout à l'heure, j'ai entendu du bruit sur le palier. En regardant par le judas, j'ai vu un homme qui observait la porte de ton appartement avec attention. C'était un individu comme on en voit dans les films policiers, tu sais, ces agents du F.B.I. en costume cravate. Il est resté là pendant au moins trente secondes, inspectant les alentours, puis il a glissé quelque chose sous ta porte. Une enveloppe, je crois.

Frédéric avait débarqué dans l'appartement voisin du sien, un an auparavant. Il faisait des études de sciences et partageait sa passion pour les voyages. Cependant, tous deux avaient ceci en commun qu'ils n'avaient pas suffisamment d'argent pour les réaliser. Ils passaient donc leurs soirées à rêver devant une projection Mercator, faute de mieux.

Albe avait découvert au détour de leurs conversations qu'il ne portait pas dans son cœur les agents fédéraux. Il éprouvait même à leur égard une crainte irrationnelle. Les Américains du Nord-Ouest étaient connus pour leur sentiment d'indépendance vis-à-vis du pouvoir et elle savait que de nombreuses milices extrémistes fleurissaient dans ces régions. Frédéric ne

faisait certainement pas partie d'un groupe d'auto-
défense, même s'il partageait leur point de vue sur
cette liberté d'agir en dehors de toute contrainte.

— L'avais-tu déjà vu auparavant ? demanda-t-elle.

— Jamais. J'espère que tu n'as pas de problèmes
avec les fédéraux ?

La seule évocation de ce nom le fit tressaillir.

— Un peu. Je travaille depuis six mois à la mise au
point d'une bombe atomique.

Il ouvrit la bouche et resta à la regarder, hébété.

— Je plaisante, espèce d'idiot ! Je te remercie d'avoir
veillé sur l'intégrité de mon appartement.

À voir sa mine interloquée, Albe comprit qu'il ignorait si elle plaisantait vraiment ou si elle était sérieuse.

— C'était avec plaisir, conclut-il enfin, sans conviction.

Elle ouvrit la porte. Il s'en retourna dans son logement, tout en considérant la lettre qu'elle venait de
ramasser sur le seuil. Une enveloppe blanche de grande
taille avec un logo et une inscription en écriture
gothique qu'elle glissa dans la poche de son manteau,
avant de refermer la lourde porte et de tourner les ver-
rous dans leur gâche. Tout le monde sur cette planète
connaissait ce logo et cette écriture. Des centaines de
milliers de personnes travaillaient pour cette entreprise
à travers le monde et Frédéric sut immédiatement
qu'elle avait décroché le gros lot.


Aussitôt le verrou fermé, Albe déchira fébrilement
l'enveloppe. Une lettre à l'en-tête de la chaîne de télévision *Sydow Network* renfermait le message suivant :

« *Mademoiselle Snösen, nous avons l'honneur de vous informer que votre candidature au poste d'esthéticienne et de maquilleuse a été retenue. En conséquence, vous vous présenterez lundi 16 mai 2011 dans nos studios sur la Cinquième Avenue. La chaîne "Sydow Network" est heureuse de vous compter parmi ses membres et vous souhaite la bienvenue en son sein.* »

Elle replia le papier et sauta de joie.

— Yessss !

Elle se dirigea ensuite vers la table du salon et alluma son ordinateur portable. Apparut sur l'écran l'image représentant une pomme partiellement croquée. Elle consulta ses e-mails et, par la même occasion, jeta un œil sur la critique du ballet auquel elle venait d'assister. Puis elle alla dans sa cuisine, ouvrit le placard au-dessus de l'évier et en sortit une bouteille de bordeaux. C'était la dernière qu'il lui restait de la réserve de son père, décédé dix ans plus tôt dans un accident de la circulation. Elle alla toquer chez son voisin de palier. La porte ne tarda pas à s'entrouvrir, retenue par la chaîne de sûreté.

— Oui ? demanda-t-il d'une voix hésitante et endormie.

— C'est moi, Albe. Est-ce que ça te dit de venir partager une bouteille de vin en ma compagnie ?

Il défit la sûreté et ouvrit davantage l'ouverture. Il était en pyjama et semblait sur le point de se coucher.

— À cette heure ? Euh, oui, pourquoi pas ? Qu'est-ce qu'on fête ?

— La fin de mes galères.

Il réfléchit quelques secondes.

— O.K., ça marche.

À une heure du matin, la bouteille était vide. Cependant, Frédéric ne profita pas de la situation pour entreprendre sa voisine de palier. Il avait beau être un cowboy mal dégrossi, il savait se tenir avec les femmes.

## 5

## *Promenons-nous dans les bois...*

En cette année 2011, les défilés automne-hiver de haute couture à Paris avaient lieu la dernière semaine de juin. C'était l'occasion d'ameuter sur la place parisienne le gotha mondain de la capitale ainsi que les journalistes du monde entier. Photographes de mode, rédacteurs en chef, stars du show-biz aimaient se rendre à de tels rendez-vous, où l'on se devait d'être pris en photo. Cette semaine serait décisive pour de nombreux jeunes créateurs qui essayaient de se faire remarquer et devenir, pourquoi pas, des futurs John Galliano ou Sophie Albou.

Virginia Woolf faisait partie de la nouvelle vague londonienne qui s'était installée récemment à Paris pour monter son atelier. Ses créations avaient déjà reçu des critiques plutôt élogieuses de la part de la presse spécialisée et elle ne désespérait pas de figurer un jour en bonne place sur les podiums parisiens ou milanais. La couture était sa passion depuis qu'elle avait commencé à coudre des robes, avant d'habiller de jeunes femmes anorexiques dotées du qualificatif de mannequins, qui défileraient pour elle, ce soir. Virginia ressemblait à ces femmes irlandaises, rousses aux yeux vert émeraude. Sa peau laiteuse et ses cheveux coupés court mettaient en valeur un visage reflétant la vivacité. Nul doute qu'elle aurait pu défiler en compagnie des top-modèles qu'elle habillait.

Les robes n'étaient évidemment pas prêtes à temps et les petites mains s'affairaient sur les dernières retouches. Le défilé débuterait dans moins de vingt minutes. Ce soir, le public serait de qualité. Catherine Deneuve, Lolita Lempicka et Karl Lagerfeld seraient présents, disait-on. Les journalistes étaient très intéressés par cette jeune créatrice, qui se distinguait grâce à une créativité et une originalité remarquables.

Sa dernière collection, en particulier sa robe de mariée anthracite, avait étonné et marqué les esprits, autant par sa couleur que par sa coupe. Lorsque les journalistes l'avaient interrogée la veille sur les raisons qui l'avaient poussée à choisir la teinte noire comme base de travail pour toutes ses créations, Virginia avait éludé la question en renvoyant la presse dans les cordes.

— Tout est affaire de point de vue, avait-elle répondu. Une œuvre peut être lumineuse sans avoir besoin pour cela d'employer des couleurs vives. Par exemple, de la peinture noire peut évoquer en nous des sentiments plus gais que certaines couleurs chaudes.

Une journaliste japonaise avait levé la main.

— À ce sujet, vous n'employez jamais le rouge dans aucune de vos créations. Est-ce pour vous une teinte taboue ?

— Je n'aime pas le rouge, tout simplement. Je n'aime pas voir couler le sang, ni la teinte écarlate sous toutes ses nuances.

Un jeune journaliste français avait tenté sa chance à son tour.

— Peut-être est-ce le coloris d'un vêtement que l'on vous a imposé lorsque vous étiez enfant, et que vous n'aimiez pas ?

— Ne tentez pas de faire de la psychanalyse de comptoir, monsieur, rétorqua-t-elle en le foudroyant du regard, coupant court à tout débat sur le sujet.

— Virginia Woolf, avait demandé une Anglaise, c'est un pseudonyme ou est-ce votre véritable nom ?

— C'est mon nom, et je suis fière de cette homonymie avec ce grand écrivain.

Virginia aimait le noir et haïssait le rouge. Il était inutile de lui demander pourquoi elle n'aimait pas la couleur pourpre, elle ne répondrait jamais à cette question même sous la torture. Il en était ainsi depuis toujours. En revanche, elle s'était découvert une passion pour Pierre Soulages, le grand peintre français contemporain qui travaillait la teinte noire sous toutes ses variations.


Son œuvre favorite du maître était un travail qu'il avait réalisé à l'abbatiale de Conques, dans le sud-ouest de la France. Une abbaye romane située sur le chemin de Saint-Jacques-de-Compostelle qu'il avait dotée de vitraux noirs et gris, composition résolument moderne pour un édifice religieux du Moyen Âge. L'ensemble aurait pu être outrageant dans une autre église ou avec un autre artiste, mais Virginia trouvait qu'il était parfaitement en harmonie avec le décor de l'abbatiale. Elle aimait d'ailleurs se rendre à Conques à l'automne, un moment de l'année où les touristes avaient déserté les lieux.

Elle appréciait également cette église pour une autre raison : son tympan. Un imposant jugement dernier y avait été sculpté, représentant le Christ jugeant le monde, avec le paradis à sa droite et l'enfer à sa gauche. Elle éprouvait une passion pour les jugements derniers et celui de Conques comportait deux particularités artistiques qui lui tenaient à cœur.

La première était un Léviathan, monstre mythique de la Bible, qui gardait la porte de l'enfer. Sa gueule béante engouffrait les damnés poussés par le diable. Elle n'aurait su dire pourquoi cette créature avait réveillé en elle des sentiments de peur, mêlés à une envie irrépressible de découvrir ce qu'il y avait derrière sa gueule. La nuit, il lui arrivait parfois de rêver qu'il la poursuivait. Elle pouvait sentir le souffle chaud du monstre sur sa nuque pendant qu'elle courait à perdre haleine, terrorisée. Invariablement, il la rattrapait et la dévorait. Bien entendu, elle se réveillait en sursaut toujours à ce moment-là, trempée de sueur.

Un second détail, qui n'avait pourtant rien de remarquable sur le plan artistique, avait retenu son attention : une balance à deux plateaux pesant les âmes. L'archange saint Michel veillait à la pesée pendant qu'un diablotin appuyait discrètement avec son doigt sur un des plateaux, tentant en vain de faire pencher le résultat en sa faveur. La lutte éternelle du bien et du mal. Rien de nouveau sous le soleil, si ce n'est que Virginia avait le sentiment que sa vie ressemblait à la balance de cette représentation.

Elle avait l'intime conviction d'être semblable à cet instrument de jugement, qu'une force maléfique tenterait de fausser pour régner à jamais sur le monde. Une pensée mégalomaniaque et névrotique que sa raison cartésienne refrénait depuis toujours, mais qui refaisait régulièrement surface dans son esprit.

Le show allait bientôt débuter. Soudain, le brouhaha des coulisses s'amplifia, mêlant éclats de voix et cris offusqués. Accroupie au pied d'un de ses modèles, Virginia attribua cela à l'excitation qui précédait le défilé, jusqu'à ce que son assistante vienne la trouver.

— Mademoiselle Woolf, dit-elle, il y a ici une personne qui désirerait vous rencontrer.

— Vous voyez bien qu'on passe dans cinq minutes ! Qu'elle revienne plus tard, je n'ai pas le temps !

— C'est-à-dire, reprit son assistante d'un air gêné, il dit que c'est très urgent et qu'il en va de votre vie.

— Ma vie peut attendre la fin du défilé…

— Mademoiselle Woolf, écoutez-moi, je vous prie !

La voix qui avait retenti dominait le vacarme des petites mains et les protestations des mannequins. Virginia dévisagea l'intrus.

Un homme sans âge aux longs cheveux blonds et au visage lisse dépourvu de rides la fixait du haut de ses deux mètres. Il était vêtu d'un manteau de cuir souple qui couvrait son jean et son tee-shirt noir, et portait aux pieds des *Doc Martens*. On aurait dit un adolescent attardé avec un look des années quatre-vingt, se dit-elle en le voyant. Il avait une carrure d'athlète, un corps musculeux que l'on devinait sans une once d'embonpoint. Son pantalon, déchiré au niveau de la cuisse gauche, laissait entrevoir une entaille dans la chair. Du sang avait coulé de la blessure, teintant le jean autour de la déchirure. Dans les coulisses, tout le monde s'était tu.

— Qui êtes-vous ? s'enquit-elle ébahie, une épingle glissée entre les lèvres.

Il s'accroupit à ses côtés avec une souplesse et une fluidité de félin.

— Vous le saurez plus tard, fit-il sur un ton qui ne souffrait aucune discussion. Pour l'instant vous devez me suivre.

Il affichait une autorité naturelle qui contrastait avec la douceur de ses traits.

— Mes mannequins défilent dans cinq minutes. Partez ou je fais intervenir la sécurité !

— Votre défilé aura lieu comme prévu, expliqua-t-il calmement. Simplement, vous ne rejoindrez pas vos modèles à la fin de la représentation.

— Manquerait plus que ça !

À présent, il la fixait sans ciller. Ses prunelles étaient grises avec une pointe de topaze.

— Venez avec moi.

*Ces yeux*, pensa-t-elle, *je les ai déjà vus...*

— Pourquoi vous suivrais-je ?

— Parce que dans cinq minutes, glissa-t-il à son oreille tout en lui prenant le bras avec fermeté, si vous ne faites pas exactement ce que je vous dis, vous serez morte.

*Il a de beaux yeux...*

Ce dont Virginia se souvenait ensuite, c'était d'avoir été entraînée par cet inconnu à travers les couloirs. Elle avait tenté de se débattre, d'alerter le service de sécurité, sans y parvenir. Son corps ne répondait pas à sa volonté, seulement à celle de cet homme qui l'avait saisie fermement par le bras et l'avait kidnappée.

Elle hurla, tempêta, en vain. Pourtant, rien ne retenait ses lèvres, pas de ruban adhésif ou de bâillon noué sur son visage, elle en était certaine. Quel était ce mauvais rêve éveillé ? Tout en cherchant vainement à s'expliquer ce qui lui arrivait, elle passa à côté d'un mannequin qu'elle connaissait bien. Le top-modèle n'eut pas l'air surpris de la voir emmenée de force, au contraire, elle lui adressa un sourire.

*Vous ne voyez donc pas que cet homme m'enlève !* lui cria-t-elle, mais le mannequin disparut dans une loge sans trahir le moindre étonnement.

*Je suis muette ! Personne ne m'entend, je suis muette !*

Elle croisa ensuite un membre de la sécurité et, là encore, il ne lui accorda même pas un regard. Elle savait que les coulisses des défilés de mode étaient le lieu de toutes les bizarreries vestimentaires et comportementales. De là à ce que son enlèvement les laisse tous indifférents… Ceux qu'elle croisait — le mannequin, l'agent de sécurité, trois journalistes, une attachée de presse — n'étaient-ils pas capables de s'apercevoir de sa grande détresse ?

Gesticulait-elle réellement ? En vérité, elle aurait été incapable de le dire.

*Ce n'est pas possible, je suis invisible, ma parole !* se dit-elle, abasourdie. *Cet homme m'a hypnotisée, comme les vampires le font avec leurs victimes, ou alors, il m'a droguée avec un gaz anesthésiant.*

À présent, ils avaient atteint la sortie de secours. Derrière eux, le couloir était désert. *C'est fini pour moi,* pensa-t-elle, désespérée.

Son ravisseur ouvrit la porte. Le son de la rue avec ses bruits caractéristiques confus parvint à leurs oreilles.

Il émergea le premier sur le trottoir, regarda à droite et à gauche puis, jugeant que la voie était libre, fit sortir Virginia à sa suite. Aussitôt, elle eut l'impression de se réveiller et de revenir à la réalité. Elle cria, un son sortit enfin de sa bouche de façon audible. Il se perdit dans le vacarme ambiant, les rares personnes qui passèrent au loin ne l'entendirent pas. Les autres conduisaient leur véhicule et ne faisaient pas attention à elle. L'homme sortit une clé de voiture de sa poche et pressa un bouton. Les clignotants d'un cabriolet Porsche gris sombre décapoté s'activèrent. Il ouvrit la portière passager, fit monter Virginia de force et boucla sa ceinture. À cet instant, deux individus déboulèrent au coin de la rue derrière eux. Ils dégainèrent chacun un pistolet.

Elle essaya de se détacher sans y parvenir. Le mécanisme avait certainement été modifié pour qu'elle ne puisse pas le débloquer. Son ravisseur s'engouffra dans la voiture et mit le contact. Le moteur vrombit. Trois coups de feu claquèrent, l'un d'eux brisa le rétroviseur à droite de Virginia. Elle poussa un hurlement et ressentit une vive douleur à son bras.

— Baissez-vous !

Elle se pencha en avant.

— Je suis touchée, s'écria-t-elle en regardant le sang couler de son bras droit.

Le véhicule n'avait pas de capote, elle se sentit d'autant plus vulnérable. Trois autres détonations retentirent. Elle entendit un pare-brise exploser en mille morceaux derrière elle.

— Ils vont nous tuer ! hurla-t-elle, à la limite de l'hystérie.

La Porsche démarra en trombe, coupant la route à une voiture dont les pneus hurlèrent. Son conducteur lâcha une bordée d'injures en klaxonnant. Elle se redressa et se retourna, vit les poursuivants expulser violemment l'automobiliste râleur de son véhicule, et se l'approprier. Avant de grimper, celui qui allait s'asseoir à la place du passager tira un dernier coup de feu. Il se perdit dans la carrosserie de la Porsche en un claquement sec. Elle hurla de nouveau et baissa instinctivement la tête.

Le cabriolet se faufila dans les ruelles et déboula sur le boulevard. Virginia se releva et regarda son bras : du verre était fiché dans la chair. À la vue du sang qui s'écoulait de la plaie, elle crut défaillir.

Le reste était confus. Ses oreilles sifflaient, son estomac papillonnait, elle se sentait faible, cotonneuse, au bord de l'évanouissement. Heureusement, l'air du dehors fouettait son visage. Elle inspira profondément à plusieurs reprises. En se forçant à ne pas regarder sa blessure, elle arracha d'un mouvement sec le morceau de verre et le jeta hors du véhicule.

— Je suis blessée ! s'écria-t-elle en essayant de se contrôler.

— Ce n'est rien, juste un éclat du rétroviseur.

Elle se retourna. Le véhicule volé zigzaguait dans la circulation et les suivait de près. La Porsche changeait sans cesse de file, parfois même, elle roulait à contresens. Elle grilla un feu rouge, provoquant une belle pagaille dans le carrefour. Heureusement qu'elle était solidement attachée, se dit Virginia, car elle était brinquebalée comme dans les autos tamponneuses. Au bout d'un quart d'heure de tours et de détours dans des ruelles peu fréquentées, le cabriolet atteignit les quais de la Seine, puis s'engagea sur le périphérique, désert à cette heure. Son conducteur écrasa l'accélérateur et la voiture de sport bondit.

— Je crois qu'on les a semés, dit-il avec une pointe de satisfaction.

— Alors, laissez-moi descendre, maintenant !

— Je suis désolé, vous n'êtes pas encore en sécurité.

Virginia porta la main gauche à son bras puis regarda sa paume. La blessure ne saignait plus apparemment. Elle n'osa pas regarder directement la plaie, à nouveau par crainte de s'évanouir. Elle songea à la réaction du public et des journalistes devant son absence. Certes, son assistante allait trouver un prétexte valable pour justifier son départ, mais cette désertion ruinerait sa carrière.

— En sécurité de quoi ? Vous avez tout foutu en l'air, espèce d'ordure ! Ce défilé, c'était la chance de ma vie, vous m'entendez ? De ma vie !

Furibonde, elle se tendit vivement vers lui et tenta de l'agripper pour l'étrangler, le gifler, le griffer. Hélas, la ceinture la bloquait fermement contre le siège, l'empêchant de l'atteindre. Faute de mieux, elle frappa violemment son bras comme elle put de son poing gauche, ce qui laissa son ravisseur de marbre et la fit encore plus enrager. Elle continua quand même à le frapper avec l'énergie du désespoir, vociféra après lui, le martela, l'insulta de tous les noms d'oiseaux qui lui passèrent par la tête, l'abreuva copieusement d'insanités puis baissa les bras, vaincue, totalement désemparée, des larmes de colère plein les yeux. Son prétendu sauveur se concentrait toujours sur sa conduite, comme si de rien n'était. *Il m'a droguée, c'est certain !* pensa-t-elle entre deux sanglots étouffés. *Il m'a administré l'un de ces médicaments dont se servent les violeurs pour abu-*

*ser de leurs victimes !* Son désarroi était tel qu'elle n'arrivait pas à pleurer.

— Que m'avez-vous fait ?

— Comment ?

— Là-bas, dans les coulisses du défilé, que m'avez-vous fait pour que je suive comme ça, sans voix ?

Il se tourna vers elle et l'observa brièvement.

— Parfois, les explications rationnelles n'y suffisent pas.

— Fichez-moi la paix, supplia-t-elle, laissez-moi partir, personne n'a de raison de me tuer !

— Je suis sincèrement désolé d'avoir brisé votre carrière, mademoiselle Woolf, je devais vous protéger de ces hommes.

Au fond d'elle-même, sans qu'elle puisse se l'expliquer, elle était certaine qu'il n'avait pas de mauvaises intentions envers elle. Son bras lui faisait mal. Elle observa brièvement la plaie : du sang coagulé séché la recouvrait, maintenant. Elle s'empressa de détourner le regard, tandis qu'elle sentait de nouveau une sueur glacée l'envahir de la tête aux pieds. Elle inspira à pleins poumons l'air frais qui emplissait l'habitacle.

— Si vous ne voulez pas que je pique une crise, fit-elle d'une voix tendue, vous avez intérêt à me fournir des explications un peu plus poussées ! D'abord, quel est votre nom ?

— On m'appelle le Traqueur, dit-il tout en continuant à regarder devant lui.

Elle trouva ce nom complètement ridicule.

— Et vous traquez quoi ?

— Le mal.

Décidément, pensa-t-elle, cet homme était soit cinglé, soit psychopathe, à moins que ce ne soit elle qui ait glissé soudain vers la folie. Pendant quelques instants, seul le bruit du moteur qui ronronnait se fit entendre.

— C'est original ! dit-elle enfin. Je présume que les individus qui m'ont tiré dessus faisaient partie des gens que vous traquez.

— Non.

— Non ? C'était qui alors ?

— Des tueurs à gages payés pour vous exécuter.

Et si cette fusillade n'avait été qu'une mise en scène, pour lui faire croire qu'elle était en danger ? pensa-t-elle soudain. Elle écarta rapidement cette hypothèse. Si cet homme l'avait conditionnée au point de faire croire à tout le monde dans les coulisses qu'elle le suivait de son plein gré, il n'avait aucune raison de la manipuler ensuite avec un stratagème aussi grossier et dangereux.

— Me tuer, ce n'est pas de la malveillance, selon vous ?

— Je ne traque pas les malfrats, uniquement le mal.

À présent, Virginia avait l'intime conviction qu'il ne s'agissait pas d'un simple enlèvement. Par ce rapt, l'intégralité de sa vie était en train de basculer dans une autre dimension dont elle ne percevait pas encore clairement les contours. Une dimension qui, aussi étrange que cela puisse paraître, ne lui semblait plus inconnue et vers laquelle elle se sentait maintenant attirée. Cet homme avait-il ravivé en elle quelque chose de profondément enfoui dans sa mémoire ?

C'est cette sensation de *déjà-vu* qui la retint à cet instant de hurler encore, de se débattre, voire d'attraper le volant pour provoquer un accident afin que cette voiture s'arrête enfin.

*Je ne suis plus la même qu'il y a ne serait-ce que vingt minutes*, pensa-t-elle avec stupéfaction. À cette idée troublante, un profond malaise l'envahit. Elle n'avait pas le sentiment d'être hypnotisée ou droguée, ni même dérangée mentalement, simplement un peu patraque suite à son début d'évanouissement. *Que se passe-t-il ?* se demanda-t-elle. Elle tenta d'en savoir davantage.

— Vous êtes bien prétentieux, monsieur le Traqueur haut de gamme ! Quel est le mal si terrible que vous poursuivez ?

— Un mal absolu.

— C'est logique ! commenta-t-elle avec sarcasme. Et qu'ai-je à voir avec votre mal absolu ?

— Il vous veut.

— Génial ! Maintenant, je suis l'égérie du mal absolu ! Pourquoi moi ?

— Parce que vous êtes le Chaperon rouge.

Elle partit d'un grand éclat de rire nerveux. Elle s'était attendue à tout sauf à ça. Il aurait pu lui dire qu'elle était un agent secret en dormance, éveillé par un signal mystérieux l'ayant fait émerger de sa longue stase, ou qu'elle était devenue foldingue à force de vivre dans le monde déjanté de la haute couture…

*Le Petit Chaperon rouge ! Et pourquoi pas le grand méchant loup ?*

Elle s'esclaffa de plus belle. C'était ce Traqueur qui était fou à lier.

— C'est la meilleure ! dit-elle enfin, en essayant de retrouver un peu de raison. Il y a une heure à peine, j'allais enfin accéder au cercle fermé des grands créateurs de mode et, au lieu de cela, je suis sur le périphérique parisien avec des tueurs à mes trousses, sauvée par un Traqueur qui m'enlève au volant de son cabriolet. Excusez-moi, je ne vois pas de loup à notre poursuite !

Il ne répondit rien. Cela ne fit qu'agacer davantage Virginia, qui attendait de lui d'autres réponses qu'un regard impassible de temps à autre. Slalomant entre les voitures, le véhicule de sport affichait plus de deux cents kilomètres-heure au compteur. Bientôt, son conducteur prit une sortie à droite. Le panneau indiquait l'autoroute de Normandie.

— Où allons-nous, maintenant ? grinça-t-elle, prête à le frapper à nouveau s'il ne lui fournissait pas de réponse.

— À New York, répondit-il avec sérieux.

Elle le fixa, interdite.

— New York ? De mieux en mieux ! Traqueur ou qui que vous soyez d'autre, garez-vous immédiatement sur le bas-côté et appelez-moi un taxi ! Si vous ne le faites pas, je vous jure que je saute !

Encore une fois, il resta imperturbable, aussi affecté par ses propos qu'un sourd insulté par un muet. À présent, Virginia écumait. Folle de rage, elle saisit nerveusement la poignée de la portière et la tira. Le système d'ouverture devait être verrouillé, car rien ne se produisit. Dépitée, elle poussa un juron et donna un coup de poing rageur sur la poignée, avant de pousser un cri de douleur et de se masser la main. Le Traqueur l'observa de nouveau longuement sans mot dire. Le régime du moteur tomba peu à peu et la vitesse se stabilisa aux environs de cent soixante. Il était toujours concentré sur la conduite de son bolide, jetant de temps à autre un coup d'œil dans le rétroviseur.

— Mademoiselle Woolf, dit-il posément comme si

rien ne s'était passé, ma mission est de vous protéger et de vous escorter jusqu'à New York.

— Vous croyez quoi ? Que je n'ai rien d'autre à faire que de vous suivre en Amérique ?

— Là-bas, vous serez davantage en sécurité qu'à Paris.

— Et mon défilé, mes créations ?

— Désolé pour vous, je crains que vous ne deviez faire désormais une croix sur cette partie de votre existence.

— Vous vous moquez de moi, j'espère ?

— Pas du tout. Je viens de vous sauver la vie.

Virginia se renfrogna et ne trouva rien à rétorquer. Elle était intimement persuadée que cet homme ne mentait pas. De là à le suivre aveuglément… Au-dessus de la route, un panneau indiquait la distance qui les séparait de Deauville.

— L'aéroport de Roissy n'est pas de ce côté, au cas où vous l'ignoreriez.

Le Traqueur esquissa un semblant de sourire. Cela s'apparentait davantage à un rictus nerveux certes, mais elle y décela de l'amusement.

— Qui vous a dit que nous irions en Amérique en avion ?

Elle croisa les bras et observa sur sa droite les autres véhicules qui se faisaient doubler à toute vitesse. Le moteur émettait un bruit plaisant, comme si cette allure excessive était le rythme qui lui convenait le mieux.

— Pourquoi New York ?

— Pour y rencontrer des nains.

Elle se renfrogna davantage.

— C'est ça, et moi, je m'appelle Blanche-Neige !

— Je vous l'ai déjà dit, reprit-il calmement, vous

êtes le Chaperon rouge. Quant à Blanche-Neige, nous la rencontrerons aussi là-bas, de l'autre côté de l'Atlantique.

Tout cela n'avait aucun sens, pensa-t-elle, sauf qu'elle continuait à jouer le jeu avec cet inconnu qui tenait des propos aussi réalistes qu'une tempête de neige en plein Sahara. À cet instant pourtant, elle se rappela avoir déjà eu une discussion avec lui. Cela avait à voir avec son engloutissement par ce fameux Léviathan qui hantait ses cauchemars. Las, ce monstre devait avoir également avalé ses souvenirs, car elle avait la déroutante impression de n'en garder qu'une insaisissable empreinte dans son esprit. Cependant, elle était à présent certaine que cette trace était réelle.

*Qui suis-je réellement ?* se demanda-t-elle avec angoisse, *un Petit Chaperon rouge dévoré et réincarné ?* Et ce trou noir dans sa mémoire qui n'avait de cesse d'enfler... Paradoxalement, plus elle prenait conscience de ce vide en son esprit, plus ce que lui racontait cet homme lui semblait plausible... Elle rétorqua à sa façon, avec sarcasme :

— Vous savez que vous êtes un rigolo, dans votre genre ! Blanche-Neige vit dans la « grosse pomme », j'aurais dû m'en douter. Rencontrerai-je également Cendrillon par la même occasion dans un magasin de chaussures *Prada*, et la Belle au bois dormant dans Central Park ?

Il lui jeta un regard noir.

— Ne plaisantez pas avec ça, mademoiselle Woolf ! Les jeunes femmes que vous appelez Cendrillon et la Belle au bois dormant sont mortes, assassinées par un couple de sorciers extrêmement dangereux. Remerciezmoi d'être intervenu à temps pour vous sauver, car sinon, vous auriez été la troisième sur leur liste !

Il se tourna vers elle et, tendant la main dans sa direction, rapprocha son pouce de son index.

— Il s'en est même fallu d'un cheveu ! enchaîna-t-il. Quant à la personne que nous appellerons Blanche-Neige, elle survit encore parce qu'elle est restée dans l'anonymat, contrairement à vous, mademoiselle la future star de la haute couture !

Virginia fit la moue. Non, le Traqueur n'était pas fou. Son agacement ne relevait d'aucun délire, elle en était sûre. C'était même une réaction d'une extrême franchise.

— Qui sont ces sorciers ? demanda-t-elle avec une nuance d'inquiétude dans la voix.

— Une femme aux maléfices puissants, et une créature surnaturelle et barbare appelée le Loup.

Cette fois-ci, elle le crut immédiatement. Les accents de sincérité du Traqueur lorsqu'il avait évoqué l'assassinat d'autres jeunes femmes avaient fait mouche. Assez bizarrement, elle avait éprouvé de l'empathie pour ces héroïnes de légende assassinées. Maintenant, l'existence d'êtres malfaisants souhaitant sa mort lui paraissait véridique.

— Votre rôle est de traquer ces sorciers, puis de les tuer ? tenta-t-elle de comprendre.

— Mon rôle se limite à la traque du Loup et à votre protection. C'est à vous qu'il incombera de les détruire.


La voiture de sport arriva au Havre deux heures plus tard. Le Traqueur gara son cabriolet sur les quais à proximité d'un cargo lituanien prêt à appareiller.

— Attendez-moi ici, dit-il en descendant de la voiture, je vais voir le capitaine.

Virginia le regarda monter la passerelle et disparaître dans le navire. Elle réalisa alors qu'elle pouvait
s'enfuir, alerter les autorités du port et le faire arrêter.
Son ravisseur l'avait laissée sans surveillance de façon
délibérée. Ce professionnel n'avait pas pu commettre
là cette erreur de débutant !

*Il m'offre le choix*, pensa-t-elle. *Il m'autorise à partir, à retrouver ma vie d'avant, mes défilés de mode et
ma carrière. Je suis libre de choisir entre mon ancienne
vie et quelque chose de nouveau.*

Sauf qu'il ne s'agissait pas là d'une existence nouvelle. Seulement une vie encore plus ancienne, qu'elle
devrait réapprendre à découvrir. Un saut dans le vide,
non pas en avant vers l'inconnu, mais en arrière, vers
ce qu'elle avait été auparavant.

*Suis-je prête à le faire ?* songea-t-elle avec angoisse.

« *Vous êtes le Chaperon rouge* », lui avait-il dit. Cela
impliquait aussi forcément ce fameux Loup ou une
entité maléfique, comme celle qui tentait de fausser la
balance dans le tympan de l'abbatiale de Conques. Les
hommes qui lui avaient tiré dessus n'avaient pas de
longues dents ou des oreilles pointues. Ils avaient plutôt l'air de vulgaires tueurs, comme ceux qui exécutent
les contrats de la mafia.

*Il me laisse le choix...*

Elle appuya sur le bouton pour défaire sa ceinture.
Ébahie, elle resta à regarder le ruban de toile s'enrou-
ler dans le montant de la portière.

*Je suis libre !* pensa-t-elle avec joie.

Elle tira sur la poignée et cette fois-ci, la portière
s'ouvrit.

*Libre d'oublier tout ça, de m'enfuir !*

Elle ne le fit pas. Ce qui la retint fut ce sentiment de vulnérabilité qu'elle éprouvait clairement, sentiment apaisé par la présence à ses côtés de ce mystérieux inconnu qui n'en était pas un. Le Traqueur l'avait enlevée, certes. Malgré tout, elle se sentait bien en sa compagnie. Pas seulement à l'abri du danger ; protégée d'un mal invisible et pourtant réel. Au fond d'elle-même, elle ressentait une attirance pour cet homme, un attrait physique presque magnétique, animal, qu'elle n'aurait su expliquer. Il n'y avait pourtant là aucun coup de foudre. Jamais auparavant elle n'avait connu pareille sensation, pensa-t-elle, du moins dans sa vie de créatrice de mode. Avant, en revanche…

Elle referma la portière, ce qui raviva la douleur à son bras. Elle jeta un œil à sa blessure : elle ne saignait plus. Elle détourna rapidement le regard et observa les quais pour se changer les idées. Des dockers s'activaient à charger les derniers containers sur l'immense navire, dans un ballet incessant de grues géantes. Un crachin venu du large tombait à présent, lui glaçant les os. Elle réalisa qu'elle ne portait qu'une robe légère de soirée. Elle tenta de remettre la capote, en vain, car elle ne sut sur quel bouton appuyer.

Pour se protéger au maximum de la pluie, elle se cala dans un recoin, observant en frissonnant les mouvements des grues rouillées dans la grisaille, à mille lieues de l'ambiance électrique des défilés de haute couture. Elle profita de ces quelques instants de solitude au grand air du large pour tenter d'analyser les intenses événements qu'elle venait de vivre. Maintenant qu'elle avait décidé de rester, elle devait trouver un sens à tout ça, une certaine logique pour la conforter dans son choix.

Les tueurs n'étaient pas factices ; le rétroviseur cassé, les impacts de balles sur la carrosserie et sa blessure au bras pouvaient en témoigner. Assurément, le Traqueur avait pris des risques pour la sauver. Elle avait en fait la sensation qu'une seconde réalité venait de se superposer à son propre monde, comme un papier-calque crayonné à la va-vite viendrait se surajouter à un dessin achevé aux couleurs éclatantes. Hélas, cette autre dimension restait désespérément abstraite. Même si elle était certaine de connaître l'homme, le nom de Traqueur ne lui disait rien. Le Loup, *Blanche-Neige*, les contes de Grimm et de Perrault étaient ancrés dans ses souvenirs, comme chez bon nombre de personnes. Cependant, là encore, elle percevait quelque chose d'autre en dessous de la fable, une part de vrai qu'elle n'arrivait pas à définir, sensation dérangeante…

Le Traqueur revint bientôt, l'air satisfait de lui.

— C'est bon ! annonça-t-il. Le capitaine met deux cabines à notre disposition.

— Vous m'en voyez ravie…

— Vous permettez ?

Il prit son bras et l'examina avec délicatesse.

— Je vais vous soigner ça dès que nous aurons embarqué. La blessure est superficielle. D'ici à quelques jours, elle sera guérie et vous n'aurez même pas de cicatrice.

— On verra.

Elle devait vraiment être folle, pensa-t-elle alors. Sous peu, elle embarquerait pour un voyage de plusieurs semaines sur un cargo miteux, avec un inconnu dont elle ne savait rien. La pluie redoubla d'intensité, la faisant frissonner. Le Traqueur le remarqua.

— Mettez ça, fit-il en enlevant son manteau et en le déposant sur ses épaules.

L'ample vêtement était chaud, et Virginia s'empressa de s'y lover le plus étroitement possible, appréciant au passage l'odeur musquée qui s'en dégageait. Quatre marins descendirent la passerelle. Ils prirent en charge le véhicule, qui fut embarqué sur le cargo au moyen d'une grue. Pendant ce temps, le Traqueur présenta Virginia au commandant du navire.

— Le capitaine dit que nous débarquerons à New York dans quinze jours. Je lui ai également demandé de vous trouver d'autres vêtements…

Il examina rapidement la robe en tissu léger à présent masquée par son manteau.

— Un peu plus chauds…

Elle le gratifia d'un regard qui se voulait reconnaissant.

— Merci, murmura-t-elle.

Il esquissa un sourire timide en sa direction.

— Les voyages en cargo ont un charme suranné, vous verrez. Et puis ainsi, nous voyagerons incognito.

— Mmmm, grommela-t-elle en resserrant le manteau autour de ses épaules.

L'odeur de musc vint de nouveau titiller ses narines et un agréable frisson parcourut son corps. Elle ajouta :

— J'espère surtout que je ne fais pas la plus grosse bêtise de ma vie en vous suivant.


Virginia profita de la traversée de l'Atlantique pour tenter de faire connaissance avec le Traqueur. Il se présenta comme un ancien militaire des pays de l'Est, congédié de l'armée après la chute du mur de Berlin.

Un soir, alors que le soleil couchant scintillait de mille reflets à la surface de l'océan, elle souhaita l'interroger sur le Loup qu'il affirmait chasser. Le Traqueur était accoudé au bastingage à la proue du navire, perdu dans ses pensées. L'immense pont du cargo était désert, encombré seulement de quelques containers métalliques légèrement rouillés. À cette heure, les rares marins de l'équipage étaient à l'intérieur et le bateau tout entier s'offrait à eux. Elle s'approcha de lui en silence.

— Le Loup est une bête hors du temps, n'obéissant qu'à ses propres instincts, commença-t-il par dire sans se retourner.

Elle se figea.

— Non seulement vous avez l'ouïe fine, mais vous lisez aussi dans les pensées !

Il haussa négligemment les épaules, fixant toujours l'horizon. Elle vint s'accouder à la rambarde à ses côtés. Le navire fendait les flots de l'Atlantique sans le moindre mouvement de roulis ou de tangage. Parfois, au loin, un bruit métallique étouffé montait de la soute gigantesque, venant troubler le silence rassurant de l'imposant bâtiment.

— L'avez-vous déjà affronté ? demanda-t-elle.

— Plusieurs fois, par le passé.

— Comment ça s'est fini ?

— Avec quelques cicatrices supplémentaires de part et d'autre.

Une brise légère et iodée soufflait, caressant le visage de Virginia, faisant onduler ses cheveux. Le Traqueur avait attaché les siens à l'aide d'un ruban de soie bleue.

— Serait-il immortel pour que vous ne puissiez l'abattre ?

— Il est mortel, seulement il a la vie dure. À force de confrontations, nous nous connaissons parfaitement. Dès lors, il m'est difficile d'en venir à bout.

Elle se tourna vers lui et l'observa attentivement. Il contemplait maintenant le soleil qui descendait derrière l'océan.

— Que suis-je exactement pour le Loup, dans cette histoire ?

Il ne cilla pas. Son esprit semblait vagabonder dans un autre monde, au-delà de l'horizon empourpré.

— Une très belle jeune femme qu'il désire mettre à son menu, finit-il par déclarer.

Cette phrase ambiguë la laissa pour ainsi dire sur sa faim. *Une très belle jeune femme...* Elle savoura toutefois le compliment, surtout venant de lui, qui en était plutôt avare. Le Léviathan avalant les damnés ressurgit aussitôt en filigrane, comme dans ses cauchemars les plus sombres. Pour la première fois, à cet instant, il ressembla à s'y méprendre à la gueule d'un loup.

— Ne m'aurait-il pas déjà attrapée par le passé ?

— Cela se pourrait, répondit-il énigmatiquement, cela se pourrait…

Elle fixa l'horizon.

— J'ai dans ma tête des images confuses d'une bête monstrueuse qui me poursuit et me dévore. Elles viennent parfois hanter mes rêves.

Il daigna enfin se tourner vers elle et la dévisagea longuement.

— Je ne suis pas doué en psychanalyse et je rêve rarement. Je crains de ne pouvoir vous aider. Peut-être que les nains que nous rencontrerons à New York,

Franz Schüchtern et Albert Mürrisch, le pourront. Vous n'aurez qu'à leur poser directement la question. Après tout, ce sont eux qui sont à l'origine de toute cette affaire.

Il haussa de nouveau les épaules et se plongea dans l'observation des dauphins qui bondissaient à la proue du navire, accompagnant sa course. Le crépuscule projetait à présent des ombres sur l'océan et les scintillements de l'eau s'éteignaient peu à peu. Le Chaperon rouge, un Loup, un Traqueur, pensa-t-elle, tout cela se tenait malgré l'étrangeté de cette histoire. Cependant, ce n'était pas pour cette raison qu'elle l'avait suivi jusque sur ce cargo naviguant vers l'Amérique. Elle avait à présent le sentiment que son ancienne existence avait pris de l'épaisseur. Même si elle n'en cernait pas encore clairement les contours, elle ne doutait plus de son appartenance à ce monde surnaturel.

— Quel est le rôle des nains dans cette histoire ? s'enquit-elle.

— L'un d'eux, Albert Mürrisch, est venu me chercher en Russie et m'a demandé de vous protéger. En échange, il m'a affirmé que je pourrais mettre la main sur le Loup, qui avait retrouvé votre trace et qui voulait vous tuer.

— *Mürrisch*, cela signifie grincheux en allemand. Et *Schüchtern* veut dire timide. J'ai vu par le passé le dessin animé, *Blanche-Neige et les sept nains*. Franz *timide*, amoureux de Blanche-Neige, et Albert *grincheux* qui ne cesse de râler, ressemblent-ils aux personnages du film de Walt Disney ?

— Je ne connais pas ce dessin animé, lâcha-t-il, toujours captivé par la course des dauphins. Albert est parfois bougon, en effet. Quant à Franz, je ne l'ai pas encore rencontré.

— Et les autres nains ?

— Quels autres ?

— Atchoum, Prof et toute la bande !

Il la dévisagea avec étonnement, comme si une énorme verrue venait de pousser au milieu de son front.

— Les autres nains ? Je ne sais même pas s'ils existent. Je ne connais qu'Albert.

— Et Blanche-Neige ? La belle femme brune que le chasseur épargne, puis qui épouse le prince charmant, vous la connaissez ?

À ces mots, une ombre vola sur le visage du Traqueur. Virginia comprit immédiatement qu'il l'avait déjà croisée par le passé.

— Blanche-Neige est comme vous, dit-il d'une voix mal assurée, une jeune femme que je devrai protéger de ceux qui veulent vous anéantir.

— Est-elle très belle comme dans le conte, une peau blanche au teint parfait, des lèvres rouges, de longs cheveux de jais et une voix claire qui fait vibrer les cœurs ?

Il eut du mal à cacher son trouble.

— Je ne m'en souviens plus, dit-il gauchement. Cela fait si longtemps que je ne l'ai plus vue.

*À présent, il a hâte de la revoir !* pensa-t-elle. Toutefois, elle savait aussi qu'il serait inutile de le questionner plus avant, elle n'en tirerait rien de plus ce soir.

— L'autre jour dans la voiture, vous m'avez dit que c'était à Blanche-Neige et à moi-même qu'il incomberait d'éliminer les sorciers. Comment nous y prendrons-nous ?

— Je n'en sais rien. Vous en discuterez avec les nains lorsque vous ferez connaissance.

— Vous n'en savez rien, ou vous ne voulez rien me dire ?

— C'est l'idée d'Albert et de Franz, pas la mienne.

Virginia soupira. Finalement, cet exil à New York risquait de ne pas être une sinécure.

— J'ai pu enfin en apprendre un peu plus. Ce n'est pas trop tôt !

Un long silence s'ensuivit. Son voisin la fixa sans mot dire, avant de considérer l'horizon assombri.

— Je ne suis pas bavard, il faudra que vous vous en accommodiez. Tenez, regardez !

Le soleil s'était à présent couché derrière l'océan. Un rai de lumière verte apparut soudain sur la ligne de partage entre le ciel et l'eau, contrastant avec le crépuscule environnant. Le phénomène optique de forte intensité persista quelques secondes, puis l'obscurité se fit totale.

— Le rayon vert ! s'exclama Virginia, émerveillée.

Il se tourna vers elle, un sourire d'enfant sur son visage.

— C'est beau, n'est-ce pas ?

— Très beau.

— Ce rayon était particulièrement fascinant : de la couleur de vos yeux.

Saisie par sa remarque, elle soutint son regard, irisé d'une étrange lueur indéchiffrable. Ce même reflet avait déjà brillé dans ses yeux, lorsqu'il s'était accroupi à ses côtés, dans les coulisses du défilé, songea-t-elle. C'était le second compliment qu'il lui adressait en quelques minutes. Il détourna la tête et se dirigea vers sa cabine.

— Je vous souhaite une bonne nuit, Virginia, lança-t-il sans se retourner.

— Bonne nuit à vous aussi, murmura-t-elle en le regardant disparaître à l'intérieur du navire.

*Il ne m'a pas refait le coup du regard enchanteur*, songea-t-elle presque à regret. *Il avait ces mêmes yeux et, cette fois-ci, rien ne s'est passé.*

Elle n'eut pas l'occasion d'en apprendre davantage sur le Loup et sur son traqueur, au cours du reste de la traversée. Son compagnon resta poli et courtois, mais ne fit aucun effort pour se lier d'amitié avec elle. Elle décela un malaise profond quant à ses relations avec les autres humains, plus particulièrement ceux de sexe féminin. Il aurait pu aisément profiter de l'indolence de cette croisière romantique pour la séduire. Il était plutôt bel homme et avait beaucoup de charme malgré son côté revêche.

Or, rien de cela ne se produisit.

Le Traqueur avait bâti une épaisse muraille autour de ses émotions. Virginia se dit qu'il serait intéressant de creuser le sujet, de farfouiller dans les méandres de son esprit afin d'y découvrir quel secret s'y cachait. Ne devait-elle pas tout savoir de l'homme qui la protégerait désormais du grand méchant loup, elle, le Petit Chaperon rouge qui haïssait toujours la couleur pourpre sans raison ?

Ce lent et long voyage de sa vieille Europe vers le Nouveau Monde — passage vers une nouvelle vie, comme au temps des émigrants fuyant la misère ? — avait été nécessaire pour la convaincre définitivement de sa nouvelle — *ancienne* — identité.

Le bateau arriva quatre jours plus tard en vue des côtes américaines, au terme d'une traversée paisible. Au loin, devant les gratte-ciel de Manhattan, la statue de la Liberté se dressait fièrement.

## 6

### *Chasse, duchesse et trahisons*

Il était une fois, il y a très longtemps de cela, un royaume oublié couvert de forêts giboyeuses et de montagnes aux sommets vertigineux. Dans ce royaume, il y avait un immense château avec de hautes tours où demeuraient le roi, la reine et leur unique enfant prénommée Albe. Les forêts du domaine royal s'étendaient à perte de vue autour de la forteresse de pierres grises qui formait un îlot dans l'océan de verdure l'entourant de toutes parts. Au loin, de hauts pics enneigés barraient l'horizon, frontière naturelle isolant cette paisible monarchie du reste de l'Europe.

La jeune princesse tenait son prénom de son teint d'albâtre qui mettait en valeur ses yeux azur pétillants. Sa longue chevelure couleur de jais descendait en cascade jusqu'à sa taille. Sa beauté était assurément remarquable, car elle la devait non seulement à la perfection de ses traits, mais également à la grâce naturelle qu'elle dégageait.

Le roi partait souvent chasser avec les grands de sa cour pendant plusieurs jours. C'était l'occasion pour l'enfant de passer davantage de temps avec sa mère. Il arrivait même parfois qu'elle dorme dans son lit, prétextant un mauvais rêve ou la froidure de sa chambre. Dans la journée, la souveraine s'asseyait aux côtés de sa fille, devisant de choses et d'autres, allant jusqu'à jouer en sa compagnie.

La reine était ce matin-là avec la princesse. C'était l'hiver et un bon feu crépitait gaiement dans la cheminée, réchauffant de ses flammes la grande salle du donjon. Elles étaient assises sur un épais tapis de laine devant la maison de poupée qu'avait fabriquée à ses heures perdues le chasseur du domaine royal. L'homme s'était attaché à l'enfant, aussi brillante que charmante, et il pouvait passer des nuits entières à lui confectionner des jouets de bois qu'il lui offrait pour ses anniversaires ou pour la consoler lorsqu'elle était mélancolique. À cette heure, il se trouvait en compagnie du roi, engagé dans une traque au cerf et au sanglier.

— Tu vois, dit la reine, à ton âge, j'avais une poupée de chiffon avec une tête en ivoire sculptée. Elle se prénommait Cassandre et était ma confidente, car j'étais enfant unique, tout comme toi.

— L'as-tu toujours ?

— Certainement. Elle doit se trouver au fond d'une malle poussiéreuse dans un recoin du château. Je demanderai à ma cameriste de te la retrouver.

Albe interrompit l'arrangement de la petite cuisine dans le donjon miniature.

— Pourquoi l'avoir appelée Cassandre ? Homère disait que c'était la plus belle des filles de Priam. N'était-ce pas avant tout une femme qui prévoyait un funeste destin à sa ville de Troie ?

— N'oublie jamais que l'on blâme toujours le porteur de la mauvaise nouvelle. Le peuple n'aime pas entendre la vérité et préfère l'hypocrisie qui maintient une illusion de bonheur. Un souverain se doit d'annoncer la vérité même si elle est difficile à accepter.

— As-tu déjà annoncé de mauvaises nouvelles à notre peuple ?

La reine prit des brindilles, les coupa entre ses doigts et les déposa dans la minuscule cheminée de la cuisine.

— Pas depuis ta naissance.

— Devrai-je un jour le faire ?

— Je ne te le souhaite pas. Si cela se produit, ne cherche pas à édulcorer la réalité. Ton devoir de gouvernante du royaume t'imposera cette lourde tâche. Sois prête à l'affronter.

Albe fronça les sourcils.

— Mère, quand j'y songe, Cassandre a eu beau prédire le malheur pour la ville de Troie, elle n'a pu empêcher le désastre de sa cité. D'ailleurs, plus elle annonçait de sombres vérités, moins on l'écoutait. Sa mise en garde a donc été vaine.

— Cassandre a crié dans un immense désert d'orgueil. Souvent, ceux qui veulent en découdre à tout prix sont sourds à toute mise en garde. Malgré ça, une voix qu'on croit perdue trouve parfois une oreille attentive, des hommes et des femmes de bonne volonté qui entendent le son du tocsin et qui se dressent pour arrêter l'inévitable. C'est rare, certes, mais cela arrive.

Albe sortit un petit lit en bois d'une chambre, réajusta le minuscule édredon en soie et le remit à sa place.

— Cela t'est déjà arrivé ? Je veux dire, des hommes et des femmes ayant empêché que des malheurs se produisent ?

— Oui, par le passé. Des hommes oubliés et méprisés par tous ont pris les devants, répondu à l'appel et empêché des ignominies que d'autres s'apprêtaient à commettre. Ils n'étaient qu'une poignée. Sept en tout, mais ces sept-là ont éveillé des dizaines de consciences, qui en ont elles-mêmes éveillé à leur tour, des milliers d'autres.

— C'est grâce à eux que nous vivons en paix ?

— En grande partie.

— Tu me les présenteras, dis ?

La reine prit une chaise miniature dans la petite cuisine et l'examina avec attention.

— Je te le promets.

— Finalement, tu as été une Cassandre entendue.

— Et s'il te faut l'être un jour, n'oublie jamais qu'il est toujours dans ce monde des personnes de bonne volonté. Ces êtres pourront te paraître parfois méprisables, raillés parce qu'horribles d'aspect, rejetés de tous. Cependant, tu pourras compter sur eux pour empêcher l'irréparable de se produire, même s'ils sont peu nombreux et si la tâche te semble a priori insurmontable. Tiens, conclut-elle en rendant le jouet de bois à sa fille, cette chaise est cassée. Tu devrais le dire au chasseur, pour qu'il te la répare.

C'est alors qu'un serviteur entra. Il aurait pu noter que la mère et la fille se ressemblaient trait pour trait, la première ayant en supplément une grâce et une noblesse de visage que la seconde ne tarderait pas à acquérir.

— Majesté, déclara-t-il en s'inclinant, il y a dans la cour du château une personne qui souhaiterait vous rencontrer.

— Très bien. Dites-lui que j'arrive.

Le serviteur s'effaça et la reine prit Albe dans ses bras.

— Ma chérie, je m'absente un instant.

— Les affaires du royaume, n'est-ce pas ?

— En effet. Je ne serai pas longue, je te le promets.

La reine sortit de la pièce et descendit l'escalier en colimaçon du donjon afin de se rendre dans la cour. Une splendide femme brune de haute lignée l'attendait patiemment sur sa monture, l'air hautain, engoncée dans une roideur étrange. Le coursier noir qu'elle chevauchait, au pelage brillant, ne présentait aucune trace de salissures inhérentes à un long voyage. Il en était de même pour sa cavalière richement vêtue. Un manteau en peau de taupe aux reflets chatoyants recouvrait son corps élancé, habillé selon la dernière mode en vigueur dans les cours royales. Lorsque la reine sortit au-devant d'elle, la femme descendit prestement de son étalon et s'inclina.

— Majesté, annonça-t-elle en gardant la tête baissée, permettez-moi de me présenter. Je suis la duchesse Marilyn Von Sydow du royaume de Saxe et je demande asile à votre royale altesse. Si vous le souhaitez, je puis vous dire les raisons qui m'ont poussée à fuir mon pays.

— Je ne veux pas les connaître. Vous avez demandé asile, votre requête doit dans ce cas être parfaitement justifiée. Vous pourrez demeurer dans ce château tout le temps qu'il vous plaira.

— Votre Majesté est d'une bonté qui mériterait d'être chantée par les ménestrels.

— La bonté se doit d'être discrète. L'ostentation n'a point de place dans ces affaires-là.

— Cette noblesse de cœur vous honore. Je saurai m'en souvenir.

Poussée par la curiosité, Albe avait suivi sa mère.

Elle se tenait sur le perron de la porte principale du château, serrant contre elle une poupée. La duchesse leva les yeux vers elle, l'observant avec une attention toute particulière. La reine s'en aperçut.

— Voici ma fille unique, déclara-t-elle.

— Quelle remarquable enfant ! Comment se prénomme-t-elle ?

— Tout le monde ici la surnomme Blanche-Neige. Vous comprendrez aisément pourquoi.

Albe se tenait toujours sur le seuil, immobile, fixant la nouvelle venue avec défiance.

— Vous détenez dans vos murs un trésor inestimable, commenta cette dernière en esquissant un étrange sourire. Je devine dans les traits de cette enfant la grandeur d'âme de sa mère. Vous êtes une reine comblée, Majesté.

Elle tendit ensuite ses bras vers Albe.

— N'aie pas peur, dit-elle, viens donc m'embrasser !

L'enfant ne bougea pas d'une semelle, observant mâchoires serrées cette inconnue qui tentait de l'amadouer de sa voix sirupeuse. Ses yeux, son visage et son corps tout entier trahissaient à présent un trouble profond. La méfiance du début avait fait place à de l'effroi, mêlé à une colère sourde. Au lieu de s'avancer dans la cour, elle fit demi-tour et s'enfuit en courant dans le château, monta quatre à quatre les marches de l'escalier et se jeta en pleurant sur son lit.


Albe savait depuis son plus jeune âge qu'elle devrait un jour, en tant que souveraine, annoncer de sombres nouvelles à ses sujets. Toutefois, ce qu'elle venait de voir dépassait son entendement de petite fille innocente.

Car le mal qui venait d'apparaître dans la cour, chevauchant un étalon noir, était à la fois la faux qui faucherait à son profit des vies par milliers, et le fléau en mesure d'annihiler toute conscience éveillée.

L'aura maléfique de la duchesse s'instillait déjà dans tous les esprits, y compris le sien. À la différence de ses semblables, elle avait parfaitement conscience du sortilège, un sixième sens qui prenait forme pour la première fois. Hélas, elle n'était qu'une petite enfant, ne disposant pas encore des armes pour lutter contre cette puissante sorcière. Des années s'écouleraient avant qu'elle puisse dénoncer au monde sa perfidie. D'ici là, personne ne l'écouterait, pas même sa mère, également sous l'emprise du maléfice.

Cette dernière pensée lui brisa le cœur. L'être le plus cher à ses yeux resterait sourd à sa mise en garde. Albe avait la certitude que la duchesse Von Sydow ne tarderait pas à s'emparer du trône. Par le passé, la reine avait pu prévoir et annoncer au monde la tragédie qui venait. Hélas, rien ni personne n'aurait pu la convaincre qu'une désolation encore plus immense pourrait la frapper dans sa propre chair.

Albe pleura toute la nuit. Elle pleura même lorsqu'elle n'eut plus une larme à verser. Elle était vraiment seule à présent et le serait davantage lorsque cette sorcière au regard enchanteur assassinerait sa mère. Elle se remémora ce que lui avait dit cette dernière : sept veilleurs avaient sauvé le royaume. Elle était tenace. Sa ville de Troie, le royaume dont elle hériterait un jour, ne tomberait pas. Elle trouverait ces veilleurs et mettrait un terme à la vilenie de cette duchesse.

C'était le matin. Les rayons du soleil qui pointaient à l'est éclairaient le sommet des montagnes enneigées, chassant peu à peu les ténèbres de sa chambre, dissipant ses sombres humeurs.

Elle sécha ses larmes, inspira profondément et laissa l'astre du jour la réchauffer. Elle s'avança lentement sans ciller vers l'ouverture pratiquée dans le mur, éblouie par le soleil qui inondait maintenant la pièce. Elle contempla longuement son royaume qui s'éveillait à la vie, puis lui prêta serment de vaincre la duchesse Von Sydow, dût-elle y consacrer le restant de son existence.

Le roi revint huit jours plus tard avec des trophées par dizaines. La chasse avait été bonne, inespérée même, étant donné la période de l'année. Le chasseur entra dans la cour en fin de cortège, après que tous les nobles furent passés. Aussitôt, Albe courut à sa rencontre. En la voyant, le grand homme à l'allure dégingandée descendit de son cheval et la prit dans ses bras sous le regard attendri du roi. L'enfant serra longuement contre elle l'échalas aux cheveux blonds retenus par un ruban bleu, savourant cette embrassade emplie de tendresse que son père ne pouvait prodiguer lorsqu'il endossait son rigide costume de souverain.

— Regarde ce que je t'ai rapporté, fit le chasseur, tenant entre ses mains des petits oiseaux.

— Des grives ! s'exclama Albe avec des yeux émerveillés.

Il esquissa un sourire bienveillant.

— Je demanderai au cuisinier de te les préparer avec la sauce que tu aimes tant, proposa-t-il.

— Merci ! Merci ! s'écria-t-elle, le serrant encore plus fort contre elle.

— Tu vas m'étouffer, fit-il en riant aux éclats.

— Albe, veux-tu le laisser tranquille ! réprimanda le roi d'un air faussement en colère.

— Bien, père, dit-elle en desserrant l'étreinte. Chasseur, je voulais te dire, ma maison de poupée a une chaise cassée…

L'homme ne la regardait plus. Son attention se portait à présent vers le château. Elle nota que son visage avait quelque chose de différent, une étrange lueur mêlée d'envie et de désir. Elle se retourna, non pas pour découvrir la duchesse Von Sydow qu'elle savait présente sur le perron, mais pour observer sa réaction lorsqu'elle croiserait ses yeux.

Ce qu'elle y lut lui glaça le sang : Marilyn Von Sydow la poignarda du regard.

Albe assistait fréquemment aux décisions de justice royale dans la grande salle du château. À ces occasions, elle avait pu sonder l'esprit de nombreux malfrats, dont certains étaient des êtres vils et d'une profonde perversité. Cependant, elle n'y avait jamais lu une telle cruauté.

La duchesse posa ensuite ses yeux sur le chasseur. Il était fasciné, asservi par cette dame brune qui le domptait, comme lui-même avait maté les plus rebelles des chevaux de l'écurie royale. Albe resta là à le regarder, impuissante. L'homme qui lui confectionnait des jouets, lui rapportait des petits oiseaux de la chasse, laissait maintenant le poison se répandre en lui sans même tenter de s'y opposer. Plus rien ne serait comme avant, se dit-elle avec tristesse. Elle eut la certitude que cette souillure dans l'esprit du chasseur ferait le lit à quelque chose d'encore plus horrible, qu'elle n'arrivait pas à discerner clairement. La corruption avait gagné le château et cette gangrène ne tarderait pas à produire ses effets.

La reine n'eut pas le temps de comprendre le danger qui menaçait sa maison. Elle mourut une semaine plus tard d'une étrange maladie qui la consuma peu à peu. Albe demeura à son chevet jusqu'à ce qu'elle ait rendu son dernier souffle, tenant sa main et la réconfortant du mieux qu'elle le pouvait. Marilyn épousa le roi et devint ainsi la première dame. Son pouvoir s'accrut, s'étendit hors des limites du château dans un premier temps, puis hors des frontières du royaume dans un second.

Albe grandit.

La nouvelle reine n'accordait pas un seul regard à la jeune fille ni, après, à la femme. Le monde était doré-navant à ses pieds et nul ne pouvait lui résister. Le roi d'abord, mais également les nobles et aussi le peuple, fasciné par les rêves de pouvoir et de grandeur que cette sorcière faisait miroiter.

Les guerres reprirent avec les royaumes voisins, et Marilyn n'en sortit que grandie et toujours plus forte. Son royal époux était devenu un fantoche, une marion-nette qui agitait le bras et signait les décrets. La justice était expéditive, plus particulièrement envers les pam-phlétaires, lorsqu'ils venaient à être démasqués. La délation était encouragée et rétribuée grassement. Tou-tefois, la violence des représailles variait avec l'offense subie ; les plus durement châtiés furent ceux qui raillèrent le physique de la reine, d'une manière ou d'une autre.

Certains bourreaux refusèrent d'appliquer les châti-ments exigés envers ceux qui avaient moqué l'apparence de la souveraine. Les sentences étaient inhumaines, disproportionnées par rapport à la gravité de la faute. Malgré tout, la justice passa et Marilyn sut étouffer dans l'œuf toute vindicte envers sa personne. Un nouveau crime de lèse-majesté venait de naître, *l'outrage à la beauté de la reine*.

Albe en fut l'incarnation parfaite, à son corps défendant.

Toutefois, la fille du roi ne pouvait être torturée et exécutée sur la place publique. Marilyn incarnait le pouvoir absolu et savait qu'une telle ignominie ternirait son image. Elle pensa que le chasseur pourrait se charger de la besogne. Il n'avait aucune raison de ne pas s'en acquitter, il mangeait dans sa main, elle nourrissait de grandes ambitions pour lui. Cette mission serait un examen de passage, avant de lui donner davantage de prérogatives. Hélas, elle ne lui confia pas directement l'ordre de tuer Blanche-Neige. Son chancelier transmit la consigne au chasseur, et Marilyn commit ce jour-là une grossière erreur d'appréciation.

Il est une chose que l'on perd facilement de vue lorsqu'on accède au sommet du pouvoir, c'est la claire vision des réalités du monde. Tout devient facile, trop facile. Et l'on oublie qu'il ne faut jamais négliger les frustrations de ses sujets, quelles qu'elles soient.

Le chasseur se consumait de désir pour cette reine inaccessible. Si elle lui avait confié cette mission de vive voix, nul doute que la suite de l'histoire eût été différente. Issu du peuple, élevé au rang de maître des chenils par le roi, il fut terriblement vexé d'être à ce point méprisé par la sombre souveraine. Sa détermination à assassiner la princesse était donc vacillante, même si l'emprise de la sorcière sur son esprit restait puissante. En outre, il ne s'agissait pas ici de tuer un vulgaire poète porté sur la boisson, bâclant des alexandrins dans une taverne. Albe était de sang royal, d'une pureté et d'une grâce irréelles…

L'homme ne lui adressait plus la parole depuis des années, seulement un regard de temps à autre. Lorsqu'il lui proposa une promenade en forêt en plein cœur de l'hiver, elle sut immédiatement que sa vie était menacée. Contrairement à sa belle-mère, elle savait que chaque être humain recèle au fond de lui une étincelle d'humanité. Il ne dérogeait pas à cette règle. Tout en cheminant parmi les arbres et les buissons dénudés, elle usa de toute son intelligence pour réveiller cette flamme tremblotante et la transformer en un feu qui dévorerait tout sur son passage.

Le chasseur ne put donc concevoir de commettre l'irréparable.

— Comment vas-tu faire, seule dans cette forêt ? s'enquit-il avec inquiétude.

— Je m'en sortirai. Et toi, comment vas-tu te justifier auprès de la reine ?

— Je lui ferai remettre un cœur, un foie et les poumons d'une bête. Puisqu'elle ne daigne pas me recevoir, j'aurai le temps de m'enfuir au loin avant qu'elle ne s'aperçoive de la supercherie.

— Je ne te serai jamais assez reconnaissante de m'avoir épargnée.

Les yeux du chasseur se brouillèrent.

— C'est donc ici que nos routes se séparent, dit-il.

Albe plongea son regard d'azur dans le sien, gris et terne comme le ciel de plomb au-dessus de leurs têtes. Le temps était à la neige et elle ne tarderait pas à tomber.

— Où iras-tu ensuite ? s'enquit-elle.

— Où il y a des loups, il y a besoin d'un traqueur.

— Les loups ne manquent pas en effet de par le monde.

Le chasseur baissa les yeux et regarda le sol.

— Je crois savoir ce que tu penses. Il est des loups à deux pattes qui ne font pas honneur à ces animaux.

— Prends garde à toi, mon ami.

Elle s'approcha de lui, prit sa main calleuse dans les siennes et ajouta :

— Tu es la seule personne au monde que j'aie jamais aimée, en dehors de mes parents.

Elle resserra sa prise et poursuivit :

— La seule qui me prenait pour ce que j'étais, et non pour une reine en devenir.

Le chasseur essuya gauchement une larme. Les yeux embués, il regarda s'éloigner la belle princesse dans la forêt ; elle ne se retourna pas. Il essaya d'articuler des mots, sa gorge se serra et leur son ne parvint pas à franchir ses lèvres. Ses épaules s'affaissèrent et il partit dans l'autre direction, le cœur lourd, à la recherche d'une proie de substitution.

S'il s'était retourné à cet instant, il aurait pu croiser le regard désespéré d'Albe pendant qu'il s'enfonçait dans les fourrés vers sa sombre destinée. Ce funeste sort, elle l'avait perçu alors même qu'il la serrait dans ses bras un triste jour d'hiver, lorsqu'il était rentré de la chasse avec des grives pour cadeau.

Albe se perdit dans les bois. La neige avait commencé à tomber et n'aurait de cesse de le faire jusqu'au printemps. Elle se demanda un instant s'il n'aurait pas mieux valu suivre le chasseur. Au lieu de cela, elle allait mourir de froid, seule dans la vaste forêt. Les flocons virevoltaient en silence, étouffant progressivement le bris des branches mortes sous ses pieds, recouvrant le tapis de feuilles en décomposition d'une fine pellicule blanche allant en s'épaississant au fur et à mesure qu'elle s'enfonçait davantage dans ce monde endormi. Elle avait faim, elle avait froid. Son corps s'engourdissait peu à peu, réclamant à grands cris qu'elle s'abandonne à cette couche confortable et attirante dont elle savait pourtant qu'elle ne se relèverait pas.

*Non !*

Elle secoua la tête, détachant de sa chevelure sombre une avalanche de flocons. Elle était une princesse, et ce bois n'était rien d'autre qu'une part minuscule de son royaume ! Elle serra ses poings rougis par le froid avant de souffleter avec énergie sa tenue pour la débarrasser de cette neige collante. Puis elle prit une profonde inspiration. L'air glacé emplit ses poumons, clarifia sa pensée, éveilla chacun de ses sens à une acuité jamais atteinte jusqu'alors.

*Craquement infime quelque part au-dessus de sa tête, envol d'un rouge-gorge d'une branche orpheline privée de sa sève.*

Inspiration.

*Ombre mouvante tavelée de roux dans le lointain, imperceptible frissonnement d'un faon ayant perdu la trace de sa mère.*

Inspiration.

*Caresse douce-amère d'un cristal de glace sur sa carnation de rose, étoile déchue d'un firmament vif-argent, larme de givre élue parmi des millions d'autres, empathique à la détresse de la belle.*

Inspiration.

*Pointe de fenouil sauvage et d'herbes aromatiques,*

*sublime fumet estival incongru dans cette austère sym-
phonie hivernale.*

Inspir…

*Fumet estival ?*

Albe se tendit de tout son être, humant l'air narines
frémissantes et dilatées, portant son regard vers
l'endroit où l'effluve se faisait précis et intense. Elle
flaira la délicieuse odeur d'un ragoût de carottes et de
choux qui mijotait, impression immédiatement confir-
mée par son estomac qui lui signifia, d'une crampe douloureuse, la justesse de sa déduction. Suivant son
instinct — ou plutôt son nez —, elle se dirigea sans
hésitation à travers les troncs renversés, les ronces
gelées et l'infini rideau aux virevoltantes moirures jusqu'à une belle construction au toit de chaume impeccable.

Elle poussa la porte et entra.

Sept petits tabourets étaient disposés de part et d'autre
d'une longue table rustique. Elle sut que son choix était
le bon, qu'elle avait eu raison de s'enfoncer dans la forêt
pour les retrouver. Les sept veilleurs qui avaient sauvé le
royaume par le passé vivaient toujours, loin du tumulte
des hommes. Elle fut dès lors curieuse de savoir à quoi
ils ressemblaient. L'intérieur de la maison était dans un
désordre incroyable. Les assiettes étaient abandonnées à
moitié vides sur la table. Des toiles d'araignées pen-
daient au plafond et les carreaux de verre de l'unique
fenêtre étaient maculés de suie. Elle se dit qu'elle pourrait faire un peu de ménage, mais ne sut comment s'y
prendre, cette discipline ne figurant pas dans sa formation de future souveraine.

Tout au plus exigerait-elle de ses hôtes davantage de
rigueur dans la tenue de leur maisonnée, songea-t-elle

en soulevant le couvercle de la marmite et en y plongeant son doigt. Elle le porta à sa bouche : le ragoût était délicieux, aussi fin que celui concocté par le cuisinier du château. Un bon point, ses hôtes savaient faire la cuisine, car cela non plus, elle ne l'avait pas appris.

Elle passa ensuite dans la pièce voisine qui contenait sept petits lits. Fourbue, elle s'effondra sur le premier et s'endormit. Au-dehors, la neige tombait en épais flocons, couvrant le royaume d'une cape immaculée. Elle n'entendit pas la porte s'ouvrir, pas plus qu'elle ne sentit la présence d'un petit être aux mains pleines de pierres précieuses, penché sur son visage de nacre. Émerveillé, il contemplait l'arc délicat de ses lèvres tressaillir à quelque mauvais songe, puis s'apaiser, l'exquise sérénité retrouvée.

Il s'appelait Innocent Einfältig et ce fut le premier des sept nains à découvrir la belle princesse endormie sur son lit...

## 7

## Rencontre du troisième type

Albe Snösen était fourbue. Jamais elle n'aurait imaginé qu'il était si difficile de se tenir courbée en deux
pendant des heures, à maquiller la capricieuse présentatrice du journal télévisé du soir.

« *Albe, je voudrais un verre de thé glacé. Albe,
apportez-moi les hebdomadaires du week-end. Albe,
vous avez mis trop de fond de teint sur mon menton.
Albe vous n'avez pas masqué cette rougeur comme je
vous l'avais demandé... Et patati... et patata !* »

Elle était allongée sur son lit et observait le plafond,
fredonnant dans sa tête une vieille chanson des *Depeche
Mode* intitulée « Master and Servant ». Il y a des gens
qui ne sont jamais contents de votre travail, songeait-
elle, morigénant sans cesse, vous donnant des ordres
comme si vous étiez à leur botte du matin au soir.

Dans ces moments, elle en venait à regretter son
ancien poste dans le kiosque de Times Square. L'espace
d'un instant, seulement, car son niveau de vie s'était
nettement amélioré. Son salaire avait été multiplié par
quatre et, si elle continuait d'occuper son appartement
du Queens, son régime alimentaire n'était plus composé
exclusivement de pâtes bon marché. Elle envisageait

aussi de faire un voyage en France l'été suivant, dès qu'elle aurait mis assez d'argent de côté.

Que de changements dans sa vie en si peu de temps !

Le ballet, puis les différents entretiens qu'elle avait pu avoir avec les nains avaient sonné le glas de son existence antérieure. C'était surtout Franz qui s'était chargé d'éveiller ses souvenirs. Il lui avait raconté tout ce qu'il savait sur elle, en fait, l'histoire qu'elle lui avait rapportée lorsqu'elle avait trouvé refuge dans leur maison au cœur de la forêt : son enfance au château, l'arrivée de la duchesse Von Sydow, sa fuite, puis sa vie parmi les nains. Même si tout cela lui restait en grande partie étranger, elle ne pouvait nier que certains de ces événements lui semblaient familiers, suffisamment, du moins, pour qu'elle le croie sur parole.

Elle avait réalisé qu'elle ne s'était jamais interrogée sur le fait qu'elle ne vieillissait pas. Son père avait dû forcément s'en apercevoir, lui qui avait passé toutes ces années à ses côtés. Elle n'avait aucun souvenir d'une discussion à ce sujet, peut-être était-ce pour cela qu'elle ne s'en était pas inquiétée. À moins, tout simplement, que l'amour réciproque qu'ils se portaient l'un l'autre n'ait suffi à son bonheur, faisant passer ces questionnements au second plan…

Lorsque Franz lui révéla sa vraie personnalité, elle sentit ses réticences à l'évocation de certains passages particulièrement douloureux, comme la mort de sa mère ou, plus tard, son empoisonnement par la sorcière. Ce fut elle qui le poussa dans ses retranchements, l'encourageant à ne lui cacher aucun détail, en particulier au sujet de Marilyn.

Il lui confia tout ce qu'il savait sur sa nouvelle patronne. Ce n'était pas seulement sa marâtre, dit-il, mais aussi une incarnation du mal absolu qui avait œuvré au fil des siècles dans l'ombre des plus cruels dirigeants de la planète. Elle avait inspiré les philosophies les plus déviantes, surtout celles prônant la suprématie des individus dits supérieurs, bannissant toute pensée humaniste ou sociale. À présent, elle s'était adaptée aux technologies de l'information, avait su tirer profit des nouvelles opportunités qu'elles offraient. Le monde moderne globalisé méprisant le faible était pour elle le terrain de jeu idéal, conclut-il. Évidemment, il avait blêmi lorsqu'il avait appris qu'elle avait accepté un poste dans l'empire Von Sydow.

— Nous t'avons retrouvée pour te mettre en garde contre Marilyn et voilà que tu acceptes aussitôt un emploi dans sa société !

— Elle ne sait pas qui je suis.

De guerre lasse, Franz s'était finalement fait une raison. Ce n'était pas faux. En outre, le building Von Sydow était immense et il était peu probable que les deux femmes s'y croisent. Toutefois, il l'avait suppliée de rester sur le qui-vive. Marilyn avait beau ignorer qu'Albe était Blanche-Neige, elle n'en demeurait pas moins une sorcière puissante, dotée de surcroît de toute la technologie nécessaire pour espionner la vie de chaque individu au travers de leurs dépenses de carte bancaire, par exemple.

— Cela tombe bien, je n'ai pas de carte de crédit ! avait-elle répliqué en souriant.

Il avait soupiré.

— Ne commets pas d'imprudence, avait-il rétorqué patiemment. Tant que le Traqueur ne sera pas à New York, je ne serai pas rassuré.

114

— Blanche-Neige est une fille raisonnable. Tu devrais le savoir, depuis le temps !

Il avait apprécié moyennement la plaisanterie. Elle avait ajouté :

— Te rappelles-tu lorsque je chantais avec les oiseaux et les lapins en époussetant ta maison, pendant que tu me regardais timidement depuis la fenêtre ?

Elle avait mimé une valse autour d'un balai invisible, chantant à tue-tête un refrain du dessin animé de Walt Disney et lui adressant pour finir un clin d'œil grivois. Il était devenu écarlate. Elle avait éclaté de rire.

Ainsi, tel un papillon qui émerge de sa chrysalide, Albe Snösen avait éveillé sa conscience à cette vérité : elle était la *Blanche-Neige* du conte et Marilyn Von Sydow, la *méchante sorcière* aux puissants maléfices, qui en voulait à sa vie.

Restaient en suspens certaines incongruités patentes : pourquoi son père n'avait-il jamais évoqué ce passé avec elle ? Et surtout, pourquoi Marilyn avait-elle attendu autant pour tenter à nouveau de la tuer ?

Elle avait fait un saut à la bibliothèque du coin et relu tous les contes de Grimm et de Perrault, cherchant en vain dans ces fables pour enfants une réponse à ses questions.

Elle voyait parfois au cinéma des films de superhéros où de simples individus s'étaient retrouvés un beau matin dotés de pouvoirs extraordinaires. Elle trouvait ces histoires ridicules et ne se sentait aucun don particulier. Certes, elle s'y entendait à merveille pour masquer une ride ou des boutons d'acné, voire rajeunir de dix ans à l'écran une vieille rombière qui lui tombait dessus tous les soirs à bras raccourcis. Rien de réellement extraordinaire, en fait. Pas de rayons laser qui sortaient de ses yeux ou de fils d'araignée de ses poignets. Elle s'en était d'ailleurs ouverte un jour à Franz, qui avait souri à sa remarque.

— Nous ne savons pas si tu possèdes des pouvoirs, lui confia-t-il, en dehors du fait que tu ne vieillisses pas et que tu sois sur cette terre depuis des centaines d'années.

— Comment se fait-il que je ne me souvienne de rien, que tu aies été obligé de tout me réapprendre ?

— Tu es restée dans le coma pendant des siècles. La mémoire te reviendra peut-être. Des personnes amnésiques retrouvent leurs souvenirs par intermittence.

— Avec des trous, comme dans le gruyère ?

Il sourit.

— On peut le dire comme ça, même si je ne sais pas encore s'il y aura plus de fromage que de trous, ou le contraire.

Albe resta songeuse un instant.

— Et vous, demanda-t-elle, vous souvenez-vous de votre passé antérieur à la Seconde Guerre mondiale ?

— Les souvenirs s'effacent peu à peu, même si nous avons conscience de t'avoir recueillie un jour, de t'avoir crue morte à plusieurs reprises.

— Donc moi aussi, j'ai oublié au fur et à mesure qui j'étais ?

— La mémoire de notre passé disparaît inexorablement, peut-être pour toi encore plus vite que pour nous, par le choc de ton empoisonnement.

— On ne peut rien faire pour lutter contre ?

Il secoua la tête.

— Non, nous ne pouvons rien y changer. C'est pourquoi tu te sentiras toujours un peu étrangère aux événements de ce monde, car contrairement aux autres êtres

116

humains, tu perds peu à peu la conscience de tout ce que tu as été.

— C'est horrible !

— Aucun être ne pourrait vivre pendant des millénaires avec ses joies et ses souffrances passées, et demeurer équilibré.

— Et Marilyn, elle oublie, elle ?

Il s'assombrit.

— Elle n'oublie rien. Ça la rend encore plus dangereuse.

Albe resta pensive. La sorcière avait commis des centaines de milliers de forfaitures. Pour autant, était-elle torturée par sa mauvaise conscience ? Si c'était le cas, sa folie devait être incommensurable. À moins qu'elle ne soit totalement indifférente à la peine des hommes. Cela la fit encore plus frissonner.

— Que s'est-il passé pour vous sept, après que vous m'avez crue morte ?

Les yeux de Franz s'embuèrent.

— La vie nous a séparés et le temps a fait son œuvre, inexorablement.

Elle l'observa avec attention. Il essuya subrepticement une larme du revers de sa main et étouffa un sanglot. Il n'avait jamais voulu parler des cinq autres nains. Elle se doutait qu'il s'était produit quelque chose d'épouvantable. Cela avait certainement un rapport avec la Seconde Guerre mondiale, d'après ce qu'elle ressentait au fond d'elle-même. Marilyn avait dû prendre part à l'affaire. Là encore, Franz ne s'exprimait qu'à mots couverts.

— Finalement, dit-elle en lui adressant un sourire qui se voulait réconfortant, tu ne sais pas depuis combien de temps nous sommes sur cette terre, ni le pourquoi d'une telle longévité.

117

— Non.

— Cela ne t'effraie pas ?

— Nous ne changerons rien à l'affaire en ayant peur de ce que nous sommes, conclut-il. La seule chose dont je suis persuadé, c'est qu'il existe de par le monde d'autres personnes comme nous, des êtres que l'on pourrait qualifier de merveilleux, sur qui le temps n'a aucune prise. Toi, Virginia, et le Traqueur que tu verras sous peu, mais également plein d'autres individus dont nous ignorons même l'existence.

À ce jour pourtant, pensa-t-elle, le train-train de sa vie professionnelle ne correspondait en rien à celui d'une héroïne de légende. Certes, elle s'était faite à l'idée qu'elle pouvait vivre longtemps sans vieillir. En revanche, elle ne voyait pas ce qu'elle avait à réaliser d'extraordinaire. Elle était persuadée que Franz ne lui avait pas tout dit.

— Que sommes-nous censés faire, lorsque nous serons tous ensemble ?

Il hésita longuement avant de répondre.

— Retrouvons-nous, dit-il, ce sera déjà une excellente chose. Nous aurons ensuite le temps d'échafauder un plan.

— Il faudra éliminer Marilyn et le Loup, c'est ça ?

Il ne répondit rien et baissa les yeux avec lassitude. Albe resta perplexe. Si tel était son destin, elle n'envisageait pas la manière de l'accomplir. Elle ne disposait pas de la puissance logistique et financière de l'empire Von Sydow… et de pouvoirs contre une sorcière. Elle soupira, complètement dépitée. Elle ne connaissait absolument rien aux tours de magie, pas même les illusions les plus sommaires, comme deviner la bonne carte cachée dans un paquet. Virginia ou le Traqueur étaient-ils doués en la matière… ?

Un matin de juillet 2011, alors que la canicule écrasait New York, un couple étrange se présenta à son appartement. Franz l'avait avertie qu'elle aurait droit bientôt à ce genre de visite. Albe était de repos ce jour-là et on avait sonné à sa porte. Pensant avoir affaire à Frédéric, qui lui avait emprunté son saladier la veille au soir, elle ouvrit sans même regarder par le judas, principe élémentaire de précaution que lui avaient pourtant enseigné les nains.

Quelle ne fut pas sa surprise de se trouver nez à nez avec un immense individu au corps longiligne drapé dans un long manteau noir ! Ses cheveux blonds retenus par un catogan lui arrivaient à la taille. Cet être mettait en valeur la beauté cruelle de la jeune femme rousse qui se tenait à ses côtés. En la voyant, Albe ne put réprimer une pointe de jalousie.

— On peut entrer ? objecta l'homme en guise d'introduction.

— Je vous en prie !

Elle s'effaça pour laisser passer les deux individus qui ne s'étaient même pas présentés. Elle n'avait pas eu peur d'eux une seule seconde. Son sixième sens, pensa-t-elle, ou l'intuition d'avoir affaire à des amis.

— Merci, glissa l'échalas en entrant dans l'appartement, la jolie rousse sur ses talons.

Il inspecta les lieux du regard, souleva discrètement le rideau de la fenêtre du salon avant de s'asseoir sur le vieux canapé en cuir.

— Vous êtes…

— Oui, nous sommes… Voici Virginia Woolf. Virginia, je te présente Albe Snösen ou *Blanche-Neige*, si tu préfères. Quant à moi, tu peux m'appeler le Traqueur.

— Enchantée, dit Albe qui se tourna vers la belle rousse. Tu es…

— … le Petit Chaperon rouge, faut croire ! Comme ça, c'est toi *Blanche-Neige* !

Elle avait accentué ces derniers mots avec une pointe d'ironie, tout en regardant le Traqueur du coin de l'œil. Celui-ci fit mine de n'avoir rien entendu.

— Je vous attendais, déclara Albe, heureuse de faire enfin leur connaissance.

Le Traqueur n'avait de cesse de reluquer tous les recoins de la pièce, craignant peut-être l'apparition impromptue d'un diablotin ou du grand méchant loup. Albe nota également qu'il l'observait étrangement de ses yeux gris. Elle mit tout d'abord cela sur le compte de la curiosité. Puis elle réalisa qu'elle le connaissait. En revanche, quelle avait été leur relation ? Sur ce point-là, aucune réponse ne s'offrait à elle.

— Je vous sers un thé ou un café ? demanda-t-elle poliment.

— Rien, merci, fit l'homme tandis que Virginia demandait s'il était possible d'avoir un expresso.

— Je nous prépare ça !

Elle fila à la cuisine et mit du café en poudre dans la machine. Virginia vint la rejoindre pendant qu'elle posait une tasse sous le distributeur et qu'elle lançait la pression.

— Sympa, ton appart ! déclara-t-elle.

— Il est agréable. J'y ai vécu des moments heureux avec mon père. J'y suis très attachée.

Virginia observa son hôtesse vaquant à ses occupations et ne put s'empêcher de dire :

— Ta beauté est d'une pureté extraordinaire ! Rien à voir avec les top-modèles que j'ai eu l'occasion de côtoyer ces dernières années.

— Merci du compliment. Tu es dans la haute couture, m'a-t-on dit ?

Elle soupira.

— Je crains que tout cela n'appartienne au passé. J'ai un loup à mes basques et, d'après ce que j'ai cru comprendre, ta méchante reine n'a pas l'air mal, dans son genre.

— Figure-toi que, sans le savoir, j'ai accepté un poste de maquilleuse dans sa société.

— Ça ne te fait pas peur ?

— Si, un peu, on verra le moment venu. De toute façon, elle ne sait pas que je suis là.

— Tout de même...

Albe lui tendit une tasse de café.

— Et toi, où vas-tu habiter ?

— Le nain que je viens de rencontrer m'a loué un appart au dernier étage d'un building sur Central Park.

— Albert Mürrisch, tu veux dire ?

— Oui, c'est ça.

— Et le Traqueur, il loge où ?

— Dans l'appart à côté.

— C'est donc lui qui va nous protéger ?

— Pas tout de suite. Il a encore quelques affaires à régler à l'étranger avant de revenir à New York. Pendant ce temps-là, ce sont les nains qui seront nos baby-sitters.

— En tout cas, bienvenue, conclut Albe, et sache que je suis heureuse d'avoir une amie ici.

Albe lui fit découvrir les plaisirs de la vie new-yorkaise. En retour, Virginia l'invitait régulièrement à dormir dans son appartement de Manhattan, afin de mieux profiter de leurs sorties nocturnes.

Dans un premier temps, elle avait eu du mal à accepter cet exil forcé loin de Paris et de ses podiums. D'ailleurs, dès son arrivée, elle avait envisagé de reprendre son ancienne activité et d'en vivre comme elle le faisait lorsqu'elle habitait en Europe. Las, les nains l'en avaient rapidement dissuadée et elle avait dû se ranger de mauvaise grâce à leur avis. Elle continuait donc d'imaginer des vêtements, frustrée cependant de ne pouvoir en faire profiter le public, hormis Albe qui lui servait également de mannequin.

— Voilà, fit Virginia, tandis qu'elle apportait les dernières retouches à une robe noire qu'avait revêtue son amie, elle est pour toi. Cela te changera un peu de tes sempiternels jeans.

Albe prit la pose les mains sur les hanches et se regarda dans un miroir. La jeune femme très sexy qu'elle vit était à mille lieues de la guichetière en jeans de Times Square.

— Je te remercie pour ce beau cadeau, mais tu vois, je me sens plus à l'aise dans mes vieux *Levis*.

— Tu es à présent la maquilleuse d'une célèbre présentatrice télé, tu ne peux plus te permettre ce genre de tenue. Il faudra aussi changer ta coiffure, je n'aime pas te savoir dans les parages de ton ancienne marâtre avec ton look de princesse de conte. Imagine qu'elle te reconnaisse !

Albe resta longtemps songeuse.

— O.K. ! Je vais changer de tête !

— Excellente idée !

Elle chaussa une paire d'escarpins de Virginia et fit quelques pas devant la glace en retenant ses cheveux. La robe légère s'arrêtait à mi-cuisses, mettant en valeur ses longues jambes.

— Frédéric non plus ne va pas me reconnaître, admit-elle en contemplant sa poitrine que révélait un généreux décolleté.

— Il risque même de faire une syncope quand il te verra. À ce propos, quand est-ce que tu me présentes ton cow-boy ?

— Ce soir, si tu veux. J'ai trois invitations pour le vernissage d'un artiste parisien qui vient exposer ici, à New York. Je comptais vous y inviter, Frédéric et toi.

Virginia bondit.

— Waouh ! Ça a du bon, de travailler à la télé !


Le vernissage avait lieu dans un ancien entrepôt sur les bords de l'Hudson River. Frédéric arriva au volant de sa vieille voiture toute rouillée qu'il gara sur les quais. Il vint à la rencontre des jeunes femmes en souriant. Toutefois, son expression changea peu à peu en découvrant Albe, nuançant son air enjoué d'une pointe de convoitise. Elle avait revêtu pour l'occasion la robe noire de Virginia. Dans l'après-midi, un coiffeur de Greenwich Village lui avait fait un carré qui mettait en valeur son teint.

— Ta nouvelle coupe te va très bien, dit Frédéric en l'embrassant.

— Merci, répondit Albe qui ne put s'empêcher de sourire à sa remarque.

Tous trois se dirigèrent ensuite vers l'exposition.

Chemin faisant, Virginia prit son amie à part et lui glissa à l'oreille :

— Plutôt pas mal, pour un cow-boy !

Le vernissage se prolongea par une soirée, animée par un D.J. venu lui aussi spécialement de Paris. Fidèle à ses habitudes, Virginia ne quitta pas la piste de danse. Puis elle flirta avec un jeune avocat prénommé David, un beau brun au look de golden boy, rencontré au bar.

Il était cinq heures du matin lorsque les quatre jeunes gens sortirent de l'entrepôt. Frédéric se proposa de reconduire Albe dans le Queens. Virginia leur souhaita bonne nuit, adressa au passage un clin d'œil complice à son amie, puis s'éloigna au bras de sa conquête d'un soir. David ouvrit la portière passager, l'invitant à prendre place dans son véhicule.

— Où va-t-on ? demanda-t-il.

— Chez moi ! fit-elle en s'asseyant dans le siège en cuir.

La B.M.W. rouge se gara dans le parking en sous-sol de l'immeuble de Virginia. Une fois le moteur éteint, elle prit la main de son compagnon et l'entraîna jusqu'aux ascenseurs.

— Donc, tu es avocat ?

— Diplômé depuis un an, déclara fièrement David. Je travaille pour un cabinet d'affaires qui gère les intérêts de stars du cinéma, de Nicole Kidman, entre autres.

— Nicole Kidman ! s'exclama-t-elle tout en appuyant sur le bouton pour appeler l'ascenseur. L'as-tu déjà rencontrée ?

— Une fois, le jour de mon embauche.

Elle passa les bras autour de son cou et lui demanda, l'air provocant :

— Comment est-elle ?

David la serra tout contre lui et la fixa droit dans les yeux.

— Belle et riche, fit-il en déposant un baiser sur ses lèvres.

Il poursuivit avec un sourire narquois :

— Trop vieille à mon goût !

Un *ding* retentit et la porte de l'ascenseur s'ouvrit. Ils entrèrent dans la cabine.

— Et toi, que fais-tu ? questionna-t-il.

Le battant coulissa et se referma.

— Je drague les beaux avocats, lâcha-t-elle en se hissant sur la pointe des pieds pour appuyer sur le bouton « 36 ».

À cette occasion, David nota que sa poitrine pointait fièrement sous le tissu léger de sa robe. La cabine vibra et se mit en mouvement. Elle posa ses mains sur son torse.

— Cela m'occupe à plein temps.

Puis, elle l'embrassa en se lovant contre lui. Il lui rendit son baiser passionné. Passant sa main dans le dos de Virginia, il la fit descendre jusqu'au bas de ses reins et la glissa sous sa robe. Elle gémit, resserrant son étreinte. Il caressa sa cuisse ferme et remonta jusqu'à atteindre la minuscule ficelle du string qu'il agrippa. À cet instant, elle tendit son bras pour appuyer violemment sur le bouton rouge d'arrêt d'urgence. Elle défit la ceinture à boucle gravée du pantalon de David, la jeta au sol et mordillant son oreille, lui susurra :

— Prends-moi, ici ! Maintenant !

\*

— Virginia est très sympa, commenta Frédéric en conduisant. C'est incroyable, elle n'arrête pas de danser !

Albe esquissa un sourire, contemplant par la fenêtre baissée l'incessant trafic routier. Le doux air de cette fin de nuit d'été caressait paresseusement ses traits. Tandis que l'aube s'attardait encore sur l'horizon, les banlieusards se pressaient déjà pour rejoindre leur travail sur Manhattan. La circulation en direction du Queens était fluide. La radio diffusait une musique de fond, parfois interrompue par une publicité tapageuse. Plongée dans une semi-torpeur et bercée par le roulis léger du véhicule, elle observait régulièrement Frédéric, veillant à ce qu'il ne s'assoupisse pas au volant. Il gara sa voiture en bas de l'immeuble et tous deux grimpèrent côte à côte en silence les quatre étages. Une fois parvenue sur le palier, Albe plongea son regard empli de gratitude dans le sien.

— Merci, Frédéric.

S'approchant de lui, elle se hissa sur la pointe des pieds et déposa un baiser sur sa bouche. Il passa la main derrière sa nuque et l'embrassa en retour, s'abandonnant avec délices à ses lèvres brûlantes, à la douce tiédeur de son corps tressaillant serré tout contre le sien, battements de cœur entremêlés dans une fébrile passion.

À cet instant, une porte s'ouvrit. Un voisin de palier, sortant pour se rendre à son travail, découvrit les jeunes gens enlacés. Surpris, ils relâchèrent leur étreinte et dévisagèrent l'intrus qui s'évanouit, confus, dans l'escalier.

Frédéric reporta son attention sur Albe. Des cheveux bruns tombaient sur son visage radieux, illuminé d'un pâle sourire. Du bout de ses doigts, il repoussa délicatement la mèche rebelle.

— Bonne nuit, dit-il en lui retournant son sourire.

Elle inclina légèrement la tête sur le côté. Ses lèvres incarnat frémirent et, à l'ultime instant, se ravisèrent.

— Bonne nuit.

Dans les jours qui suivirent, Frédéric retourna dans le ranch de ses parents pour deux mois, avant d'entamer la nouvelle année universitaire. Albe jugea préférable d'aller loger quelque temps chez Virginia afin de ne pas rester seule dans le Queens. Elles faisaient quotidiennement du footing dans Central Park, ce qui plongeait dans une inquiétude folle les nains censés veiller sur elles.

— Vous ne devriez pas vous exposer en public, sermonna Franz un jour, vous finirez par vous faire repérer !

Les trois amis étaient assis à la terrasse d'un café de Greenwich Village, profitant du paisible soleil de ce mois de septembre. Après la canicule d'août, l'air était redevenu respirable. Une brise fraîche venue de la mer soufflait sur la ville, apportant une note iodée et purifiante.

— Personne ne connaît notre véritable identité, soupira Albe, à part toi, Albert et le Traqueur.

— Tout de même, insista-t-il, ce n'est pas prudent. Il n'est pas là pour veiller sur vous, et vous savoir seules dans ce parc…

Elle se pencha et déposa un baiser sonore sur chacune de ses joues. Il devint rouge comme une pivoine.

— Tu es une vraie mère poule, dit-elle, je te promets

que nous ne ferons rien d'imprudent. Et puis, nous respectons tes consignes à la lettre : pas de cartes de crédit, plus de téléphone. J'ai même interrompu mon abonnement Internet.

Il ne sut que répondre.

— Après tout, vous êtes adultes et responsables, finit-il par dire, vaincu.

— Et le Traqueur, sais-tu où il est parti ? intervint Virginia.

Cela faisait presque un mois qu'il avait quitté New York.

— Il est retourné en Russie. Lorsque Albert est allé le chercher là-bas, il lui a dit qu'il voudrait bien l'aider, à condition qu'il puisse régler quelques affaires en souffrance.

— Il n'est pas très bavard, remarqua-t-elle, il n'a jamais voulu parler de son passé.

— C'est un homme fragile. Dans les temps anciens, il était le chasseur officiel du roi de Bohême, une place d'honneur très enviée. Le royaume a disparu, et après la Seconde Guerre mondiale, il est resté vivre dans lé bloc soviétique.

— À chasser le Loup, compléta Albe.

— À le pourchasser sans relâche, renchérit Franz. En Russie, en Sibérie et dans le Caucase.

— Pourquoi une telle obsession, un tel acharnement à vouloir le capturer ? demanda Virginia.

Il haussa les épaules et hocha la tête évasivement.

— Nous avons chacun notre propre quête. La sienne, c'est de traquer le Loup. Au fait, ça se passe comment, avec lui ?

— Le pied ! s'exclama-t-elle. Il nous a laissé sa voiture et tous les beaux mecs de Manhattan nous tombent dans les bras.

Il soupira à nouveau.

— Quand je vous dis que vous n'êtes pas raisonnables !

— Et vous, est-ce raisonnable de nous abandonner ici pendant que vous ferez les quatre cents coups en Allemagne ? plaisanta Albe.

Franz ne comprit pas tout de suite qu'elle le raillait et fut momentanément offusqué.

— Ce voyage ne sera pas une partie de plaisir, crois-moi. Nous avons beaucoup de choses à mettre en ordre avec notre passé. Dès que nous l'aurons fait, nous pourrons régler son compte à la sorcière. C'est pour ça que je veux vous savoir en sécurité ici.

— Votre voyage aurait-il un rapport avec la Seconde Guerre mondiale ?

— En partie…

— Je présume que tu ne voudras pas nous en dire davantage ?

Il hésita.

— Je préfère ne pas vous mêler à cette histoire. Seuls Albert et moi-même sommes en mesure de la résoudre. Ne vous inquiétez pas. Le Traqueur sera de retour avant que l'on parte.

*

C'était le premier jour de l'automne à New York. Les feuilles des arbres viraient du vert au pourpre, l'air se faisait plus vif chaque matin et le building *Von Sydow* était en effervescence. Marilyn fêtait en effet la réussite de sa chaîne de télévision, qui, pour la neuvième année consécutive, arrivait en tête des audiences du pays. La fête organisée à cette occasion sur le toit-terrasse de l'immeuble réunissait de nombreuses personnalités politiques, dont le vice-président des États-Unis en personne. Cette soirée servait également de prétexte pour discuter affaires et prendre la température du microcosme politique.

Les groupes d'invités conversaient dans l'immense véranda en fer forgé, dégustant des petits fours spécialement créés pour l'occasion par un grand chef. Marilyn avait revêtu une robe fourreau pourpre qui lui seyait à merveille. Elle passait d'un convive à un autre, serrant une main, souriant à un compliment, offrant à ses hôtes une coupe de champagne rosé. En observant au loin l'attitude du vice-président, elle eut le sentiment que la deuxième personnalité du gouvernement américain semblait nerveuse. En effet, l'homme, connu pour son sang-froid à toute épreuve, montrait ce soir-là une inhabituelle tension.

Marilyn se saisit d'une coupe de champagne et adopta une démarche féline pour rejoindre son invité de marque. Le balancement lascif de son corps ne laissa aucun convive indifférent. L'homme qui avait droit à tous ses égards ne dérogea pas à la règle. Il ne put s'empêcher de river ses yeux au mouvement chaloupé de la splendide créature qui s'approchait de lui.

— Détendez-vous, monsieur le vice-président, commença-t-elle par dire d'un ton enjôleur en lui tendant le calice en cristal rempli de vin pétillant. Nous sommes ici entre amis.

— *Les amis vous poignardent par-devant*, répliqua-t-il en saisissant la coupe et en la portant à ses lèvres.

— Vous paraphrasez Oscar Wilde ? Vous m'étonnez, je vous voyais plutôt adepte de Machiavel ou de Sade.

Cela ne le fit pas rire, au contraire.

— Marilyn, déclara-t-il à voix basse, je crois que nous allons avoir besoin de votre aide.

Les deux interlocuteurs s'éloignèrent des autres convives.

— Je vous écoute.

— Comme vous le savez, le président est au plus bas dans les sondages. Enlisement au Moyen-Orient, propagande des écologistes contre notre campagne de forage en Alaska, crise économique qui perdure, érosion du pouvoir… Je ne vois pas comment nous pourrions remporter les élections de l'an prochain.

— Vous voulez dire, votre élection pour succéder au Président ? Me signifiez-vous que celui-ci est en train de ruiner votre carrière ?

Le vice-président vida sa coupe d'un trait.

— Marilyn, j'ai besoin du soutien de vos médias.

— Vous l'avez déjà.

— Il semblerait que cela ne suffise pas.

Elle prit le bras de son invité et l'emmena vers les baies vitrées.

— Je vous citerai le proverbe : « *Aide-toi toi-même.* » Votre politique de prospection pétrolière est désastreuse pour votre image de marque. Au lieu de tenter de la dissimuler, communiquez plutôt sur votre programme de mise en valeur des énergies renouvelables ou sur l'action du gouvernement en matière de développement durable.

Ils sortirent de la véranda et gagnèrent l'extérieur de l'immense toit-terrasse. L'air était doux et les quelques convives présents devisaient par petits groupes au bord de la piscine, loin du brouhaha de l'intérieur. Un serveur passa, présentant un plateau rempli de coupes de champagne. Marilyn reposa celle, vide, de son invité, en prit deux pleines et en offrit une au vice-président. À cette occasion, il ne put s'empêcher de considérer l'échancrure du décolleté qu'elle offrait avantageusement à son regard.

— Cela pourra-t-il faire oublier la pollution des glaces de l'Alaska ? s'enquit-il, tentant de masquer son trouble en prenant une gorgée de champagne.

— Oui, répondit-elle, un léger sourire ironique sur les lèvres. La plèbe a une mémoire de poisson. Elle a tôt fait d'occulter les mauvaises nouvelles si vous savez lui en vendre de bonnes. Prenez exemple sur le coup de génie de ces constructeurs de 4 × 4 polluants. Ils ont aussi créé des voitures hybrides ou électriques. Tous les producteurs d'Hollywood se sont empressés de mettre en avant ces merveilles écologiques dans leurs films ou leurs séries, moyennant finances. À ce jour, ces firmes passent aux yeux du public pour des fabricants de voitures respectueuses de l'environnement, ce qui est un comble.

— Communiquer, endormir le bon sens du peuple. Ceci est votre credo et je tente de m'en inspirer. Malheureusement, je crains que cela ne suffise pas à redorer notre blason.

Marilyn inspecta rapidement les alentours : personne ne se trouvait à proximité. Simple vérification de principe, les invités savaient tous qu'il ne fallait pas troubler l'intimité de leur hôtesse.

— Passez au *plan B* : la terreur, dit-elle d'une voix contenue. Cela a toujours fonctionné dans l'histoire de l'humanité.

— La menace terroriste ? fit-il dubitatif. Ce spectre s'est éloigné de nous depuis de nombreuses années.

— À vous de convaincre vos administrés du contraire.

Elle vida sa coupe d'un trait et déclama :

— *On ne peut pas s'imaginer à quel point il faut tromper un peuple pour le gouverner.*

Il fronça les sourcils.

— À votre tour de paraphraser, ma chère. Il me semble que cette citation est extraite de *Mein Kampf*. Ténébreuses lectures pour un esprit aussi éclairé que le vôtre !

Elle esquissa un étrange sourire, perdue dans des pensées qu'elle seule semblait déchiffrer.

— La phrase n'en demeure pas moins d'actualité, conclut-elle soudain.

Le vice-président fit quelques pas.

— Hélas, déclara-t-il, la peur des attentats terroristes s'est envolée. Je ne vois pas comment nous pourrions la rappeler au bon souvenir du public.

Marilyn approcha son visage du sien et le fixa droit dans les yeux sans ciller. Son parfum dégageait une envoûtante fragrance. Sa voix était suave, veloutée :

— À moins que vous ne souhaitiez que je m'en charge personnellement...

— Notre pays a besoin de trente mille mercenaires supplémentaires sur nos théâtres d'opérations, s'empressa-t-il de dire. Le gouvernement verrait d'un très bon œil que vos sociétés paramilitaires décrochent ce juteux marché.

— Gardez votre aumône, la guerre et le chaos me feront gagner bien davantage.

Le vice-président eut un air offusqué.

— Ne crachez pas non plus dans la soupe !

Les yeux de Marilyn brillèrent d'un éclat venimeux.

— Et vous, veillez à ne jamais m'irriter, gronda-t-elle, ou vous croupirez à nouveau dans le cul-de-basse-fosse dont je vous ai tiré.

Il baissa les yeux.

— J'essayais juste de vous aider… avec la crise économique que traverse actuellement la planète…

— La crise ! Mon pauvre ami, je n'ai jamais autant gagné d'argent que depuis le début de la crise ! Sachez qu'elle est une bénédiction pour moi et mes semblables. Elle jette les gens désemparés à la rue, en fait des proies faciles à conditionner, puis à dévorer.

Elle regarda le ciel, l'air absent.

— Il n'y a sans doute que la guerre qui soit plus rentable, lança-t-elle négligemment en le dardant du regard, je ne crois pas que vous souhaitiez aller jusque-là…

— Sûrement pas !

— Bien…

Elle prit un instant de réflexion tout en jetant un bref regard circulaire. La terrasse était à présent déserte et aucun invité n'osait lorgner vers eux.

— Il faudra quand même taper fort, cette fois-ci, finit-elle par dire. Tout le monde a en tête le spectaculaire effondrement des tours jumelles. Un très bon coup marketing. Je vais devoir rivaliser d'originalité avec ce génie de la communication.

— En ce domaine, je fais confiance à votre créativité ainsi… qu'à vos relations avec les spécialistes du nucléaire de l'ancienne U.R.S.S.

Elle arqua délicatement un sourcil.

— Je vois où vous voulez en venir. J'avoue qu'effectivement ce serait sensationnel.

Elle inclina légèrement la tête, pensive, et poursuivit :

— Ce que vous me demandez relève de l'impossible.

— Ne vous sous-estimez pas. Ne perdez pas de vue non plus que nos forces armées sont implantées dans des zones dont le sous-sol s'avère très riche en minerais…

Elle ne laissa rien transparaître de ses pensées.

— Monsieur le vice-président, déclara-t-elle d'un ton radouci en lui tendant négligemment sa main parée de diamants, vous savez parler aux femmes.

Il prit ses longs doigts et ils s'en retournèrent à l'intérieur.

— Ma chère Marilyn, je doute parfois que vous en soyez une.

\*

Les trois véhicules tout-terrain soulevaient au loin un nuage de poussière qui s'élevait haut dans le ciel. Les voitures venaient de franchir la frontière qui séparait l'Afghanistan du Turkménistan, une zone de steppe totalement désertique qui s'étendait sur des centaines de kilomètres dans cette ancienne république de l'ex-Union soviétique. Le Loup descendit de son Hummer blindé, et attendit patiemment. Trente minutes plus tard, les trois voitures stoppèrent à proximité de lui. Une vingtaine d'hommes enturbannés en descendirent, armés d'AK 47 et de grenades défensives.

— Es-tu en mesure de nous fournir ce dont nous avons besoin ? demanda avec morgue celui qui semblait être leur chef.

Le Loup ne broncha pas. Il réajusta sa tenue de nomade des sables, puis ouvrit la portière arrière de son véhicule. À l'intérieur était disposé un cylindre en acier de cinquante centimètres de diamètre sur un mètre de long. Le chef des terroristes sembla satisfait de ce qu'il venait de voir. Toutefois, il sortit de sa poche un compteur Geiger, qu'il alluma. Le compteur de particules radioactives se mit à crépiter. Lorsqu'il l'approcha du cylindre, le crépitement devint un bruit continu. Le Loup jeta un regard noir au terroriste, qui tenta de se justifier d'une voix mal assurée :

— On n'est jamais assez prudent.

— Je n'ai qu'une parole ! répliqua l'autre, glacial, tendant à son interlocuteur un schéma de principe annoté. Voici les codes d'ignition…

À présent, le ton de sa voix marquait un souverain mépris. Le chef s'empressa de ranger les feuillets dans sa tenue en veillant à ne pas les regarder. Quatre hommes s'avancèrent alors, portant une lourde caisse en bois, qu'ils déposèrent devant le Hummer. Un cinquième s'approcha ensuite, tenant entre ses mains une longue barre de fer. Il s'apprêtait à faire sauter les clous qui retenaient le couvercle lorsque le Loup leva la main.

— Je vous fais confiance.

Le terroriste interrompit son geste. Ses quatre comparses descendirent le cylindre du Hummer et l'embarquèrent sur la remorque arrière d'un des pick-up.

— Tu peux en avoir d'autres comme celle-là ? demanda leur chef, au volant du véhicule portant la charge nucléaire.

— Faudra voir, répondit évasivement le Loup.

— En tout cas, je suis preneur. On se tient au courant.

— On se tient au courant.

Les trois pick-up se mirent en route. Le Loup remonta dans le sien, empli d'une rage sourde. Il n'avait pas apprécié ce manque de confiance et il les aurait volontiers dévorés sur-le-champ. L'idée de déclencher à distance la bombe atomique qu'ils transportaient l'effleura également. Son téléphone satellite sonna, l'interrompant dans ses pensées. Il décrocha.

— Tu peux m'expliquer, pour Virginia ? demanda sèchement une voix de femme.

— Le Traqueur a mis la main dessus juste avant que mes hommes ne le fassent.

— Je t'avais prévenu. Il faut t'occuper personnellement de ce genre de tâche.

— Je vais m'en charger.

— Je ne t'ai pas attendu. Un de mes hommes croit l'avoir retrouvée, à New York.

— C'est la mienne, tonna-t-il, tu dois me la laisser !

La femme marqua un long temps d'arrêt.

— Elle est à toi, d'accord. Tu rencontreras mon indicateur là-bas, il te dira où elle se cache. Tâche de réussir, cette fois !

— Je n'échouerai pas.

— À la bonne heure ! conclut-elle.

Puis elle raccrocha.

# 8

## *Amnésie et vieilles dentelles*

La ville thermale de Baden-Baden, au sud-ouest de l'Allemagne, est un lieu de villégiature renommé qui peut s'enorgueillir d'avoir accueilli des résidents aussi célèbres que Dostoïevski ou Brahms. En ce début de novembre, l'été indien ravissait citadins et touristes. La Forêt-Noire qui entourait la ville proposait des variations infinies de tons rouges et orangés se prolongeant dans les allées arborées des avenues du centre-ville.

Dans une rue située non loin du palais des festivals, il y avait une maison entourée d'un parc immense où vivait une vieille dame presque centenaire qui, tous les matins de la semaine, accueillait comme il se devait le facteur desservant sa rue. Le postier ne manquait jamais de s'arrêter et de prendre le temps de bavarder avec la nonagénaire, qui l'entretenait le plus souvent de la pluie et du beau temps, de la nouvelle coiffeuse venant d'être embauchée au salon voisin, ou de ses rhumatismes. Le facteur écoutait sans rechigner la liste des tracas de la grand-mère aux beaux cheveux blancs soignés, apportant de temps à autre un commentaire éclairé sur tel ou tel point.

Il faut dire que la vieille dame était généreuse, très généreuse même. Les étrennes qu'elle offrait au facteur équivalaient à la somme que lui versait le reste du quartier. Dès lors, on comprend mieux pourquoi le jeune homme prenait quotidiennement cinq précieuses minutes de son temps pour écouter ce que cette honorable personne avait à lui dire. Ayant exercé la profession de médecin accoucheur pendant près de cinquante ans, elle possédait d'ailleurs un stock inépuisable d'anecdotes à raconter, du premier vagissement du facteur à son évanouissement en salle d'accouchement vingt ans plus tard, lors de la naissance de son fils.

Son courrier ne différait guère de celui des autres habitants du quartier. Des factures d'eau et d'électricité, les lettres que lui adressaient ses enfants qui vivaient l'un à Berlin, l'autre à San Francisco, ou encore des invitations du club de tennis de la ville.

Par une belle matinée ensoleillée, le facteur vint lui remettre en main propre une étrange lettre d'un format inhabituel, comportant un liseré noir tout autour. Le timbre représentait les montagnes enneigées du pays expéditeur, le Chili. L'adresse était manuscrite et son auteur semblait avoir la main hésitante. Lorsque la vieille dame eut pris connaissance de sa provenance, elle s'assombrit. Pour la première fois depuis qu'il faisait sa tournée dans le quartier, le facteur fut congédié sans que la nonagénaire prenne le temps de lui glisser un mot. Finalement, se dit-il en remontant sur son vélo, il venait de gagner cinq minutes sur son horaire.

La vieille dame peinait davantage que de coutume à traîner sa carcasse vers le perron de sa maison. Elle poussa la porte et disparut à l'intérieur. Elle vivait seule, abandonnée par son époux et loin de ses enfants.

Personne dans la ville n'ignorait la tragédie qui avait frappé Mme Frida Fringgs cinquante ans plus tôt. Son mari, qu'elle avait épousé en 1947, était subitement parti un matin d'hiver de l'année 1962 pour une destination inconnue, reconnu coupable par la justice de son pays de crime contre l'humanité. À l'époque, cela avait suscité un émoi considérable chez les habitants de cette bourgade. Le docteur Oskar Fringgs dirigeait une clinique dans la ville et passait pour être le meilleur chirurgien esthétique de la région.

Imaginer dans ces conditions qu'il puisse être un criminel de guerre était totalement inconcevable pour la majorité de ses concitoyens. Comment cet homme soignant bénévolement les malades sans ressources, aidant les orphelins de guerre à trouver un travail, aurait-il pu être un boucher sanguinaire ?

Car les griefs dont on l'accablait faisaient frémir. On l'accusait d'avoir opéré à vif pendant la Seconde Guerre mondiale des centaines de cobayes humains et d'avoir pratiqué des expériences médicales abominables sur des juifs, Tziganes et résistants détenus dans le camp de concentration où il officiait. Bon nombre de gens approuvèrent son départ précipité du pays, une nation ingrate envers l'un de ses plus glorieux citoyens.

Mme Fringgs s'était ainsi retrouvée seule pour élever ses enfants. Elle n'avait pas baissé les bras, au contraire, se rendant à la maternité chaque matin, rentrant tard dans la nuit, et ce, jusqu'à sa retraite, à plus de soixante-dix ans.

Personne n'avait de nouvelles de son mari. Elle avait été convoquée à plusieurs reprises chez le procureur qui enquêtait sur l'affaire, mais elle était restée muette. Savait-elle où se terrait son époux ou l'ignorait-elle réellement ? Nul n'était en mesure de répondre à ces questions.

Tout cela appartenait maintenant au passé. S'il était toujours vivant, le docteur Fringgs devait approcher les cent ans. Un âge canonique, peu crédible pour un homme traqué et seul.

Toutefois, lorsque le facteur eut fini sa tournée, une idée saugrenue lui vint à l'esprit. Une pensée tellement ignoble qu'il eut honte d'y avoir songé. Elle lui était apparue comme évidente, lorsqu'il s'était souvenu de la mine bouleversée de la vieille dame en découvrant cette fameuse lettre en provenance du Chili. L'argumentation était faible et tout concourait à établir que cette hypothèse était farfelue. Mais l'idée trottait et trottait sans cesse dans son cerveau, comme une rengaine dont on n'arrive pas à se débarrasser.

Et si, pendant tout ce temps, Mme Fringgs avait été complice de la fuite de son mari ?

*

— Ainsi donc, monsieur Mürrisch, vous affirmez être une ancienne victime du docteur Fringgs... Vous aviez quel âge, à l'époque ?

Franz Schüchtern et Albert Mürrisch étaient assis dans le bureau du procureur Sweigstein à Stuttgart, en charge de l'instruction de l'affaire. Le magistrat, un homme grand et mince d'une cinquantaine d'années au regard vif, avait écouté avec attention l'émouvant témoignage d'Albert. Il avait posé quelques questions pour éclaircir certains points et pris de nombreuses notes. Derrière la fenêtre située dans son dos, on pouvait voir des feuilles jaunes et rouges tomber des arbres et virevolter. C'était la fin de l'automne et les premières gelées avaient frappé la ville la nuit précédente.

— Dix-sept ans, mentit Albert, rompu depuis des siècles à ce genre de questions.

Il lui avait présenté de faux papiers corroborant ses propos. Le magistrat n'avait rien trouvé à redire.

— Savez-vous que vous êtes le premier rescapé du médecin nazi en mesure de témoigner contre lui ? Pour quelle raison aviez-vous été déporté dans ce camp ?

— Comme vous le savez, expliqua Albert, les nazis avaient lancé au début de la guerre le programme T4 visant à éliminer les malades mentaux, infirmes de guerres, vieillards ou cancéreux. Mes amis nains et moi avions été dénoncés comme des êtres anormaux. Nous avons été conduits dans un camp de travail forcé situé dans les Alpes autrichiennes, au pied d'une carrière de granit. Nous cassions des cailloux douze heures par jour en compagnie de prisonniers de guerre, de juifs et de résistants. Il nous fallait ensuite remonter cent quatre-vingt-six marches terribles pour retourner à nos baraquements. Ceux qui tombaient étaient immédiatement abattus. Notre constitution robuste nous a permis d'endurer les souffrances et les privations. Nous pensions avoir connu le pire, jusqu'à ce que débarque le docteur Fringgs.

— Que voulez-vous dire ? demanda le magistrat, qui ne cessait de prendre des notes malgré la présence du greffier à ses côtés.

— Oskar Fringgs était fasciné par l'expérimentation humaine. Il n'arrivait pas à comprendre, disait-il, comment le corps de certaines personnes pouvait supporter tant de corvées aussi pénibles. Il a donc commencé à faire des expériences sur divers détenus.

Pour lui, nous faisions partie des moutons à cinq pattes qu'il se devait d'étudier. Il notait ensuite méthodiquement sur des carnets le fruit de ses recherches.

Sans cesser d'écrire, le magistrat déclara :

— Je savais les médecins nazis fous furieux, celui-là dépasse l'entendement.

— Monsieur le procureur, rectifia Albert, je ne pense pas que ces médecins étaient fous. L'idéologie nazie avait inculqué au peuple allemand l'idée que certaines catégories de personnes — juifs, Noirs, Tziganes, homosexuels, infirmes… — étaient des sous-hommes. Il est facile de se laisser bercer par ces notions de race, surtout si vous êtes du bon côté de la barrière, et ensuite de rejeter cette responsabilité sur les seuls dirigeants. Il y a autre chose dont nous souhaiterions vous informer.

Le magistrat interrompit sa prise de notes pour observer les témoins par-dessus ses lunettes.

— Je vous écoute…

— C'est au sujet de Frida Fringgs, son épouse, qui travaillait à ses côtés dans le camp.

— Je ne comprends pas, Frida s'est mariée avec lui seulement en 1947 !

— Monsieur le procureur, elle l'a épousé en réalité en 1939. C'est elle-même qui me l'a révélé, un jour de mars 1945 où j'étais attaché sur la table d'expérimentation de son époux.

— Les bans du mariage ont été publiés en 1947 à la mairie de Baden-Baden, s'exclama le magistrat en posant ses bésicles sur le bureau. Ces documents figurent dans mon dossier.

— Elle ne m'a pas menti, j'en suis certain. Elle portait d'ailleurs une alliance, ainsi que son mari. Elle a épousé Oskar avant la guerre à Dresde. Elle m'a affirmé que les documents de l'état civil venaient d'être détruits dans le bombardement qui a rasé la ville en février 1945. Elle savait la fin du Troisième Reich imminente. La destruction de ces preuves tombait à point, personne ne pourrait faire le lien avec son mari pendant la guerre.

Le magistrat prit un mouchoir en papier dans un distributeur et s'en servit pour essuyer ses lunettes, entre le pouce et l'index.

— Si c'est le cas, comment se fait-il qu'aucun prisonnier rescapé de ce camp n'ait signalé sa présence ?

— Frida était extrêmement discrète. Seules les victimes de son mari faisaient sa connaissance et aucune ne ressortait vivante. Si j'étais mort ce jour-là, personne n'aurait pu faire le lien avec Oskar.

Il interrompit son travail de nettoyage.

— Tout est différent à présent, murmura-t-il. Vraiment tout… Il décrocha son téléphone et composa un numéro.

— Passez-moi immédiatement le commissariat de Baden-Baden, c'est urgent !

Il mit la paume de sa main sur le micro du combiné, ajoutant, à l'attention de ses interlocuteurs :

— Cette accusation est extrêmement grave, leur expliqua-t-il. Elle est même capitale pour notre enquête. La loi allemande interdit d'exercer des pressions sur les parents proches des accusés, ou de les mettre en garde à vue, afin de les faire parler. Ce que vous affirmez là change la donne.

Il reprit le combiné à son oreille.

— Commissaire Ebensee, ici le procureur Sweigstein, de Stuttgart. Envoyez immédiatement vos hommes au domicile de Mme Frida Fringgs et conduisez-la au commissariat. Je vous faxe la demande de perquisition…

Informez-moi dès que vous aurez procédé à l'arrestation… Merci, commissaire.

Le magistrat raccrocha et se tourna vers les nains.

— Nous devrions en savoir davantage sous peu. Le commissariat n'est qu'à quelques rues du domicile des Fringgs. Ainsi, Frida s'est remariée avec Oskar après la guerre…

— Et elle a blanchi son passé par la même occasion, ajouta Franz.

— Saviez-vous qu'Oskar Fringgs occupait une chaire de chirurgie à la faculté de médecine de 1948 à 1962, date de sa fuite à l'étranger ? Que ce boucher a enseigné à des étudiants en toute impunité pendant quatorze ans, auréolé de gloire et de sagesse ?

— Un notable dans une ville de province, ajouta Albert. Comme bon nombre d'anciens nazis après 1945.

Le magistrat observa la propreté des verres à la lueur du jour et remit les lunettes sur son nez.

— L'amnésie qui a frappé notre pays après guerre est patente, commenta-t-il. Les Allemands ont voulu trouver des explications plausibles pour justifier cet état de fait. C'était le début de la guerre froide, personne ne voulait entendre parler des abominations faites aux juifs et le pays avait besoin de ses élites dirigeantes, avocats, médecins, hauts fonctionnaires, fussent-ils d'anciens nazis.

— Les Fringgs sont l'image visible de ce qu'il y a de plus abject dans cette barbarie, remarqua Albert, la partie sale et obscure d'un iceberg constitué de millions d'anonymes plus ou moins impliqués. Aucun être humain ne peut vivre indéfiniment avec cette mauvaise conscience. Alors, on tente de se voiler la face, au mépris du devoir de mémoire. Sans l'obstination d'anciennes victimes et l'acharnement de quelques juifs, toutes ces personnes auraient coulé des jours heureux et seraient mortes dans leur lit.

— Nous ne pouvons effacer notre passé d'un trait de plume, monsieur Mürrisch. Nous devons vivre avec, que nous le voulions ou non. Quant aux pires des criminels, ils devront être jugés quoi qu'il nous en coûte. L'Allemagne n'en sortira que grandie.

Le téléphone sonna. Le magistrat décrocha.

— Oui ? Ah, commissaire ! Avez-vous mis la main sur Mme Fringgs ?... Comment ?... Vide ?... Qu'est-ce que cela veut dire ?... Très bien ! Je veux que vous détachiez des hommes sur cette enquête. Je vais avertir immédiatement Interpol et les autorités aéroportuaires... Merci, commissaire.

Il reposa le combiné sur son socle et prit un air grave.

— Que se passe-t-il ? s'enquit Albert.

— Frida Fringgs a disparu ! Sans laisser de traces.


— Que faisons-nous, maintenant ? demanda Franz à son ami.

Ils venaient de quitter le bureau du procureur et marchaient sur le trottoir.

— Allons faire un tour jusqu'à Baden-Baden, proposa Albert. Je suis curieux de savoir à quoi ressemble la maison de ces monstres. Et puis, nous n'avons rien de mieux à faire pour le moment.

— Tu as raison. Nous en profiterons pour aller voir un spectacle lyrique au palais des festivals. J'ai lu dans le journal que *Faust*, l'opéra de Gounod, y avait été spécialement créé.

146

— Crois-tu que nous y croiserons le diable ?

— Marilyn Von Sydow ? À mon avis, elle a d'autres chats à fouetter que de traîner par ici.

Albert monta dans la voiture de location.

— Nous aurons la peau des Fringgs ! grommela-t-il en prenant place derrière le volant, et aussi celle de cette sorcière.

Franz sourit en s'asseyant à ses côtés.

— Nous les aurons, oui.

La voiture s'engagea dans la circulation. Un peu plus bas dans la rue, une Mercedes sombre fit de même.


En arrivant à Baden-Baden, Franz Schüchtern et Albert Mürrisch demandèrent leur chemin à un passant, qui leur indiqua sans difficulté la maison des Fringgs. Les volets étaient fermés et des messages publicitaires dépassaient de la boîte aux lettres. Il n'était pas loin de midi et le facteur faisait sa tournée à vélo dans la rue.

— Excusez-moi, monsieur, l'interpella Albert, savez-vous depuis combien de temps cette maison est vide ?

Le postier descendit de son vélo et vint à leur rencontre.

— Environ une semaine. Mme Fringgs venait tous les jours me saluer, jusqu'à ce que je trouve les volets clos, il y a huit jours.

— Elle est partie en voyage ?

— Ça m'étonnerait. Elle ne quittait jamais sa maison, pas même pour aller rendre visite à ses enfants.

— Vous a-t-elle dit quelque chose ?

Le facteur rassembla ses idées.

— Non. Cependant, le dernier matin où je l'ai vue, elle a semblé bizarre.

— Bizarre ?

— Oui, je lui ai apporté une lettre d'Amérique du Sud, de Santiago du Chili précisément, et elle a blêmi dès qu'elle l'a vue.

— Pourquoi ?

— La lettre ressemblait à un avis de décès, vous savez, ces enveloppes avec un liseré noir tout autour.

Pensif, Albert inclina la tête.

— Auriez-vous vu des inconnus lui rendre visite récemment ?

— À part sa coiffeuse à domicile et parfois ses enfants, elle ne recevait personne.

— Ces derniers seraient-ils venus la chercher ?

Le facteur montrait des signes d'impatience.

— Pas que je sache. Excusez-moi, j'ai du courrier à distribuer.

— Nous vous remercions, monsieur.

Il remonta sur sa bicyclette et repartit dans la rue faire sa tournée. Albert eut un air de triomphe.

— Le Chili, une des destinations favorites des anciens nazis !

— Au moins, nous savons vers où chercher, ajouta Franz qui regarda une dernière fois la maison aux volets fermés.

À cet instant, quelque chose accrocha son regard.

— Albert, j'ai vu une ombre passer derrière un des volets du premier étage.

— Ce doit être un reflet du soleil.

— Non. On aurait dit que quelqu'un nous espionnait discrètement et qu'il a ensuite refermé la fenêtre.

— Allons voir ! s'exclama Albert en grimpant sur le

muret, tentant d'escalader la grille de fer qui s'élevait jusqu'à deux mètres du sol.

— Tu es fou ! s'écria Franz, qui ne savait quelle attitude adopter : escalader la grille à sa suite ou partir en courant.

Albert ne l'écoutait pas.

Il était presque parvenu en haut des barreaux, lorsque des pneus crissèrent. Une Mercedes s'arrêta. La portière arrière s'ouvrit et deux gaillards en descendirent. Ils s'emparèrent des alpinistes en herbe et les firent monter de force dans le véhicule, qui démarra en trombe et disparut dans la rue.

Franz Schüchtern et Albert Mürrisch étaient ligotés chacun sur une chaise, un bâillon sur la bouche. Ils avaient été prestement maîtrisés et leur tête recouverte d'un sac de toile de telle sorte qu'ils n'avaient aucune idée de l'endroit où ils avaient été conduits. Après leur enlèvement, la voiture avait roulé pendant une heure environ sur des routes droites puis plus sinueuses. À peine avaient-ils pu sentir dans l'air une forte odeur de fumier, lorsqu'ils avaient été emmenés à l'intérieur d'un bâtiment : vraisemblablement une ferme située à l'abri des regards indiscrets. Là, on leur avait fait descendre quelques marches vers un sous-sol, puis leurs ravisseurs s'étaient retirés après leur avoir ôté le tissu qui les aveuglait. Sur le mur qui leur faisait face, ils pouvaient distinguer des cageots qui avaient été entassés pêle-mêle ; leur lieu de détention, plongé dans l'obscurité, semblait être un débarras.

Ils n'eurent cependant pas le temps de se perdre en conjectures. Une minute plus tard, un néon clignota, éclairant la pièce de sa lumière crue, et la porte s'ouvrit. Un homme d'une cinquantaine d'années se présenta devant eux, s'accroupit, défit le ruban adhésif collé sur leur bouche, puis les liens qui les attachaient.

— Qui êtes-vous ? s'écria aussitôt Albert en se massant les poignets et les chevilles.

Son geôlier l'observa un instant.

— Pour un rescapé des camps, lâcha-t-il enfin, je vous voyais plus vieux.

— Vous nous connaissez ? questionna Franz.

L'homme se redressa et alla chercher une caisse sur laquelle il prit place.

— Messieurs Franz Schüchtern et Albert Mürrisch, je tiens à vous informer que je viens de vous sauver la vie.

— C'est pour cela que vous nous avez enlevés ? s'offusqua Franz. Drôle de façon de nous sauver !

— Vous vous apprêtiez à entrer dans la demeure de Frida Fringgs. C'était une très grosse bêtise que vous alliez commettre là.

— Pourquoi ? demanda Albert.

L'homme sourit.

— J'ai vu hier des hommes pas très nets s'introduire dans la villa des Fringgs. Il ne fait aucun doute qu'ils attendaient quelqu'un.

— Qui ?

— Vous, peut-être…

— Qui pourrait nous en vouloir ?

L'homme se leva et fit quelques pas.

— À vous de me le dire.

Les prisonniers ne répondirent rien.

— Peu m'importe, ajouta-t-il, je ne veux pas le

savoir. Nous pouvons en revanche nous aider mutuellement.

— À quoi faire ? s'enquit Franz.

Leur ravisseur revint s'accroupir devant eux et les fixa en haussant les sourcils.

— À retrouver Oskar Fringgs, déclara-t-il le plus naturellement du monde.

— Comment savez-vous que nous cherchons le docteur Fringgs ? demanda Albert.

Les nains se trouvaient à présent dans un salon au rez-de-chaussée, en compagnie de l'homme qui les avait enlevés. Il leur révéla seulement son prénom, prétendant s'appeler Simon.

— Vous sortiez de chez le procureur, il me semble, puis vous êtes allés directement à Baden-Baden et vous avez questionné le facteur. Ne me faites pas croire que vous y veniez en touristes.

Albert grommela quelques mots dans sa barbe.

— Pourquoi le cherchez-vous ? demanda-t-il, revêche.

— Afin de le juger pour ses crimes, pour que le monde entier se souvienne de l'ignominie du régime nazi, et que les jeunes générations qui ont tendance à oublier cette horreur sachent que la bête peut ressurgir à tout moment.

— Apparemment, il se cache au Chili.

Simon haussa imperceptiblement les épaules.

— Ce ne serait pas le premier à y trouver refuge. Hélas, le Chili est vaste.

— Sa femme a reçu, il y a huit jours, un faire-part de décès en provenance de Santiago, avoua Franz. Elle a aussitôt disparu de Baden-Baden. Pensez-vous qu'elle

151

a rejoint son défunt époux afin d'assister à ses funé-
railles ?

— Qu'aurait-elle été faire là-bas, une fois son mari
décédé ? répliqua-t-il. Pourquoi ne l'aurait-elle pas
rejoint de son vivant ?

— Je n'en sais rien, une idée comme ça.

Simon se leva du canapé, fit quelques pas et observa
un tableau sur le mur, les mains derrière le dos.

— Qui vous dit qu'Oskar Fringgs est mort, osa-t-il,
ou que c'est *lui* qui est mort ?

Franz resta interloqué.

— Qui d'autre, alors ?

Simon revint vers les deux compagnons qui l'observaient, brûlant de connaître sa réponse.

— Je n'en sais rien, dit-il, décevant leur attente. Je
persiste à penser qu'il est presque centenaire et toujours
bon pied, bon œil.

— Pourquoi ?

— Disons que mon expérience en matière de chasse
aux criminels nazis m'incite à le croire.

— Dans ce cas, demanda Albert d'un ton irrité,
qu'attendez-vous pour vous rendre au Chili ?

Simon l'observa, imperturbable.

— Que vous veniez avec moi, pardi ! rétorqua-t-il,
pince-sans-rire. Vous avez côtoyé Oskar par le passé,
vous êtes les plus à même de le reconnaître. Messieurs,
que diriez-vous d'un voyage à Santiago du Chili, en
toute discrétion, bien entendu, à nos frais et en jet
privé ?

— Qu'est-ce qui nous prouve que vous dites vrai et
que nous pouvons vous faire confiance ? questionna
sèchement Albert.

Il leva les mains, paumes en avant.

— Rien, si ce n'est que je vous aurais déjà tués si j'avais voulu. Sachez toutefois que nous volerons dans un avion appartenant aux services secrets israéliens, si ça peut vous servir de garantie.

— Vous êtes du Mossad ?

Il prit un air mystérieux.

— L'avion appartient à l'État d'Israël, pas nous. À vrai dire, notre organisation n'existe pas. Nous sommes des fantômes, des ombres, une légende en somme…

## 9

*Ah ! Je ris de me voir si belle...*

L'appartement de Virginia faisait plus de cent mètres carrés. Situé au dernier étage d'un immeuble cossu, il offrait une vaste terrasse donnant sur Central Park. Albe n'osait imaginer le prix d'une telle location. Elle savait également que les nains étaient suffisamment riches pour se permettre de telles folies. Franz avait tenté de lui proposer un logement similaire, qu'elle avait refusé catégoriquement. Elle aimait le Queens, lui avait-elle rétorqué, et son voisin de palier veillerait sur elle. Les deux femmes étaient devenues inséparables. La complicité qui s'était créée dès leur première rencontre avait grandi jour après jour. Alors qu'elle dégustait un café sur la terrasse de son amie, Albe se demanda comment elle avait pu vivre aussi longtemps en autiste. S'accoudant au garde-fou, elle admira l'immense espace vert qui s'étendait à ses pieds. Le soleil était presque couché et le ciel blafard de cette fin novembre s'obscurcissait peu à peu. L'étoile du berger scintillait, solitaire. Avec ses arbres nus, le parc évoquait une mystérieuse forêt et les buildings qui barraient l'horizon au-delà se dressaient, tels des sommets vertigineux. Une image s'imprima dans son esprit : celle d'un donjon, duquel elle pouvait admirer une forêt immense qui n'était limitée au loin que par de hauts pics enneigés.

Parfois, comme ce soir, ses souvenirs remontaient à la surface. Toutefois, ses visions restaient floues et parcellaires, des réminiscences fragmentaires étayées d'explications fournies par les nains. Hélas, la plupart du temps, ces éclairs surgis du passé éblouissaient son esprit un bref instant puis s'estompaient aussitôt, accroissant sa frustration.

Mais en cette soirée de fin d'automne, tandis que la nuit allait tomber sur la ville, ce passé révolu vint frapper à la porte de sa mémoire de façon claire et précise…

*… Elle arpentait un sombre couloir, tenant à la main un chandelier.*

La lumière vacillante des bougies projetait sur les murs de pierre alentour des ombres spectrales. Elle n'aurait pas dû se trouver dans cet étroit corridor, à cette heure avancée de la nuit. Une inexplicable pulsion l'avait conduite dans cette partie du donjon réservée exclusivement à la nouvelle souveraine. Elle avançait lentement, veillant à ne pas trébucher ou faire le moindre bruit. Ses pieds nus ressentaient toute la froidure de la pierre glacée et elle regretta à cet instant de ne pas être restée au chaud dans son lit.

Un peu plus loin, elle vit une porte entrebâillée. Elle connaissait bien la pièce qu'elle occultait, pour l'avoir habitée par le passé. C'était le boudoir de sa mère, et aussi sa chambre lorsqu'elle était enfant. La reine n'avait pu se résoudre à confier sa fille unique à des nourrices et l'avait gardée près d'elle, dans la pièce située à côté de son lit. Cela faisait longtemps qu'elle ne venait plus par ici. Cette partie du château était devenue le territoire de Marilyn, la nouvelle reine. Elle avait accepté cette brimade, comme toutes celles qui s'étaient abattues sur elle depuis la mort de sa mère, à sa façon, en serrant les dents, attendant le moment propice de pouvoir contrer sa marâtre sorcière.

Un rai de lumière filtrait par la porte entrouverte, éclairant le sombre corridor de pierre, l'invitant à s'approcher davantage. La lumière était douce, scintillante, étrangement attirante. Des années durant, on avait enseigné à Albe que la curiosité est un vilain défaut, toutefois, elle ne put s'empêcher de jeter un œil dans l'ouverture.

Une petite table ronde et une chaise meublaient le centre de la pièce. Autre chose attira son attention : un étrange miroir ovale était posé sur le guéridon, au milieu des peignes, des rubans et des onguents en tous genres. La nouvelle propriétaire des lieux n'était pas là ; elle dormait profondément dans son lit. Albe pouvait entendre ses ronflements émis à un rythme régulier. La ténébreuse souveraine dormait du sommeil des justes, songea-t-elle, si tant est que l'on puisse dormir en paix avec soi-même lorsque l'on assassine sans vergogne. Pourquoi en aurait-il été autrement ; ses ennemis avaient été tués ou écartés du trône. Aucun mauvais rêve ne viendrait donc troubler la quiétude de ses nuits.

Elle fit une chose insensée. Encouragée en cela par une petite voix intérieure, elle se glissa dans l'ouverture et entra…

Elle s'approcha du miroir et regarda son image s'y refléter. La jeune femme qu'elle découvrit n'était plus une enfant. Ses traits s'étaient affirmés, affichant à la fois une ferme résolution et une grâce certaine.

Elle se rendit compte soudain que son portrait remuait les lèvres. Elle cligna des yeux, attribuant cette étrangeté au manque de sommeil. Elle s'approcha davantage ; l'illusion s'accrut à tel point que ses lèvres composèrent des sons à présent parfaitement audibles.

— Qui êtes-vous ? demanda le visage dans le miroir, accompagnant son interrogation d'une affectation de langage un tantinet précieuse.

Albe ne manquait pas de courage et avait reçu une éducation de princesse. Aussi répondit-elle poliment à la question :

— On m'appelle Blanche-Neige.

— Enchanté de faire votre connaissance !

— Moi de même. À qui ai-je l'honneur ?

— Je suis un miroir magique.

Le reflet avait glissé ces quelques mots sur le ton de la confidence.

— Je l'avais compris. Les miroirs que j'ai connus ne parlaient pas.

— Détrompez-vous, tous les miroirs parlent. D'une manière ou d'une autre, souvent de façon très éloquente.

— En quoi êtes-vous magique, alors ?

Le miroir s'assombrit.

— Parce que je dis toujours la vérité.

— Même à la duchesse Von Sydow ?

— Même à la duchesse Von Sydow, belle dame.

— Flatteur !

— Je ne dis que la vérité.

Albe réajusta une mèche brune qui balayait son front.

Un compliment est toujours bon à prendre, pensa-t-elle avec plaisir.

— Dites-vous également l'avenir ?

— L'avenir et la vérité ne font pas bon ménage.

Elle comprima la ligne de ses lèvres.

— Puis-je vous poser une question ?

— Faites donc…

— Viendrai-je à bout de la duchesse Von Sydow ?

Le reflet sembla interrogateur.

— Souhaitez-vous connaître la vérité ou l'avenir ?

— La vérité.

— Alors, posez-moi une autre question.

Songeuse, elle fronça les sourcils.

— La duchesse est-elle une sorcière ?

— Oui.

— Est-elle la seule ?

— Non.

— Combien sont-elles ?

— Trois. Trois sœurs en tous points semblables si ce n'est que Marilyn est la plus perfide d'entre elles.

Albe soupira de dépit. Trois sorcières… !

— Ses sœurs sont-elles dans les parages ?

— Non. Elles vivent loin d'ici et hantent d'autres lieux.

— La duchesse veut-elle me tuer ?

— Pas encore, mais ça arrivera bientôt.

Elle s'offusqua :

— Je croyais que vous ne disiez pas l'avenir…

Le miroir eut un semblant de sourire imperceptible, comme si la remarque l'amusait.

— Simple déduction. Marilyn me demande chaque matin qui est la plus belle femme du royaume. Avant de vous connaître, je répondais quotidiennement que c'était elle. À présent que je vous ai vue, je devrai dire que c'est vous.

— Vous pourriez pécher par omission, répondre à côté, biaiser…

— Quand bien même j'essaierais, je ne pourrais occulter votre beauté. Elle imprègne chaque rayon de lumière qui se reflète en moi, inonde mon tain.

Silence.

— Je n'aurais pas dû entrer, c'est cela ?

— Effectivement, il fallait passer votre chemin, tout à l'heure. Désormais, il est trop tard.

Albe tendit son index vers le miroir avec réprobation.

— C'est donc vous qui m'avez appelée !

Le reflet prit un ton outragé.

— Moi ? Certainement pas !

— Qui d'autre ? La sorcière ?

L'image dans le miroir la regarda gravement.

— La vérité, gente damoiselle. Seulement la vérité que nous cherchons tous à connaître.

Nouveau silence.

— Que dois-je faire à présent ?

Le reflet prit un temps de réflexion pour observer le visage d'Albe sous toutes ses coutures.

— À moins de vous défigurer, vous ne pouvez rien contre ma maîtresse. C'est une sorcière et vous n'en êtes pas une.

— S'il existe des sorcières, existe-t-il également des fées ?

— Oui, pas dans le royaume, en tout cas.

— Où sont-elles ?

— Ailleurs, à vrai dire, je ne sais où. Les fées sont rares, capricieuses, elles apparaissent quand bon leur semble, parfois trop tard, parfois trop tôt. Si je puis vous donner un conseil, ne comptez que sur vous-même. À présent, sortez d'ici ! L'aube pointe son nez et j'entends ma maîtresse qui s'étire dans son lit.

— Vous lui direz donc la vérité ?

— Je ne sais pas mentir.

— Vous allez me condamner à mort !

Cette réflexion le chagrina, et il prit un air dépité.

— Que puis-je faire d'autre, belle enfant ? En disant la vérité, je me condamne moi-même à une mort certaine. Croyez-vous que Marilyn acceptera longtemps d'écouter ce que j'aurai à lui dire chaque matin ? C'est une femme de caractère et l'on brise facilement ma volonté. Adieu, belle princesse, j'ai été ravi de faire votre connaissance.

Albe s'éloigna du reflet et son image s'estompa peu à peu.

— Adieu, miroir étrange.

— Vous ne m'emportez pas avec vous ? Vous vous éviteriez ainsi des ennuis.

— Je ne suis pas une voleuse. Et Marilyn aurait tôt fait de vous retrouver, et de me punir pour ce geste.

— Elle vous punira de toute façon, pour avoir osé être plus belle qu'elle.

— Quitte à choisir, murmura-t-elle en s'en retournant vers la porte, je préfère courir ce risque.


Albe ressortit sans bruit du boudoir et s'éloigna à pas feutrés dans le couloir. En remontant l'escalier en colimaçon qui menait à sa chambre, elle passa devant une meurtrière. Au loin à l'est, le soleil rougeoyant se levait sur les montagnes. C'était l'hiver et la forêt autour du château était dénudée, immense armée immobile de troncs d'arbres qui campait alentour, faisant le siège de la forteresse de pierre, venant réclamer sa tête.

*Rends-toi, Blanche-Neige ! Tu ne peux rien contre moi.*

Les troncs d'arbres se rapprochèrent. Des milliers d'entre eux se massèrent devant le donjon, faisant trembler la pierre sur ses fondations.

*Je sais que tu es là, livre-toi à moi.*

La forêt se fit plus menaçante. Albe eut un mouvement de recul. Un grondement sourd monta depuis la terre, le sol gelé trembla sous ses pieds. Les branches se tendirent en direction de la meurtrière comme autant de bras affamés. L'air bruissa, fouetté par ces verges cinglantes, et un vent froid se leva. À l'est, le soleil était devenu rouge sang, teintant de pourpre la neige des montagnes.

*Tu seras mienne, quoi que tu fasses pour m'échapper.*

Fascinée, Albe observait les arbres qui se vrillaient, leurs branches giflant sans répit la paroi de pierre. Des pans de mur se détachèrent de l'édifice, s'écrasant sur le sol avec fracas. L'éclat sanglant du soleil colorait le granit du donjon d'un rose violacé. Un rameau se glissa dans l'embrasure, fouettant l'air. Elle eut à peine le temps de jeter la tête en arrière pour éviter la caresse tranchante de ce long doigt crochu et décharné. D'autres branches s'introduisaient à présent dans l'ouverture, bras aveugles et affamés cherchant à se saisir avidement d'elle.

*Tu mourras, Blanche-Neige ! Il n'y a pas de place pour nous deux ici-bas.*

L'aube s'obscurcit. Le souffle se fit glacial et un immense voile noir s'abattit d'un coup sur le château.

*Bientôt, Albe...*

— Albe, le repas sera bientôt prêt ! Albe ?

Elle poussa un cri et se retourna vivement. Virginia tenait entre ses mains une robe achetée un peu plus tôt dans la journée et l'observait, interloquée. Elle se souvint qu'elle était sur la terrasse d'un appartement à Manhattan et qu'elle buvait un café en contemplant Central Park, plongé dans l'obscurité et la froidure d'une fin d'automne.

— Tu m'as fait peur ! s'exclama-t-elle.

— Diantre ! Toi qui n'as jamais peur de rien. À quoi pensais-tu ?

— À une sombre forêt plongée au cœur de l'hiver.

— Ton passé ?

Albe frissonna de tout son être. Elle observa un moment les rosiers grimpants le long du mur, l'un rouge et l'autre blanc, offrant au regard leurs derniers boutons transis de froid avant de s'endormir pour l'hiver.

— Mon avenir.

Virginia s'approcha, passa un bras sur son épaule et l'emmena vers l'intérieur.

— Rentre, dit-elle, je n'aime pas ce vent.


— Tu t'en souviens, toi, de ton enfance ? s'exclama Albe devant son amie. Parce que moi, j'ai l'impression d'avoir toujours eu mon âge d'aujourd'hui, sans aucun souvenir d'un passage par la case petite fille !

Elles étaient assises à même la moquette et buvaient une tisane. L'appartement était meublé avec goût dans des tons noir et blanc. Quelques toiles d'art moderne trouvées dans des petites galeries de la ville ornaient les murs.

— Ce que je me rappelle, poursuivit-elle, c'est mon père lorsqu'il était soldat, nos déménagements incessants aux différents endroits du monde où l'armée l'envoyait, puis notre dernier logement dans le Queens. Cependant, je réalise que les années ont marqué son corps et sa vie tandis qu'elles n'ont eu aucune prise sur moi. J'ai toujours eu la sensation que les mois duraient des jours, et les années, des semaines. Changer sans cesse de lieu et de voisins a sans doute renforcé ce sentiment.

— Je comprends ce que tu ressens, acquiesça Virginia. Quand j'y réfléchis, je n'arrive pas à me souvenir de mon enfance, ni même de mon adolescence, encore moins de ma vie de Petit Chaperon rouge… Je revois ma maison au cœur de Londres, c'était il n'y a pas si longtemps que cela, en fait, et toujours cette furieuse envie de coudre qui a occupé l'essentiel de mon existence.

— Lorsque l'on a une passion, on n'a pas le temps de s'ennuyer, c'est certain.

— Et toi, tu te rappelles quand tu étais Blanche-Neige ?

Albe dodelina de la tête.

— Par bribes. Ce soir par exemple, en regardant Central Park, je me suis souvenue d'un château perdu dans la forêt, mais je serais incapable de te dire où c'était. J'y ai sans doute vécu un jour, car certaines pièces m'étaient familières. Le reste ne me disait rien.

Virginia tripotait nerveusement le pendentif ornant son décolleté.

— Ne pas savoir est vraiment agaçant, dit-elle.

Encore… toi, tu arrives à te rappeler certaines choses, moi, même pas, à part ce monstre qui me poursuit dans mes cauchemars ! Tu vois ce collier que je porte, eh bien, je suis incapable de te dire d'où il sort. Est-ce le cadeau d'un amoureux ou un bijou de famille… Le fait est qu'il m'appartient, point.

— Puisque nous en sommes aux confidences, je voulais te dire que chaque fois que je regarde cette émeraude pendue autour de ton cou, je vois un visage, celui d'Innocent.

— Qui est Innocent ?

— Innocent Einfältig est le premier des sept nains que j'ai vu. Lorsque je me suis réveillée dans leur maison, il était penché sur moi et me regardait ébahi, comme si j'étais la huitième merveille du monde.

— Ça, c'est un réveil !

Albe sourit à sa remarque.

— C'est vraiment un beau souvenir.

— Sais-tu ce que signifie *Einfältig*, en allemand ?

— Non.

— Simplet !

— Pauvre Innocent, être affublé d'un nom aussi ingrat ! C'était une âme pure qui savait s'émerveiller d'un rien.

Virginia cessa de jouer avec son collier.

— Pourquoi mon bijou te fait-il penser à Innocent ?

— C'était un tailleur de pierre hors pair. Il avait travaillé pour moi une émeraude semblable en tout point à la tienne. Il me l'a offerte avant de partir à la mine, le dernier matin où je l'ai vu. *Un saphir te siérait davantage,* m'a-t-il dit alors, *mais je tenais cette émeraude dans ma main lorsque je t'ai découverte étendue sur mon lit.* Il m'avait promis de la monter en bague, les événements qui ont suivi en ont décidé autrement. La suite de l'histoire, c'est Franz qui me l'a rapportée. Lorsqu'ils sont rentrés ce soir-là, les nains m'ont trouvée étendue, une pomme croquée non loin de moi et la porte de la maison grande ouverte. Quant à la pierre, elle avait disparu.

— Encore un coup de la sorcière !

— Peut-être, ou d'une pie voleuse qui passait par là…

Virginia ne put s'empêcher de regarder l'émeraude qu'elle tenait dans sa main.

— Sais-tu ce qu'est devenu Innocent ?

— Il est mort avec quatre autres nains pendant la Seconde Guerre mondiale.

— En fait, tu te souviens d'Innocent, mais pas de Franz, ni d'Albert.

— Exactement.

Elles restèrent songeuses quelques instants. La grande baie vitrée donnant sur le parc plongé dans l'obscurité était entrouverte. Un air frais et vivifiant entrait dans le salon, mêlant les odeurs iodées de la mer au tumulte incessant de la ville, sirènes des ambulances ou avertisseurs enragés des automobilistes.

— On dirait que notre perception du temps se joue de notre mémoire, déclara Virginia, rompant enfin le silence. C'est certainement pour cela que je me sens toujours si distante par rapport aux autres.

— Je peux comprendre ce que tu ressens, dit Albe. J'ai l'impression moi aussi d'avoir toujours été détachée de tout. Je connais le chagrin, sans arriver à pleurer, pas plus que je n'éprouve une nostalgie du passé. Quand j'y songe, je me demande si je suis humaine.

— Humaine ou pas humaine, qu'est-ce que ça change ? L'Homme a peur de la mort.

— La mort est aussi ce qui donne un sens à sa vie.

— L'Homme accumule des richesses, recherche le pouvoir, laisse une descendance pour rester présent même après la fin de son existence. Je n'adhère pas vraiment à ce genre de considérations, cela fait-il de moi une créature inhumaine ?

Albe esquissa un sourire.

— Non, je te rassure, tu n'es pas un monstre, même si tes désirs ne sont pas identiques à ceux du commun des mortels. Moi-même, je dois t'avouer que, par moments, cette frénésie, avant la décrépitude et la mort, me laisse perplexe.

— Arrêtons de philosopher et regardons le bon côté des choses, dit Virginia en se resservant de la tisane, nous sommes jeunes et belles pour l'éternité. Et donc… Nous pourrons passer notre existence à nous offrir les plus belles créatures mâles de la terre, et à en changer selon notre bon vouloir.

— Parle pour toi, espèce de dévoreuse d'hommes ! Pour ma part, un beau prince charmant me conviendrait parfaitement.

Virginia éclata de rire. Elle se leva, sa tasse à la main, et alla refermer la porte-fenêtre de la baie vitrée.

— *Ils vécurent heureux et ils eurent beaucoup d'enfants ?* Je ne crois pas aux contes de fées ! Si tu veux mon avis, tous les hommes que j'ai connus n'ont rien du noble prince sur son blanc destrier.

— Ce n'est pas dans les boîtes de nuit que tu fréquentes que tu vas le trouver, vu les spécimens que tu épingles à ton tableau de chasse !

Elle haussa les épaules en souriant.

— Ils sont beaux, bien faits de leur personne et savent me satisfaire, c'est tout ce que je leur demande. Et toi, as-tu trouvé ton beau prince ? Ce Frédéric, par exemple. Il est plutôt mignon, et puis il est attentionné. À ta place, j'approfondirais la question, à moins qu'il ne soit gay.

Elle retourna s'asseoir précipitamment aux côtés de son amie.

— Oh, à ce sujet, enchaîna-t-elle, il faut absolument que je te présente ma nouvelle voisine !

— Celle d'en face ?

— Oui ! Une charmante vieille dame de quatre-vingt-dix ans qui a emménagé il y a peu. C'est une ancienne starlette d'Hollywood. Elle m'a raconté plein d'anecdotes croustillantes sur le milieu du cinéma.

Elle prit le bras de son amie et ajouta :

— Figure-toi qu'elle a tourné trois films avec Cary Grant dont elle était amoureuse pendant des années, avant d'apprendre qu'il ne s'intéressait pas aux femmes !

Albe se tourna vers elle.

— Comment s'appelle-t-elle ?

— Mae Zinn. Elle est mimi comme tout avec ses cheveux blancs toujours parfaitement peignés et son petit air de grand-mère modèle. Je la verrais bien préparer des confitures à ses petits-enfants.

— Tu comptes mettre ton fichu rouge et lui apporter une galette ?

Virginia pencha la tête en arrière et partit d'un grand éclat de rire.

— Pour cela, il faudrait encore que je sache cuisiner et que j'aie un chaperon de cette couleur.

— A-t-elle de la famille à New York ?

— Non. Elle m'a confié qu'elle n'avait jamais eu d'enfant et qu'elle ne s'était jamais mariée.

— Pourquoi être venue vivre ici, seule, à son âge ?

Virginia observa le plafond, tenant toujours serré dans ses mains le bras de son amie.

— Elle ne supportait plus la Californie. Elle est née à New York et veut y mourir, m'a-t-elle dit. Quant aux hospices, comme elle les appelle, elle ne veut pas en entendre parler. C'est une femme de caractère, tu sais.

— Je serais ravie de la connaître.

Virginia se leva et rassembla les tasses vides.

— Allez, ouste, au lit ! Demain est un grand jour : il nous faut aller chercher Albert et Franz à l'aéroport.

Albe se leva à son tour et s'approcha de la baie vitrée. Central Park était plongé dans l'obscurité, seules les lumières de l'avenue brillaient. Le ciel sans nuages était constellé d'étoiles qui scintillaient, lueur froide et ténue venue du fond des âges.

— Étranges bonshommes, eux aussi, murmura-t-elle. Bonne nuit, Virginia !

— Merci ! Et fais de beaux rêves de princes charmants !

*

La nuit était tombée depuis longtemps sur New York et le Loup arpentait Central Park, emmitouflé dans un grand manteau sombre qui cachait son corps et ses traits. Il leva les yeux au ciel et contempla les constellations immuables qui brillaient dans le firmament pur et glacé, Orion, Cassiopée, la Grande Ourse. À leur position, il sut qu'il était minuit.

Il porta ensuite son regard doré vers les immeubles

situés en bordure du parc. Les étages supérieurs possédaient tous de grandes terrasses, et certaines baies vitrées étaient entrouvertes. Dilatant ses narines, il huma l'air. Une brise légère et fraîche venant de l'Hudson River entraînait avec elle les fragrances du large, ainsi que des centaines d'autres odeurs qu'il analysa et reconnut. Parfums légers et attirants de femmes, odeurs de drogues illicites provenant de certaines terrasses bourgeoises, ou lourds remugles qui s'échappaient des bouches de métro voisines.

Une autre senteur parvint jusqu'à lui. Une odeur plaisante qu'il connaissait bien émanait de la porte-fenêtre entrouverte d'un appartement donnant sur le parc. Un doux parfum que Marilyn Von Sydow lui avait demandé de faire disparaître à jamais. Il est vrai qu'il avait quelque peu traîné, car la sorcière avait exigé beaucoup de sa personne. En tout premier lieu, fournir des charges nucléaires à des groupes terroristes, comme s'il était facile de faire sortir de l'ex-territoire de l'U.R.S.S. plusieurs kilogrammes de plutonium ! Il n'avait pas failli à sa tâche et cinq bombes avaient été livrées. Cela fait, il avait pu se consacrer pleinement à l'autre mission qu'elle lui avait assignée : l'assassinat de Virginia.

D'aucuns auraient pu penser que ce terrible prédateur n'était qu'un pantin entre les mains de Marilyn. Il n'en était rien. Son esprit libertaire s'accommodait certes fort peu de cette femme de pouvoir, mais elle avait toujours su le convaincre. Il faut dire qu'elle ne lésinait pas sur les moyens, attachée à satisfaire le moindre de ses désirs lorsqu'elle avait besoin de ses services, chacune des parties y trouvant son compte.

Et cela lui convenait parfaitement.

Un bruit dans un fourré, situé non loin de là, lui fit

dresser les oreilles. Des dealers refourguaient du crack, se croyant en sécurité dans les buissons. L'idée de les attaquer l'envahit subitement, incontrôlable, grisante… Au prix d'un immense effort de volonté, il parvint à refréner ses pulsions ; ce n'était pas le moment d'attirer l'attention. Il aurait la possibilité de se repaître prochainement.

Demain, à la vérité.

Dès que cette nuit serait achevée, le rire cristallin qui s'échappait de la fenêtre du building en bordure du parc s'éteindrait à jamais. La désirable femme rousse qui l'aguichait depuis si longtemps serait à nouveau à sa merci. Il se délecta de cette douce et délicieuse pensée. Il ne put s'empêcher d'imaginer également le plaisir qu'il prendrait à cette tâche et en saliva par avance. Il esquissa un rictus qu'il réservait d'ordinaire à ses victimes, se souvenant à cet instant du médecin russe qui avait donné son nom à ce phénomène : Pavlov… De la bave coula le long de ses mâchoires entrouvertes, fila entre ses canines et dégoulina en longs filets jusqu'au sol.

Le Loup se fichait comme d'une guigne de la théorie des réflexes conditionnés. Les ingrédients d'une merveilleuse recette se trouvaient réunis à deux pas de là, s'offrant à lui.

Tout simplement.

Demain…

## 10

IL ÉTAIT UNE FOIS...
*Chausson aux pommes*

La reine Von Sydow était devenue au fil du temps la souveraine d'un immense territoire. Elle dominait un véritable empire, situé au cœur de l'Europe centrale. Fidèle à son tempérament, elle en finissait à présent avec les derniers récalcitrants. Elle avait donc confié au Loup la mission de retrouver le chasseur. On pouvait lui faire confiance pour lui mettre le grappin dessus. Dès qu'il l'aurait attrapé, le Loup le traînerait jusqu'à ses pieds. Le chasseur implorerait sa clémence, la supplierait d'abréger ses souffrances. Inutile. Certains mots — magnanimité, pitié, miséricorde... — avaient été rayés de son vocabulaire.

Une seule ombre au tableau persistait : Blanche-Neige.

Rien qu'à l'évocation de ce nom, elle sentait une douloureuse migraine pulser dans son crâne. La jeune princesse qui vivait à présent au fond des bois était une épine profondément enfoncée dans son talon, une grossièreté proférée à chaque lever de soleil par le miroir magique.

Comme tous les matins, Marilyn était assise dans son boudoir, peignant avec délicatesse ses longs cheveux bruns. Silencieux, le miroir reflétait son teint délicat et la finesse de ses traits. Elle avait décidé de ne plus lui adresser la parole et le miroir semblait satisfait de cet arrangement. Elle n'en était que plus exaspérée. Elle avait bien songé à se débarrasser de l'objet. À quoi bon se voiler la face : le briser ne changerait rien à l'affaire. Elle devait tuer la princesse, et tout rentrerait dans l'ordre. Imaginant sa belle-fille entourée des sept nains qui devaient l'aduler telle Vénus surgie de l'onde, elle se renfrogna, ce qui eut pour effet de faire naître d'imperceptibles ridules au coin de ses yeux. Cette effroyable vision relança l'élancement douloureux dans son crâne. Il accentua dangereusement les pattes-d'oie qui prenaient forme et semblaient à présent ne plus vouloir disparaître.

D'un geste rageur, elle balaya du revers de sa main le fatras disposé sur la table ronde, renversant au passage le miroir, qui tomba par terre sans se briser toutefois. Ne plus voir son reflet eut pour effet de calmer immédiatement sa migraine. Elle reposa délicatement le peigne d'ivoire sur le guéridon dévasté et, par l'étroite ouverture dans le mur épais du donjon, regarda au loin les sommets qui barraient l'horizon. Elle songea, mélancolique, à ses sœurs. Elle s'imagina en leur compagnie et en conclut que leur présence à ses côtés lui ferait le plus grand bien.

Se saisissant d'une plume, elle la trempa dans un encrier et griffonna sur un bout de parchemin. Elle le roula, descendit précipitamment les marches en colimaçon du donjon et se rendit au colombier. Bientôt, un pigeon s'envola dans le ciel.

Il ne restait plus qu'à attendre patiemment ; ses sœurs ne tarderaient pas à répondre à son appel. C'était d'ailleurs toujours elle qui convoquait le conseil de famille. Nul doute qu'Ogota — l'aînée — et Zita — la cadette — trouveraient une solution à son problème. Déjà, toutes petites, elles savaient extraire avec dextérité de son corps les échardes qui la meurtrissaient. Elles la débarrasseraient de cette Blanche-Neige aussi prestement, à n'en pas douter.

Ogota et Zita Von Sydow vinrent ensemble visiter leur benjamine dans un somptueux carrosse tiré par quatre chevaux blancs. Elles embrassèrent Marilyn, firent le tour du domaine et, sans plus tarder, devisèrent de l'état du monde, leur monde. Elles avaient pris place dans la grande salle du château et s'étaient installées confortablement devant un feu de bois qui crépitait dans l'âtre. Les sœurs Von Sydow étaient semblables en tous points : brunes, grandes, belles ; elles paraissaient avoir trente ans tout au plus. Tout en sirotant un vin doré dans une coupe en argent, Zita observait attentivement le blason suspendu sur la cheminée, d'or à trois louves de sable armées et lampassées de gueules.

— Je vois que nous figurons en bonne place à tes côtés, commenta-t-elle en désignant du menton les trois louves noires qui symbolisaient les sœurs Von Sydow.

— Vous y figurerez toujours, ajouta Marilyn. Et toi, Zita, comment vas-tu ?

— On ne peut mieux, répondit la cadette d'un ton enjoué. Figure-toi que la fille qui me portait souci, cette Isabelle, dort à jamais dans un obscur château perdu au fin fond du royaume franc.

— Félicitations, sœurette. Quant à toi, Ogota, en as-tu terminé avec ta Cendrillon ?

— De la plus drôle des manières, répondit l'aînée.

Marilyn lui prit le bras.

— Raconte, j'ai hâte de connaître l'histoire.

Ogota regarda sa petite sœur, un sourire narquois au coin des lèvres.

— Cindy Vairshoe a voulu se rendre au bal qu'organisait le prince Ferdinand. Et ce benêt, aussi beau que stupide, s'est aussitôt entiché de cette blonde vulgaire.

Zita interrompit l'aînée :

— Pourquoi faut-il que les hommes oublient de penser avec leur tête dès qu'ils aperçoivent la moindre chevelure dorée assortie d'une poitrine avantageuse ?

— Parce que ce sont des hommes, précisément, expliqua Marilyn. Les blondes attirent inconsciemment leur appendice, fussent-elles des laiderons. Laissons-leur croire que le monde va ainsi, au gré des envies de leur ridicule accessoire. Ils ignoreront toujours que le nôtre est caché et qu'il mène le leur à la baguette.

Ogota sourit à la plaisanterie.

— Bref, reprit-elle, je disais donc que ce crétin de Ferdinand a passé sa soirée à minauder avec cette bouseuse, qui a également dansé avec la plupart des hommes invités au bal. Elle a tellement valsé de bras en bras qu'elle en a perdu une chaussure. Une personne de qualité aurait arrêté là les frais, pas Cindy ! Elle a continué à danser pieds nus, ce qui a encore plus excité les mâles présents dans la salle. Inutile de te dire qu'elle n'a pas vu le temps passer. Remarque, moi non plus. J'ai passé une nuit merveilleuse, ce soir-là. Et quand les douze coups de minuit ont retenti, son carrosse avait subi, comment dirais-je… une modification notoire.

— Non ! Ne me dis pas que tu as refait le coup de la citrouille ?

Ogota prit un air mystérieux.

— Mieux que cela. J'ai modifié la destination de l'attelage.

— Excellent ! Où est-elle, à présent ?

Elle plissa les yeux, satisfaite de son effet.

— À cette heure, Cindy doit cuver son vin et se geler les pieds au nord du cercle polaire…

— Et refroidir son arrière-train par la même occasion ! grommela Marilyn.

— La vulgarité ne te sied guère, petite sœur.

Zita ajouta :

— Pour être aussi aigrie, c'est que tu as des soucis !

Ogota haussa les épaules et se tourna vers la cadette :

— Je ne vois pas ce qui peut lui causer du tracas. Du peu que j'ai constaté, elle a plutôt réussi, depuis la dernière fois que nous nous sommes vues.

Marilyn serra les dents et prit un air lugubre.

— Elle s'appelle Blanche-Neige ! Je n'arrive pas à m'en débarrasser !

— Je te reconnais là. Toujours à te faire du souci pour des détails…

La benjamine foudroya l'aînée du regard et tempêta du pied.

— Le détail en question est la plus belle femme du royaume ! s'écria-t-elle, plus belle que nous trois réunies. J'en ai assez de m'entendre dire cela tous les matins par un fichu miroir qui n'a que ce mot à la bouche !

Elle fit une grimace et se renfrogna. Ses sœurs vinrent l'entourer et tentèrent de la réconforter.

— Et tu n'as pas essayé de la tuer ? demanda Zita d'une voix compatissante.

— Bien sûr que si ! À deux reprises, même ! Une fois

avec des rubans, puis une autre, avec un peigne ensor-celé. À chaque fois, les nains qui la protègent sont inter-venus à temps pour la sauver. Pourtant, j'ai enfin trouvé l'arme imparable : des pommes empoisonnées. Inutile de te dire qu'à présent, la jouvencelle se méfie. Elle n'ira jamais ouvrir la porte à une femme, quelle qu'elle soit, même grimée de pied en cap.

— Il faudrait donc que ce soit un homme qui lui apporte les pommes.

— Blanche-Neige est loin d'être un perdreau de l'année. Elle ne tombera pas dans le panneau.

Ogota la serra contre elle et lui glissa à l'oreille :

— Du diable si nous ne trouvons pas une solution, sœurette ! Ne sommes-nous pas ici pour ça ?

À cet instant, un page entra. Il s'inclina et déclara, tête baissée :

— Le prince Ferdinand souhaiterait s'entretenir avec vous, ma reine.

De concert, les deux sœurs se tournèrent vers Marilyn et lui lancèrent un clin d'œil complice.

— Je crois que la solution vient de nous tomber toute cuite, lança l'aînée.

Intriguée, Marilyn la fixa de ses yeux ronds.

— Pourquoi dis-tu cela ?

Ogota fronça son joli nez et expliqua :

— Ce crétin de Ferdinand parcourt à présent tous les royaumes d'Europe avec une pantoufle en peau d'écu-reuil à la main, à la recherche de la paysanne blonde dont il s'est amouraché. Il la passe au pied de chacune des filles, afin de trouver la bonne pointure. Il prétend à qui veut l'entendre que seul le pied de Cendrillon s'emboîtera parfaitement dans sa sandalette.

Marilyn resta coite :

— Il est vraiment plus crétin que je ne pensais !

Zita sourit.

— La stupidité n'a pas de limite, dit-elle. Et un homme amoureux bat parfois des records.

Le prince Ferdinand était un beau gosse blond à la carrure athlétique. C'était surtout l'un des plus beaux partis d'Europe, mais également le plus idiot de tous. Si les courtisans s'affligeaient de sa bêtise, ils le faisaient en coulisse, car l'homme était ombrageux. Encore eût-il fallu être plus sot que lui pour qu'il s'aperçoive de la raillerie. Sa *Quête de la pantoufle*, comme la surnommaient déjà sous le manteau les têtes couronnées d'Europe, faisait les gorges chaudes de toutes les cours du continent.

Depuis des mois, le prince parcourait à cheval villes, villages et donjons. Inlassablement, il enfilait la pantoufle au pied de toutes les jeunes femmes qu'il rencontrait, gueuses, ribaudes, ou gentes damoiselles. Et il clamait à qui voulait l'entendre qu'il n'y avait pas plus noble quête en ce bas monde depuis celle du Graal.

Ce Lancelot solitaire — *Lancesot*, eût-il été préférable de dire — se tenait à présent devant la reine Von Sydow. Il exigea le plus sérieusement du monde qu'elle passât la chaussure à son pied. Amusée, Marilyn s'exécuta, s'abstenant toutefois de lui préciser que sa chevelure était brune, et non dorée. Elle se contenta de la remarque suivante :

— Prince, il est dans mon royaume une jouvencelle qui pourrait correspondre à votre description.

Sa pantoufle délicatement tenue entre le pouce et l'index, le benêt était accroupi à ses pieds, étudiant avec attention ses petons même si, d'évidence, ils n'entraient pas dans les critères retenus. À ces mots, il releva vivement la tête :

— Vous dites ?

— Je connais une jeune femme qui s'appelle Blanche-Neige. Elle est d'une beauté à couper le souffle et l'on prétend que ses pieds sont remarquables.

Ferdinand lui jeta un air niais.

— Où se trouve donc cette damoiselle, afin que je m'empresse de lui rendre visite ?

Elle réfléchit un instant.

— Trouver sa demeure n'est point difficile. En revanche… ajouta-t-elle pensivement en regardant le plafond d'un air désinvolte.

Il bondit.

— Continuez, ma dame. Je me languis de me trouver en sa douce présence !

Elle se mordit la lèvre inférieure et cracha le morceau :

— La convaincre d'essayer votre pantoufle risque de se révéler une tâche plus ardue qu'elle n'en a l'air.

Il s'offusqua :

— Sachez que rien ne m'effraie ! Je serais prêt à affronter un dragon céans pour retrouver ma mie !

— À la bonne heure ! Cependant, la pucelle se doit d'être approchée avec tact et délicatesse.

Il se rengorgea.

— J'incarne tout cela à la fois, ma dame.

— Certes, mais il faudrait au préalable que vous lui offriez un présent. Pas un cadeau de grande valeur, mais…

Marilyn posa négligemment son index sur sa bouche, leva les yeux au plafond, faisant mine de réfléchir. Ferdinand était suspendu à ses lèvres, un soupçon d'inquiétude plissant son front et donnant à ses traits un air encore plus godiche.

— … des fruits, par exemple.

Il se détendit, rassuré puis bomba le torse.

— Si la réussite de cette entreprise ne tient qu'à l'offrande d'une corbeille de pommes, sachez que je suis votre homme !

Réprimant difficilement un sourire, Marilyn fit mine de ne pas répondre. Après un temps de silence savamment calculé, elle déclara, pensive :

— Des pommes… Ce ne serait pas une mauvaise idée…


Le lendemain, Ferdinand s'en alla frapper à la porte de la chaumière. Une jeune femme à la longue chevelure brune apparut derrière la vitre et dévisagea l'intrus.

— Qui êtes-vous ? s'écria-t-elle à travers le carreau.

L'inconnu montra les blasons de toute sa maisonnée.

— Je suis le prince Ferdinand, en quête d'une gente damoiselle rencontrée à l'occasion d'une soirée.

Albe réfléchit à la dernière fois qu'elle s'était rendue à un bal. Cela faisait belle lurette, l'homme devait certainement se tromper d'interlocutrice. Toutefois, ce curieux personnage l'amusait. Elle ouvrit la porte de sa maison et se présenta sur le pas.

— Enchantée, mon nom est Blanche-Neige.

En la voyant de pied en cap, le prince tomba en pâmoison.

— Jamais je n'ai croisé si beau visage ! Nul doute que vous devez être celle que je recherche. Laissez-moi seulement vérifier un dernier détail.

Il fila à son cheval et revint, muni d'une pantoufle

dans la main droite et d'une corbeille de pommes rouges dans la gauche.

— Si je puis me permettre, voici une pantoufle de vair. Je vous demanderai de bien vouloir la passer à votre pied délicat.

Avançant alors le panier de fruits vers elle, il enchaîna :

— Permettez que j'assortisse une si cavalière requête d'un modeste présent en guise de compensation.

Albe s'amusait comme une folle. Les divertissements étaient rares au fond des bois et les nains de nature plutôt austère. Elle se saisit vivement d'une pomme et la porta à sa bouche, pendant que le prince peinait à emboîter la chaussure à son pied. Au dernier moment, elle se retint d'y croquer. Dubitative, la bouche ouverte prête à mordre, elle demanda :

— À quoi ressemble donc la jouvencelle que vous cherchez ?

— En tout point à vos traits, assurément. Belle, délicate, raffinée, bien faite de sa personne. Une poitrine généreuse, une taille de guêpe, des hanches suffisamment larges pour enfanter aisément et un noble visage serti d'une cascade de longs cheveux dorés.

Albe fut prise d'un fou rire. Ferdinand restait accroupi à ses pieds, bouche bée, ne comprenant pas le moins du monde les raisons de son hilarité.

— De longs cheveux dorés, dites-vous ? fit-elle en riant de plus belle.

La bouche du prince faisait un O et ses yeux étaient écarquillés.

— Dorés, assurément, balbutia-t-il. Je ne vois point ce qu'il y a de drôle à cela !

Elle rit à gorge déployée, sa pomme rouge à la main.

— Il semblerait qu'il y ait erreur sur la personne, lança-t-elle, hilare.

Ferdinand ne semblait toujours pas saisir le comique de la situation. Albe s'esclaffait toujours, tentant de retrouver son souffle. Elle approcha la pomme de sa bouche et croqua dedans. Entre deux hoquets, elle avala le morceau.

*Mourir de rire* est une expression populaire largement répandue. Elle doit certainement trouver ses origines dans la tragédie décrite ici même. Les hoquets provoquèrent un changement de trajectoire dans la direction qu'emprunta le morceau de pomme. Les yeux exorbités, Albe se figea et son visage d'albâtre prit peu à peu une teinte bleutée. Elle porta les mains à sa gorge, faisant signe au prince, toujours dans l'expectative, d'extraire le morceau qui l'asphyxiait. Dans sa grande stupidité, Ferdinand ne saisit pas le sens de ses gesticulations et resta là à contempler bras ballants son agonie. Le teint de fleur d'Albe flétrit peu à peu et la joie étincelante de ses prunelles fit place à une indicible stupeur. Lèvres figées en une expression de surprise, elle eut un dernier soubresaut, puis s'écroula par terre et resta étendue, inconsciente.

Paniqué, Ferdinand laissa choir sa pantoufle, remonta en hâte sur son blanc destrier et s'enfuit au galop dans la forêt, au mépris de tout esprit chevaleresque.


Une heure plus tard, le Loup qui passait par là découvrit le corps de la jeune princesse. La pomme entamée posée non loin signait le crime. Il nota, intrigué, qu'une chaussure en peau de bête reposait sur le sol à quelques pas. L'approchant de son museau, il la renifla et la rejeta au loin, dégoûté. Elle empestait l'écureuil et l'odeur des pieds de milliers de femmes. Il allait repartir lorsqu'il remarqua une émeraude taillée qui scintillait au soleil dans la poussière du chemin. Il la prit dans ses mains velues et l'approcha de ses yeux dorés : la pierre était une vraie merveille de joaillerie.

Le Loup referma son poing sur le joyau et, pleinement satisfait de ses découvertes, s'en alla d'un pas alerte avertir la reine qu'une épine venait de disparaître à jamais de son talon. Puis il se rendrait dans le royaume de Bohême. Il avait entendu dire que le chasseur était devenu le traqueur de loups attitré du roi. Il songea longuement au moyen de le débusquer sans qu'il ne se doute de quoi que ce soit. Cela ne serait pas chose aisée, pensa-t-il en faisant sauter dans sa main la pierre précieuse, l'homme était connu pour son intelligence et sa science de la chasse.

Le Loup examina une fois de plus l'émeraude, ne pouvant détacher ses yeux de ce joyau aux reflets verts, et c'est ainsi qu'une idée germa dans sa tête. Un plan pour capturer le chasseur et le ramener à Marilyn. Il n'aurait pas besoin de grand-chose, en fait. Seulement de quelques pierres précieuses, à offrir aux belles damoiselles qui lui serviraient d'appât. Et, tout en cheminant, il se promit de séduire uniquement des jeunes femmes rousses, aux yeux semblables à l'émeraude qui brillait entre ses doigts.


Lorsque les nains rentrèrent de la mine ce soir-là, Innocent fut le premier à découvrir Albe gisant inanimée sur le seuil de la porte. Aussitôt, il se précipita vers elle, s'accroupit et posa ses yeux sur ceux figés de la princesse. D'une main hésitante, il effleura délicatement son visage, tressaillit au contact de ses longs cils fragiles. Une larme tiède coula sur sa joue et tomba sur la peau diaphane et transie de la belle. Les paupières d'Albe à présent closes, son regard de ciel à jamais évanoui dans un éther insondable, l'infortuné fila dans la maison cacher sa peine et pleurer sa perte en silence.

Des jours durant, il s'enferma dans l'atelier, confectionnant le plus beau des cercueils qu'il fût donné de voir. Il le tapissa d'épais coussins de soie et cisela finement l'extérieur de l'ouvrage. Ce fut également lui qui choisit la grotte où il fut déposé. Tous les matins et tous les soirs, il allait se recueillir sous la montagne, et ce, jusqu'au jour où les nains se dispersèrent et quittèrent leur demeure de la forêt.

Plusieurs fois par an, Innocent se rendait dans son ancien royaume, s'enfonçait dans la grotte secrète, contait à la belle ses joies et ses peines, souhaitant secrètement qu'elle l'entende, qu'elle se lève et se présente vivante devant lui, son beau visage pâle illuminé d'un large sourire en guise de bienvenue.

## 11

## L'ascenseur sonne toujours deux fois

Albe et Virginia se rendirent ensemble à l'aéroport J.F.K. pour aller chercher les nains de retour d'Allemagne. Il ne faisait pas froid en cette fin novembre. Les jeunes femmes roulaient cheveux au vent dans le cabriolet, sous l'œil admiratif des autres automobilistes. En effet, le véhicule et ses passagères ne passaient pas inaperçus au milieu de la circulation dense de la banlieue new-yorkaise.

Lorsque Virginia avait découvert la Porsche ce matin-là, Albe avait fait part de ses réticences à son amie ; s'exhiber de la sorte pourrait s'avérer dangereux. Elle lui avait répliqué que le Loup et Marilyn n'employaient pas leurs journées sur le bord de la route à scruter tous les véhicules de New York. Et puis, avait-elle ajouté, si le Traqueur lui prêtait sa voiture, c'était la preuve qu'il n'y avait aucun risque. De guerre lasse, Albe s'était rangée à son argumentation.

— À mon avis, dit-elle, il t'a fait prendre le bateau pour passer quinze jours seul avec toi.

— Possible, fit Virginia en souriant, une croisière romantique, il n'y a rien de mieux pour tomber les filles ! En tout cas, il a dû mal lire le mode d'emploi du parfait séducteur, car je ne l'ai pas trouvé très entreprenant.

Le cabriolet doubla un camion. Le chauffeur klaxonna les jeunes femmes.

— Il est pas mal, pourtant.

— Il a un rien de Brad Pitt, en effet. S'il se fringuait mieux et s'il se coupait les cheveux, je le croquerais bien.

— Oh, toi alors !

Elles partirent d'un grand éclat de rire.

— C'est vrai que les nains et lui sont un peu vieux jeu, fit Virginia, pas de portable, pas d'Internet.

— C'est sans doute grâce à ça que nous sommes toujours vivantes, remarqua Albe.

— Peut-être, mais nous sommes aussi sans nouvelles de Franz et d'Albert. Nous ne sommes même pas sûres qu'ils soient dans l'avion.

— Ils nous ont affirmé avant leur départ qu'ils reviendraient aujourd'hui. Il n'y a pas de raison de penser qu'ils nous feront faux bond.

— Au fait, pourquoi s'autorisent-ils à prendre l'avion, et pas nous ?

— Marilyn ne les recherche pas, eux.

Elles se rendirent jusqu'au terminal d'arrivée. L'avion en provenance de Francfort devait se poser à onze heures à New York. Les passagers sortirent du hall d'arrivée des vols internationaux, mais elles ne virent ni Albert ni Franz.

— Es-tu sûre de ne pas les avoir manqués ? insista Virginia.

— Impossible ! s'exclama Albe, qui scrutait encore les derniers passagers retardataires.

— Ça ne me plaît pas !

Virginia se dirigea d'un pas décidé vers le guichet de la compagnie aérienne. L'hôtesse d'accueil vérifia le nom de chaque passager du vol dans l'ordinateur : ceux de Franz Schüchtern et d'Albert Mürrisch ne figuraient nulle part. Dépitées, elles sortirent de l'aérogare et remontèrent dans le cabriolet de sport.

— Peux-tu me déposer à mon appartement ? demanda Albe.

— Pas de problème.

Virginia prit la direction du Queens. Elle laissa son amie devant son immeuble.

— Je vais faire mon rapport au Traqueur, lui lança-t-elle en redémarrant. On se voit demain chez moi pour discuter de tout ça tous les trois ?

— O.K. Je passerai en sortant du boulot, répondit Albe qui la salua de la main, tandis que la Porsche repartait en trombe dans la rue.

Virginia gara la voiture dans le parking souterrain de l'immeuble, remit la capote, puis se dirigea vers les ascenseurs. À cette heure de la journée, les lieux plongés dans une semi-pénombre étaient déserts. Seules quelques voitures s'y trouvaient garées. Ses escarpins résonnaient sur le ciment, *clic, clac, clic, clac*, et le son se répercutait sur les murs nus. Les portes coulissantes de l'ascenseur, gris acier sombre, étaient closes. Elle appuya sur le bouton concave lisse et froid disposé à côté qui s'éclaira sur tout son périmètre d'une pâle lumière jaune. Le contact glacé du métal sous son pouce hérissa les poils de son avant-bras, granulant sa peau d'un début de chair de poule. Un courant d'air glacé soufflait depuis une bouche d'aération. Elle frissonna, resserrant son manteau pour se protéger de la froidure humide du parking.

C'est à ce moment qu'elle entendit un bruit de pas.

La démarche était traînante, comme si la personne raclait le sol lisse avec ses chaussures. L'ascenseur ne venait pas et le bruit de pas lancinant s'intensifiait peu à peu. Virginia pivota vivement, cherchant du regard qui pouvait produire ce raclement. Elle ne vit personne. Les piliers de soutènement, alignés telle une forêt de béton artificielle, masquaient en partie les rares véhicules stationnés.

Et l'intrus qui approchait.

Elle appuya compulsivement sur le bouton de l'ascenseur, même si son bon sens lui disait que cela n'allait pas le faire venir plus vite. La petite veilleuse ne cilla pas, iris jaune au regard d'acier, froid et indifférent à sa requête. Un œil doré, pensa Virginia, qui ressemblait étrangement à celui d'un loup. À cette idée, son sang se glaça. Jusqu'à ce jour, elle n'avait jamais vraiment envisagé qu'une créature venue d'un autre âge puisse l'agresser. La vie à New York, mégapole futuriste à mille lieues des forêts obscures et enchantées, avait endormi sa vigilance, d'autant plus que la présence du Traqueur à ses côtés avait fini de la rassurer.

À cette heure, seule dans ce sous-sol désert, l'hypothèse d'une bête monstrueuse qui s'apprêtait à la dévorer prenait davantage de consistance. Le raclement se rapprochait toujours, crissement régulier aussi incommodant à l'oreille que celui d'une craie sur un tableau. Virginia ne put s'empêcher de passer sa langue sur ses dents, gênée par ce frottement stridulant. Elle embrassa furtivement du regard le parking désespérément vide, prunelles dilatées tendues en nerveux allers-retours dans leurs orbites. Son cœur cognait dans sa poitrine, *bong, bong, bong*, mêlant sa folle chamade à celle lente et obsédante des chaussures sur le sol.

L'individu était tout proche, invisible. Tétanisée, ne sachant si elle devait s'enfuir de là ou attendre que la porte de l'ascenseur s'ouvre enfin, elle sentait la panique la gagner. Peut-être était-ce comme ça que tout devait finir, pensa-t-elle avec fatalité, dans la gueule d'un loup tout droit sorti d'un conte pour enfants. Elle ferma les yeux, tentant de se rappeler les contours exacts du Léviathan sur le tympan de l'abbatiale de Conques, sans y parvenir. À la place, elle ne voyait plus qu'une gueule béante, des canines immenses et de la bave qui coulait sur des babines humides et roses.

*Ding !*

Les battants s'ouvrirent. Personne. Elle s'y engouffra.

— Puis-je monter avec vous, je vous prie ?

Elle poussa un cri suraigu et se retourna vivement.

— Mae Zinn ? Vous m'avez collé une de ces frousses ! s'exclama-t-elle, soulagée en découvrant sa voisine. Que faites-vous ici ?

La vieille dame aux cheveux blancs sourit benoîtement.

— Je crois que je me suis perdue, dit-elle. Je voulais faire quelques courses pour midi, je me suis trompée en appuyant sur un mauvais bouton.

— Venez, déclara Virginia, je vais vous emmener jusqu'au rez-de-chaussée.

Ce faisant, elle ne put s'empêcher de jeter un dernier regard tendu vers le parking, désert.

— Merci, répondit Mae Zinn en prenant place à ses côtés. Vous ai-je déjà parlé de ma rencontre avec Clark

Gable ? C'était dans le château de M. Hearst, vous savez, le magnat de la presse qui a inspiré le personnage du film d'Orson Welles, *Citizen Kane*. Hearst, disais-je, avait fait construire un palace sur les collines surplombant la côte pacifique entre Los Angeles et San Francisco. C'était une immense bâtisse avec des centaines d'hectares de terrain pour élever du bétail. Il y avait même un zoo. M. Gable venait d'achever le tournage d'*Autant en emporte le vent* et il y avait ce soir-là une représentation privée du film en sa présence ainsi que celle de nombreux autres invités, dont le grand Charlie Chaplin.

La porte coulissante resta ouverte un certain temps. Virginia attendit avec angoisse que les battants se referment totalement. Finalement, aucune main griffue et velue ne vint se glisser dans l'entrebâillement. La cabine vibra légèrement et, comme à chaque fois que le filin d'un ascenseur se mettait en marche, elle sentit son estomac se contracter. Enfin rassurée, elle fit mine de s'intéresser à la conversation.

— Vous avez tourné dans *Autant en emporte le vent* ? demanda-t-elle, envahie par une vague nausée.

— Hélas non ! En revanche, j'étais assise non loin de Clark Gable ce soir-là. Donc, nous étions dans la salle de projection privée de M. Hearst et le film en était aux trois quarts. M. Hearst avait également pour coutume d'inviter le petit personnel de son château à assister aux premières. Une femme de chambre est arrivée en retard et a pris place dans le noir à côté de M. Gable, sans savoir que c'était lui.

L'estomac de Virginia se souleva de nouveau, lui signifiant que l'ascenseur venait de s'arrêter brusquement. Toutefois, les portes ne s'ouvrirent pas. Les ampoules du plafonnier clignotèrent, s'éteignirent puis, quelques secondes plus tard, se rallumèrent.

— Mademoiselle Zinn, je crois que nous sommes coincées, déclara-t-elle le plus calmement possible, tandis que la panique commençait à la saisir.

Elle avait toujours été claustrophobe, et l'idée de rester enfermée dans cette cabine plongée dans le noir la terrorisa. Les vieux rêves de Léviathan ressurgissaient, ces cauchemars enfouis au plus profond de sa mémoire. Elle inspira profondément, tentant malgré tout de garder son calme. La vieille dame continuait à raconter ses anecdotes comme si de rien n'était :

— … et donc, lorsque la salle s'est éclairée à la fin de la projection, M. Gable a découvert avec stupéfaction que la femme de chambre dormait.

— Mademoiselle Zinn, fit Virginia en appuyant comme une forcenée sur le bouton rouge orné d'une cloche, il va falloir appeler les secours, nous sommes coincées !

— … Clark Gable a secoué la femme de chambre pour la réveiller. Il lui a demandé si elle avait trouvé ce film ennuyeux au point de s'endormir. Savez-vous que répondit la bonne ?

— Mademoiselle Zinn, nous sommes bloquées dans l'ascenseur !

La vieille dame la regarda avec étonnement.

— L'ascenseur est en panne ? Ma petite, n'ayez aucune inquiétude, les pompiers nous tireront de ce mauvais pas.

— La sonnette d'alarme ne fonctionne pas, ce doit être une coupure d'électricité. Pourquoi alors les ampoules du plafonnier ne se sont pas éteintes ? Je ne comprends pas !

— Ah ? fit la vieille dame d'un air distant, voilà qui est fort ennuyeux. Comment vais-je pouvoir faire mes courses ?

— Mademoiselle Zinn, pensons d'abord à sortir d'ici.

Virginia tambourina sur les portes. Elle n'avait aucune idée de l'endroit où elles étaient coincées. Le parking était situé au cinquième sous-sol, et le monologue de l'ancienne actrice avait faussé sa perception du temps. Elle tenta de respirer calmement, s'assit et invita sa compagne à faire de même. Il ne leur restait plus qu'à prendre leur mal en patience. On était au cœur de New York, la ville la plus moderne du monde. Les habitants de l'immeuble s'apercevraient assez rapidement de la panne. Bientôt, les secours viendraient les tirer de là et cette péripétie ne serait plus qu'un mauvais souvenir.

D'ailleurs, pouvait-il en être autrement ?

— Vous ai-je parlé de James Dean ?…

Cela faisait maintenant près de deux heures qu'elles étaient coincées dans l'ascenseur. Virginia avait essayé d'appuyer sur la sonnette d'alarme, en vain. Mae Zinn racontait toujours ses anecdotes de cinéma et ne semblait pas se soucier outre mesure de la situation dans laquelle elle se trouvait. Évidemment, aucune n'avait de téléphone portable et elles devaient attendre, impuissantes, que quelqu'un daigne les secourir.

Soudain, la cabine vibra. Les lumières clignotèrent et les contractions dans son estomac indiquèrent que l'ascenseur s'était remis en route. Le numéro des étages était affiché au-dessus de la porte et la lumière éclairait le « – 2 ». Virginia se redressa et appuya à plusieurs reprises sur le bouton du « Rez-de-chaussée ».

Le « Rez-de-chaussée » s'alluma enfin, l'ascenseur ne s'y arrêta pas. Il continua sa course vers les étages supérieurs et les numéros suivants s'éclairèrent les uns après les autres jusqu'à atteindre le numéro « 36 », l'étage où elles habitaient. Une dernière secousse, et la porte coulissante s'ouvrit.

Le spectacle que découvrit Virginia souleva son estomac davantage que les soubresauts de la cabine. Du sang tachait les murs du palier et les quatre portes des appartements de cet étage avaient été violemment enfoncées. Un silence de mort régnait partout.

Elle entra dans son logement complètement saccagé. Les fauteuils étaient éventrés, les portes intérieures en miettes et les murs griffés par endroits de cinq stries parallèles d'au moins un centimètre de profondeur. L'individu qui avait fait ces entailles devait avoir une force phénoménale, songea-t-elle, horrifiée.

Elle alla ensuite dans l'appartement du Traqueur, dans le même état que le sien. Elle en fit rapidement le tour. Son voisin n'était visible nulle part. Soudain, elle s'arrêta net : des traces de pas ensanglantées menaient vers la porte-fenêtre entrouverte du salon. Quelqu'un, le Traqueur ou son agresseur, avait été blessé et était sorti. Le vent froid s'engouffrant par l'ouverture entrebâillée faisait battre mollement le rideau masquant le balcon. Les billes de plomb qui lestaient le tissu léger battaient contre le carreau au gré des bourrasques. Lorsque le rideau se soulevait, elle pouvait voir les empreintes rouge sombre se prolonger sur la terrasse.

Sans vraiment réfléchir au danger encouru, elle se saisit d'un vase en métal posé sur une commode et avança à pas de loup vers le balcon, évitant au passage de poser ses pieds sur les traces de sang. De sa main gauche, elle écarta lentement le tissu, assurant sa prise sur le vase de sa main droite. Puis elle embrassa furtivement du regard l'immense terrasse.

Déserte.

Les marques sur le sol s'arrêtaient au niveau du garde-fou, comme si la personne avait enjambé la rambarde et sauté en bas. Elle vérifia une fois de plus qu'il n'y avait personne sur le balcon ou au-dessus de la porte-fenêtre, puis elle sortit et suivit les empreintes jusqu'au bord du vide. Le long de Central Park, des sirènes stridentes ne cessaient de retentir, toujours plus nombreuses. Elle se pencha pour observer l'avenue en contrebas. Des véhicules de police et des ambulances arrivaient de toutes parts gyrophares allumés, roulant à tombeau ouvert pour se garer précipitamment devant l'immeuble, dans un long crissement de pneus. Des infirmiers sortaient des portes arrière avec des brancards et couraient s'engouffrer dans le building. Des policiers dressaient des barrières à la hâte pendant que d'autres maintenaient à bonne distance les badauds, de plus en plus nombreux à venir s'attrouper au pied du bâtiment. Un agent leva la tête vers le haut de l'immeuble et tendit le doigt dans sa direction.

*Cling !*

Le son métallique avait retenti dans son dos. Virginia sursauta et poussa un cri étouffé, lâcha le vase qui roula par terre et finit sa course contre la rambarde. Le bruit provenait de la boucle en métal d'un ceinturon en cuir noir qui venait de tomber du toit, juste devant la porte-fenêtre. Il y avait quelqu'un là-haut juste à l'instant ! songea-t-elle avec effroi. Le meurtrier qui l'observait pendant qu'elle se penchait pour regarder la rue ? Elle trembla à l'idée qu'il aurait pu lui sauter dessus et la mettre en charpie, comme il l'avait fait avec les canapés de l'étage.

Elle prit son courage à deux mains. Si elle voulait retourner dans le salon, il lui fallait de toute façon passer par la porte-fenêtre. Elle bondit, tenta d'embrasser du regard le toit-terrasse de l'immeuble situé deux mètres cinquante plus haut, ne vit personne. Si quelqu'un se tenait là auparavant, à présent il avait fui. Hésitante, elle finit par s'approcher de l'objet qui gisait sur le sol. Elle le prit et l'examina avec attention. Une épée traversée par trois éclairs était gravée sur la boucle. Elle se souvenait parfaitement de cet étrange insigne sur une ceinture, et surtout de son propriétaire. C'était trois mois plus tôt dans l'ascenseur, au retour d'une soirée au bord de l'Hudson River. L'amant s'appelait David et avait prétendu être avocat.

*Salaud !*

Elle serra dans son poing la lanière de cuir jusqu'à s'en blanchir les jointures, se maudissant d'avoir été assez stupide pour ramener ce parfait inconnu dans son lit au lieu d'aller à l'hôtel comme les autres fois. Elle tenta de se remémorer tout ce qu'elle avait pu dire à cet homme cette nuit-là sur l'oreiller. Elle se souvenait à présent de son insistance, inhabituelle chez un amant de passage ; le beau gosse avait vainement tenté de la questionner sur sa vie personnelle.

*Albe !*

Une goutte de sueur glacée perla lentement le long de son échine. Elle n'arrivait pas à se rappeler si David l'avait interrogée sur son amie. Il lui semblait que non, mais elle n'en était pas absolument sûre. Cette nuit-là avait été mémorable, et elle avait en tête d'autres détails qui avaient éclipsé tout le reste.

*Espèce de salaud !*

Virginia aurait dû se trouver dans son appartement si l'ascenseur n'était pas tombé en panne. Et si David avait voulu la tuer ? Cela n'avait pas de sens : pourquoi maintenant et pas après avoir couché avec elle et obtenu toutes les informations qu'il recherchait ? À moins qu'il n'ait pas provoqué ce massacre.

*Le Loup !* L'animal avait ordonné à David de la retrouver, puis il s'était débarrassé de lui en le dévorant. Ou pire encore, le Loup et David ne formaient qu'une seule et même personne, comme dans ces bandes dessinées américaines où le méchant schizophrène, à la fois *Docteur Jekyll* et *Mister Hyde*, ignore tout de son côté obscur.

*Grotesque !* se força-t-elle à penser pour ne pas devenir folle. *Je suis à New York au XXI^e siècle, il doit bien y avoir une explication terre à terre à tout ça !*

Elle jeta la ceinture au loin avec dégoût et retourna à l'intérieur afin de retrouver Mae Zinn. Elle la trouva prostrée dans le couloir de son propre appartement, observant fixement les dégâts dans son salon. Quand elle arriva à sa hauteur, l'ancienne starlette l'arrêta d'un mouvement vif de son bras.

— N'allez pas dans l'appartement des frères Pig ! ordonna-t-elle avec fermeté.

Ces vieux garçons, tous trois avocats à la retraite, occupaient le quatrième et dernier logement de l'étage. Virginia nota le sang-froid de Mae Zinn, comme si elle s'était attendue à découvrir une telle vision d'horreur. Le ton ne souffrait aucun commentaire et elle en avait assez vu pour aujourd'hui. Elle observa longuement la vieille dame et se rendit compte qu'elle avait complètement changé. Ce n'était plus l'actrice légèrement sénile racontant ses souvenirs de jeunesse à qui voulait l'entendre, mais une personne différente, résolue. Elle nota même une pointe de colère dans son regard, comme si cette frêle grand-mère se tenait pour responsable des tragiques événements qui s'étaient déroulés à cet étage.

— Venez, fit Mae Zinn en retournant vers l'ascenseur, nous n'avons plus rien à faire ici !

— Ainsi, vous dites que vous êtes restées coincées dans l'ascenseur pendant plusieurs heures.

Le lieutenant de police, la cinquantaine, aux cheveux poivre et sel en bataille, avait sorti un carnet à spirale et prenait la déposition des deux femmes dans le hall de l'immeuble. Il esquissa une moue dubitative et ajouta :

— Étrange ! Aucune panne ne nous a été signalée…

Le building était bouclé par les forces de l'ordre et un cordon de sécurité avait été dressé, empêchant toute personne d'entrer ou de sortir. Une trentaine de policiers s'affairaient, experts scientifiques en blouse blanche, factionnaires en uniforme et enfin, inspecteurs en civil. Ces derniers interrogeaient les habitants des lieux.

Lorsque Virginia et Mae Zinn étaient retournées dans le hall, un enquêteur vêtu d'un vieil imperméable gris s'était immédiatement dirigé vers elles et les avait mises à l'écart afin de les questionner. Elles avaient appris que six personnes avaient croisé la route du tueur, toutes dans un état grave. L'officier ne s'était pas étendu sur les détails, mais il leur avait fait une révélation importante : la destination du meurtrier était le trente-sixième et dernier étage du building. Pour lui, il ne faisait aucun doute que les locataires de ce palier étaient sa cible. Quand il apprit qu'elles habitaient cet étage, son intérêt redoubla.

— L'ascenseur était coincé au « – 2 », expliqua Virginia. Lorsqu'il a redémarré et que nous sommes rentrées chez nous, nous avons découvert nos appartements saccagés.

— Est-ce que quelqu'un aurait pu vous en vouloir ? demanda-t-il en notant sa déposition sur le carnet à l'aide d'un bout de crayon à papier tout mâchonné.

*Un loup, lieutenant. Un grand méchant loup qui voulait me dévorer et qui a mangé à ma place les trois vieux Cochon, mes voisins d'en face*, se retint-elle d'ironiser.

— Non, pas que je sache, répondit-elle, tout en se demandant si son nez n'allait pas subitement s'allonger de vingt centimètres.

Le regard de l'enquêteur s'attarda étrangement sur son témoin puis sur ses notes. Virginia se demanda comment tant de réponses pouvaient tenir sur un si petit carnet.

— Je crois que je n'ai plus de questions pour l'instant, conclut-il en rangeant son crayon dans la spirale métallique du calepin. Vous resterez à la disposition de la police. Vous serez d'ailleurs amenée à faire une déposition au commissariat d'ici à quelques jours. La scène du crime va maintenant être scellée. Avez-vous un endroit où aller ?

— Je crois que j'irai à l'hôtel, déclara Virginia.

Elle ne voulait pas impliquer Albe. Elle songea aussi au Traqueur avec anxiété. Les policiers n'avaient pas retrouvé son corps et tout indiquait qu'il était dans son appartement lorsque le tueur y était entré. Des traces de lutte étaient visibles un peu partout dans son logement, pas besoin d'être grand clerc pour s'en rendre compte.

— Très bien. Je demanderai à mes hommes de se charger de votre protection.

Il fourra son carnet dans la poche de son imperméable et se tourna vers la vieille dame.

— Et vous, madame ?

— Je crois que je suivrai cette jeune femme, déclara Mae Zinn. Vous savez, à mon âge, je ne peux pas rester seule. Ma voisine est une gentille fille qui prendra soin de moi, n'est-ce pas ?

Virginia ne put que répondre positivement à sa requête. D'une part, parce que le ton employé par Mae Zinn n'impliquait pas d'alternative et d'autre part, parce qu'elle eut l'intime conviction que c'était en fait la vieille dame qui veillerait sur elle. L'inspecteur n'émit aucune objection et leur souhaita une bonne journée. Sans avoir besoin de se retourner, Virginia sut qu'il restait là à les regarder traverser le hall de l'immeuble, encombré d'infirmiers, de policiers et d'habitants encore sous le choc. Alors qu'elles atteignaient les portes menant à l'extérieur du bâtiment, il se racla la gorge.

— Oh, excusez-moi, mademoiselle…

Virginia se figea.

— Oui… ? fit-elle en se retournant lentement.

Le policier se tenait le front, tête penchée en avant, l'air gêné.

— Un instant, s'il vous plaît, encore un tout petit détail. Connaîtriez-vous un dénommé Benjamin Ozborne ?

Elle avança ses lèvres en une moue songeuse.

— Ce nom ne me dit rien.

— Beau gosse brun de vingt-cinq ans, avec un coupé sport rouge B.M.W.

Un beau gosse avec une B.M.W. rouge ! La coïncidence était plus que troublante…

— Cet été, à l'occasion d'un vernissage, j'ai effectivement rencontré un homme avec un coupé sport de cette marque et de cette couleur, mais… il s'appelait David.

L'officier de police l'observait maintenant de son petit air malicieux, les mains enfouies dans les poches de son imperméable usé.

— Parlez-moi de lui.

— C'était un flirt d'un soir. Il est avocat dans un cabinet qui gère les affaires de stars du cinéma.

— Benjamin Ozborne n'est pas avocat, expliqua-t-il en fronçant ses épais sourcils. C'est un mercenaire, un ancien militaire des *Forces spéciales* qui vend ses services aux plus offrants.

— Nous ne parlons pas de la même personne, remarqua Virginia.

Il dodelina de la tête.

— J'aimerais pouvoir vous laisser penser cela. Hélas, nous avons retrouvé sur Benjamin Ozborne des cartes de visite où il se prénommait David. Ces papiers bristol précisaient aussi qu'il était avocat du show-biz.

Virginia repensa immédiatement à la ceinture trouvée sur le toit. David, ou Benjamin comme l'appelait l'inspecteur, avait donc commis ces meurtres lui-même. N'était-il pas un ancien militaire surentraîné, formé à tuer de mille manières différentes ? C'était la seule explication rationnelle et elle la satisfaisait pleinement.

*Je suis face à un inspecteur de police qui a vu au*

*cours de sa vie des dizaines de cas similaires,* songea-t-elle, rassurée. *Où diable suis-je donc allée chercher un loup dans mon cerveau névrosé ?*

Quelque chose clochait toutefois.

— Vous dites que vous avez retrouvé sur lui des cartes de visite, dit-elle d'une voix affectée. Je ne suis pas sûre de bien comprendre…

— Nous l'avons interpellé hier, tandis qu'il errait dans Brooklyn en état de choc. Il a été hospitalisé depuis dans un établissement psychiatrique.

La température de la pièce chuta subitement de quarante degrés. S'il avait été interné la veille, David ne pouvait pas avoir massacré les habitants de son immeuble ce matin. Il ne restait que l'autre possibilité : David avait renseigné le Loup, puis la créature l'avait effrayé à un point tel qu'il en était devenu fou. Pourquoi ne l'avait-elle pas dévoré, d'ailleurs ? Le Loup ne mangeait-il que les femmes ? Et pourquoi avoir jeté sa ceinture sur le balcon ?

— Je ne vois toujours pas le rapport, mentit Virginia d'un air détaché, prenant sur elle pour ne pas hurler de terreur.

— Benjamin Ozborne n'avait plus toute sa tête, il tenait des propos abscons, lâcha le policier en observant attentivement sa réaction. Cependant, dans un de ses délires, il a parlé du trente-sixième étage d'un immeuble sur Central Park.

Virginia sentait à présent les gouttes de sueur glacées recommencer à perler le long de son dos. *Dire que le Loup se tenait là sur le toit dans mon dos, pendant que je me penchais pour regarder la rue !* Pour la première fois aujourd'hui, elle avait touché du doigt toute l'horreur de la traque dont elle faisait l'objet. Elle savait désormais de quoi était capable la bête qui la pourchassait implacablement. Affronter David, même s'il était un ancien militaire surentraîné, lui semblait à sa portée. Être la proie d'une créature surnaturelle était une menace plus épouvantable, au-delà de son entendement. Elle accusa le coup, tentant de cacher son trouble avec d'indiscutables talents d'actrice. Hélas, elle sut rapidement que son interlocuteur n'était pas dupe.

— ... il est logique que Benjamin Ozborne ait parlé de votre appartement, étant donné qu'il vous connaissait, continua-t-il d'avancer, l'air de rien.

*Sûr qu'il y a une logique derrière tout ça*, songea-t-elle à nouveau, *une explication sensée autre que cette idée absurde d'un loup dévoreur de chair humaine, et ce policier ne va pas tarder à me la fournir.* Elle voulait bien être le Chaperon rouge, vivre éternellement, avoir pour copains Blanche-Neige et les sept nains, même Bambi s'il le fallait, mais elle se refusait encore à accepter l'idée terrifiante d'un effroyable prédateur à ses trousses. *David a eu un accident de voiture et le choc l'a rendu cinglé, voilà tout !*

L'inspecteur se grattait le front. Il glissa de nouveau ses mains dans ses poches à la recherche d'un improbable objet qu'il ne trouva manifestement pas, au geste de dépit qu'il fit avec ses bras.

— Ce qui est plus troublant, conclut-il, c'est que Benjamin Ozborne présentait sur son corps et ses vêtements des griffures similaires à celles faites sur les victimes de cet immeuble !

## 12

### *Fille belle et belle-mère*

Albe regarda le cabriolet de sport conduit par Virginia s'éloigner dans la rue. Cette voiture était magnifique et elle n'était pas loin de penser que le Traqueur l'avait achetée à dessein pour séduire les filles, même si cela ne lui correspondait guère. L'homme n'avait rien d'un dragueur ; il était plutôt du genre introverti et elle ne se rappelait pas l'avoir vu en charmante compagnie depuis son arrivée à New York. Elle songea également à toutes les vaines tentatives de Virginia pour essayer de le mettre dans son lit. Un soir, Albe avait dit en riant à son amie dépitée de ne pouvoir arriver à ses fins :

— On dirait que les rousses sulfureuses, ce n'est pas son truc !

— Détrompe-toi ! avait-elle répondu, le Traqueur est loin d'être insensible à mes charmes. J'ai juste l'impression qu'il craint de se brûler les ailes à trop vouloir s'approcher de moi.

— Peut-être lui fais-tu peur ?

— Je ne crois pas. Il en aime une autre et n'ose pas le lui avouer.

Un bref silence s'était ensuivi.

— Qui ? Moi ? avait demandé Albe éberluée.

Virginia avait incliné la tête, fronçant gracieusement la ligne de ses lèvres en une moue énigmatique avant d'éclater de rire devant la naïveté de son amie.

— Il est raide dingue de toi, ma grande ! N'as-tu pas remarqué comme il te dévore des yeux, chaque fois qu'il te voit ?

— Non, avait-elle innocemment répondu.

Il est vrai que le Traqueur l'observait parfois avec insistance. Elle avait attribué ces regards appuyés au fait qu'ils se connaissaient, du temps où elle vivait au château. Virginia s'était esclaffée de plus belle.

— Ce mec était déjà amoureux de toi avant de te retrouver à New York.

— C'était le responsable des chenils royaux, je n'étais qu'une enfant.

— N'oublie pas : il t'a épargnée, lorsque Marilyn lui a ordonné de te tuer…

Albe avait marqué le coup. Le Traqueur n'avait pas obéi à la sorcière, c'est vrai. Même si elle ne se souvenait plus pourquoi il avait agi de la sorte, elle se rappelait parfaitement qu'il n'avait pas cherché à la suivre. Au contraire, il avait tracé sa route de son côté, l'abandonnant, seule, dans la forêt.

— C'était il y a si longtemps !

— Peut-être, mais il en pince toujours pour toi, ça, c'est sûr. Ne me fais pas croire que tu ne t'en es pas aperçue !

— Un peu. De là à penser qu'il est fou amoureux de moi…

— Parfois, tu me navres ! avait soupiré Virginia.

Le cabriolet et sa conductrice avaient à présent tourné au coin de la rue et disparu. Albe se promit de prêter davantage attention à l'attitude du Traqueur envers elle, la prochaine fois qu'elle le verrait. Elle se dirigea vers la porte de son immeuble, prenant garde de ne pas se faire percuter par les gamins qui faisaient du skateboard sur le trottoir. Elle entra dans le hall, grimpa quatre à quatre les marches de l'escalier et tomba sur Frédéric qui était planté sur le palier.

— Que se passe-t-il ? s'enquit-elle.

— L'homme aperçu l'autre jour en costume cravate est revenu !

— Comment le sais-tu ?

— Je sortais faire des courses et je l'ai vu qui descendait l'escalier. Tu n'as croisé personne, en venant ?

— Non.

Elle introduisit la clé dans la serrure.

— Étrange. Il avait l'air d'un agent secret ou un truc de ce genre.

Elle ne releva pas, tourna la poignée de la porte et l'ouvrit. Frédéric nota qu'une nouvelle lettre était posée sur le parquet du couloir.

— En tout cas, poursuivit-il, si tu as peur de rester seule dans ton appartement, tu peux venir dormir chez moi.

— Merci, dit-elle en entrant chez elle. J'y penserai si jamais je panique.

Elle ramassa l'enveloppe, l'observa brièvement et referma la porte derrière elle. Aussitôt le verrou tiré, elle déchira le papier et lut la lettre. L'en-tête était sensiblement différent. Ce n'était plus le logo de la chaîne de télévision *Sydow Network* qui y figurait, mais celui de la société mère qui en était propriétaire. La missive était rédigée en ces termes :

« *Mademoiselle Snösen, vos talents d'esthéticienne et de maquilleuse n'ont pas manqué d'étonner la présentatrice du journal télévisé dont vous avez assuré le maquillage ces six derniers mois. À compter de demain, vous entrerez à mon service personnel. Mon bureau se trouve au dernier étage de l'immeuble dans lequel vous travaillez. Pour vous y rendre, prenez l'ascenseur. Mon assistante se chargera de vous amener jusqu'à moi. Cordialement.*

*Marilyn Von Sydow* »

*Elle ne te connaît pas, tu as changé d'aspect, tu n'as aucune inquiétude à avoir !*

Tandis que l'ascenseur égrenait un à un les numéros des étages successifs, Albe essayait de se convaincre par la méthode Coué qu'elle n'avait rien à craindre de sa rencontre prochaine avec Marilyn. Elle n'avait rien pu avaler le matin au petit-déjeuner, et il lui avait fallu toute sa détermination pour prendre l'ascenseur et appuyer sur le bouton du dernier étage.

Elle songea à toutes ces filles, dans les films d'horreur, qui s'enfoncent dans un couloir sombre, sachant pertinemment que le tueur est au bout du corridor, caché derrière la porte un couteau à la main. Elle s'était toujours étonnée de leur stupidité ; pourquoi foncer tête baissée dans les ennuis, alors qu'il leur aurait suffi de rester sagement assises dans le salon ! Que faisait-elle d'autre à présent, sinon la même ineptie ?

*La vérité, gente damoiselle. Seulement la vérité que nous cherchons tous à connaître.*

Le miroir ne mentait jamais…

L'ascenseur s'arrêta et les portes s'ouvrirent sur un

hall richement décoré de tableaux de maîtres : Van Gogh, Renoir et Picasso. Une assistante de direction en tailleur strict était assise derrière un bureau. Elle se leva et vint vers elle.

— Mademoiselle Snösen, je présume. Mme Von Sydow vous attend, veuillez me suivre, s'il vous plaît.

Albe lui emboîta le pas sans rien dire, les entrailles tordues par une peur irrépressible. L'assistante frappa à la porte en bois finement ouvragée et l'ouvrit.

— Mademoiselle Snösen, madame.

Une voix s'éleva, autoritaire :

— Faites-la entrer !

— Je vous en prie, fit l'assistante en s'effaçant.

Albe avait à présent le cœur au bord des lèvres. Elle rassembla son courage et fit un pas dans la pièce. Avec un bruit étouffé, la porte se referma derrière elle. Au fond de l'immense pièce, Marilyn était assise derrière son bureau de style moderne, consultant des notes. Elle ne portait pas de lunettes et ses cheveux sombres étaient tirés en arrière, ce qui accentuait son air dur et peu engageant. Elle ne leva même pas les yeux vers elle.

— Snösen, la maquilleuse préférée de ma présentatrice vedette ! déclara-t-elle tout en continuant de feuilleter ses documents. J'ai un important déjeuner avec le maire à treize heures. Mettez-vous à l'œuvre !

Albe était toujours plantée à un pas de la porte, tétanisée par la peur.

— Eh bien, ne restez pas là à bayer aux corneilles ! lança Marilyn en esquissant un bref mouvement de tête vers une porte latérale. Ma salle de maquillage est juste à côté. Prenez tout ce qu'il vous faut, je vous y rejoins dans deux minutes.

Toujours muette, Albe obéit et se dirigea vers la

pièce indiquée d'un pas incertain. En fait de salle de maquillage, il s'agissait d'une pièce aussi grande que son appartement du Queens. Les étagères étaient couvertes de produits de beauté en tous genres : crèmes, pommades, poudres, blushs, rouges à lèvres et mascaras de toutes sortes.

Elle avait compté mentalement jusqu'à cent vingt lorsque Marilyn entra, une liasse de papiers à la main.

— Allez-y ! lâcha-t-elle en s'asseyant dans le fauteuil situé devant le miroir géant entouré de spots.

Elle continuait d'annoter les imprimés sans faire cas de sa maquilleuse. Albe savait que ce qui se jouait à présent n'avait plus rien à voir avec sa carrière professionnelle. Elle se tenait à côté de la sorcière qui avait voulu la tuer trois fois par le passé et qui, dans le théâtre, avait tenté de sonder son esprit. *Ne la fixe jamais dans les yeux !* s'obligea-t-elle à penser.

— Madame Von Sydow, fit-elle d'une voix mal assurée et en fuyant son regard, avez-vous un souhait particulier pour votre maquillage ?

— Faites selon votre instinct ! lança Marilyn en continuant de lire.

— Bien, madame.

Lorsque Albe se saisit d'un pinceau, elle eut l'impression que sa main tremblait comme une feuille. *Marilyn va s'en apercevoir*, pensa-t-elle avec angoisse. *Elle va tourner la tête vers moi et mettre à nu mon esprit. Je suis fichue !*

Elle jeta brièvement un œil vers sa patronne. Apparemment, celle-ci n'avait rien remarqué. Elle reporta son attention sur le pinceau qu'elle tenait dans sa main : il ne frémissait même pas. Son bras était sûr, comme les autres fois. Elle farfouilla quelques instants parmi les différents produits de beauté pour masquer sa peur, puis elle se mit au travail. Concentrée sur sa tâche, faisant virevolter les pinceaux et la kyrielle d'accessoires mis à sa disposition, son appréhension s'évanouit peu à peu. À aucun moment, d'ailleurs, Marilyn ne lui prêta attention. Elle lisait des rapports, écrivait des mémos, et lorsqu'elle devait lever ou tourner la tête pour se laisser maquiller, elle obtempérait sans faire de problème, l'esprit toujours tendu vers sa tâche. Si elle ne savait pas à qui elle avait affaire, elle n'avait aucune raison de la dévisager. Sa maquilleuse n'était rien d'autre qu'une petite fourmi insignifiante, au même titre que sa secrétaire, le coursier ou le groom qui lui tenait la porte tous les matins à l'entrée du building.

— Voilà, madame, déclara Albe trente minutes plus tard.

Marilyn inspecta avec attention jusqu'au moindre recoin de son cou et de son visage. Légèrement en retrait, tête baissée, Albe attendait avec angoisse son verdict.

— Snösen, dites-moi la vérité : comment me trouvez-vous ?

Elle soupira intérieurement, réfléchissant à ce qu'elle devait répondre pour ne pas la vexer, sans donner non plus l'impression d'en faire trop. Elle observa brièvement le reflet de Marilyn dans l'immense miroir. La sorcière réajustait ses cheveux d'un geste machinal de la main, toujours sans lui prêter la moindre attention. Elle déglutit et baissa les yeux.

— Vous êtes très belle, madame, la plus belle femme qu'il m'ait été donné de voir en ce monde. Jamais je n'ai vu une peau au grain aussi parfait.

— Le temps marque notre corps de son empreinte, malgré tous les soins qu'on a pu lui prodiguer.

— Madame…

— Le maire m'attend ! coupa-t-elle en se levant de son fauteuil.

Marilyn s'était confiée l'espace d'un court instant. À présent elle s'était ressaisie, endossant à nouveau son costume de femme de pouvoir au caractère trempé. Elle était donc vulnérable, obsédée par la crainte de vieillir. Albe se souvint de la conversation avec Franz en sortant du théâtre, le soir du ballet *Blanche-Neige*. Cette femme pensait être immortelle, mais le temps faisait inexorablement son office, malgré tous les stratagèmes qu'elle élaborait, et en dépit de toutes les crèmes de beauté qu'elle s'employait à appliquer sur son corps. Elle se demanda un instant si cette chef d'entreprise était vraiment la monstrueuse sorcière issue de la nuit des temps que lui avaient dépeinte ses amis nains.

— Vous pouvez disposer jusqu'à ce soir dix-huit heures, poursuivit Marilyn en reprenant ses dossiers. J'aurai un repas de gala et vous devrez rafraîchir mon teint. Profitez-en pour mettre un peu d'ordre dans tout ce fatras. La fille qui vous précédait était d'un naturel désordonné. Évitez-moi ce genre de désagrément, ou vous aurez fait votre première et dernière journée.

Elle sortit de sa salle de maquillage.

— Une dernière chose, ajouta-t-elle avant de quitter la pièce, vous ressortirez par l'ascenseur de secours qui se trouve derrière vous ; il vous conduira jusqu'à l'étage en dessous. Vous rentrerez et sortirez dorénavant par cette issue.

Elle referma la porte qui se verrouilla automatiquement derrière elle.

Albe soupira et s'affala lourdement dans le fauteuil en cuir, complètement vidée. Finalement, l'entrevue ne s'était pas mal passée et Marilyn ne semblait pas connaître sa véritable identité. Et si tout cela n'était qu'une histoire issue de l'esprit névrosé de deux vieux nains, songea-t-elle soudain, un conte à dormir debout inventé pour on ne sait quelle raison ?

Elle décida d'aller en parler avec Virginia. Il était neuf heures trente du matin, sa patronne ne reviendrait pas avant dix-huit heures. Le building *Von Sydow* était situé non loin de Central Park. Elle serait rentrée en début d'après-midi, ce qui lui laisserait trois ou quatre heures pour tout ranger avant la séance de maquillage du soir.

Elle descendit par l'ascenseur jusqu'à l'étage d'en dessous, puis jusqu'au rez-de-chaussée. Les trottoirs étaient bondés, New-Yorkais se rendant d'un pas rapide à leur travail, touristes flânant devant les boutiques. Un magasin d'ustensiles de cuisine proposait en vitrine tout un tas d'accessoires en inox. Les éléments présentés étaient rutilants. Albe se dit en souriant qu'elle aurait du mal à les maintenir dans cet état. Elle était du genre gauche et aurait tôt fait de rayer d'aussi belles pièces en utilisant le mauvais côté de l'éponge.

À cet instant, elle se figea, réalisant soudain qu'elle avait laissé une pleine casserole de lait sur la gazinière, sans éteindre le brûleur.

Ce matin, elle avait eu l'appétit coupé rien qu'à l'idée d'affronter Marilyn, ce qui ne l'avait pas empêchée de mettre machinalement du lait sur le feu. Elle était ensuite partie en songeant à ce qui l'attendait au travail sans penser une seconde à autre chose.

Une peur panique s'empara d'elle. Il fallait éteindre ce brûleur avant de provoquer un incendie, si ce n'était déjà fait. Hélant un taxi qui descendait l'avenue, elle ordonna au chauffeur de la conduire dans le Queens le plus rapidement possible.

Arrivée devant son immeuble, elle fonça jusqu'à l'ascenseur, toujours en panne. Elle poussa un juron, prit l'escalier et grimpa en courant les quatre étages. Sur le palier, elle sentit une forte odeur de lait brûlé. Elle entra en trombe dans son appartement et courut jusqu'à la cuisine. Une épaisse fumée âcre s'était répandue dans toutes les pièces. Quant à la casserole, ce n'était plus qu'un bloc de charbon noirâtre. Par bonheur, le feu s'était éteint. D'épaisses émanations se dégageaient encore du lait carbonisé. Elle coupa l'arrivée de gaz, puis ouvrit largement la fenêtre de la cuisine et fit de même avec celle du salon. L'air pur du dehors entra, atténuant peu à peu l'odeur de brûlé.

Albe s'assit par terre dans le couloir, dos au mur, reprenant haleine. Les sonorités de la rue parvenaient jusqu'à ses oreilles, cris des enfants jouant dans le parc voisin et vrombissement des moteurs des voitures qui passaient en contrebas. Elle consulta sa montre : il n'était pas loin de onze heures trente et il ne fallait pas qu'elle tarde à repartir au travail, si elle voulait avoir le temps de mettre en ordre la pièce de maquillage de Marilyn.

C'est alors qu'elle entendit du bruit derrière la porte.

Quelqu'un se tenait sur le palier.

Elle tendit l'oreille, se demandant si elle avait fermé ou non le verrou derrière elle en entrant tout à l'heure. Sans même songer une seule seconde à s'enfuir, elle observa fascinée la poignée, attendant qu'elle tourne et que la porte s'ouvre. La poignée pivota effectivement, s'abaissa lentement puis avec insistance, mais la porte ne s'ouvrit pas. Elle soupira, soulagée. Elle avait donc fermé à clé derrière elle en rentrant. D'ailleurs, l'intrus essayait maintenant d'introduire un élément métallique dans la serrure pour forcer son mécanisme d'ouverture.

Elle tenta de se raisonner. À cette heure de la journée, elle n'était pas censée être dans son appartement. Peut-être était-ce un voisin, ou Frédéric qui essayait d'entrer, alerté par la forte odeur de brûlé?

Elle se leva sans bruit et regarda par le judas. Un homme cagoulé, vêtu d'un pull sombre, était penché vers la poignée. La serrure était sophistiquée; la crocheter prendrait un certain temps, suffisamment pour qu'elle puisse s'enfuir par la fenêtre. Il fallait maintenant qu'elle s'éloigne de là en faisant le moins de bruit possible, sinon l'autre enfoncerait la porte.

Une phrase traversa son esprit: « *Tire la chevillette, la bobinette cherra.* » Elle se rappelait ce conte de Charles Perrault, *Le Petit Chaperon rouge*, d'où provenait cette mystérieuse et célèbre citation. Elle n'avait jamais compris ce que cela voulait dire exactement, mais, à cet instant, elle réalisa que sa bobinette, son verrou, n'était pas loin de choir, et la porte de s'ouvrir.

Ramassant hâtivement son sac à main, elle se dirigea sur la pointe des pieds vers la cuisine, tentant de garder le contrôle d'elle-même et de contenir la frayeur qui l'envahissait. La fumée s'était à présent dissipée, même si une forte odeur de lait brûlé persistait. Elle passa la tête par la fenêtre ouverte et se pencha prudemment, observant la chaussée quatre étages plus bas. Personne dans la rue, ni sur le trottoir. Sur la droite, à portée de main, une échelle de secours brinquebalante courait le long du mur en briques, permettant d'évacuer l'appartement en cas d'incendie.

Chaque fois qu'Albe l'avait contemplée, elle s'était toujours dit qu'en cas de feu dans l'immeuble elle aurait été incapable de s'échapper par là. Il faut croire que la peur donne des ailes, songea-t-elle à cet instant, car sans hésiter elle mit son sac en bandoulière, enjamba le rebord, saisit un barreau de l'échelle et s'y accrocha. Les échardes de fer rouillé écorchèrent la paume de ses mains, ce qui ne l'empêcha pas de resserrer sa prise. L'ensemble tanguait dangereusement, aussi tenta-t-elle de réduire au maximum l'amplitude de ses mouvements. Une fois sa stabilité assurée, elle hésita sur la conduite à tenir.

Devait-elle monter jusqu'au toit, trois étages au-dessus, ou descendre et s'enfuir dans la rue ?

L'échelle s'arrêtait au niveau du premier. Sauter jusqu'au sol ne présentait aucun danger, mais si la rue était déserte pour l'instant, qu'en serait-il dans une minute ?

Elle opta finalement pour une troisième voie. Elle se hissa sur la corniche en béton qui courait au niveau de son étage. Ce parement protégeait, entre autres, les conduites qui alimentaient l'immeuble. Il était suffisamment large pour qu'elle puisse y poser ses pieds sans difficulté. Elle se colla contre le mur en briques, s'agrippa aux interstices et avança le long de la corniche jusqu'à l'angle de l'immeuble ; puis elle tourna et continua précautionneusement le long de la façade perpendiculaire à celle de son logement.

Lorsqu'elle atteignit la fenêtre de l'appartement voisin du sien, elle frappa au carreau. Frédéric se tenait dans sa chambre, de dos, les écouteurs d'un baladeur numérique sur les oreilles. Il était assis derrière son bureau et travaillait à ses cours. Elle frappa de nouveau, tambourina, rien n'y fit. Son voisin dodelinait de la tête au son de la mélodie. Elle se pencha légèrement en arrière pour observer la rue en contrebas. Elle n'avait pas le vertige mais, de là où elle était, les voitures et les passants semblaient bien loin.

Un homme courait. Soudain, il s'arrêta et leva la tête.

Elle eut juste le temps de se plaquer contre le mur et de s'arrêter de respirer. La corniche était suffisamment large pour la cacher de celui qui était en bas dans la rue, à condition qu'elle reste collée contre la paroi de briques. Quelques secondes plus tard, elle entendit la porte de son appartement s'ouvrir, défoncée par un violent coup d'épaule. Puis quelqu'un cria par la fenêtre de sa cuisine, à l'adresse de celui qui était dans la rue :

— Elle était chez elle, j'ai entendu du bruit !

— Vérifie le toit, lui lança l'homme depuis le trottoir, je cherche ici de mon côté.

— O.K. ! conclut la voix de celui qui était à l'intérieur.

Elle n'osait plus tambouriner à la fenêtre de son voisin, de peur de se faire repérer. De toute manière, il n'entendait rien.

*Frédéric ! Retourne-toi s'il te plaît !* hurla-t-elle intérieurement, faisant toujours l'araignée sur la corniche.

La tête lui tournait. Elle n'avait pas mangé depuis la veille et une méchante fringale la tenaillait, menaçant de la faire passer par-dessus bord. Tout son être lui disait de lâcher prise, de se laisser tomber en bas, d'abandonner la partie. Cette solution de facilité était si tentante.

*Non !*

Au prix d'un suprême effort de volonté, elle retrouva son sang-froid. Elle n'avait pas survécu à tant d'aléas pour abandonner maintenant ! Elle fixa son attention sur Frédéric, ne pouvant s'empêcher de pester après lui, non loin d'elle de l'autre côté de la fenêtre, indifférent au drame qu'elle vivait.

*Retourne-toi !*

Il ne dodelinait plus du chef. Apparemment, la chanson était terminée. Elle prit le risque de frapper au carreau. Il ne se retourna pas. Le morceau suivant avait commencé, car sa tête bougea de haut en bas sur un rythme différent. De sa main gauche, elle assura sa prise sur le mur, ferma son poing droit, le recula et visa le centre du carreau. Casser la vitre, entrer dans sa chambre, se saisir de lui et le frapper de toutes ses forces.

*Frédéric, espèce de triple crétin, ne vois-tu pas que je suis là ?*

Au dernier instant, elle interrompit son geste. En entendant le bruit du carreau cassé, ses agresseurs auraient foncé aussitôt chez son voisin. Elle n'avait pas d'autre choix que d'attendre patiemment au bord de la corniche, en espérant qu'il la découvre enfin. Elle entendit l'homme qui était sur le toit crier à celui qui était dans la rue :

— Elle n'est pas sur la terrasse !

— Personne en bas non plus ! Regarde la corniche !

La situation devenait critique : depuis le toit, l'homme n'avait qu'à se pencher en avant. Il ne lui faudrait que quelques secondes pour la découvrir, plaquée contre le mur sur le rebord étroit.

*Frédéric, je vais me faire tuer et tu restes là sans rien faire !*

À cet instant, il se retourna et découvrit, stupéfait, sa voisine collée contre le carreau, l'air paniqué. Passé le premier moment de surprise, il courut à la fenêtre et l'ouvrit, tirant Albe à l'intérieur de son appartement.

— Ça fait une heure que je t'appelle ! s'écria-t-elle en se redressant.

— Qu'est-ce que tu fichais là ?

— Des hommes me cherchent, ils ont forcé la porte de mon appartement !

Il demeura perplexe quelques instants.

— Toi, tu as des ennuis avec les fédéraux.

— Ce…

Il posa son index sur ses lèvres.

— Tu n'as pas le choix, il te faut quitter le Queens.

— Pour aller où ? s'exclama-t-elle, encore sous le choc.

Franz et Albert avaient disparu. Virginia devait elle aussi être recherchée. Un sentiment de désespoir l'envahit.

— Je n'ai nulle part où aller, sanglota-t-elle.

Il la prit dans ses bras et tenta de la consoler, caressant tendrement ses cheveux.

— Tu l'as dit toi-même, tu dois aller nulle part.

Elle le regarda, déconcertée.

— Que veux-tu dire ?

Frédéric prit un air amusé.

— Eh bien, disons que *nulle part* existe, et que je vais t'y conduire de ce pas.

## 13

## *Sorcière mal aimée, désespérée*

Marilyn Von Sydow revint à six heures précises. Elle ouvrit la porte de sa salle de maquillage et la trouva vide, les produits et les accessoires en vrac, comme le matin. Elle referma la porte et alla trouver son assistante.

— Natacha, auriez-vous vu Mlle Snösen ?

— Non, madame.

— Si vous la voyez, vous lui direz qu'elle est virée !

— Entendu, madame.

Elle s'enferma ensuite dans son bureau, sortit son téléphone portable et composa un numéro.

— Alors, questionna-t-elle, as-tu tué Virginia ?

— Je peux parler librement ? fit la voix rauque du Loup dans l'écouteur.

— Vas-y ! C'est une de mes sociétés qui fournit les systèmes de cryptages aux agences gouvernementales.

— Je ne comprends pas ce qui s'est passé, elle aurait dû se trouver dans son appartement.

Elle se saisit d'un coupe-papier et passa son doigt sur sa tranche effilée.

— Tu as tout foiré encore une fois ! En plus de ça, je

paye un type pour qu'il retrouve la trace de cette fille et toi, tu n'as rien de mieux à faire que de l'agresser !

Le Loup hésita à répondre.

— Le cuir de sa ceinture sentait Virginia. Quand il m'a décrit sa nuit avec elle, je n'ai pas pu me retenir.

— La prochaine fois, contrôle-toi !

— La prochaine fois, je ne me contenterai pas d'une ceinture pour apprécier son odeur.

— Il vaudra mieux pour tout le monde. Et le chasseur ?

— Lorsque j'ai cherché Virginia dans les appartements voisins, il m'est tombé dessus par surprise.

— Il t'a blessé ?

— Rien de grave. Je l'ai amoché lui aussi.

Elle jeta le coupe-papier d'un geste rageur.

— Cela fait deux fois qu'elle t'échappe !

— C'est à n'y rien comprendre. Elle n'est pas ressortie de l'immeuble et je ne l'ai sentie nulle part dans le building. Elle ne peut pas s'être évaporée !

Elle fit les cent pas dans la pièce.

— Il faut croire que si.

— Je te sens nerveuse.

— Nerveuse ? Tu plaisantes ! J'ai un dîner de gala et ma maquilleuse a trouvé le moyen de disparaître !

Un imperceptible ricanement se fit entendre à l'autre bout du téléphone.

— Que veux-tu, tu les terrorises. Si ce n'est pas toi qui les vires, elles partent d'elles-mêmes.

Une glace était disposée contre un mur. Marilyn s'arrêta devant, s'y mira et déclara :

— Pourtant, celle-là n'était pas trop mauvaise. Pour une fois que j'en avais trouvé une qui connaissait son métier...

— Et de ton côté, toujours aucune trace de Blanche-Neige ?

Agacée, elle marcha d'un pas vif jusqu'aux immenses baies vitrées qui donnaient sur le sud de Manhattan. Le ciel était d'un bleu pur trompeur, car la météo annonçait l'arrivée d'un coup de froid venu du pôle.

— Non. J'avais tendu un piège aux nains, mais quelqu'un a déjoué mon plan.

— Fallait faire le boulot toi-même. N'est-ce pas ce que tu m'avais dit ?

— Je ne peux pas être partout. Si je ne peux pas questionner ces nabots, je ne mettrai jamais la main sur elle. Je ne suis pas comme toi ; je ne sens pas ma proie quand bien même elle serait à mes côtés.

— Les nains finiront par réapparaître en Amérique du Sud, fit le Loup, surtout s'ils traquent Fringgs.

— On pourrait les attendre là-bas, c'est vrai. Il y a peut-être une solution beaucoup plus simple.

— Je t'écoute…

— Tu te rappelles que, par le passé, le chasseur a épargné Blanche-Neige, du temps où il était à mon service…

Il y eut un blanc au bout du téléphone.

— Oui…

— Alors, je crois connaître suffisamment les hommes pour penser qu'il la désire encore.

Le Loup ne releva pas.

— Voilà ce que je te propose, continua-t-elle, je retrouve ta rousse. Ça ne devrait pas me poser trop de difficultés surtout si elle se terre dans un hôtel de la ville. Toi, tu pistes le chasseur, je suis sûre qu'il te conduira à Blanche-Neige.

Nouveau blanc.

— O.K. Qu'est-ce que j'en fais ensuite ?

— Tu me la ramènes vivante. J'ai besoin de comprendre comment elle fait pour nous détruire, mes sœurs et moi.

— Bien, fit le Loup au bout du fil.

Puis il raccrocha.


Marilyn resta à observer, songeuse, le bas de la presqu'île où se trouvait Wall Street, le quartier des affaires. Une plaie béante s'ouvrait là, dans le ciel de Manhattan. Les deux merveilleuses constructions architecturales, symbole d'un passé glorieux, n'étaient plus. Dix ans s'étaient écoulés et, malgré cela, leur présence se faisait encore sentir, comme les membres amputés éveillent des douleurs fantômes chez les estropiés.

Elle imagina la ville avec ses tours jumelles, lorsque New York était encore le centre du monde. En filigrane, elle songea à deux autres pierres angulaires de son existence qui n'étaient plus. Ogota, sa sœur aînée, et Zita, la cadette, n'avaient-elles pas été également au centre de sa vie ?

À présent il ne restait plus qu'elle, la benjamine.

Un sombre pressentiment l'envahit et la fit tressaillir. Elle réalisa soudain que tout avait commencé le 11 septembre : la chute des tours, la réunion à Prague, l'assassinat de Cindy Vairshoe et la mort inexplicable d'Ogota, le même jour. Elle s'était crue inaltérable, éternelle, lorsque des ridules infinitésimales étaient apparues sur son visage. Tout d'abord, elle avait mis cela sur le compte du choc qu'avait constitué la mort de sa sœur. Il lui avait fallu rapidement se rendre à l'évidence : un lent et imperceptible processus de dégradation était enclenché, irréversible. La mort de Zita, au début de cet automne, n'avait fait que confirmer cette présomption. Tout au plus maintenant pouvait-elle tenter de stopper le phénomène. Quant à revenir en arrière, cela semblait une gageure.

Lui revinrent en tête les propos tenus par sa maquilleuse dans la matinée. Son employée n'avait pas voulu la froisser, cependant, ses paroles semblaient sincères, et cela était encore plus vexant qu'une hypocrisie convenue.

*La plus belle femme qu'il m'ait été donné de voir en ce monde*, pour combien de temps encore ?

Et voilà maintenant que cette Snösen ne donnait plus signe de vie, alors qu'elle avait grand besoin d'elle pour camoufler sa décrépitude aux yeux de son auditoire du soir. Elle revint à son bureau, décrocha le téléphone et appela son assistante.

— Natacha, faites monter immédiatement la nouvelle maquilleuse de la présentatrice du vingt heures.

— C'est-à-dire, madame, le journal télévisé ne va pas tarder à débuter, elle a besoin d'elle…

— J'ai dit *immédiatement*, Natacha !

La limousine noire se gara le long de l'avenue. Son chauffeur en descendit et vint ouvrir la porte à sa passagère. De longues jambes fusiformes gainées de noir, chaussées de talons aiguilles de grande marque, apparurent. Les flashes crépitèrent, illuminant de leurs scintillements le galbe parfait qui s'offrait ainsi au public. Marilyn Von Sydow réajusta sa robe de gala et fit quelques pas sur le tapis rouge déroulé jusqu'au bord du trottoir, saluant d'un geste de la main la foule de ses admirateurs. De nombreux journalistes, maintenus tant bien que mal derrière les barrières de sécurité, tentèrent de la questionner. Elle ne daigna pas répondre.

La soirée, donnée au profit d'une œuvre de bienfaisance, réunissait les dix premières fortunes des États-Unis d'Amérique. Pour une fois, Marilyn n'avait pas organisé la rencontre. Elle était là simplement en tant qu'invitée de marque. Stars du cinéma et de la télévision étaient présentes, ainsi que tout le gotha mondain de New York et de la côte est. Les caméras de la chaîne de télévision *Sydow Network* filmaient en exclusivité et en direct le gala qui serait revendu par la suite aux chaînes concurrentes. Un concert privé des Rolling Stones clôturerait la soirée.

Ce fut toutefois à Marilyn que revint l'honneur de prononcer le discours inaugural. Elle était connue pour ses talents d'oratrice, et ce don précieux ne serait pas de trop afin de convaincre les grippe-sous présents dans la salle de débourser les centaines de millions de dollars nécessaires pour financer des projets humanitaires dans le tiers-monde.

Le discours fut bref.

Elle savait qu'au-delà de dix minutes d'oraison, le public n'écoutait plus rien. Certes, elle aurait pu employer des sortilèges élaborés dont elle avait le secret pour tromper son auditoire, mais elle n'en fit rien. Elle usa seulement de son charme et de la douce mélopée de sa voix pour attendrir les plus avares de ses spectateurs. Ces derniers furent d'ailleurs les plus enthousiastes, séduits par cette belle femme brune qui savait explorer l'âme de chacun en lisant dans son regard. Un œil extérieur aurait qualifié cette méthode d'hypnose. En tout état de cause, les convives n'eurent pas conscience de la fourberie.

La partie était gagnée et les organisateurs de la soirée, parmi lesquels figuraient deux anciens présidents des États-Unis, se félicitèrent de lui avoir une fois de plus proposé ce rôle. Ils s'empressèrent d'ailleurs de la congratuler, sous l'œil bienveillant de la caméra qui filmait la scène en direct.

C'est à cet instant que survint ce que l'on appellerait plus tard l'*incident*.

Un serveur en livrée s'approcha de Marilyn. Il s'empara d'une tarte à la chantilly sur le plateau qu'il portait et la plaqua sur son visage, sous le regard éberlué des ex-présidents et du cameraman qui n'avait cessé de filmer. L'individu fut maîtrisé dans la seconde qui suivit par des gardes du corps, plaqué au sol sans ménagement, puis emmené sous bonne escorte jusqu'au commissariat du quartier. Un des anciens chefs d'État s'empara d'une serviette en papier et tenta de débarbouiller le visage de la victime, dont seule l'expression ébahie des yeux restait visible.

— Coupez ! hurla-t-elle au cameraman. Coupez cette putain de caméra !

Le mal était fait.

Bien que Marilyn exigeât la destruction immédiate de la bande numérique, des millions de spectateurs dans le pays avaient assisté en direct à l'humiliante scène. Plus tard dans la soirée, des petits malins qui avaient enregistré l'émission diffusèrent la vidéo sur des sites Internet spécialisés. Inutile de préciser qu'elle fit le tour du monde en moins de temps qu'il ne faut pour cliquer sur une souris. L'entarteur qui avait piégé la reine des médias n'en était pas à son coup d'essai et Marilyn Von Sydow fut l'un de ses plus beaux trophées.

Ce fut également son dernier.

L'homme d'une cinquantaine d'années, fantasque, avait l'habitude pour ce genre de méfaits de finir au poste de police et d'écoper d'une amende. Il fut mis dans une cellule pour la nuit. Lorsque l'inspecteur vint l'interroger au petit matin, il le trouva mort. On fit porter le chapeau à son voisin de cellule, un junkie récidiviste, car on retrouva dans sa poche l'arme du crime : un couteau à cran d'arrêt. L'individu eut beau protester vivement qu'il était trop défoncé au moment de l'agression pour pouvoir même tenir debout, l'affaire fut classée et le toxicomane condamné à quarante ans de réclusion dans une prison de haute sécurité.

Toutefois, certains autres éléments troublants auraient dû attirer l'attention d'un fonctionnaire de police un peu plus sourcilleux. Le junkie fut mortellement poignardé le lendemain de son arrivée dans le quartier de haute sécurité de la prison. Le cameraman qui avait filmé la scène fut licencié sur-le-champ et jeté à la rue avec femme et enfants. Quant aux trois petits malins qui avaient mis en ligne la vidéo compromettante, ils furent arrêtés quelques jours plus tard par la police, pour pédophilie. Comme les disques durs de leurs ordinateurs saisis et analysés contenaient des centaines de milliers d'images interdites, leurs propriétaires furent condamnés à de lourdes peines et leurs vies brisées à jamais.

L'incident ne fut pas clos pour autant et Marilyn dut affronter au cours de plusieurs soirées et d'interviews le regard amusé des journalistes ou de certains de ses concurrents. Cependant, tous eurent à en payer le prix. Révélation de relations extraconjugales pour certains, homosexuelles pour d'autres, faillite ou descente de fonctionnaires du fisc. Certains comptes *offshore* furent vidés du jour au lendemain par des pirates informatiques extrêmement audacieux et doués. Il se trouva que cette dernière manœuvre de représailles finit par calmer les ardeurs moqueuses des plus téméraires de ses opposants.

Marilyn avait l'habitude de se battre dans une jungle hostile où tous les coups étaient permis. O.P.A., intoxication, stars de la télé qui changeaient de chaîne d'une saison à l'autre, cela était de bonne guerre. En revanche, être humiliée publiquement et enlaidie à la face de millions de téléspectateurs, cela était intolérable. Le message était passé et, quinze jours plus tard, nul ne faisait plus la moindre remarque, ne serait-ce qu'en privé et dans la plus sombre des alcôves, sur l'entartage de Marilyn Von Sydow.

*

Le Traqueur était accroupi derrière un container à poubelles. Son dos, son bras et ses jambes le faisaient atrocement souffrir. Les bandages laissaient filtrer du sang, beaucoup de sang, des blessures qu'il avait lui-même recousues.

Sa lutte avec le Loup avait été terrible. Lorsqu'il lui était tombé dessus, l'animal cherchait Virginia comme un forcené dans tous les appartements de l'étage, défonçant les portes, renversant tout sur son passage, obsédé par son envie de la posséder et de la dévorer. Il avait ressenti le désir bestial, inhumain, répugnant de la bête.

Au prix d'un combat acharné, il avait mis le Loup en échec, Virginia était sauve. Il l'avait aperçue en compagnie d'un inspecteur et de sa voisine après l'attaque, lorsqu'il était repassé devant l'immeuble bouclé par la police.

Albe et son voisin sortirent dans la ruelle, jetant au passage un coup d'œil alentour. Ne voyant personne, ils se dirigèrent vers la voiture du cow-boy, immatriculée dans le Montana. Le Traqueur savait maintenant où elle irait se cacher. La filer serait un jeu d'enfant.

Il hésita.

S'il la suivait, il ne serait plus là pour veiller sur Virginia, comme le lui avaient ordonné les nains. Son regard ne pouvait se détacher de la jeune femme brune. Elle était vraiment belle, très belle. Déjà, lorsqu'elle vivait dans le château, son cœur était transi chaque fois qu'il l'apercevait. Évidemment, à l'époque, il lui aurait été impossible de lui avouer sa flamme. Il n'était que le responsable des domaines de chasse royaux, une place d'honneur durement acquise, rien à voir avec un titre de prince ou de chevalier.

Puis la duchesse Von Sydow avait débarqué au château.

Une femme ambitieuse qui avait empoisonné la mère d'Albe pour prendre sa place sur le trône. Le chasseur avait dès lors cessé de s'intéresser à la fille pour désirer sa belle-mère, bien plus attirante, plus vénéneuse.

Jusqu'au jour où le chancelier de la reine lui avait transmis l'ordre de tuer la princesse.

Victime et bourreau étaient partis ensemble dans les bois. Chemin faisant, il avait eu l'étrange sensation de se libérer de l'influence malveillante de Marilyn, redécouvrant peu à peu la pureté d'Albe.

C'est ainsi qu'il l'épargna.

L'avait-il fait par amour pour elle ou pour se venger

de cette reine hautaine et méprisante, il n'aurait su dire. Et pourquoi n'était-il donc pas parti avec elle à ce moment ? Elle était vulnérable, il venait de l'épargner, les choses auraient été bien plus faciles alors. Au lieu de cela, il avait donné le change avec ce marcassin et refait sa vie ailleurs.

Mais la princesse était réapparue dans son existence et le charme avait immédiatement opéré. Depuis qu'il avait retrouvé Albe, il ne pouvait se résoudre à se séparer d'elle. N'avait-il pas payé des hommes de main pour faire croire à un cambriolage, afin qu'elle se sente en danger dans le Queens ?

*Quel idiot !*

Il avait cru naïvement qu'Albe aurait peur et accepterait enfin de vivre dans l'immeuble de Central Park, près de lui. Hélas, elle était revenue dans son logement de façon imprévue et ces imbéciles avaient fait du zèle, la poursuivant comme s'ils voulaient la tuer. Croyant avoir affaire à des assassins aux ordres de Marilyn, elle avait trouvé refuge chez ce cow-boy d'opérette qui l'invitait maintenant à monter dans sa voiture rongée par la rouille. Il se maudit de cette initiative qui l'avait jetée dans les bras de son voisin, au beau rôle dans cette affaire.

Encore une idée stupide et irréfléchie qui avait été totalement contre-productive. Il lui fallait reprendre les choses en main pour qu'elle découvre enfin qu'il l'aimait depuis toujours.

Plus rien d'autre ne comptait. Ni Virginia qu'il devait protéger, ni les nains, décidés à régler les comptes avec leur passé. Peu lui importait qu'une sorcière maléfique et un tueur psychopathe fassent régner la terreur sur le monde. Il était suffisamment fort pour protéger Albe de leurs maléfices. Et puis, Marilyn ignorait toujours où était sa belle-fille.

Il se redressa et repartit en claudiquant dans la rue. Il ne pouvait récupérer son cabriolet de sport, garé dans l'immeuble surveillé par la police.

Heureusement, il avait de l'argent. Il trouverait une vieille voiture d'occasion, discrète, qui lui permettrait de filer le jeune couple. Car un autre sentiment autrement plus violent que le désir avait pris forme dans son cœur. Une sensation incontrôlable qui l'obsédait, l'aveuglait et le poussait à la déraison.

La jalousie.

## 14

IL ÉTAIT UNE FOIS...
### *Ogres et barbaries*

C'est au cours de l'été 1941 que les trois sœurs Von Sydow se réunirent pour la dernière fois. Marilyn convoqua Ogota, qui vivait à Tokyo auprès de l'empereur Hirohito, et Zita, qui œuvrait à Moscou dans l'ombre de Staline, à une réunion de crise, non loin de la résidence d'Adolf Hitler, dans les Alpes bavaroises.

Il faut dire que la situation géopolitique n'avait pas évolué comme l'aurait souhaité Marilyn. L'axe Berlin-Moscou-Tokyo, qu'elle avait constitué avec l'aide de ses sœurs et celle, accessoire, des trois dictateurs, avait volé en éclats lorsque Hitler avait décidé seul d'attaquer l'U.R.S.S., quelques jours plus tôt.

Personne n'avait jamais réussi à envahir la Russie auparavant. Hitler s'y casserait les dents, tout comme son idole Napoléon. Convaincue que le Troisième Reich et l'empire du Soleil-Levant vivaient leurs dernières heures, Marilyn avait souhaité préparer l'avenir. Certes, il n'y avait pas encore de quoi s'affoler, mais pour cette sorcière immortelle, les années passaient comme des jours.

Les trois sœurs occupaient un hôtel sis au bord d'un lac de montagne dans cette région très touristique. Les prairies étaient fleuries et des couples d'amoureux se promenaient paisiblement. Ce paysage bucolique et serein contrastait avec la violence des combats qui se déroulaient à quelques centaines de kilomètres plus à l'est. Rien n'aurait pu laisser penser à un observateur attentif que ces beautés, assises dans un salon privé comme de simples touristes et attablées devant une tasse de thé, recelaient plus de noirceur à elles trois que l'ensemble du monde en guerre, qu'elles vampirisaient pour leur propre compte.

— J'espère que je n'ai pas traversé toute l'Asie pour rien, grommela Ogota.

— La compagnie de tes sœurs te déplaît-elle à ce point ? rétorqua Marilyn. La situation est grave : ce crétin d'Hitler a attaqué l'U.R.S.S. !

— On dirait que ta marionnette a décidé de voler de ses propres ailes, ironisa Zita en entamant une pantomime explicite.

— Hitler m'a échappé, qu'il en crève !

— J'ai appris que les Allemands exterminaient systématiquement les juifs d'Ukraine et de Russie. Ils comptent étendre prochainement la mesure à toute l'Europe occupée. Encore une idée à toi, j'imagine ?

Marilyn jeta un regard noir vers sa sœur.

— Les hommes n'ont pas besoin de moi pour atteindre des sommets de cruauté !

— Bravo, persifla Zita, tu viens de découvrir que le libre arbitre existait…

— L'Allemagne perdra la guerre et sera accusée de crimes contre l'humanité, temporisa Ogota, et alors ? Nous n'avons qu'à rallier le camp adverse !

— C'est bien là le problème ! répliqua Marilyn.

— Je ne comprends pas.

— Le Loup est entré dans la danse.

Ogota eut un mouvement de recul.

— Le Loup ? fit-elle abasourdie. Je croyais cette créature disparue dans les forêts de Bohême !

— Il est réapparu dans le Caucase et combat maintenant aux côtés de l'Armée rouge, confirma Zita. L'appel du sang, j'imagine. Cette bête a été de toutes les boucheries de l'histoire. Je me rappelle l'avoir croisée dans l'ombre de ce Vlad l'Empaleur, lorsque les Turcs ont envahi la Transylvanie.

Le visage d'Ogota s'assombrit.

— Ce qui veut dire que le Loup va faire partie du camp des vainqueurs, marmonna-t-elle.

— Et nous, de celui des perdants ! conclut Marilyn en haussant les sourcils.

— Enfin… vous deux, intervint Zita. Moi, je suis avec les Russes, je vous rappelle.

Marilyn la foudroya du regard.

— On gagne ensemble, tonna-t-elle, il en a toujours été ainsi ! Et puis, tu ne pourras jamais lutter seule contre le Loup, il est trop puissant pour toi.

— Parce que toi, peut-être, tu pourrais lui résister ?

— Oui, car je ne suis pas inconséquente comme toi ! Pour jouer dans la cour des grands, il faut savoir anticiper les coups, ce que tu n'as jamais su faire !

— Ho, ho, on se calme ! intervint Ogota.

À cet instant, un homme fit son apparition, interrompant leur échange. Il était vêtu d'un manteau de cuir souple et d'un chapeau mou. Il gratifia les trois femmes d'un salut nazi, le bras tendu en avant.

— Mes très chères sœurs, dit Marilyn d'un ton radouci, je vous présente Otto Friedrich, de la Gestapo. Alors, Otto, avez-vous mis la main sur ce cercueil ?

L'homme ôta son chapeau.

— Nous n'avons toujours rien trouvé, Frau Von Sydow. Mes hommes ont fouillé chaque maison, chaque bergerie de la région que vous m'avez indiquée. Jusqu'à présent, les recherches ont été vaines.

— Continuez à chercher, lâcha-t-elle. Usez de moyens plus persuasifs si nécessaire, retournez chaque centimètre carré de terrain, trouvez-la et ramenez-moi son corps !

— Nous le ferons, Frau Von Sydow. Sachez aussi que nous avons enquêté auprès des diamantaires d'Amsterdam, de Berlin et de Vienne. Nous avons retrouvé la piste des sept nains que vous m'aviez demandé de localiser.

— Parfait ! Capturez-les sans traîner.

Otto triturait son chapeau mou.

— Que devrai-je en faire ?

— Confiez-les aux bons soins du docteur Fringgs.

Il fit claquer ses bottes.

— À vos ordres, Frau Von Sydow.

Puis il tourna les talons et quitta les lieux. Une fois qu'il fut parti, Ogota considéra sa petite sœur d'un air étonné.

— Tu recherches encore le cadavre de cette Blanche-Neige ?

— Je le chercherai jusqu'à ce que je le retrouve. Tu ferais bien de t'assurer que ta Cendrillon est toujours congelée dans les glaces de l'Alaska, puis de la refroidir définitivement.

— Tu penses que Blanche-Neige n'est pas morte ?

— Je croirai qu'elle est morte lorsque je verrai ses os blanchis devant mes yeux. Quant à toi, ma chère Zita, je t'invite à endormir définitivement ta Belle au bois

dormant. Ces femmes nous narguent depuis trop longtemps. Qu'elles soient encore en vie, même gelées ou
profondément endormies, n'augure rien de bon.

— Tu frôles la paranoïa, dit Zita, ces gamines sont
inoffensives. Comme tu l'as dit toi-même, Cendrillon
est enfouie sous dix mètres de glace. Quant à l'autre,
plus personne ne sait dans quel château elle doit som-
meiller encore.

Marilyn eut une moue d'agacement et regarda
ailleurs.

— Fais ce que tu veux ! Ne viens pas te plaindre si
un jour ta Belle au bois dormant te fait des misères. Car
ce ne sont pas seulement des oies blanches aux cer-
veaux de bécasses. Elles sont également des balises qui
attirent nos ennemis aussi sûrement que le miel attire
les mouches.

— Les fées ? Elles n'ont plus leur place en ce monde
matérialiste.

— Croyez-moi : tuez ces femmes au plus vite !

— Tu ne serais pas jalouse ?

Marilyn se renfrogna.

— Ça n'a rien à voir avec la jalousie !

— On s'en occupera, dit Ogota, d'accord. Si nous
revenions à présent au motif de notre réunion ? Tu par-
lais du Loup…

— Oui. Sa présence aux côtés des Soviétiques le
rend dangereux. Il faut impérativement nous allier avec
lui avant qu'il ne soit devenu incontrôlable.

— Il nous faudra d'abord acquérir de la puissance,
rebâtir quelque chose ailleurs. Pour cela, il va nous falloir de l'argent, beaucoup d'argent.

— C'est pour cette raison que je vous ai réunies ici.
Il faut mettre en place un réseau d'exfiltration de nos

plus fidèles serviteurs. Ogota, retourne au Japon et vois ce que tu peux faire là-bas. Quant à toi Zita, tu resteras en Autriche avec les Fringgs. J'ai appris qu'ils accumulent des tableaux et de l'or pris aux juifs. Tu organiseras le repli de ces merveilles loin d'Europe, dès que le vent tournera.

— Où devrai-je les emporter ?

— En Amérique, notre nouvel Eldorado.

\*

Quelques jours plus tard, de bonne heure, à Vienne, on vint frapper au volet en bois qui obturait la vitrine d'une petite joaillerie de quartier. Franz Schüchtern fut réveillé par le bruit. Il regarda son réveil : cinq heures trente.

Les coups redoublèrent. Il passa une robe de chambre, glissa ses pieds dans des pantoufles et descendit. Il entrouvrit le battant et regarda au-dehors par l'entrebâillement. Un homme d'une cinquantaine d'années, au visage dur, se tenait sur le pas de la porte. Il était vêtu d'un long manteau de cuir et avait une casquette vissée sur le crâne.

— Franz Schüchtern ? demanda-t-il sèchement.

— C'est moi.

— Gestapo.

Un frisson glacé parcourut l'échine de Franz.

— Laissez-moi le temps de m'habiller, dit-il, résigné, faisant entrer le policier dans sa boutique.

Il enfila fébrilement un pantalon et un pull léger pardessus sa chemise. Lorsqu'il revint, l'homme inspectait la joaillerie.

— Prenez avec vous des bijoux et de l'or, lança-t-il.

Franz resta interloqué.

— Pardon… ?

— Vous ne reviendrez jamais ici.

Il obtempéra sans discuter, même s'il ne voyait pas à quoi lui serviraient ces bijoux, une fois arrêté par les nazis. Il saisit des bagues de valeur et quelques diamants qu'il mit au fond de ses poches, puis suivit le policier dehors. L'aube pointait à peine. À cette heure, seuls quelques camions de livreurs passaient dans les ruelles désertes.

— Dépêchez-vous !

Le policier était aux aguets. Il se retournait au moindre bruit de pas, comme s'il avait peur d'être pris en filature. Franz connaissait l'emplacement du siège de la Gestapo dans la capitale autrichienne. Le bâtiment avait sinistre réputation et il fallait être fou ou stupide pour ne pas craindre d'y être conduit. Les sous-sols, plus particulièrement, abritaient des cachots sombres et humides qu'il valait mieux ne pas fréquenter. Cependant, ils ne se dirigeaient pas dans cette direction.

— Où m'emmenez-vous ? demanda Franz qui courait pour ne pas être distancé.

— À l'abri.

Le policier s'arrêta à l'angle d'une rue et, d'un geste du bras, lui intima l'ordre d'attendre. Il jeta un œil à droite et à gauche. Puis, relevant le col de son manteau, il traversa la rue.

— Ne traînez pas ! fit-il en franchissant d'un pas vif la chaussée déserte.

Une fois parvenu de l'autre côté, il reprit sa marche effrénée à travers les rues de la capitale.

— Vous ne m'emmenez pas au siège de la Gestapo ?

Le policier ne répondit rien et accéléra le pas. Dix minutes plus tard, Franz à bout de souffle s'écria :

— S'il vous plaît, pourrions-nous faire une pause, je n'en peux plus !

Son guide s'arrêta sous une porte cochère légèrement en retrait, qui formait un abri contre les regards indiscrets.

— Une minute, lâcha-t-il.

Franz vint le rejoindre, haletant.

— Pourquoi faites-vous cela ? demanda-t-il.

Le policier déclara à voix basse :

— Lorsque Hitler a annexé l'Autriche, j'ai applaudi des deux mains. Par la suite, j'ai assisté sans broncher à l'arrestation de mes voisins juifs qui tenaient une petite boutique de tailleur. Je les tenais pour responsables de la crise économique que nous avions vécue. Je me suis dit que les envoyer dans un camp de travail ne leur ferait pas de mal.

Franz l'observa. L'homme était toujours aux aguets, surveillant sans cesse la ruelle déserte. Il continua, sans même le regarder :

— Puis le curé de la paroisse a expliqué, dimanche après dimanche, que nous n'avions pas à dénoncer les juifs et tous ceux que les nazis considéraient comme néfastes pour l'Autriche, qu'il fallait au contraire les protéger de cette barbarie. Il cita les Évangiles et le passage de saint Matthieu, du Jugement dernier, qui dit : « *Venez, les bénis de mon père, j'étais un étranger et vous m'avez accueilli, j'étais en prison et vous m'avez visité... Tout ce que vous avez fait à ces petits qui sont mes frères, c'est à moi que vous l'avez fait...* » J'ai alors songé à mes voisins juifs dont l'échoppe avait été réattribuée à un tailleur aryen. Un sentiment de culpabilité m'a traversé l'esprit pour la première fois.

— Il est facile de se sentir coupable, se permit de faire remarquer Franz.

Le policier regarda la rue, sortit de la porte cochère et reprit sa marche.

— Venez ! dit-il.

Franz resta à sa hauteur, cette fois.

— Il y a une certaine complaisance à baigner dans la culpabilité, en effet, confirma-t-il, sombrer dans la plus banale des lâchetés, celle du mouton qui suit le troupeau, diluant sa propre responsabilité dans celle de la masse.

Un passant croisa leur chemin sans même leur adresser un regard. Le policier avait fourré ses mains dans ses poches et continuait de marcher d'un pas alerte, Franz sur ses talons. Il tourna à gauche dans une rue déserte et reprit son monologue :

— Mais, dans ses prêches, le curé a ajouté qu'il était toujours temps de faire machine arrière, que c'était cela, la conversion que Dieu attendait de chacun de nous.

Au bout de la rue se dressait une église.

— C'est tellement facile de se laisser porter par le courant, sans chercher à lutter contre, commenta-t-il pour lui-même.

Il frappa à la porte d'une maison attenante à l'édifice religieux et attendit.

— Puis un jour, reprit-il en guettant la rue, une paroissienne a amené au curé deux enfants juifs. Elle lui a expliqué qu'ils s'étaient cachés sous sa cage d'escalier lorsque la police viennoise avait raflé leurs parents. Elle venait le trouver pour savoir si elle devait les livrer au commissariat. L'homme d'Église lui a rappelé que les lois iniques ne devaient pas être respectées lorsqu'elles allaient à l'encontre de la vie et du bien de l'humanité. Il a proposé à la vieille dame d'héberger les enfants dans la crypte de l'église, lui demandant également de changer radicalement d'attitude vis-à-vis de la doctrine nazie.

Un verrou tourna à l'intérieur.

— J'étais dans l'église à ce moment-là, j'ai été témoin de la scène. Le curé a pris dans ses bras les enfants qui pleuraient et les a emmenés à la sacristie. Une semaine plus tard, l'ordre de vous arrêter est tombé sur mon bureau.

La porte s'ouvrit. Un homme d'une trentaine d'années aux cheveux ras et aux yeux clairs apparut. Il avait une chemise à col romain et semblait mal réveillé.

— Oui ? fit-il.

— Cette personne est recherchée par la Gestapo, déclara le policier.

Puis il tendit sa main à Franz.

— Bonne chance, lui lança-t-il avant de repartir sur le trottoir désert, sans se retourner.

Le curé observa brièvement la rue, fit entrer Franz dans le presbytère et referma la porte.

Ce fut le seul des sept nains à échapper à la rafle qui s'ensuivit dans toutes les villes d'Europe.

*

Quatre ans plus tard, au début du mois de mai 1945, l'hôtel des Alpes bavaroises qui avait abrité la réunion de famille des sœurs Von Sydow était en proie à une fébrile activité. Les Allemands organisaient l'évacuation des derniers dignitaires nazis, tout au moins de ceux qui ne s'étaient pas suicidés en éliminant femmes et enfants. Des camions de transport filaient avec les autres, pendant que des dizaines de secrétaires s'activaient à brûler tous les documents compromettants.

Zita Von Sydow était dans un *half-track* en compagnie de Frida et Oskar Fringgs. Le blindé léger zigzaguait entre les voitures en panne au bord des fossés, les motos et les chars à l'abandon. L'armée américaine n'était plus très loin et le nid d'aigle du Führer, à présent déserté, serait bientôt surmonté d'un drapeau allié.

Marilyn n'était pas là. Cela faisait longtemps qu'elle avait fui à New York avec un passeport américain. Ogota, pour sa part, était restée au Japon, persuadée que s'il perdait la guerre, il s'allierait avec les Américains pour ne pas tomber aux mains des Soviétiques.

Zita tentait de garder son sang-froid. Trop insouciante, elle n'avait pas su fuir à temps avec le trésor de guerre des Fringgs. Il s'agissait à présent de sauver les meubles, de traverser l'Autriche puis l'Italie et d'atteindre l'Espagne. De là, elle embarquerait sur un cargo pour l'Amérique du Sud.

Les deux camions qui suivaient le blindé léger étaient chargés d'objets d'art. Tandis qu'ils grimpaient un col situé non loin de la frontière autrichienne, un véhicule de transport arriva en trombe en sens inverse. En voyant Zita, son conducteur stoppa net et descendit. L'homme, vêtu d'un manteau de cuir noir, se dirigea d'un pas vif vers elle et la salua en tendant le bras.

— *Heil Hitler !* aboya-t-il.

Zita l'observa brièvement. Avec son imperméable et son chapeau de cuir mou, c'était apparemment un officier de la Gestapo. Elle nota ses traits tirés. Des poches violacées avaient pris forme sous ses yeux caves. Il n'avait pas dû beaucoup dormir ces dernières semaines et Zita se dit que cela risquait de durer.

— Frau Von Sydow, reprit-il fièrement en retirant son chapeau, il y a des semaines que je vous cherche. J'ai retrouvé le colis que vous m'aviez demandé de localiser.

Zita reconnut enfin Otto Friedrich qui avait été missionné afin de retrouver le corps de Blanche-Neige. Le policier nazi alla jusqu'à l'arrière du camion et souleva la bâche. Un cercueil en bois finement ouvragé était disposé sur la plate-forme. Zita songea à Marilyn qui, quatre ans plus tôt, lui avait demandé de tuer la Belle au bois dormant. Comme Ogota, elle avait alors acquiescé pour lui faire plaisir, se gardant bien de lui dire que ces jeunes femmes étaient la dernière de ses préoccupations. Sa petite sœur avait toujours été d'un naturel inquiet et paranoïaque, aimant tout régenter, ce qui l'irritait passablement. Et maintenant qu'on avait retrouvé le corps de Blanche-Neige, elle n'était plus là pour finir le travail ! Zita jeta un bref coup d'œil sur la caisse et s'en retourna à son véhicule.

— Que voulez-vous que j'en fasse ? lâcha-t-elle en remontant dans le *half-track*. J'ai autre chose à faire que de m'occuper des lubies de ma sœur. Vous feriez mieux d'en faire autant !

Otto Friedrich la regarda s'éloigner, hébété.

— Enfin…

Le blindé léger de Zita avait déjà repris la route, ainsi que les camions qui le suivaient.

— *Scheiße* ! jura-t-il en jetant de rage son chapeau sur le sol.

Il remonta prestement au volant de son engin, fit demi-tour et prit la même direction que le convoi s'engageant dans les derniers lacets du col menant en Autriche.

Malheureusement pour lui, son camion et le précieux chargement dont la quête lui avait pris quatre ans n'atteignirent jamais la frontière. Un kilomètre plus loin, une violente déflagration retentit. Un nuage de poussière et de cailloux jaillit du sol. Otto Friedrich tenta d'éviter le cratère qui venait de se former sur la route, devant lui. Son camion fit une embardée, quitta la chaussée, dévala la pente de la montagne pour finir sa course contre un énorme sapin. Sous la violence du choc, Otto Friedrich passa à travers le pare-brise et sa nuque se brisa net. Le cercueil qui était dans le camion fut lui aussi projeté en dehors du véhicule et s'écrasa contre un rocher.

Son couvercle explosa contre la pierre, mettant au jour son contenu.

Une jeune femme brune au teint blanc comme la neige gisait à l'intérieur.

La collision avec le rocher avait expulsé de sa gorge un morceau de pomme qui se perdit dans les bruyères. Elle hoqueta, avala une longue goulée d'air frais, puis ouvrit les yeux. Ses joues rosirent, ses paupières papillonnèrent et l'azur de son regard s'éveilla peu à peu à la clarté du jour. Interloquée, elle se hissa hors de la caisse en bois et tenta de faire quelques pas en titubant ; puis elle s'effondra, inanimée.

Lorsqu'elle revint à elle, trois soldats en uniforme kaki l'entouraient.

— Vous allez bien, mademoiselle ? fit l'un d'eux l'air inquiet, en lui tendant sa gourde pleine d'eau.

Elle la prit et en but une gorgée.

— Où suis-je ? demanda-t-elle.

— Nous vous avons trouvé gisant là, non loin de ce camion, déclara l'homme qui venait de lui donner à boire. Vous ne vous souvenez de rien ?

Elle l'observait, hagarde.

— Qui êtes-vous ?

— Nous sommes des soldats de l'armée américaine.

Le militaire devait avoir une quarantaine d'années et son regard était grave. Profondément troublé, il la dévisageait avec attention.

— Je suis le sergent Wilhelm Jacob Snösen, de la 101e aéroportée, et voici mes hommes, ajouta-t-il en désignant du menton les autres soldats qui observaient l'échange. Comment vous appelez-vous ?

— Albe.

Le sergent s'accroupit et l'aida à se relever.

— Venez, vous ne pouvez pas rester là. D'autres camions allemands vont passer, nous avons ordre de les intercepter. La guerre n'est pas encore terminée.

Elle le regarda, abasourdie, tout en passant sa main sur un pli de sa longue robe de soie blanche.

— Quelle guerre ?

Le sergent lui prêtait à présent son épaule. Elle fit quelques pas, chancela, mais il la retint fermement.

— Il faut croire que le choc vous a fait perdre totalement la mémoire. Nous allons vous conduire à notre chef, le capitaine Materson. Il s'occupera de vous.

Un autre soldat vint prêter main-forte au sergent. Tous deux l'aidèrent à marcher jusqu'aux jeeps, stationnées plus haut. Albe était encore sous le choc, pourtant elle entendit clairement le soldat qui l'épaulait s'exclamer :

— Si je puis me permettre, sergent, c'est incroyable ce qu'elle ressemble à votre fille !

Wilhelm Jacob Snösen semblait lutter contre les larmes.

— Elle aurait son âge aujourd'hui, avoua-t-il, en essuyant ses yeux de sa main libre.

Les hommes et leur inconnue remontèrent dans leurs jeeps, puis se dirigèrent vers la frontière autrichienne. Quelques lacets plus loin, ils durent arrêter leurs véhicules.

— Une autre mine, sergent, lança le conducteur de la première voiture.

Désignant du doigt des soldats, Wilhelm Jacob Snösen leur ordonna d'inspecter la route en amont. C'est alors qu'ils virent l'épaisse colonne de fumée noire monter du ravin en contrebas. Deux camions de transport avaient quitté l'étroite route de montagne et fini leur course contre des rochers, prenant feu au passage. La bâche qui recouvrait l'arrière d'un des camions avait brûlé, leur révélant son contenu.

Des toiles de peinture se consumaient, se tordant peu à peu sous la chaleur, effaçant ainsi de la surface de la terre les chefs-d'œuvre qu'elles recelaient. Les soldats reconnurent aisément une peinture de Van Gogh et une autre de Monet. Quant aux conducteurs de chaque camion accidenté, ils étaient affalés sur leurs volants, sans vie.

— Faisons demi-tour, ordonna le sergent Snösen. La route vers la frontière autrichienne est coupée. Plus personne ne passera par ici.

*

Depuis deux mois maintenant, Albert Mürrisch et ses compagnons d'évasion de Mauthausen avaient rejoint la résistance, harcelant sans répit les Allemands qui battaient en retraite devant l'avancée alliée. Quelques jours plus tôt, un informateur leur avait révélé que le couple Fringgs s'apprêtait à quitter le Troisième Reich. À l'annonce de cette information, Albert faillit sauter de joie. Les médecins maudits avaient dû s'enfuir du camp de la mort en catimini pour ne pas être accusés de crimes de guerre. Certainement qu'ils envisageaient déjà de revenir un peu plus tard en Allemagne, une fois que le pays serait à reconstruire. Hélas pour eux, pensa Albert avec délectation, ils ne pouvaient pas savoir qu'une de leurs victimes, la seule qui avait survécu, allait s'occuper à présent de leur cas.

Deux charges explosives avaient été placées sur la route de montagne qu'ils devaient emprunter, une précaution loin d'être superflue, vu l'importance de la cible. Si le véhicule ne sautait pas sur la première mine, la seconde serait là pour suppléer à toute défaillance. Déjà, le *half-track* approchait du piège, suivi de près par des camions de transport. À son bord, Albert n'eut aucun mal à reconnaître les silhouettes du couple Fringgs qui se tenait sur la plate-forme découverte. Il nota qu'une troisième personne était présente, une femme, qu'il eut l'impression d'avoir déjà vue par le passé. Il n'eut pas le temps de s'interroger plus avant, car le *half-track* puis les deux véhicules passèrent sur la première charge sans la faire déclencher.

Albert se décomposa.

— Ça arrive, fit un résistant à mi-voix dans son dos, c'est pour ça qu'on en a mis plusieurs.

Il l'observa, perplexe, puis reporta son attention sur le convoi. Le *half-track* passa bientôt sur la seconde. Une fois de plus, rien ne se produisit. Albert jura en silence, contenant mal sa frustration de voir ses bourreaux lui échapper sous ses yeux, lui qui avait si minutieusement préparé cette opération.

L'onde de choc de l'explosion le prit aux tripes. En contrebas, les camions qui suivaient basculèrent dans le ravin dans un nuage de poussière et disparurent, avalés par la montagne. Dans le *half-track*, les trois silhouettes se retournèrent pour contempler le spectacle.

— Passe-moi tes jumelles ! cria Albert à son voisin.

Il s'en empara vivement et les porta à ses yeux. Frida et Oskar Fringgs étaient manifestement stupéfaits d'être passés si près de la mort. La femme brune qui se tenait à leurs côtés regardait la scène avec une indifférence totale.

— Marilyn Von Sydow ? s'exclama Albert qui n'en croyait pas ses yeux.

C'était bien la sorcière qui se tenait là, dans ce blindé léger en compagnie de criminels nazis des plus sanguinaires ! Qu'y avait-il d'étonnant à cela ? pensa-t-il. N'avait-elle pas trempé depuis toujours dans toutes les barbaries ? La découvrir en compagnie des Fringgs déclencha en lui une colère sourde qu'il ne put contenir longtemps. Il se leva et donna un coup de pied rageur dans une pierre.

— On a eu les camions, c'est déjà ça, fit le résistant.

— Pas le *half-track* ! rétorqua sèchement Albert.

Le couple Fringgs avait la baraka, se dit-il, songeant surtout qu'il lui faudrait tout reprendre de zéro. Et comme si cela ne suffisait pas, il devrait à présent compter avec cette sorcière qui avait croisé sa route, des siècles auparavant. Ça, c'était une autre paire de manches...

— On décampe ! ordonna leur chef.

Inutile de traîner dans les parages. Des soldats allemands risquaient de débarquer sous peu, alertés par l'explosion. Quant au *half-track*, il avait disparu de l'autre côté du col. Albert suivit ses compagnons d'armes d'un air dépité.

— Si on avait eu le Loup du Caucase à nos côtés, fit le résistant qui le précédait, il aurait dégringolé les rochers et aurait réglé vite fait leur compte à ces salauds.

Albert sursauta.

— Qui ?

— Le Loup du Caucase.

Albert n'avait jamais entendu ce nom. Il est vrai qu'il sortait d'une longue période de captivité.

— Le Loup du Caucase ?

— Une légende vivante dans toute la Russie. Lors de la bataille de Stalingrad, il agissait de nuit, venant de nulle part comme un esprit mauvais, et il égorgeait tous les soldats allemands qu'il croisait sur son chemin.

Albert n'en croyait pas ses oreilles. La créature évoquée par ce résistant ressemblait étrangement au monstre légendaire qui avait hanté les forêts d'Europe centrale, voilà longtemps de cela.

— Que sais-tu d'autre à son sujet ?

— Pas grand-chose. Après la victoire de Stalingrad, il a subitement disparu.

— Mort ?

— Peut-être. Certains prétendent qu'il était pourchassé sans relâche par un homme se faisant appeler le Traqueur, un chasseur solitaire dont la seule obsession était de l'arrêter. Qui pourrait vouloir empêcher ce héros de libérer la mère Russie de l'envahisseur nazi ?

Le Traqueur, précisément… À présent, Albert n'avait plus aucun doute sur la nature légendaire du Loup du

Caucase. Cependant, il ne pouvait pas le révéler à ses compagnons. Car alors, il aurait dû leur expliquer que lui aussi traversait les âges sans vieillir, et d'autres choses encore.

Tout en escaladant la montagne pour regagner la base arrière, il réfléchit longuement à ce qu'il venait d'apprendre. À la fin de cette guerre, il avait envisagé de reprendre son ancien métier de tailleur de pierres précieuses, mais l'échec d'aujourd'hui avait chamboulé ses plans. Désormais, seule la traque des Fringgs lui importait vraiment. La boutique de quartier, la taille des diamants, sa passion depuis toujours, attendraient encore un peu. Du moins, jusqu'à ce qu'il ait mis la main sur ceux qui l'avaient torturé.

Une nouvelle détonation retentit alors, se répercutant en écho sur les montagnes alentour.

— Au moins, nous savons maintenant que la première mine n'était pas défectueuse, fit celui qui le précédait.

Albert se retourna et tenta de voir l'endroit où avait eu lieu l'explosion, sans y parvenir. Il escalada des rochers, atteignit un promontoire d'où il finit par avoir une vue dégagée. Un camion allemand avait quitté la route pour percuter un arbre. Non loin, une jeune femme titubait, hagarde, dans une robe blanche de soirée. Intrigué, il l'observa avec les jumelles. Aussitôt, il se figea, en proie à une stupeur intense comme s'il avait vu un revenant.

Ou plutôt, une revenante…

*Blanche-Neige ?*

Il l'aurait reconnue entre mille. Elle n'avait pas changé, depuis ce dernier matin tragique où il était parti à la mine avec ses compagnons. Interloqué, il rassembla rapidement ses idées. Ce camion suivait le blindé de Marilyn, ce qui voulait dire qu'elle avait retrouvé sa belle-fille et qu'elle l'emmenait avec elle hors d'Allemagne. Pour quoi faire ?

*Pour la tuer, pauvre imbécile !* lui hurla une petite voix intérieure. Il devait la sortir de là au plus vite, avant que d'autres Allemands n'arrivent ou que le *half-track* ne fasse demi-tour. Il considéra rapidement le camion : personne n'en descendait, ses occupants devaient être morts ou sonnés. Il commençait à dévaler la pente lorsqu'il vit des jeeps de l'armée américaine qui montaient à toute allure vers le lieu de l'accident. Elles s'arrêtèrent pour constater les dégâts causés par la mine. Puis les occupants des véhicules virent Blanche-Neige et vinrent lui porter secours.

— Albert, qu'est-ce que tu fiches ?

Il hésita sur la conduite à adopter. Ses « *camarades* » n'auraient certainement aucune envie d'aller saluer des soldats américains.

— J'arrive !

Il remonta la pente et les rejoignit, songeant à toutes les révélations que venait de lui apporter cette journée. Blanche-Neige était vivante, comme l'avait toujours pensé Innocent. Innocent, le seul d'entre eux qui s'était vraiment soucié d'elle, lui le simple d'esprit au cœur si pur. Innocent qui était mort sous les coups des bourreaux nazis dès son arrivée à Mauthausen. Par rapprochement, il songea au couple de médecins et à la présence de la sorcière dans leur sillage. Pour l'instant, elle était affaiblie et le resterait longtemps. Un jour ou l'autre forcément, elle renaîtrait de ses cendres dans une nouvelle entreprise malveillante. Dès lors, il était sûr qu'elle tenterait à nouveau de tuer sa belle-fille.

C'est alors qu'une idée germa dans sa tête : et si le Traqueur l'aidait à protéger Albe ? Dès que ce serait fait, il pourrait poursuivre les Fringgs en justice. Pour détruire Marilyn, il serait patient, rien ne presse lorsque l'on ne vieillit pas. Qui sait, peut-être que le Traqueur l'épaulerait aussi dans cette tâche…

## 15

### *À la traque !*

Franz Schüchtern et Albert Mürrisch apprirent, au cours du vol qui les conduisait à Santiago du Chili, que l'organisation dont Simon était membre n'avait aucune existence légale. Elle avait pour but de traquer les derniers nazis survivants, afin qu'ils soient jugés pour leurs crimes. Il s'agissait d'une course contre la montre, car peu d'entre eux vivaient encore. Oskar Fringgs, disait Simon, faisait partie de ces rares personnes qu'il pensait encore vivantes.

Le jet du Mossad atterrit sur un aérodrome privé et vint se garer dans un hangar. Une voiture sombre était stationnée non loin de là. Un chauffeur en descendit et se chargea des bagages des trois hommes.

— Où allons-nous, maintenant ? s'enquit Franz.

— J'ai contacté notre réseau dans ce pays, déclara Simon en prenant place dans le véhicule à côté du chauffeur. Il y a de fortes chances que Fringgs se terre dans une hacienda privée située au sud de Santiago, tenue par d'anciens nazis.

— Il n'y a jamais eu de descente de police ? demanda Franz en s'asseyant à l'arrière.

— La police locale est achetée.

250

La voiture quitta l'aérodrome et s'engagea dans la circulation.

— Comment ferons-nous pour pénétrer dans ce camp ? questionna Albert.

— Je suis ici pour activer nos informateurs sur le terrain, expliqua Simon. J'espère en savoir davantage d'ici peu, disons une semaine. En attendant, je vous propose de faire du tourisme dans la capitale. Je vous ai trouvé un hôtel non loin du centre.

— Si nous n'avons rien de mieux à faire, lança Franz en regardant le paysage par la vitre entrouverte.

— Vous verrez, dit Simon d'un air enjoué, Santiago du Chili est une très belle ville. Vous n'aurez pas perdu votre temps.


Cela faisait maintenant plus d'un mois et demi que Franz Schüchtern et Albert Mürrisch étaient au Chili. Au bout d'une semaine, Simon était venu dans leur hôtel de la capitale leur annoncer une mauvaise nouvelle : il n'avait pas retrouvé la trace des Fringgs dans l'hacienda suspecte. Ils l'avaient ensuite suivi à travers le pays pour visiter différentes communautés susceptibles d'héberger d'anciens nazis. Hélas, aucune ne renfermait le moindre indice trahissant la présence ou le passage du couple maudit. Simon les avait invités à retourner à Santiago, pendant qu'il vérifiait d'ultimes pistes.

Les nains étaient assis à la terrasse d'un café sur la *Plaza de armas* et prenaient le frais à l'ombre des arbres. C'était l'été dans l'hémisphère sud et un soleil de plomb s'abattait sur la capitale, la plongeant dans une torpeur estivale. Franz affichait une mine dépitée.

— Il faut se rendre à l'évidence, soupira-t-il, nous ne sommes pas près de les retrouver.

De son côté, Albert n'avait pas fait de commentaire à l'annonce de Simon, mais Franz le connaissait suffisamment pour savoir qu'il fulminait intérieurement. D'ailleurs, il n'avait pas touché à sa consommation, et observait d'un œil noir les passants qui déambulaient sur la place. Il se tourna soudain vers son ami, une pointe de colère dans le regard.

— Tu sais ce que Frida m'a dit, le jour où elle pensait que j'allais laisser ma peau, au sens propre du terme, sous le bistouri de son mari ? Oskar était en retard, j'étais seul avec elle. Ce monstre m'a avoué, le plus simplement du monde, sans que je lui demande quoi que ce soit, qu'elle ne regrettait rien. Je lui ai dit qu'elle était médecin, une excellente raison de se soucier davantage de la vie de ses semblables. Elle est partie d'un rire cristallin. Je me souviens de ce rire comme si c'était hier, un rire d'hystérique qui est monté dans les aigus sur la fin. Puis elle s'est tue, d'un coup, et m'a considéré d'un air grave. Tu sais ce qu'elle m'a glissé ?

— Non ?

— Elle m'a dit : « *Il y a une chose qui hante parfois mes nuits, la seule qui restera gravée dans mon esprit après cette guerre : ce sont les chaussures d'enfants, entassées au milieu de la cour des camps de concentration. Dans celui d'où je viens, je passais devant tous les matins, pour me rendre à mon bureau. Je revois encore cette montagne de petits souliers empilés les uns sur les autres...* » Elle a fait une pause, pensive, presque émue, avant de conclure : « *De toute façon, cela n'a plus d'importance.* » Elle a resserré la sangle qui liait mes jambes, et son mari est entré dans la pièce. Elle n'a pas ajouté un mot de plus.

— Tu n'es pas mort ce jour-là.

Albert marqua un temps de silence.

— J'aurais dû, la tentative d'évasion a eu lieu alors. On a détaché mes liens, je me suis enfui avec les résistants tchèques qui m'avaient libéré.

— Comment l'humanité a-t-elle pu en arriver à enfanter de telles abominations ? demanda Franz pour lui-même.

— Les hommes ont joué aux apprentis sorciers, dit Albert, la créature a échappé à son créateur. Lorsque j'entends certains soldats dire qu'ils n'étaient pas responsables de l'anéantissement des juifs, qu'ils ne faisaient qu'obéir aux ordres de leurs supérieurs, j'ai envie de hurler. Cette ligne de défense est aussi inacceptable que celle des parents justifiant les bêtises de leur enfant en prétextant qu'« *il avait de mauvaises fréquentations* ». Hitler était bien plus qu'une *mauvaise fréquentation*. Lorsqu'il a annexé l'Autriche à l'Allemagne, tu sais comme moi qu'il a été accueilli à Vienne comme un sauveur par des dizaines de milliers d'Autrichiens. Toute la capitale était en liesse. Or, ils ne l'acclamaient pas seulement parce qu'il allait restaurer la grandeur de la nation autrichienne : ils lui donnaient carte blanche pour mettre en place les lois raciales en Autriche, en toute connaissance de cause.

— Je m'en souviens. En tant que vaincus, nous avions vécu le traité de Versailles, imposé par les vainqueurs de la Première Guerre mondiale, comme une humiliation. Puis la crise économique des années trente est survenue. Que faisaient la France, la Grande-Bretagne et les États-Unis, quand nous avions faim, que nous cherchions du travail, que nous étions désemparés ? S'ils ne s'étaient pas repliés sur eux-mêmes et sur leurs empires, s'ils nous avaient aidés et soutenus à ce moment-là, peut-être n'en serions-nous pas arrivés à de telles extrémités…

Albert soupira.

— En avons-nous seulement retenu la leçon ? L'humanité peut enfanter des monstres directement ou indirectement, oui, même dans une société prétendument civilisée et cultivée ! Hitler était le fruit corrompu des amours incestueuses de la haine et de la rancœur de millions de personnes à travers l'Europe. Il n'était pas fou, il n'est pas arrivé au pouvoir par hasard ou par la force brute. Si les citoyens allemands, autrichiens ou d'ailleurs l'ont suivi de leur plein gré, c'est qu'à un moment ou à un autre, ils ont adhéré avec conviction à ses plans, à ses idées.

— À des degrés divers, toutefois.

— À des degrés divers, je te l'accorde. Sans compter la collaboration active des citoyens des autres pays occupés. Un policier hollandais qui arrêtait un juif, un fonctionnaire de Vichy qui les recensait, ou un employé du chemin de fer polonais qui maniait un aiguillage vers Auschwitz portent, eux aussi, leur part de responsabilité.

— On peut toujours dire non, objecta Franz, certains l'ont fait.

— Lorsque le train est lancé, il devient difficile de sauter en marche. Et alors, peu ont le courage de le faire.

— Il faut donc éviter de créer les conditions favorables à l'émergence d'une telle ignominie.

— Facile à dire ! L'éducation du respect de l'autre, le rappel incessant des erreurs passées aux jeunes générations n'y suffiront sans doute pas. Regarde Marilyn : ses médias diffusent des informations frelatées, avalées chaque jour par des dizaines de millions de téléspectateurs ou d'internautes. Des nouvelles qui justifient par de fausses preuves des guerres au Moyen-Orient, pour que ses filiales d'armement en bénéficient. Je pense qu'il faut enseigner l'esprit critique dès le plus jeune âge, par exemple, faire comprendre aux enfants que la publicité n'est pas la vérité, simplement un moyen de vendre davantage un produit, ou qu'un journaliste peut détourner l'information afin de servir les intérêts d'un système. Veiller sans cesse, pour ne pas risquer d'atteindre le point de non-retour. Cela ne suffira peut-être pas à nous protéger de la barbarie. Au moins, pourrons-nous démasquer certaines tentatives de manipulation ?

Albert reporta son attention sur la foule qui flânait sur la place. Il remarqua un couple de personnes âgées qui détonnait par rapport au reste de la population. Ce n'était pas tant leur grande taille qui avait retenu son attention, plutôt leur démarche. Malgré leur grand âge, ils avaient un port et une allure étrangement différents de celui des autres Chiliens.

— Franz, regarde ce couple !

L'homme et la femme allaient maintenant passer bras dessus, bras dessous devant le café. Lorsqu'ils furent arrivés à leur hauteur, la femme se retourna pour les observer brièvement. Son regard était dur et ses yeux d'un bleu acier toisèrent de pied en cap les nains, avant de se porter sur d'autres passants.

— C'était elle ! lâcha Albert. C'était Frida !

— Tu en es sûr ? demanda Franz, en regardant le couple s'éloigner et se perdre dans la foule.

— Absolument certain ! Je ne pourrai jamais oublier ce regard.

— Que faisons-nous ?

Albert se leva d'un bond et jeta un billet sur la table.

— Nous les suivons discrètement. Ils finiront par nous conduire à leur domicile. Nous appellerons ensuite Simon.

— Tu es fou ! s'écria Franz qui se leva de table à son tour. Marilyn nous repérera immédiatement !

— Je m'en fiche ! lâcha Albert, résolu. Je veux que ces ordures soient traduites en justice, que le monde entier sache ce qu'elles ont fait. Même si je dois pour cela en mourir !


Les nains filèrent le couple de nonagénaires, en faisant attention de ne pas se faire repérer. Leur filature les conduisit jusqu'à un hôtel particulier d'un quartier chic de la capitale. L'homme appuya sur le digicode et le couple entra dans le hall de l'immeuble. La porte se referma, mais Franz avait eu le temps de noter mentalement le numéro. Les nains se rendirent à la cabine la plus proche et appelèrent Simon. Ils tombèrent sur le répondeur de son téléphone portable. Ils y laissèrent un message, précisant qu'ils avaient localisé les Fringgs.

— Que fait-on ? demanda Franz en sortant de la cabine.

— On entre, répondit Albert qui repartait déjà d'un pas alerte vers l'immeuble cossu du couple de médecins.

— Et que fera-t-on, une fois enfermés dedans ? s'écria-t-il en courant pour le rattraper.

— On verra, fit son compère qui composait déjà le numéro sur le digicode.

Il poussa de tout son corps sur l'immense vantail en fer forgé, orné d'épaisses vitres opaques, et entra dans le vestibule. Les boîtes aux lettres indiquaient le nom des propriétaires. L'une d'elles retint leur attention.

— *Zita Von Sydow, deuxième étage*, s'exclama Franz. Ce qui signifie…

— Que Marilyn a une sœur.

— Alors, la femme que tu as vue dans le *half-track* n'était peut-être pas Marilyn !

— Peu importe, on y va !

Albert montait les escaliers. Toujours en bas dans le hall, Franz déclara :

— Aller où ? Tu crois que tu vas sonner à la porte et te présenter à ces nazis en leur disant : *bonjour, c'est moi, Albert, que vous avez torturé. Je viens vous arrêter pour que vous soyez jugés !*

— Je n'ai pas peur d'eux.

— Et Zita Von Sydow ? Qu'en fais-tu ?

Albert sortit un revolver de sa poche et l'exhiba fièrement.

— Simon m'a prêté ça. Les sorcières vivent peut-être des millénaires, mais je doute qu'elles résistent à des balles de ce calibre.

Il reprit sa progression dans l'imposant escalier en marbre qui conduisait aux étages. Franz hésita un instant, soupira, puis le suivit. Arrivé sur le deuxième palier, il vit son ami qui lisait les noms indiqués sur les étiquettes des sonnettes. Il appuya avec détermination sur le bouton orné d'un « *Zita V.S.* ». Une sonnerie retentit dans l'appartement.

— Oui ? fit une voix fluette derrière la porte.

— Service des eaux de la ville, déclama Albert dans un espagnol impeccable. On nous a signalé un défaut sur le réseau de canalisation de l'immeuble. Nous aurions besoin de faire les vérifications d'usage.

— Je vous ouvre, fit la voix, accompagnant ses dires du bruit caractéristique d'un verrou qui se tourne.

La porte s'entrouvrit et une personne frêle avec des cheveux blancs apparut dans l'encadrement. Albert glissa le pied contre le montant et poussa violemment la porte afin de s'introduire dans l'appartement, Franz sur ses pas.

— Frida Fringgs ? questionna Albert.

— Veuillez sortir ou j'appelle la police ! s'écria la vieille dame.

— Je crois que vous n'en ferez rien, fit-il en sortant le revolver de sa poche. Franz, appelle nos amis !

Ce dernier alla jusqu'au téléphone, composa un numéro pendant qu'Albert menaçait de son arme le couple Fringgs. Après avoir raccroché, il arracha la prise murale du téléphone et se servit du câble pour attacher solidement les deux vieillards sur des chaises. Albert s'assit face au couple de médecins pendant que son ami fouillait l'appartement.

— Je ne crois pas qu'il soit nécessaire de faire les présentations, dit-il. Frida et Oskar Fringgs, cela fait plus de soixante ans que je voulais vous voir face à moi. Soixante ans que j'attendais cet instant.

Les yeux d'Oskar lancèrent des éclairs.

— Veuillez cesser immédiatement cette plaisanterie de mauvais goût ! lâcha-t-il sèchement.

— La plaisanterie serait de mauvais goût si je prenais soin de vous attacher sur une table, nu et dans le froid, cher docteur.

Albert croisa le regard bleu glacial de Frida.

— Vous ne serez jamais qu'un *Untermensch*, cracha-t-elle. Vous vous traînez comme une misérable larve sur vos pattes courtaudes, vous et vos semblables. Il est juste dommage que nous ayons été interrompus dans notre œuvre de purification.

— Il faut croire que les *sous-hommes* ont gagné la partie, répondit froidement Albert. Sinon, pourquoi vous terreriez-vous comme des blattes fuyant la lumière du jour ? D'ici à quelques jours, le monde entier connaîtra les méfaits de votre venin et pourra apprécier pleinement la monstruosité de vos actes.

Elle partit d'un éclat de rire.

— Pauvre imbécile, nous sommes intouchables ! Notre retour en Allemagne sera triomphal. Quelles preuves pourrez-vous avancer ? Vous n'avez rien contre nous, vous le savez bien !

Frida Fringgs affichait maintenant un sourire narquois.

— Vous bluffez. C'est tout ce que vos misérables esprits sont en mesure d'inventer.

— En êtes-vous certaine ? intervint Franz.

Il tenait entre ses mains un épais carnet relié de cuir d'où dépassaient des bouts de papier soigneusement pliés.

— Reposez ça immédiatement ! fit Oskar qui tenta de se relever malgré les liens qui l'entravaient.

La chaise bascula et il s'effondra par terre, toujours attaché. Il foudroya ses ravisseurs d'un regard empli d'une fureur impuissante.

— Comment avez-vous fait pour découvrir ce livre ?

— Il faut croire que je suis plus doué que votre femme pour dénicher vos petits secrets, dit Franz en indiquant du menton la latte mal jointée du plancher. À moins qu'elle ne vous fasse une trop grande confiance.

Frida regarda avec dédain son époux affalé sur le sol, une moue souverainement méprisante sur les lèvres.

— Pauvre imbécile ! fit-elle. Je t'avais dit de détruire aussi ce carnet !

Le visage d'Oskar était à présent totalement décomposé.

— C'était le fruit de toutes mes recherches, justifia-t-il. Comment aurais-je pu le jeter ?

Elle cracha sur son mari.

— J'aurais mieux fait de rester en Allemagne et te laisser crever seul !

Puis elle se plongea dans un profond mutisme et ne desserra plus les dents.

Les hommes de Simon arrivèrent quelques minutes plus tard. Ils fouillèrent l'appartement, sans trouver d'autres documents compromettants. Il n'y avait aucune trace de la présence de Zita Von Sydow, hormis son nom sur la sonnette et la boîte aux lettres. Les membres du commando escortèrent le couple jusqu'à un aérodrome privé de la capitale. Un jet d'affaires attendait dans un hangar. Les Fringgs furent embarqués sans délai et l'avion s'envola pour l'Europe, emportant avec lui victimes et bourreaux.


Une fois dans l'avion, Simon félicita les nains pour avoir mis la main sur le couple de médecins nazis. Un des plus grands bouchers de l'histoire de la Seconde

Guerre mondiale venait d'être arrêté et allait être jugé publiquement.

— J'ai consulté le carnet d'Oskar, dit Albert, il contient des preuves accablantes contre les Fringgs.

— Il y a quelque chose que j'aimerais comprendre. Pourquoi Frida a-t-elle rejoint son mari si tard ?

Albert eut une moue perplexe.

— A-t-elle été avertie que nous allions témoigner contre elle ? Ou a-t-elle agi sur ordre de Marilyn, pour s'assurer de la disparition d'éventuelles traces de complicité entre Zita et Oskar ? Ces deux-là étaient-ils amants ? Nous ne le saurons vraisemblablement jamais.

— Marilyn devait se douter qu'Oskar serait trop orgueilleux pour taire son passé. Hélas pour son épouse, il a réussi à lui cacher certains de ses documents les plus précieux.

Simon vint trouver les nains.

— Que comptez-vous faire, à présent ? demanda-t-il.

— Rentrer à New York, répondit Franz.

— Un de nos jets partira prochainement pour les États-Unis. Je devrais pouvoir vous obtenir des places sur ce vol.

— Nous acceptons volontiers. Nous reviendrons évidemment en Allemagne pour témoigner lors du procès des Fringgs.

Se tournant vers Albert, il ajouta :

— Pour l'instant, je souhaite surtout retrouver Albe et Virginia. Elles ont dû s'inquiéter de ne pas nous trouver à l'aéroport. Heureusement, le Traqueur est là pour veiller sur elles !

## 16

## IL ÉTAIT UNE FOIS…
### *Chaperon et bête de cuir*

Il était une fois une jeune femme rousse aux yeux verts qui habitait un petit village du royaume de Bohême, au cœur de l'Europe. Cette femme était si belle qu'elle faisait tourner la tête à l'ensemble des garçons de son âge. La vie l'avait pourvue de tout en abondance, à l'exception de la dot qui aurait fait d'elle une damoiselle bonne à marier. Car Virginia, c'était son prénom, était orpheline de père et de mère et sa seule famille était sa grand-mère, une guérisseuse qui habitait au fond de la forêt, à l'écart du village et des qu'en-dira-t-on.

Virginia vivait avec elle depuis l'âge de cinq ans. Autant dire que le souvenir de ses parents était fugace. Aussi aimait-elle entendre sa grand-mère raconter des anecdotes au sujet des siens à présent disparus.

— Tes parents s'aimaient passionnément, lui dit-elle un soir, alors qu'elles étaient attablées et finissaient leur repas. Hélas, un tragique voyage par-delà les mers a tourné au naufrage et leur navire a sombré corps et biens dans la grande Méditerranée.

— Que faisaient-ils sur un bateau ? demanda Virginia qui croquait à pleines dents dans une pomme.

— Ils étaient partis commercer. Tu sais, la vie de marchand n'est pas de tout repos. Dis-toi qu'une existence de guérisseuse n'est pas une chose aisée non plus. Les remerciements sont rares et, au pire, l'on risque de finir sur un bûcher.

Sa grand-mère parlait en connaissance de cause et ne voulait en aucune manière que sa petite-fille connût ce sort peu enviable. La jeune orpheline était maintenant une femme. Il était grand temps qu'elle apprenne un métier digne de ce nom, un travail qui lui permettrait en outre de gagner sa vie sans avoir besoin de dépendre d'un mari.

Virginia avait donc appris à coudre chez un tailleur du village qui avait voulu d'elle en apprentissage. Les mauvaises langues ne se privèrent pas de dire que l'artisan comptait se payer en nature, en guise de dédommagement pour la formation dispensée. Dans tout le bourg, la rumeur courait qu'elle partageait la couche de cet homme veuf et sans enfant, qu'elle réchauffait les froides nuits d'hiver du bienheureux élu et qu'elle enfiévrait ses torrides soirées d'été.

Toutefois, s'il est sûr que la langue peut tuer aussi efficacement qu'un poignard effilé, il était avéré dans ce cas précis que les ragots n'étaient qu'un tissu de calomnies et de mensonges éhontés. L'artisan était un brave homme vertueux, et le seul sentiment qu'il éprouvait pour sa jeune apprentie était une légitime et paternelle tendresse envers une enfant prometteuse qui cousait à merveille. Car Virginia se passionnait pour son apprentissage. Elle était attentive aux leçons, donnait toute son énergie pour terminer dans les délais telle commande en retard. À ses heures perdues, elle s'enfermait dans sa chambre pour confectionner des robes d'une originalité certaine, dont le produit de la vente lui permettait d'améliorer l'ordinaire.

Chaque mois, l'échoppe fermait pour la semaine. L'artisan et son apprentie se rendaient en carriole dans les foires voisines pour vendre le fruit de leur travail. C'était aussi l'occasion de se fournir en produits de première nécessité, mais l'on pouvait également y trouver des bijoux venus d'Orient, des soieries d'Asie ou des épices de l'Inde lointaine. Les négociants de ces précieuses denrées venaient rarement en personne vendre leurs marchandises, confiant le plus souvent cette tâche à des subalternes. Il arrivait parfois que le marchand fasse le long voyage jusqu'en Bohême pour venir lui-même vanter la qualité de celles-ci.

Un soir de printemps, alors que le tailleur aidé par Virginia finissait d'installer son échoppe ambulante dans le champ de foire, une splendide roulotte bariolée fit son apparition sur le terrain herbu. Tentes, étals et stands étaient déjà tous en place pour le lendemain ; aussi, l'arrivée tardive de ce marchand ne passa pas inaperçue. Les jacasseries cessèrent immédiatement et tous les regards se portèrent vers cet étrange véhicule attelé à deux chevaux noirs comme la suie.

Marchands, maquignons, tisserands, jongleurs, diseurs de bonne aventure et bonimenteurs en tous genres s'approchèrent de la roulotte et attendirent que son propriétaire daigne en descendre et se présenter. Hélas, la porte arrière du véhicule, ornée d'un oiseau rouge au gros bec jaune et aux ailes vertes et bleues, restait désespérément close. Le public s'impatientait et le ton des conversations ressembla bientôt à celui d'une basse-cour en proie à une vive excitation.

À qui pouvait appartenir cette étrange cabane ambulante et multicolore ?

À un excentrique assurément, dépourvu de bon goût et donc, peu fréquentable !

Près d'une centaine de personnes étaient attroupées autour de la roulotte, lorsqu'un individu mesurant plus de six pieds de haut en sortit enfin. Il était emmitouflé dans une soierie bleutée qui le recouvrait entièrement et masquait jusqu'à son visage. Virginia avait entendu parler de ces hommes du désert qui protégeaient leur corps des vents de sable et de la chaleur mortelle du soleil saharien. C'était un marchand d'épices qui lui avait conté cette histoire. Il la tenait lui-même d'un autre marchand de Venise, qui la tenait de son côté d'un négociant de Constantinople, qui la tenait… il ne savait plus de qui… mais ces hommes existaient, pour sûr !

Et la légende avait pris forme.

Certes, l'histoire ne mentionnait pas une carriole bigarrée tirée par des chevaux noirs comme l'âme des damnés. Les légendes embellissent parfois certaines choses et omettent d'en évoquer d'autres. Cet étrange attelage faisait certainement partie de ces omissions, pensa-t-elle.

— Je vous souhaite le bonsoir, déclama le mystérieux individu d'une voix grave et profonde, en guise de présentation.

La foule assemblée regarda cette curiosité avec les yeux d'une poule qui aurait découvert un œuf carré, et recula d'un pas. Seule Virginia s'avança vers lui :

— Soyez le bienvenu, noble visiteur, déclara-t-elle avec courtoisie.

Les autres marchands lui jetèrent un regard courroucé et jaloux. L'individu s'inclina et prit sa main pour y déposer délicatement un baiser au travers de son étole. Un murmure réprobateur parcourut immédiatement l'assistance.

— La paix soit sur vous, noble damoiselle, et sur ceux de votre maisonnée.

Sa voix chantait telle une douce mélopée. Il avait quelque chose de fascinant, se dit Virginia, et elle éprouvait à son égard une attirance qu'elle ne pouvait s'expliquer de façon rationnelle. Une fragrance subtile, à la fois virile et animale, se dégageait de sa personne, un parfum enivrant…

— Partagerez-vous notre repas du soir ? s'entendit-elle lui demander.

Cette fois-ci, un véritable tollé jaillit de l'assemblée : comment une jouvencelle pouvait-elle se permettre autant d'intimités avec cet étranger !

— Je vous remercie, mon enfant, répondit le marchand, j'ai encore fort à faire et je ne voudrais pas troubler la quiétude de ces lieux.

— Vous voulez dire, *de ses habitants* ?

À présent, les habitants en question étaient proches de la suffocation. L'inconnu enfonça le clou, déclamant d'une voix forte et claire, afin que tout le monde puisse entendre :

— Damoiselle, votre perspicacité égale votre beauté.

Il accompagna ses dires d'un clin d'œil provocant. Ses prunelles étaient d'un ton jaune tirant sur le doré. Un regard de braise irrésistible qui avait dû faire tomber en pâmoison plus d'une jeune fille en fleur. Virginia aimait les contes de fées et elle attendait, comme toute jeune femme de son âge, la venue du prince charmant. Pour autant, elle ne mangeait pas de ce pain-là. Il eût fallu qu'elle fût bien stupide pour succomber au charme de l'étranger, et ce n'était pas le cas.

Car l'inconnu avait un regard de fauve et son sourire, même dissimulé par la chatoyante étoffe, semblait franchement carnassier.

— Puisqu'il en est ainsi, conclut-elle, je vous souhaite une bonne soirée.

Elle retourna à son échoppe, l'inconnu repartit dans sa roulotte, et le public, unanimement outragé par l'impudence d'une des leurs, acheva ses préparatifs pour la foire du lendemain dans un bruissement continu de murmures indignés.

Ce soir-là, les discussions autour des feux de camp furent animées et se prolongèrent jusque tard dans la nuit. Des regards fugaces et courroucés furent jetés en direction de l'échoppe du tisserand, ainsi que de la roulotte à présent close, dont le volet mal ajusté laissait entrevoir une ombre qui allait et venait de temps à autre.


Inutile de dire qu'au petit matin, lorsque les boutiques ambulantes ouvrirent leurs portes pour offrir au chaland leur contenu, tout le monde retint son souffle, curieux de découvrir quels merveilleux produits cet étrange inconnu allait pouvoir proposer à ses clients.

Le rideau de bois se leva enfin.

Toujours vêtu comme un nomade du désert, le marchand présenta au public, qui se pressait déjà devant sa boutique, des bijoux et autres orfèvreries d'une rare beauté. Il y en avait pour tous les goûts, bracelets en argent ou en or, boucles d'oreilles serties de pierres précieuses, colliers de perles nacrées ou de diamants aux diaprures intenses, verroteries multicolores, colifichets de grand apparat ou simples rubans destinés à des bourses plus modestes.

Les prix affichés étaient si bas qu'ils frôlaient l'indécence. Virginia dut s'y reprendre à plusieurs reprises pour les lire, tellement la somme demandée en échange de ces merveilles était modeste, voire ridicule. Le marchand la reconnut immédiatement. Laissant là ses nombreux clients qui se battaient déjà pour obtenir de tels ornements, il se dirigea vers elle, un collier en or dans le creux de sa grande main gantée.

— Damoiselle, dit-il en présentant le bijou à l'intéressée, veuillez accepter ce modeste collier, en guise de reconnaissance pour l'accueil que vous seule avez osé me réserver.

— Il serait inconvenant de ma part d'accepter un tel présent, répondit-elle poliment.

— Voudriez-vous insinuer plutôt, *venant d'un illustre inconnu*? Votre bienséance vous honore, je vous fais ce cadeau en tout bien, tout honneur.

La foule s'était tue, observant attentivement l'échange. Un tire-laine profita de cette diversion pour subtiliser quelques pierreries au vendeur, mais son bras fut immédiatement bloqué par la poigne puissante du marchand. Il traîna le maraud devant lui et, se penchant sur son visage, le tança vertement.

— Ne t'avise jamais de recommencer! menaça-t-il d'une voix sombre et gutturale, puis il relâcha sa poigne.

Terrifié, le voleur se frotta le bras. Un liquide clair coula le long de sa jambe, mouillant son pantalon, avant qu'il ne prenne ses jambes à son cou et ne disparaisse du champ de foire, comme si tous les diables de l'enfer étaient à ses trousses. Les badauds attroupés s'éloignèrent subrepticement de l'étal tout en jetant des regards apeurés vers le marchand. Ce dernier ne fit guère cas des chuchotis qui enflaient parmi le public et reporta son attention sur Virginia.

— Soit, fit-il d'un air amusé. Veuillez accepter ce bijou en échange de l'une de vos créations.

Sans attendre la moindre réponse, il passa le collier autour de son cou et l'attacha à l'aide d'un savant mécanisme. La chaîne en or finement ouvragée portait une pierre verte en parfaite harmonie avec la couleur de ses yeux.

— Cette émeraude provient d'un pays d'Afrique où des oiseaux de six pieds de haut vivent parmi les lions.

Virginia resta saisie. Elle entrouvrit les lèvres, cherchant ses mots, sans pouvoir énoncer quoi que ce soit.

— Bien, ajouta le marchand en se frottant les mains, si nous allions à présent découvrir les vêtements issus de votre fertile imagination ?

Elle le conduisit jusqu'à l'échoppe de l'artisan tailleur. La foule suivit l'étrange couple, même si un attroupement à dominante féminine demeura devant l'étal de bijoux.

Le marchand contempla longuement, en connaisseur, ses créations. Il en choisit une, une robe fourreau en soie rouge qu'il lui demanda de revêtir, afin de juger de sa coupe. Virginia alla derrière l'échoppe et revint après avoir enfilé le vêtement. Si les bijoux et colifichets du nomade avaient su attirer l'attention du public, la présence, devant la boutique du tailleur, d'une délicieuse femme rousse, toute de pourpre vêtue, déclencha un mouvement aussi imprévu que soudain de l'ensemble des clients masculins du champ de foire vers cette direction. La robe laissait en effet apercevoir les genoux du modèle, mais ce qu'elle cachait semblait encore plus offert au regard des spectateurs.

L'assistance se fendit d'une vague de commentaires flatteurs ou réprobateurs, selon qu'ils furent émis par des maris ou par leurs femmes. Les vivats l'emportèrent toutefois, car la majorité du public était constituée d'hommes à l'enthousiasme débordant, et leurs épouses en furent quittes pour ravaler leur salive. Certaines crurent bon de demander réparation à leurs maris, sommés d'offrir un bijou en guise de compensation. Les plus audacieuses allèrent jusqu'à exiger en supplément l'offrande d'une affriolante robe créée par la talentueuse couturière. Quant aux plus aigries, cette indécente exhibition n'améliora ni leur sort ni leur humeur. Pour sa part, le marchand semblait ravi de l'effet produit.

— Je m'en porte acquéreur pour le montant convenu, déclara-t-il. Je connais une reine qui verra d'un œil bienveillant un tel présent. Vous avez à peu près sa taille, même si je dois avouer que vous la surpassez en certains points.

Il se pencha vers elle et confessa à son oreille :

— Que tout ceci reste entre nous, car cette souveraine n'aimerait point avoir vent d'une telle confidence.

— Je resterai muette. Toutefois, cette robe ne vaut pas le dixième du prix de votre collier. Si vous désirez en choisir d'autres, elles sont à vous.

— C'est celle-ci que je choisis, merci. Ce marché me satisfait pleinement !

Elle haussa les épaules.

— À vous de voir. Vous semblez être une personne qui sait ce qu'elle veut…

— Et qui sait l'obtenir quel qu'en soit le prix, s'empressa-t-il de renchérir et d'ajouter :

— Disons marché conclu !

— Marché conclu ! répondit-elle, une poignée de main scellant l'affaire.

Elle retourna derrière la roulotte et revint vêtue de son ancienne tenue, la robe pourpre soigneusement pliée. Il s'en saisit avec délicatesse et s'éloigna, le vêtement sur un bras. Virginia porta alors sa main au joyau pendu autour de son cou et l'observa longuement. L'émeraude était très belle et, à y regarder de plus près, sa beauté semblait liée à des défauts dans la pierre, des impuretés qui lui donnaient toute son originalité et que la taille réalisée par un orfèvre expert avait mises en valeur.

La journée fut enrichissante, au sens propre du terme. Les robes et les vêtements de l'échoppe du tailleur trouvèrent tous acquéreur. Aussi l'artisan décida-t-il de rentrer le lendemain dès potron-minet. À cette heure matinale, la roulotte bariolée du marchand de bijoux avait déjà disparu du champ de foire.

*Le nomade a dû s'éclipser en douce dans l'entre chien et loup qui précède l'aube*, songea Virginia, étrangement soulagée par son absence.

La carriole du tailleur repartit vers son village, accompagnée par celles de quatre autres artisans qui habitaient dans la même région. Le voyage retour se passait sans encombre. Les routes de Bohême étaient sûres, bandits et brigands étant pourchassés sans relâche par les soldats du roi. Chemin faisant, l'artisan et son apprentie devisèrent de tout et de rien sans évoquer cependant le mystérieux marchand de bijoux ou la remarquable prestation de Virginia. En son for intérieur, le tailleur songea qu'il était peut-être temps pour lui de prendre sa retraite et de confier son échoppe à la talentueuse jeune femme. Il se promit d'en discuter avec elle prochainement. Il contempla guilleret le feuillage vert tendre des arbres qui longeaient la route, les oiseaux qui gazouillaient dans les frondaisons et se sentit de bonne humeur pour la première fois depuis fort longtemps, à tel point qu'il se surprit à siffloter une chanson.

Virginia le dévisagea, étonnée, puis le gratifia d'un franc sourire auquel il répondit par un haussement de sourcils malicieux. Tous deux partirent d'un grand éclat de rire, interrompu soudain par l'arrêt brutal de la carriole. Les chevaux venaient en effet de stopper net pour ne pas percuter la charrette qui les précédait.

Stupéfaits, ils virent son conducteur en descendre et faire quelques pas en direction des fourrés voisins. Il écarta les branches sans mot dire, à la recherche de champignons ou d'une autre trouvaille connue de lui seul. Puis il s'arrêta et se tourna lentement vers ses compagnons intrigués restés sur la route. L'homme était à présent livide, d'une pâleur spectrale. Il tenta de prononcer une parole, hoqueta une fois, puis s'effondra dans les buissons. Virginia descendit en toute hâte de sa carriole et courut vers lui, affolée.

Il avait seulement perdu connaissance.

À ses pieds gisait une jeune fille âgée de quatorze ans tout au plus, vêtue d'une longue robe rouge. Le vêtement présentait des traces de griffures que l'on retrouvait sur les bras et les jambes de l'enfant.

Virginia s'agenouilla à ses côtés. Elle ne put distinguer le pourpre du tissu de celui du sang, provenant

272

d'une plaie à la tête, qui avait également teinté d'écarlate ses magnifiques cheveux auburn. L'enfant tenait son poing droit fermé contre sa poitrine et regardait fixement l'apprentie de ses yeux vert émeraude.

— Un loup, ne cessait-elle de répéter, un loup m'a agressée !

Elle l'examina rapidement et constata avec soulagement qu'elle n'avait que des blessures superficielles. La plaie au cuir chevelu, conséquence directe de sa chute contre une pierre, avait abondamment saigné, souillant le vêtement.

— Elle va bien ! s'écria-t-elle à l'attention des autres commerçants qui accouraient vers elles, et de l'artisan qui recouvrait ses esprits.

Se penchant vers l'enfant, elle lui demanda :

— À quoi ressemblait ce loup ?

Elle la fixa étrangement.

— À un loup ! dit-elle sur un ton voulant signifier l'absurdité de la question. Puis la vieille femme est arrivée et le loup est parti.

Virginia essaya de l'interroger plus avant, mais la victime fut incapable d'en dire davantage. Elle ne se souvenait plus de son nom, pas plus que du lieu où elle résidait. Les artisans la transportèrent jusqu'à la première carriole et l'étendirent à l'arrière. Virginia resta à ses côtés le temps du trajet jusqu'au village. Une vieille femme qui aurait mis en déroute un loup affamé, cela n'était pas réaliste, songea-t-elle en contemplant la jeune fille à présent endormie, son poing toujours serré contre son cœur. Par ailleurs, ces attaques étaient exceptionnelles, voire inexistantes en Bohême, où les bêtes trouvaient toujours du gibier à foison. Quel crédit pouvait-on accorder aux propos d'une enfant traumatisée et partiellement amnésique suite à sa chute ?

Au cours des jours suivants, Virginia rapporta cependant tous les détails de la scène à l'officier royal qui mena l'enquête sur cette ignoble agression. Il conclut à l'attaque d'un loup solitaire lorsqu'il découvrit les griffures sur les vêtements et le corps de la victime. Il calma la population et promit de faire dépêcher sur les lieux le nouveau traqueur du roi, fraîchement débarqué dans le royaume.

Il est toutefois un détail troublant qu'elle omit de préciser au fonctionnaire royal. Avant de descendre de la carriole, l'enfant daigna enfin desserrer le poing. Au creux de sa main, une paire de boucles d'oreilles scintillait au soleil d'un éclat vert sombre. Les émeraudes de belle taille, serties dans l'or du joyau, s'accordaient à merveille avec ses yeux.


La réunion avec les villageois eut lieu un soir, sur la place du bourg. L'officier du roi, ses gardes et le fameux traqueur trônaient sur une estrade montée à la hâte. Le grand homme longiligne aux cheveux blonds attachés par un ruban bleu fut présenté en grande pompe aux habitants du comté venus en nombre. L'agression dont avait été victime cette jeune fille avait provoqué un immense émoi et un sentiment d'insécurité. Tous les parents avaient l'impression que leur enfant aurait pu être la cible de cette créature.

Le traqueur observa attentivement le public avant de prendre la parole pour assurer d'une voix calme et posée à la population que l'animal serait pourchassé sans relâche. Virginia le trouva beau, non pas de cette beauté superficielle qui fanait rapidement, mais doté de traits harmonieux et d'une réelle noblesse de visage. Ce qui retint principalement son attention, ce fut la gravité qu'il affichait, comme si cet homme avait vécu une tragédie récente dont il avait du mal à se remettre. Leurs regards se croisèrent un instant et elle tenta à cette occasion de sonder son esprit. Une âme mélancolique se cachait sous cette apparence dure et rigide, songea-t-elle, attendrie.

L'officier royal tint à préciser que le nouveau traqueur attitré du roi souhaitait régler en personne cette affaire. Il ajouta que c'était un grand honneur pour le comté de pouvoir s'enorgueillir d'une telle présence.

Un cri s'éleva dans la foule :

— Tout ceci n'est que sorcellerie ! Il y a parmi nous des personnes qui jettent des sorts sur les animaux pour en faire des monstres assoiffés de sang !

L'homme qui avait jeté cet anathème se tourna vers Virginia et lui lança un regard lourd de menaces. Elle savait que de nombreux villageois voyaient d'un très mauvais œil son éducation chez une guérisseuse qui vivait seule au fond des bois. Elle savait également que ces mêmes personnes allaient trouver sa grand-mère en cachette pour soigner leurs maladies honteuses. Elles seraient les premières à lui jeter la pierre, lorsque l'heure de l'hallali sonnerait.

— Brûlons la sorcière qui se terre dans les bois, reprirent en chœur trois jeunes hommes désœuvrés.

— Messieurs ! tonna le traqueur, sachez raison garder ! Un animal sauvage n'a rien à voir avec le démon ou ses intendants. Certains animaux deviennent parfois incontrôlables lorsqu'ils ont goûté à la chair humaine. Nous mettrons un terme à cette folie, soyez-en assurés !

Ces paroles semblèrent calmer les ardeurs de la foule. Des volontaires s'avancèrent spontanément et promirent de lui accorder leur aide jusqu'à ce que l'animal soit abattu.

Virginia, pour sa part, ne crut pas à la thèse du loup solitaire. Elle connaissait ces animaux pour les avoir fréquentés près de la chaumière de sa grand-mère. Elle savait qu'ils ne se comportaient jamais de la sorte. Elle s'abstint d'en faire part au traqueur, pas plus qu'elle ne lui exposa sa propre théorie. Car ce n'était pas le moment de révéler à cette foule hargneuse, prête à en découdre avec la première guérisseuse qu'elle rencontrerait, sa vision iconoclaste de l'affaire.

Une hypothèse intrigante, pensa-t-elle : un individu vêtu d'une tunique bleue se promenait dans le royaume de Bohême et agressait des jeunes filles. Une bête au regard féroce et au sourire carnassier qui croiserait sa route un jour, quoi qu'elle puisse faire pour tenter de l'éviter. Une créature qui savait séduire par ses paroles et les parures affriolantes qu'elle offrait aux femmes avec largesse.

Elle avait mené son enquête. L'enfant était une orpheline, tout comme elle. Elle vivait au fond des bois chez sa grand-mère qui l'avait élevée. Elle aurait pu être sa propre sœur, si elle en avait eu une. Une agression singulière, qui fut bientôt suivie par d'autres, semblables en tous points.

Virginia prit une résolution et s'y tint pour le reste de sa vie. Elle qui aimait tant travailler les soieries rouges décida de n'opter dorénavant que pour le noir dans toutes ses nuances. Cela en souvenir de la jeune fille qu'elle avait découverte au bord d'un chemin et de toutes celles, inconnues, qui avaient été victimes de cette immonde créature, et dont elle tenait à porter le deuil par procuration.

Ces similitudes troublantes ne cessèrent de hanter ses nuits jusqu'à ce petit matin où elle prit son panier, ferma l'échoppe derrière elle, ajusta le fichu de sa mère sur ses longs cheveux roux et s'en alla à travers bois retrouver sa grand-mère après une semaine de labeur.

*

Ce qu'elle ignorait, c'est que ce jour-là, deux vauriens qui avaient écouté les paroles haineuses prononcées lors de la réunion publique se munirent de pierre à briquet et d'étoupe, puis se dirigèrent d'un pas décidé à travers bois vers la chaumière de sa grand-mère. Toutefois, ce ne fut pas une vieille femme ou une jouvencelle qu'ils croisèrent, plutôt une créature de très grande taille, drapée dans une soierie bleutée.

— Excusez-moi, messieurs, commença par dire l'apparition, je cherche la maison d'une guérisseuse dont on m'a dit le plus grand bien. Elle vivrait seule dans la forêt.

Les apprentis pyromanes se regardèrent, interloqués, ne sachant que répondre. L'inconnu nota pour sa part que leur attitude coupable masquait une forfaiture à venir.

— Que comptiez-vous faire avec ce matériel ? demanda-t-il, tout en désignant de sa main gantée les ingrédients nécessaires à une bonne flambée, que les fripons tentaient de dissimuler tant bien que mal.

L'expédition punitive sentait le roussi avant même d'avoir frotté les silex, et la vieille femme n'en valait pas tant. Se sentant démasqués, les coquins prirent alors la plus mauvaise des décisions. D'un commun accord, tacite et synchrone, ils tentèrent de déguerpir au plus vite de l'endroit. Deux bras puissants les arrêtèrent net dans leur élan.

— Tout doux, mes amis, reprit l'inconnu. Vous n'avez pas répondu à mes questions et ma rage de dents n'attendra pas demain. Où se trouve la chaumière de cette guérisseuse ?

Le plus hardi — ou le plus fou — des deux sacri-pants s'écria :

— C'est par là, messire, en tendant le doigt en direc-tion du nord, s'il vous plaît, ne nous mangez pas !

Les sauvageons étaient stupides, mais pas fous. Les canines que l'inconnu laissait apparaître maintenant au travers de son voile à moitié défait n'étaient pas là pour manger de la purée de carottes.

— Voilà une réponse qui me satisfait, conclut-il. Que je ne vous y reprenne pas à vouloir faire rôtir les vieilles dames, ou c'est moi qui vous cuisinerai à ma convenance !

Les compères le crurent sur parole. Lorsque l'inconnu relâcha sa prise, ils ne se firent pas prier pour s'enfuir sans demander leur reste dans la direction opposée à celle qu'ils venaient d'indiquer. La créature les regarda s'éloigner en courant et, si les boutefeux s'étaient retournés à cet instant, ils auraient pu lire sur son visage, à présent découvert, un abominable rictus qui en disait long sur ses intentions.

*

Virginia traversa la forêt sans croiser âme qui vive. Lorsqu'elle vit enfin la chaumière de sa grand-mère, la cheminée fumait, dégageant une délicieuse odeur de bouillon aux légumes et à la viande. Elle frappa à la porte.

— C'est moi, ta petite-fille !

— Entre donc, s'exclama la voix depuis l'intérieur de la maison, la porte est ouverte !

Elle poussa le battant et entra. Sa grand-mère était attablée. Deux assiettes étaient disposées de part et d'autre de la table en bois.

— Comment vas-tu ? fit Virginia en défaisant le chaperon de ses cheveux.

— Je me faisais du souci pour toi. Les bois ne sont pas sûrs ces temps-ci. Une bête rôde et les villageois sont devenus hostiles.

— Ne t'inquiète pas, je sais prendre soin de moi.

— On n'est jamais assez prudent. Regarde ce qui m'est arrivé pas plus tard que ce matin. Deux vauriens du village ont tenté de mettre le feu à ma chaumière.

Sa voix était bizarre. Virginia nota, dans la pénombre, la présence d'une immense silhouette adossée contre le mur.

— Cet homme a mis en déroute les chenapans, reprit sa grand-mère en désignant l'invité d'un mouvement de tête. Sans lui, je serais morte rôtie, à l'heure où je te parle.

La forme bougea et s'avança d'un pas. Virginia reconnut immédiatement le vendeur de bijoux et son sang se figea. Elle tenta de masquer sa frayeur, mais l'autre n'était pas dupe.

— Virginia, fit-il de derrière son turban qui ne le quittait pas, vous êtes ravissante à croquer !

— Vous vous connaissez ? demanda la vieille dame d'une voix distante.

— Nos routes se sont croisées, expliqua-t-il en s'installant devant la porte, bloquant ainsi l'issue.

— Je lui ai proposé de partager notre table, il n'a rien voulu savoir. Peut-être arriveras-tu à le convaincre mieux que moi ?

— S'il n'a pas envie… suggéra Virginia, peu rassurée à l'idée de manger en compagnie de ce dangereux invité.

Sa grand-mère poussa gauchement de sa main l'assiette posée devant elle.

— Très bien, je n'insisterai pas.

Le vendeur de bijoux avança lentement vers elles. Instinctivement, Virginia recula d'autant, même si elle savait cette manœuvre parfaitement inutile. En un bond, ce géant aurait franchi la distance qui les séparait, s'il l'avait voulu. Toutefois, il ne sembla pas prêter attention à son geste de méfiance, même si la lueur amusée de son regard trahissait la joie qu'il éprouvait à susciter une telle peur.

— Madame, dit-il avec révérence, mademoiselle, il est temps pour moi de vous quitter. Virginia, j'ai été ravi de faire la connaissance de votre grand-mère.

Cette dernière ne bougeait pas de sa chaise. Elle regardait fixement devant elle, les yeux dans le vide.

— C'est à nous de vous remercier, dit-elle, à la façon d'un automate. Je vous dois la vie, je saurai m'en souvenir. Si vous avez besoin de quoi que ce soit, plantes, remèdes ou soins, venez me trouver, je vous les dispenserai gratuitement.

— Ce sera pour moi un honneur que de revenir en cette demeure, annonça-t-il en prenant la poignée de la porte. Croyez-moi, je ne manquerai pas de le faire. Sur ce, je vous souhaite un bon appétit et une bonne journée.

Il s'inclina une dernière fois, puis passa le perron et disparut au-dehors. Virginia reporta son attention sur son aïeule dont les épaules s'affaissèrent.

— Tu vas bien ? Je te trouve toute pâle.

— Ce doit être la fatigue, ça va passer. J'ai besoin de me reposer un peu.

— Es-tu sûre que ça va ?

— Oui, oui, ça ira !

Virginia remarqua que le feu dans la cheminée était éteint. Ne trouvant pas de bois à proximité, elle sortit de la chaumière d'un pas décidé, sans prendre le temps d'écouter la mise en garde :

— Virginia, non ! Ne sors pas !

Lorsqu'elle saisit le sens des paroles prononcées à l'intérieur de la maison, il était trop tard. Deux bras puissants enserraient déjà sa taille et l'enlevaient du sol pour l'entraîner dans la forêt au pas de course.


L'échappée belle semblait ne jamais vouloir prendre fin. Le vendeur de bijoux possédait une force démesurée et il ne montra aucun signe de fatigue ou d'essoufflement le temps que dura la course effrénée à travers bois. Lorsqu'il s'arrêta enfin et qu'il reposa Virginia sur ses pieds, son turban était tombé. Elle découvrit sa gueule immense ornée de canines acérées. Son faciès était celui d'un loup, mais il avait également un aspect humain notable. Ses yeux dorés brillaient d'un sombre éclat, savourant déjà sa proie du regard.

— Je suis ravi de pouvoir enfin vous parler seul à seul, déclara-t-il, tout sourire.

— Espèce de monstre ! Comment osez-vous prendre ce ton badin alors que vous vous apprêtez à commettre un crime !

Il cligna ses yeux jaunes, étonné.

— Un crime doit-il être commis obligatoirement avec sérieux et gravité ? Au contraire, il est souvent accompli avec joie et bonheur par son auteur. Cet entrain n'enlève rien à la dignité de sa victime, croyez-moi.

— Vous avez agressé cette enfant l'autre jour !

— Vous l'avez sauvée, il me semble.

Elle ne se laissa pas démonter.

— Il n'empêche que vous êtes un monstre !

Le Loup, car il s'agissait bien d'un loup à défaut d'un terme plus approprié, fronça ses épais sourcils et prit un air intrigué.

— Je suis un monstre, soit ! Peut-on échapper à sa nature ?

Virginia se radoucit.

— Rien ne vous oblige à commettre l'irréparable.

Les yeux du Loup brillèrent d'une étrange lueur.

— Je suis le prédateur, vous êtes la proie. Pourrait-il en être autrement ?

— Passez votre chemin et oubliez-moi.

Il eut l'air contrarié.

— Comment pourrais-je vous oublier, mon enfant ? Croyez que je vous regretterai, vous et vos charmantes robes. Aussi vous épargnerai-je les à-côtés désagréables d'un tel repas. Pour une fois et seulement par égard pour vous, je vous avalerai d'un seul trait comme on gobe un œuf.

Elle se rembrunit.

— Dois-je également vous remercier pour votre magnanimité ?

— Je ne vous en demanderai pas tant.

Étrangement calme malgré le dramatique de la situation, elle marqua une pause, rassemblant ses esprits.

— Avant que vous ne me consommiez, puis-je vous poser une dernière question ?

— Je suis tout ouïe…

— Pourquoi avoir épargné ma grand-mère ? Et pourquoi ne pas m'avoir tuée lorsque j'étais dans la chaumière ?

Le Loup se gratta le front avec ses griffes, cherchant ses mots.

— En fait, il s'avère que votre grand-mère n'est pas réellement votre… grand-mère. Son aura a contrarié momentanément mes plans, concernant votre personne, mais également la jeune fille que vous avez découverte l'autre jour.

Virginia eut un léger mouvement de recul.

— Ma grand-mère n'est pas…

— … celle que vous croyez, coupa-t-il. Cela serait trop long à expliquer, car mon appétit de vous engourdit à présent ma raison.

Le Loup se rapprocha de sa proie, la gueule béante et la langue pendante.

— Mon enfant, je suis au regret de devoir vous annoncer que je vais passer à table, et vous êtes le mets délicieux qui va réjouir mon palais.


Ce qui fut dit fut fait, et promptement.

Il se léchait encore les babines lorsqu'une voix retentit derrière lui, tranchante comme l'épée :

— Ainsi donc, vous n'êtes qu'un vulgaire loup. Un monstre de foire de belle taille, mais un animal, tout de même.

Le Loup se retourna, nullement surpris de découvrir le Traqueur qui se tenait solidement campé sur ses jambes, une hache à la main et un poignard à la ceinture.

— Tiens donc, voici l'homme !

Il inclina la tête, l'observa longuement et poursuivit :

— C'est amusant, j'ai croisé, il y a peu, le chemin d'une reine qui tenait à mettre la main sur votre personne. Elle m'a dit tout le bien qu'elle pensait de vous, et le sort qu'elle comptait vous réserver.

Ce disant, il trembla de tout son corps, mimant de façon grotesque une frayeur qu'il n'avait manifestement jamais éprouvée.

— Quand j'y songe, commenta-t-il, lugubre, tous poils hérissés, j'en ai la chair de poule.

— Détournez-vous de cette pensée ! répondit le traqueur, la hache à présent levée.

— Pourquoi donc ?

— Parce que je vais vous tuer céans.

Le Loup partit d'un éclat de rire guttural, montrant par la même occasion toutes ses dents, ainsi que les griffes qui pointaient au bout de ses mains géantes et poilues.

— Me tuer ! s'esclaffa-t-il, comme vous êtes drôle !

— Misérable créature, fit le Traqueur en assurant sa prise sur sa hache, vous ne m'impressionnez pas !

Le sourire que lui jeta alors le Loup aurait gelé l'haleine d'un dragon.

— Marilyn n'a pas digéré votre trahison, si j'ose m'exprimer ainsi, grogna-t-il sourdement. Elle m'a expressément demandé de vous capturer et de vous traîner vivant jusqu'à ses pieds. Pourquoi croyez-vous que j'ai laissé en vie ces deux boutefeux qui se sont empressés de vous informer de ma présence ?

Le Traqueur eut un instant d'hésitation. L'animal en profita pour fondre sur lui, ne lui laissant aucune chance.

Il était le Loup, l'homme n'était pas de taille pour l'affronter.

## 17

## *Le Bon, la Brute et le Traqueur*

La neige avait commencé de tomber début décembre sur la chaîne des Absarokas qui traversait cette partie nord des montagnes Rocheuses. Elle recouvrait à présent d'un épais manteau blanc les collines entourant le ranch des parents de Frédéric. Le thermomètre avoisinait moins vingt degrés Celsius et la région, habituellement sillonnée par les touristes, était déserte en cette période de l'année.

— Comme ça, vous êtes la voisine de palier de notre fiston ? demanda son père.

C'était l'heure du repas du soir et les jeunes gens étaient attablés avec les parents Materson autour d'un *T-Bone* et de pommes de terre cuites au feu. Frédéric étant fils unique, Albe avait vite compris qu'il était ce qui comptait le plus aux yeux de ses parents.

— En fait, il se trouve qu'il est venu habiter l'appartement en face du mien l'année dernière.

— J'espère que mon fils ne vous importune pas trop, hasarda sa mère.

Elle adressa à son enfant un regard appuyé et ambigu qui laissait penser le contraire de ce qu'elle avançait.

— Il est tout à fait charmant, déclara Albe, un parfait gentleman qui a reçu une excellente éducation.

Les joues de la mère Materson s'empourprèrent et un sourire triomphant naquit au coin de ses lèvres.

— Je n'admettrais pas qu'il se comporte mal avec les femmes. Vous faites quoi, dans la vie ?

— C'est la maquilleuse de la présentatrice du journal télévisé du soir, intervint fièrement Frédéric.

— Félicitations ! dit son père.

— Merci, répondit Albe, même si je dois avouer que cela n'a pas toujours été facile. Les présentatrices sont de véritables divas. Elles vous cassent les pieds pour un oui ou pour un non.

Le père Materson engouffra un morceau de viande.

— Rien ne vaut la vie à la campagne pour apprendre le sens des vraies valeurs, assena-t-il, puis il ajouta pensivement :

— Votre nom me dit quelque chose… J'y suis ! Mon père était capitaine dans la *101ᵉ division aéroportée*, pendant la Seconde Guerre mondiale, vous savez, celle qui a sauté sur la Normandie lors du débarquement allié. Mon paternel, disais-je, avait sous ses ordres un certain Snösen…

Il s'interrompit et observa le plafond, le regard perdu, sa fourchette suspendue en l'air.

— Pour quelle raison m'a-t-il parlé de lui, enchaîna-t-il en reprenant la découpe de son morceau de viande, je n'en ai plus le moindre souvenir. Je perds la mémoire en vieillissant. Un autre verre de thé glacé, Albe ?

— Avec plaisir, merci.

Il remplit le verre de son invitée et reposa la carafe.

— Vous habitez donc New York…

— J'ai été élevée par mon père, il est mort en 2001. Quant à ma mère, je ne l'ai jamais connue.

Tous la regardèrent avec compassion.

— Je suis navré pour vous. Sincèrement.

Il y eut un moment de silence, puis le père demanda :

— À part ça, comment trouvez-vous le coin ?

— C'est une région magnifique.

Materson senior tendit la fourchette dans sa direction.

— Et vous n'en connaissez qu'une infime partie, précisa-t-il. Savez-vous qu'il y a à moins de vingt kilomètres d'ici la plus grande concentration de geysers du globe ? Frédéric, tu pourrais l'amener jusqu'au Yellowstone, demain. Ils ont prévu une belle journée ensoleillée.

— D'accord, papa. Albe, ça te dit, une virée en motoneige ?

Elle haussa les épaules.

— Je n'en ai jamais fait, ça me plairait d'essayer.

— Ça marche !

— Dites-moi, intervint la mère de Frédéric, voulez-vous une couverture de plus dans votre lit ?

— Je vous remercie, ça ira comme ça, madame Materson.

Cette dernière avait été surprise de constater qu'Albe avait fait chambre à part avec son fils. Un peu déçue, elle s'en était confiée à lui. Il lui avait expliqué que ce n'était pas parce qu'il venait à la maison avec une jeune femme qu'il devait obligatoirement coucher avec elle.

— Tu sais, des filles comme elle, ça ne se trouve pas sous le sabot d'un cheval. Tu devrais l'épouser avant que quelqu'un d'autre ne te la chipe.

— Maman !

— Fie-toi davantage à mes conseils. Sinon, tu finiras vieux garçon comme les fils Warner.

— Les Warner sont des rustres. Ne me compare pas à eux, s'il te plaît.

— Certes. Mais à force de regarder passer les trains, il finit par ne plus y en avoir.


— Tu verras, déclara Frédéric à Albe en sortant de la grange les motoneiges, le spectacle des geysers est quelque chose d'inoubliable.

Ils étaient emmitouflés des pieds à la tête dans d'épais vêtements. Ce matin, le ciel était d'un bleu pur sans nuages. La journée s'annonçait froide, mais belle. Frédéric démarra le premier engin et en expliqua les secrets de fonctionnement à son amie. Puis il monta sur le second et partit devant. Il avait prévu d'escalader les collines derrière le ranch afin d'accéder au parc par l'entrée nord.

— Tu verras des bisons, cria-t-il en traçant la piste.

Albe tentait de suivre l'allure.

— Il y aura aussi des grizzlys ? s'enquit-elle avec une pointe d'anxiété.

— Pas l'hiver, ils hibernent. Peut-être des loups en revanche.

La randonnée se passa sans encombre pendant environ quinze kilomètres. La région traversée était seulement peuplée de quelques daims. C'était une succession de forêts de résineux et de feuillus, entrecoupées de plaines. La motoneige de tête s'arrêta soudain devant une rangée de piquets reliés par des fils de fer barbelés. Frédéric descendit et alla examiner la clôture. Arrivant à sa hauteur, Albe l'interrogea du regard.

— On entre dans une zone privée, expliqua-t-il. Nous ne sommes pas encore dans le parc et ces bois appartiennent à des amis de mes parents. Je vais soulever le fil barbelé, tu vas passer la motoneige dessous.

— Tu crois qu'on a le droit ? demanda-t-elle, inquiète.

Frédéric avait franchi la barrière.

— Je l'ai fait des centaines de fois. Ces gens me connaissent depuis que je suis tout petit. Je chasse souvent avec eux, ils ne diront rien.

— Vous êtes bizarres tout de même dans votre pays, soupira-t-elle en poussant l'engin sous la clôture, on dirait que vous vivez loin du monde.

Il l'aida à passer en soulevant les fils barbelés.

— Nous n'aimons pas que l'on vienne se mêler de nos affaires. Nous nous connaissons tous, dans les parages. Nous ne demandons rien à personne, nous accueillons les touristes en été, et nous savons aussi préserver notre jardin secret.

— Il s'agirait plutôt de vos forêts secrètes, rétorqua-t-elle.

Une fois de l'autre côté, ils se remirent en route. Frédéric traçait deux sillons dans la poudreuse et Albe tentait de le suivre. La forêt qu'ils traversaient à présent était plus dense et la lumière du soleil d'hiver avait du mal à percer au travers des branches des sapins. De la neige tombait régulièrement des arbres, ralentissant leur progression.

C'est alors que les hommes en blanc apparurent. Sortis de nulle part, ils pointèrent leurs armes — des fusils d'assaut de l'armée — sur eux. Aussitôt, ils arrêtèrent net leurs motoneiges. Albe compta onze hommes armés et camouflés, vêtus de tenues blanches. Elle imagina que d'autres devaient se trouver cachés non loin, prêts à faire feu si besoin.

— Halte ! s'écria celui qui semblait être leur chef.

— Je suis Frédéric, le fils Materson !

Il leva toutefois les mains en l'air et se tourna vers sa compagne.

— Voici Albe Snösen, ajouta-t-il en la désignant du menton, une amie de New York que j'ai invitée chez mes parents.

Quatre hommes vinrent se poster à proximité d'elle et l'observèrent sous toutes les coutures.

— Je te reconnais, déclara enfin le chef de la bande. Tu sais pourtant qu'il est interdit d'amener des étrangers par ici.

— Je sais, je voulais lui montrer le raccourci jusqu'au parc.

— C'est ta femme ?

— Non.

Cette réponse lui déplut.

— Alors, tu as enfreint notre règlement ; elle n'avait pas le droit de venir dans notre forêt.

— Je suis désolé.

Le chef de la bande prit un temps de réflexion, hésitant.

— Ça ira pour cette fois, dit-il enfin. Faites attention à vous : il y a un inconnu qui rôde dans les parages.

Le visage de Frédéric s'assombrit.

— Depuis quand ?

— Ça doit faire dix jours qu'on tente de le repérer. Il est plus rusé qu'un lion des montagnes. Il connaît parfaitement les terrains enneigés.

— Je comprends mieux votre nervosité. En tout cas,

nous n'avons croisé personne depuis le ranch, ni vu de traces de pas.

Pensif, le chef du groupe regarda ses hommes avant de se tourner vers lui.

— À ta place, dit-il, je rebrousserais chemin. On a retrouvé plusieurs biches égorgées, ce n'est pas un animal qui a fait ça.

— Pourquoi ? demanda Albe.

— Parce qu'aucun prédateur ne tue ses proies pour leur manger uniquement le cœur.

Frédéric jugea plus prudent d'abandonner la randonnée et de rentrer au ranch. Les deux frères Warner, les voisins de ses parents, furent sommés de les escorter. Ils montèrent chacun sur une motoneige. Tout en essayant de garder son engin dans les traces de celui qui la précédait, Albe repensa aux intrus qui avaient pénétré dans son appartement quinze jours plus tôt. Elle frissonna en songeant à Virginia, puis se souvint que son amie ne risquait rien, tant que le Traqueur veillait sur elle.

Elle songea également à cette milice paramilitaire en plein délire paranoïaque. Un de ses membres se tenait d'ailleurs derrière elle, à l'affût du moindre mouvement dans la forêt. Peut-être était-ce seulement une meute de loups ou un grizzly affamé qui avait sévi ? Quoi qu'il en soit, elle était ravie de rentrer.

Le voyage retour fut morne. Les Warner empestaient le bouc. Ils ne devaient pas s'être lavés depuis au moins un mois, pensa-t-elle. Celui qui était assis derrière elle exhalait une haleine de bière, et elle se dit qu'il n'était pas prudent de voyager en compagnie d'un homme alcoolisé et armé. La barrière de fil de fer barbelé était à présent visible, à trois cents mètres devant la motoneige de tête. Seul le ronronnement des moteurs troublait la tranquillité des lieux.

La chose tomba du ciel, comme venue de nulle part. Elle renversa les deux hommes du premier engin, maculant de rouge la couche vierge. La motoneige continua sa course folle sans pilote ni passager et finit contre un arbre. Celui qui se tenait derrière Albe tira une rafale au jugé avec son arme automatique, avant de viser la bête avec plus de précision.

Elle avait déjà disparu.

Frédéric était étendu dans la neige, sa veste épaisse entaillée de toutes parts. Du sang coulait de sa poitrine, mais il respirait encore : un léger nuage de vapeur sortait de ses narines. Son passager gisait, inanimé, non loin de lui. Albe s'arrêta. Le fils Warner survivant descendit, s'accroupit, aux aguets, pointant son arme çà et là à la recherche de la créature qui venait d'agresser son frère sous ses yeux.

Le silence se fit, terrible.

Albe ne savait que faire. L'engin avait calé et elle n'arrivait pas à le redémarrer. Son garde du corps se tenait aux pieds de son frère agonisant, tremblant de tous ses membres, pointant nerveusement son fusil au hasard vers les centaines de troncs d'arbres qui l'entouraient de toutes parts.

Un silence de mort avant l'assaut suivant.

La forme jaillit de derrière un sapin et l'homme n'eut même pas le temps de tirer un coup de feu. Albe se retrouva nez à nez avec cette chose emmitouflée dans une espèce de pelisse faite à partir d'une peau de grizzly. Elle ne distinguait pas ses traits, seulement deux yeux dorés qui flamboyaient et des canines acérées et immenses, comme elle n'en avait jamais vu de sa vie. La fourrure de l'ours suffisait à peine à couvrir son corps ; la bête mesurait plus de deux mètres.

Albe crut sa dernière heure arrivée. Elle ferma instinctivement les yeux, attendant le coup de grâce, mais il ne vint pas. Au lieu de cela, l'animal se saisit d'elle comme s'il s'était agi d'une plume et l'emporta sous son bras à travers les bois. Il l'avait solidement coincée contre son torse. Une forte odeur de fauve émanait de lui, une senteur loin d'être désagréable, et Albe éprouva alors un plaisir coupable à humer ce musc bestial qu'exhalait ce corps musculeux serré tout contre le sien.

L'animal escaladait à présent un sapin de Douglas. Arrivé à mi-hauteur, il sauta sur la branche d'un autre arbre et ainsi de suite, avec une agilité surprenante. Cela dura longtemps. Les sapins se firent plus imposants et plus denses. Il s'agissait maintenant de séquoias aux épais troncs rouges et aux branches plus rigides. La chevauchée aérienne s'acheva dans un immense spécimen de près de cinquante mètres de haut. Le ravisseur sortit un bout de tissu, bâillonna Albe et l'attacha solidement sur le lit de branchages qui avait été préparé en vue de son enlèvement.

Puis il disparut comme il était apparu.

Albe se retrouva seule en haut de l'arbre géant, pieds et poings liés, incapable d'émettre le moindre cri, pendant qu'à des kilomètres de là, Frédéric se vidait lentement mais sûrement de son sang.

## 18

### *Ma femme me dit toujours…*

Depuis maintenant quinze jours, Virginia vivait terrée dans un petit hôtel situé non loin de Times Square. Mae Zinn avait loué la chambre attenante à la sienne et toutes les deux devaient s'habituer à vivre ainsi, sans se faire remarquer. L'ancienne starlette avait fait preuve d'un optimisme à toute épreuve. C'était elle qui s'occupait des affaires courantes, se chargeant en particulier de réceptionner les repas servis dans leurs chambres. Ni les nains ni le Traqueur n'avaient reparu. Virginia était à présent persuadée qu'il était mort en se battant avec le Loup.

Albe avait également disparu. Elle n'avait plus donné de ses nouvelles depuis qu'elle l'avait déposée chez elle en revenant de l'aéroport. Elle fit part de ses craintes à Mae Zinn. La vieille dame semblait digne de confiance et Virginia était de toute façon trop inquiète pour taire son angoisse.

— Albe a dû s'absenter, objecta Mae Zinn. Savez-vous où elle aurait pu aller, à part chez les nains ?

— Elle est très amie avec son voisin de palier, un étudiant dénommé Frédéric Materson.

Mae Zinn sourit d'un air entendu.

— N'allez pas chercher plus loin, c'est là qu'elle doit être. Vous savez, à cet âge, on ne voit pas le temps passer lorsqu'on est amoureux. J'irai faire un saut demain jusqu'à son appartement, si vous le souhaitez.

Elle refréna une moue malicieuse et ajouta :

— Comme ça, j'en profiterai pour voir à quoi ressemble ce jeune homme.

Virginia approuva ce plan. Pour sa part, elle restait sur ses gardes. Certes, deux policiers en civil assuraient sa protection, mais que pourraient-ils contre une créature surnaturelle… ?

Le lendemain matin, elle alla faire sa déposition au commissariat. L'inspecteur lui affirma qu'il n'avait trouvé aucun indice probant, mis à part de nombreuses traces d'un sang différent de ceux des six victimes recensées. Il ne s'était pas étendu sur le sujet, se contentant de la fixer attentivement pendant qu'il lui débitait ses conclusions. Les six blessés soignés à l'hôpital avaient été interrogés longuement, et aucun n'avait pu décrire l'agresseur. L'un d'entre eux évoquait même une vieille dame agenouillée à ses pieds, sans plus de précision.

— À croire que nous avons affaire à un revenant, déclara-t-il en observant la réaction de Virginia.

Elle ne broncha pas. À quoi cela aurait-il servi de lui expliquer qu'un monstre sorti d'un conte pour enfants avait sévi dans le building ? En revanche, la présence d'une vieille femme au chevet d'un des blessés était plus troublante. Le Loup pouvait-il avoir pris l'aspect d'une innocente vieille dame afin de s'éclipser en douce de l'immeuble ? *Mère-grand*, n'était-ce pas sous cette appellation que le Petit Chaperon rouge avait interpellé le Loup caché sous un fichu, dans le lit de sa grand-mère ?

Elle se rappela aussi l'histoire de Blanche-Neige. La méchante sorcière ne s'était-elle pas également grimée et vieillie pour offrir ses pommes empoisonnées et tromper la vigilance de sa belle-fille ? Était-ce Marilyn qui avait fait le coup et non le Loup ? Elle ne savait plus que penser.

— Avez-vous des nouvelles de votre voisin ? demanda l'inspecteur.

— Aucune, depuis l'attaque dans l'immeuble, répondit-elle. Il m'avait prêté sa voiture le matin de la tragédie, je ne l'ai pas revu depuis.

Elle préféra taire au policier ses craintes concernant le Traqueur, de peur qu'il ne découvre les liens étroits qui les unissaient. Ce dernier semblait ailleurs, mâchonnant son bout de crayon.

— Il ne fait pas bon vous fréquenter, finit-il par déclarer. Enfin, je ne veux pas dire par là que vous n'êtes pas une femme fréquentable. Tout de même, il est dangereux de courir le guilledou en votre compagnie. Benjamin Ozborne, d'abord…

Il marqua une pause et fixa un point sur le mur du commissariat dont lui seul semblait connaître l'importance. *Courir le guilledou…* Virginia trouva amusante cette expression désuète. Elle ne put s'empêcher de pouffer.

— Qu'y a-t-il de si drôle ? demanda-t-il en l'observant, étonné.

— Cela fait longtemps que les hommes ne courent plus le guilledou, lieutenant. C'était peut-être le cas au temps des chevaliers et de l'amour courtois.

297

Aujourd'hui, les mecs draguent les filles avec des préservatifs au fond de leur poche, dans le but de coucher avec elles à la fin de la soirée.

Il eut un mouvement de recul.

— Ah bon ? De mon temps pourtant, je me rappelle, les hommes faisaient encore la cour aux jeunes femmes.

*Quand leurs joues rosissaient et que leurs yeux de biche se pâmaient à la vue du futur fiancé endimanché,* faillit-elle renchérir, *au temps où les dinosaures peuplaient encore la planète...*

— Il faut croire que les jeux de l'amour ont changé, lâcha-t-elle négligemment.

— Vous croyez ?

L'inspecteur replongea dans la contemplation d'une des multiples notes de service épinglées sur le mur face à lui, sans doute celle expliquant aux policiers comment interroger avec tact un Petit Chaperon rouge déluré. Il resta ainsi pendant quelques secondes qui semblèrent durer une éternité.

— Depuis quand connaissez-vous votre voisin ? demanda-t-il soudain, en reportant son attention vers Virginia.

— Depuis cinq mois.

Elle se garda bien d'en rajouter, il était tout sauf idiot. Son air niais et étourdi lui rappelait l'inspecteur Columbo. *Dans quelques instants,* songea-t-elle, *il va me parler de sa femme, après m'avoir expliqué comment il l'a séduite en lui offrant un chien basset hound au quarantième rendez-vous, devant un plat de chili con carne.*

— Et vous vous êtes rapidement liés d'amitié, au point qu'il vous prête sa voiture de sport à cent mille dollars, cinq mois plus tard ?

Elle jugea préférable d'éluder la question. Il haussa un sourcil et nota la réponse sur son vieux carnet à spirale qui devait à présent renfermer les faits et gestes de tous les suspects de ce commissariat de quartier.

— Incroyable ce que la police scientifique arrive à faire, de nos jours ! fit-il en feuilletant les pages griffonnées de son calepin. Pas plus tard qu'hier soir, j'ai vu à la télévision un feuilleton sur les experts de la police scientifique de New York. Figurez-vous qu'avec une pellicule, vous vous rendez compte, *une* malheureuse et minuscule pellicule tombée des cheveux du meurtrier, ils ont réussi à l'identifier et à l'arrêter !

*Où veut-il en venir ?* se demanda-t-elle en regardant inconsciemment les épaules de l'inspecteur pour y chercher des taches blanches.

— C'est une fiction, lieutenant, pas la réalité, fit-elle, notant au passage qu'il n'avait aucun problème de cuir chevelu.

Il se gratta le crâne, perplexe.

— *Une* pellicule ! Alors que dans mon enquête, on retrouve les traces des pieds et des mains du tueur dans trente-six étages d'un building, et il n'y a même pas une empreinte digitale !

Elle ne releva pas. Il jouait manifestement avec ses nerfs, en cela au moins, il était expert. Il referma son carnet.

— Le septième sang correspond à l'ADN de votre voisin, lâcha-t-il enfin en l'observant de ses yeux malicieux. Peut-être que c'était lui, la personne que le meurtrier recherchait. Il l'a enlevé et s'est ensuite occupé de son cas hors de l'immeuble.

À l'évocation du sang du Traqueur, Virginia eut un pincement au cœur. Son voisin s'était battu pour la défendre et empêcher le Loup de commettre ses for-faits. À cette heure, pensa-t-elle avec une infinie tris-tesse, il devait être mort, abandonné dans une poubelle du Bronx ou dans l'eau glacée de l'Hudson River. Quel gâchis, un homme si beau !

Elle songea avec mélancolie à ces moines soldats du Moyen Âge, accomplissant leur tâche avec abnégation et discipline, s'interdisant de tomber amoureux des jou-vencelles qui les adulaient tels des héros ténébreux. Lorsqu'il vivait en Union soviétique, le Traqueur avait dû briser pareillement bon nombre de cœurs de jeunes Slaves enamourées. Elle repensa à sa première ren-contre avec lui dans les coulisses du défilé, quand il l'avait entraînée de force en lui jetant un charme. Ce jour-là déjà, il lui avait sauvé la vie, et elle l'avait rabroué en se moquant de lui. Cela lui semblait si loin, à présent !

Le policier remit le crayon dans sa bouche et le fit passer d'une commissure à l'autre comme s'il s'était agi d'un cigare, avant de poursuivre :

— Nous avons affaire à un tueur au comportement particulièrement étrange.

Il avait capté le trouble de Virginia. Il savait qu'elle mentait, songea-t-elle avec anxiété, du moins, qu'elle ne lui avait pas tout révélé. Elle repensa immédiatement à l'inspecteur de la série télé avec son vieil imperméable usé, son regard malicieux sous des sourcils broussailleux et sa remarque de dernière minute, celle qui déstabilisait le témoin ayant quelque chose à cacher. Sauf que, dans la série télé, les spectateurs connaissaient le tueur dès le début de l'épisode.

*Ici aussi, tout le monde connaît le meurtrier,* faillit-elle dire à Columbo, *c'est le grand méchant loup, celui qui est de tous les mauvais coups !*

À cet instant, il porta la main à son front.

— Il y a quelque chose qui me chiffonne…

*Ça y est,* se dit Virginia, mi-amusée, mi-agacée, *il va me sortir la phrase qui tue !*

— … À y regarder de plus près, il y aurait une autre hypothèse, qui expliquerait bien des choses.

— Laquelle ?

Elle se mordit la lèvre inférieure. Trop tard. Le mot était sorti de sa bouche avant même qu'elle ait songé à le prononcer. Les yeux de Columbo étincelèrent.

— Votre voisin *est* le tueur.

*Le Traqueur, un tueur !* De tels propos la choquèrent profondément. Son voisin avait toujours pris soin d'elle et d'Albe, il avait même certainement donné sa vie pour les sauver. Oser avancer un tel discours était révoltant. *Il me provoque*, se dit-elle en serrant les dents, *il sait que je ne vais pas tarder à sortir de mes gonds.*

L'inspecteur la dévisageait avec une innocence feinte. Elle soutint son regard, imperturbable, prenant sur elle pour ne pas hurler et lui avouer tout ce qu'elle savait sur le Traqueur, le Loup, Marilyn et Blanche-Neige. Peut-être aurait-elle mieux fait de tout lui révéler, envisagea-t-elle l'espace d'un instant. Il l'aurait prise pour une folle et l'aurait fait interner illico. Au moins aurait-elle échappé à son regard suspicieux lui signifiant clairement qu'il ne fallait pas le prendre pour un imbécile. *Je suis policier ma p'tite dame,* semblait-il dire avec son air de gros bêta, *je sais par expérience que les prisons et les commissariats sont remplis de gens innocents.*

— Très bien, lâcha-t-il enfin en glissant son crayon mâchonné dans la spirale du calepin. Nous en resterons là pour aujourd'hui. Je vais demander à mes hommes de vous escorter jusqu'à votre chambre d'hôtel.

Virginia masqua un soupir, soulagée d'en avoir fini. L'enquête piétinait et elle piétinerait sans doute encore longtemps, du moins tant qu'elle déciderait de taire tout ce qu'elle savait sur l'affaire. En traversant le commissariat, elle reconsidéra toutefois la dernière hypothèse échafaudée par l'inspecteur, un homme perspicace qui n'avançait rien à la légère. Cette théorie inédite et purement scandaleuse finit par semer le doute dans son esprit.

« *Une hypothèse qui expliquerait bien des choses* », avait-il glissé. Connaissait-il des détails sur le Traqueur qu'il lui taisait ? D'un autre côté, cela n'avait pas de sens. Son voisin l'avait sauvée à Paris, et il avait eu mille occasions depuis de se débarrasser d'elle.

Lui revint également en mémoire la conversation échangée un soir sur le cargo : « *Une très belle jeune femme que le Loup désire mettre à son menu* ». Le Traqueur ne s'était pas étendu sur la question et Virginia n'avait jamais réussi à percer la carapace dont il s'entourait chaque fois qu'elle l'abordait. *Il est amoureux d'Albe,* avait-elle pensé, *pas de moi*. Et cette lueur dans ses yeux, d'une couleur assez proche, en fait, de celle qui éclairait le bouton d'appel de l'ascenseur, dans le parking souterrain… Une lueur irisée qu'il avait eue à deux reprises. Une première fois, lorsqu'il l'avait entraînée dans les coulisses du défilé à Paris. Elle avait croisé son regard envoûtant et s'était fait enlever sans pouvoir appeler au secours. Puis cet éclat avait brillé dans ses prunelles une seconde fois sur le cargo, en admirant le rayon sur l'océan. « *Un rayon vert comme vos yeux* », lui avait-il dit alors. Sans compter l'odeur animale de son manteau. Un musc qui l'avait électrisée, faisant monter en elle une vague de désir.

*C'est le Traqueur*, se redit encore une fois Virginia, tandis qu'un trouble profond l'envahissait. *Il a épargné Albe par le passé. Il est amoureux d'elle, pas de moi.*

Mais le Traqueur n'avait jamais dévisagé Albe avec cette même lueur dorée dans le regard.

*Il est amoureux d'elle !*

Exact.

Pas de Virginia. Elle, il la désirait avec une avidité qu'il contenait et, dans ces moments-là, son odeur musquée se faisait plus intense, enivrante. Elle poussa la porte donnant sur l'extérieur.

*Où suis-je donc allée chercher tout ça ?* pensa-t-elle en essayant de retrouver un peu de raison. Secouant la tête, elle chassa au loin ces idées délirantes. *L'inspecteur a voulu me mettre la pression pour que j'avoue tout ce que je sais et il y est presque parvenu*, conclut-elle en déboulant sur le trottoir, persuadée toutefois qu'en l'absence du Traqueur, d'Albe et des nains, sa vie ne tenait plus qu'à un fil ténu extrêmement fragile.


En sortant du commissariat, Virginia passa devant un grand magasin présentant un ensemble noir, œuvre d'une jeune créatrice de mode qui avait lancé sa propre marque. Après avoir vécu ces dernières semaines enfermée dans sa chambre d'hôtel, elle ne put résister à la tentation de partager l'enthousiasme consumériste qui s'était emparé des New-Yorkais. Elle savait qu'elle commettait là une grosse imprudence. On était dix jours avant Noël. Les touristes se faisaient chaque jour plus nombreux sur les trottoirs. Les rues ainsi que les boutiques étaient bondées. Elle ne voulait pas croire que le Loup oserait l'agresser en public, devant des milliers de personnes. *Des policiers n'ont-ils pas été détachés pour me protéger ?* se dit-elle en entrant dans le magasin, talonnée par son escorte. Une vendeuse s'avança vers elle.

— Souhaiteriez-vous essayer quelque chose ?

— Ceci, répondit Virginia, en montrant la jupe et la veste en question. Pas aujourd'hui, il y a trop de monde, je n'ai pas le temps.

Elle jeta un bref regard en direction de la queue interminable devant chaque cabine d'essayage.

— Je peux vous arranger ça, fit la vendeuse. Suivez-moi.

Elle saisit l'ensemble noir, grimpa trois marches, longea un long couloir et se rendit dans le vestiaire du personnel. Les policiers l'accompagnèrent et s'assurèrent qu'il n'y avait aucun danger. Cela fait, Virginia les suivit. Une horloge murale était suspendue dans le couloir. Sa trotteuse avançait par à-coups ; il n'était pas loin de treize heures et les employés du magasin allaient et venaient, un sandwich à la main. Une cabine d'essayage de fortune avait été aménagée à côté des placards métalliques où le personnel du magasin rangeait ses effets et se changeait.

— Quand l'intéressement au chiffre d'affaires est en jeu, expliqua la vendeuse en lui tendant les vêtements, on devient créatif. Si vous avez besoin de quoi que ce soit, je ne serai pas loin.

— Merci, mademoiselle.

Virginia demanda aux policiers de l'attendre devant la cabine, tira le rideau et se déshabilla. Elle enfila l'ensemble et se regarda dans un miroir posé contre le mur. La jupe tombait impeccablement, mais elle nota que la veste aurait besoin d'une retouche. Elle écarta le rideau : la vendeuse n'était plus là. Sans doute était-elle retournée dans le magasin, pêcher de nouveaux clients. Elle chercha du regard les deux policiers, eux aussi avaient disparu. Un sentiment de vive angoisse s'empara d'elle. Le corridor désert était silencieux. Seuls quelques bruits parvenaient étouffés jusque-là. Peut-être que ses gardes du corps avaient suivi la vendeuse, se dit-elle pour tenter de se rassurer. Le vestiaire était situé au fond du couloir. De part et d'autre, des portes closes portaient la mention « Privé ». Elle se dépêcha de remonter le passage pour retourner en vitesse vers les rayons du magasin. Elle n'avait fait que quelques foulées, lorsqu'elle entendit une porte s'ouvrir dans son dos.

Elle se figea et se retourna. Une grande femme brune d'une trentaine d'années se tenait là, vêtue d'un tailleur impeccable, semblant l'attendre, bras croisés. Une personne qu'elle reconnut immédiatement pour l'avoir vue des centaines de fois dans les magazines ou à la télévision.

— Bonjour Virginia, déclara Marilyn Von Sydow. Cet ensemble vous va à ravir. Toutefois, il faudra que vous m'expliquiez un jour votre fascination pour le noir.

Elle essaya de fuir, son corps était paralysé. Elle tenta de crier, d'appeler au secours, rien n'y fit : aucun son ne sortit de sa bouche, comme à Paris. Cependant, le sortilège employé alors par le Traqueur n'avait rien à voir avec celui qui la retenait prisonnière mainte-nant. Ici, elle sentait au plus profond de son corps et de son esprit la puissance colossale du maléfice utilisé, mais également sa nature profondément ténébreuse.

— Ne gaspillez pas votre énergie à vouloir vous sauver, continua Marilyn, vous n'y arriverez pas.

Virginia bouillait intérieurement d'avoir été aussi inconséquente. La sorcière sourit et, semblant lire dans ses pensées, ajouta :

— Ne vous maudissez pas d'être entrée dans ce magasin au lieu de retourner à votre hôtel. C'est moi qui ai exacerbé votre désir d'acheter cet ensemble, au point que votre envie devienne incoercible.

Cela ne changeait rien à son affaire. Elle s'était fait piéger par Marilyn alors qu'elle s'attendait à une attaque du Loup. Le résultat était le même : elle était à présent à la merci de ces sorciers. Elle pensa à Albert et à Franz, qui l'avaient maintes fois mise en garde, et se sentit fautive de n'avoir pas assez pris en compte leurs recommandations. Autre chose l'angoissait davantage. Elle ne savait pas si elle pourrait résister longtemps à l'interrogatoire de Marilyn, si celle-ci venait à la questionner au sujet d'Albe. Toujours muette, elle faisait face à l'horloge à aiguilles suspendue au mur. Elle constata que la trotteuse ne bougeait plus, comme si la pile qui alimentait le système était morte.

— Bien, reprit Marilyn. Vous allez me suivre gentiment et nous allons sortir d'ici. Inutile de penser à vous enfuir, je contrôlerai vos déplacements. Au besoin, je vous figerai de nouveau.

Elle remonta le couloir en direction des rayons. Virginia sentit des fourmillements dans ses jambes et ses bras, qui répondirent enfin à ses sollicitations. Mue par un mouvement incontrôlable, elle suivit la sorcière jusque dans le magasin. Il était comble, mais personne ne bougeait ; on se serait cru dans un musée de cire plus vrai que nature. La vendeuse était immobile, le bras tendu, indiquant à des clients masculins le rayon homme. D'autres personnes se tenaient courbées ou le pied en l'air, toutes avaient une expression figée sur le visage.

Marilyn passa entre les rayons et les clients pétrifiés, Virginia à sa suite. Nul ne fit attention à elles. Les policiers étaient eux-mêmes statufiés, l'un tenant entre ses mains de la lingerie féminine et l'autre, observant avec insistance une belle blonde en mini-jupe.

— Je sais exalter les désirs de chaque être humain, même les plus inavouables, fit Marilyn en passant à côté d'eux, caressant avec désinvolture la joue du second agent. C'est le don qui m'est le plus précieux, bien plus que ce misérable sortilège qui vous emprisonne.

Elles avaient atteint les portes de sortie. Lorsqu'elles posèrent un pied sur le trottoir, au-dehors, la vie trépidante qui semblait également figée dans la rue reprit son cours. Les gens se remirent à marcher ou à flâner, et le magasin à s'agiter comme avant.

Il était trop tard.

Virginia avait déjà grimpé dans une limousine aux vitres teintées et deux gardes du corps en costume cravate sombre la tenaient fermement. Toute velléité de fuite était vaine. La limousine se fondit dans la circulation de New York et remonta l'avenue. Elle arriva devant le building *Von Sydow*, pénétra dans un parking privé. Les gardes du corps descendirent Virginia de la voiture et l'encadrèrent jusque dans l'ascenseur. La nausée liée à la montée de la cabine souleva son estomac. Les étages défilèrent, puis les portes coulissantes s'ouvrirent enfin. Marilyn la conduisit jusqu'à un fauteuil, dans son bureau. Les gardes sortirent de la pièce et la sorcière prit place sur un canapé, face à elle.

— Avant de vous tuer, Virginia, j'aurais quelques questions à vous poser.

## 19

## *Le parfum de l'homme en noir*

Cela faisait maintenant une heure qu'Albe était prisonnière dans l'arbre. Le pâle soleil d'hiver était encore haut dans le ciel, mais le froid était vif. Alors qu'elle était en train de se demander si elle allait mourir gelée, elle sentit le séquoia trembler. Bientôt, des flocons de neige tombèrent des branches supérieures. Celle sur laquelle elle était attachée bougea et une tête emmitouflée dans une épaisse casquette de trappeur apparut.

— Traqueur ? s'exclama-t-elle, folle de joie. Vous ici ?

— Mon rôle est de chasser le Loup, dit-il tout en défaisant les liens qui l'entravaient. L'auriez-vous oublié ?

— Dépêchez-vous, il va revenir !

Il eut un geste d'énervement.

— Je fais ce que je peux, maugréa-t-il en détachant la dernière corde qui retenait ses chevilles. Voilà, vous êtes libre !

Elle se jeta dans ses bras.

— Merci ! murmura-t-elle à son oreille, et elle le serra encore plus fortement contre elle.

— Vite ! Il ne faut pas traîner par ici !

Déjà, il avait desserré l'étreinte et entamait la descente de l'arbre.

— Je ne sais pas comment faire, dit-elle en observant le vide vertigineux au travers des branchages.

— Regardez où je pose les pieds et les mains et faites de même.

Elle était moins agile que lui, mais elle parvint malgré tout à descendre du séquoia sans trop de mal. La dernière branche était située à trois mètres du sol. Elle se laissa tomber dans l'épaisse couche de neige qui recouvrait la forêt et sa chute fut ainsi amortie. Le Traqueur filait déjà entre les arbres géants.

— Vous savez où vous allez ? demanda-t-elle en se relevant.

— Faites-moi confiance, dit-il en esquissant un sourire qui se voulait rassurant.

Elle avait du mal à suivre le rythme imposé par cet homme aux jambes immenses. Les siennes étaient ankylosées, son corps engourdi par le froid et l'immobilité. En outre, elle devait se frayer un chemin à travers la poudreuse qui ralentissait sans cesse sa progression. Les arbres lui semblaient tous identiques et, au bout de vingt minutes à courir dans cette forêt, elle se dit qu'ils étaient perdus. Elle s'affala au pied d'une colline pentue, à bout de souffle.

— Je n'en peux plus ! haleta-t-elle, il faut que je me repose !

Le Traqueur se retourna, dépité, et revint vers elle.

— Je vais vous porter.

Il s'accroupit et la prit dans ses bras pour finir d'escalader la pente. Une fois parvenue au sommet, elle découvrit une grande vallée qui s'ouvrait au-devant d'eux. D'épaisses volutes de fumée s'élevaient dans la plaine et des bisons paissaient çà et là l'herbe verte qui apparaissait au milieu de la neige fondue. De temps à autre, un geyser fumant jaillissait haut dans le ciel dans un épais nuage de vapeur.

— Comme c'est beau ! trouva-t-elle la force de s'exclamer.

Sans même prendre le temps de faire une pause, le Traqueur l'entraîna dans la descente.

— Ma voiture est en bas.

Albe toujours dans ses bras, il dévala la pente jusqu'à atteindre une vieille jeep garée en contrebas. Il l'invita à y prendre place. Le véhicule démarra en trombe, slaloma entre les bisons et s'engagea sur la route qui faisait le tour du parc.

— Il faut appeler les secours ! s'écria Albe. Frédéric est grièvement blessé, mais on peut encore le sauver.

Le Traqueur la fixa sans ciller.

— Nous ne pouvons plus rien pour lui, fit-il posément. Si nous alertons les secours par téléphone, Marilyn nous repérera.

Il inclina la tête d'un air navré et ajouta :

— Je suis désolé.

À ces mots, une rage immense s'empara d'elle.

— Il est hors de question de laisser mourir Frédéric !

Elle saisit le frein à main et le tira brutalement. La voiture partit aussitôt en glissade en travers de la route. Le Traqueur eut toutes les peines du monde à la redresser.

— Vous auriez pu nous tuer ! s'écria-t-il en immobilisant le véhicule.

— Et vous, vous auriez pu vous diriger vers une station de Rangers ! lui cria-t-elle, au bord des larmes. Il y en avait une d'indiquée sur un panneau qu'on vient juste de dépasser. Pour ça, il n'y a pas besoin d'un téléphone !

— L'hiver, ces stations sont fermées !

— Alors foncez vers la sortie ! On finira bien par croiser des touristes qui font de la motoneige ou des scientifiques qui observent les loups. Ils ont certainement des portables qui ne sont pas sur écoute.

Le Traqueur l'observa avec une colère retenue. Le moteur tournait au ralenti, troublant à peine le silence à l'intérieur de l'habitacle.

— Si nous croisons quelqu'un, grommela-t-il, je m'arrêterai. Nous lui demanderons d'alerter les secours, ça vous va ?

Albe essuya une larme qui coulait sur sa joue et renifla. Il semblait sincère.

*Tiens bon, Frédéric, je viendrai te sauver.*

Elle sanglota encore une fois.

— Promis ?

Il esquissa un sourire.

— Promis.


Le véhicule avait rejoint la route en direction de l'est du parc. Le chauffage faisait régner une température à peu près correcte dans la voiture. Toutefois, Albe frissonna en pensant à tout ce qu'elle venait de vivre. Son cœur se serra en imaginant Frédéric, allongé dans la neige, grièvement blessé lors de l'attaque du Loup. La bête — ou l'homme, elle n'aurait su le dire — s'était jetée sur lui et l'avait lacéré de coups de griffes. Emplie d'une profonde tristesse, elle se dit qu'à cette heure, il devait déjà être mort. Cependant, au fond d'elle-même, elle croyait possible qu'il vive encore.

Elle se représenta Frédéric agonisant dans les étendues glacées, à quelques kilomètres seulement du ranch familial. Elle pensa aux parents Materson qui devaient se faire un sang d'encre en ne les voyant pas rentrer. Elle étouffa un sanglot. Elle n'osait pas imaginer leur chagrin lorsqu'ils le découvriraient, étendu gelé dans la neige.

À ses côtés, le Traqueur était concentré sur sa conduite, sans se soucier d'elle. La route longeait un ravin et il s'en fallait de peu que le véhicule n'y bascule à la moindre embardée. Albe remarqua alors que son conducteur était blessé à la jambe.

Du sang filtrait au travers de son pantalon, au niveau de la cuisse. Un autre détail la troubla : une agréable fragrance masculine, entêtante.

Elle rassembla ses souvenirs, tentant de se rappeler la dernière fois qu'elle avait humé cette odeur envoûtante. Il y avait longtemps de cela… Elle était fille de roi, et le chasseur en charge du domaine de son père lui avait proposé une promenade en forêt en plein hiver tandis que la neige menaçait de tomber. Encore une réminiscence qui remontait à la surface… Elle eut un sourire las. Ce jour-là, pensa-t-elle, son odorat affûté l'avait sauvée d'une mort certaine.

Elle avait le nez fin. Elle s'amusait d'ailleurs dans les parfumeries à déceler les différentes composantes des parfums et ce petit jeu sidérait Virginia, incapable de différencier l'eau de rose d'une senteur citronnée.

*Tu deviendras mon nez attitré lorsque j'aurai lancé ma marque de haute couture*, avait dit Virginia. *Tu créeras des parfums tellement originaux que nous serons bientôt toutes deux millionnaires.*

Comme cette conversation semblait lointaine, à présent…

La voiture grimpait maintenant un col enneigé encadré de hautes congères. Ils n'avaient toujours pas croisé d'autres personnes et l'angoisse d'Albe ne faisait que s'accroître au fil des kilomètres. Chaque minute qui passait, les chances de survie de Frédéric s'amenuisaient. Inconsciemment, elle reprit l'analyse de l'odeur du Traqueur, toujours absorbé par sa conduite. Au loin, sur la droite, un troupeau de bisons blanchis par le froid et la neige se tenaient serrés, tentant de se réchauffer mutuellement.

Quelque chose d'autre la frappa soudain. Son voisin dégageait à présent une nouvelle note, une odeur musquée de bête sauvage, un effluve bestial, celui si singulier de la monstrueuse créature qui l'avait prise sous son bras et maintenue contre son corps durant sa chevauchée.

*Non !*

Un doigt glacé parcourut son échine, la nausée l'envahit.

*Oh, non !*

Le Traqueur n'était pas venu la sauver ! C'était lui-même qui l'avait emmenée dans le séquoia et libérée une heure plus tard !

Plus besoin de sixième sens pour qu'elle en soit persuadée, son nez ne la trompait pas : lui et le Loup ne formaient qu'une seule et même personne !

Elle blêmit, tentant immédiatement de masquer le sentiment de panique qui s'était emparé d'elle. Le Traqueur n'avait apparemment rien remarqué. Il était toujours concentré sur la conduite de son véhicule et ne daignait même pas la regarder. Son odeur bestiale s'était accrue, masquant à présent tous les autres effluves.

Elle eut soudain l'impression que son visage s'était légèrement modifié : sa mâchoire semblait plus épaisse, plus grossière. Elle nota également que sa plaie à la jambe s'était remise à saigner, la tache rouge qui s'élargissait sur le pantalon en témoignait. Son estomac se contracta en un violent haut-le-cœur alors qu'une sueur froide glaçait son corps moite. Elle se dit en frissonnant que la peur devait suinter de toute sa personne, une exhalaison âcre caractéristique que la bête qui sommeillait au-dedans de cet homme ne manquerait pas de repérer.

À cet instant, les narines du conducteur frémirent.

Le Traqueur ne mit que quelques secondes avant de tourner lentement sa tête vers elle et de l'observer, impavide. Ses yeux s'étrécirent et sa mâchoire bestiale se contracta.

Une étrange lueur dorée irisait son regard, celui d'un fauve parfaitement serein, certain que sa proie ne lui échapperait plus.

## 20

## *L'apprentie sorcière*

— Qu'attendez-vous de moi ? demanda Virginia à Marilyn.

Elle n'avait pas de lien, mais ses mouvements étaient toujours entravés par le maléfice qui avait servi à la paralyser dans le magasin. La sorcière l'observa longuement et croisa ses jambes.

— Vous savez qui je suis, je présume.

— Vous êtes la femme la plus riche et la plus belle du monde. Tout le monde le sait, à moins de vivre au fin fond de la brousse, et encore.

Marilyn grinça des dents.

— Laissez là vos sarcasmes, je ne suis pas d'humeur à plaisanter.

Elle marqua une pause, déglutit et reprit, visiblement excédée :

— Vous me volez, vous et une autre femme, quelque chose qui m'appartient. Un bien précieux, chef-d'œuvre de toute mon existence dont vous me spoliez jour après jour.

— Je ne vois pas ce que vous voulez dire, fit Virginia d'un ton neutre.

La sorcière décroisa ses longues jambes et se cala dans le canapé.

— Possible. Je vais vous l'expliquer. Il s'agit d'un concept que tous les alchimistes et les savants ont tenté de découvrir depuis la nuit des temps. Un désir que notre monde a grossièrement rendu possible grâce aux progrès de la médecine moderne. Une chimère appelée *jeunesse éternelle* que les stars d'Hollywood tentent d'apprivoiser en vain et que, seule avec mes sœurs, je croyais maîtriser. Or, il se trouve que d'une manière inexplicable, d'autres personnes ont ce don sans se donner la moindre peine.

— Quelle injustice, en effet !

Marilyn fit une moue irritée.

— Cela est injuste, et j'ai horreur des injustices en ma défaveur. Mais il y a pire encore : figurez-vous que ma sœur aînée est morte subitement le 11 septembre 2001, juste après Cendrillon. Ma seconde sœur, elle, est décédée récemment en Amérique du Sud, de façon moins rapide. Son agonie a duré des semaines, sans que son médecin personnel puisse retarder le processus.

— Je suis sincèrement désolée pour vous, ce n'est pas moi qui les ai tuées.

La sorcière se pencha vers elle et l'observa attentivement.

— Effectivement. J'ai réalisé que le décès de Cendrillon a provoqué celui d'Ogota dans les heures qui ont suivi. Puis que la maladie du sommeil de la Belle au bois dormant a déclenché l'agonie de Zita, mes sœurs étant mortes à la même vitesse que chacune de ces filles.

Marilyn avait craché ces derniers mots avec dégoût.

— Où voulez-vous en venir ?

— Il semble qu'il y ait une espèce d'équilibre entre

nous : Cendrillon avec Ogota, la Belle au bois dormant avec Zita, Blanche-Neige avec moi. Vous avez côtoyé autrefois une connaissance commune, que nous prénommerons le Loup. Il bénéficie lui aussi de notre précieux don. De la même manière, je crois que votre vie et la sienne sont liées.

— C'est bon ! On m'a déjà fait le coup du Loup et du Chaperon rouge.

Marilyn ne releva pas.

— Pour valider mon hypothèse, il me faut vous tuer. Si elle est exacte, le Loup en subira aussitôt les conséquences.

— Vous le tuerez par la même occasion.

— J'en ai plus qu'assez de ses turpitudes. Si je détiens Blanche-Neige, je n'aurai plus besoin de lui.

À l'évocation de son amie, Virginia frémit.

— Que ferez-vous d'elle ?

— Je l'étudierai, pour comprendre cet étrange mécanisme de vases communicants, sans la tuer bien sûr, enfin, peut-être…

— Vous êtes une malade !

Marilyn se détourna, prit son téléphone portable et composa un numéro.

— Tu as Blanche-Neige… ? Comment, elle s'est enfuie… ? Trouve-la et ramène-la-moi… ! J'ai la rousse…

*

Le Traqueur conduisait toujours prudemment sur la route enneigée. Une sonnerie retentit, il sortit un téléphone de sa poche.

— Je croyais que les portables allaient nous faire repérer, ne put s'empêcher de faire remarquer Albe.

Il ne releva pas et décrocha. À l'autre bout du fil, elle reconnut la voix de Marilyn. Il semblait à ses ordres :

— Oui ?… J'ai perdu sa trace, elle s'est enfuie… Oui, enfuie !

Il jeta un regard en coin à Albe, puis il ajouta :

— Très bien…

Il raccrocha et se concentra à nouveau sur sa conduite.

— Vous êtes le Loup, n'est-ce pas ? Vous êtes les deux êtres à la fois. Peut-être qu'à force de traquer votre proie, vous vous êtes identifié à elle. Et vous n'avez plus fait qu'un.

Il ne disait mot, tentant de maintenir sa voiture sur la route verglacée. Son parfum bestial était devenu plus fort, plus dense.

— La schizophrénie est une maladie qui se soigne très bien, vous savez, déclara posément Albe.

L'exhalaison musquée s'intensifia encore.

— La ferme !

Ce n'était plus le Traqueur qui avait hurlé, mais quelqu'un d'autre. D'ailleurs, son apparence physique était en train de se modifier à vue d'œil. Ses muscles s'épaississaient, sa peau se faisait velue et sa mâchoire devenait disproportionnée. Il freina brutalement. La voiture fit une embardée dans la neige, glissa pendant une éternité et finit sa course contre les rochers à l'opposé du ravin.

Le moteur cala.

Heureusement, se dit Albe. Car la créature gigantesque qui lui faisait face à présent n'avait plus rien d'humain. Un lointain anthropomorphisme permettait de distinguer ce qui avait été autrefois le Traqueur. L'odeur de fauve avait atteint son paroxysme, les canines acérées luisaient de bave et ses yeux dorés brillèrent lorsqu'ils se posèrent sur elle.

— LA FERME ! hurla de nouveau le monstre d'une voix de basse terrible.

Il reprit le téléphone et composa fébrilement un numéro de ses doigts épais munis de griffes acérées.

— Marilyn, grommela-t-il, c'est le Loup… J'ai retrouvé Blanche-Neige…

*

— Même si vous avez raison, fit Virginia, cela n'explique pas pourquoi vous vieillissez peu à peu.

— En effet. C'est aussi pour ça que je compte étudier Albe.

Virginia eut un air sarcastique.

— Faut croire que même les légendes ne sont pas éternelles.

Marilyn allait répliquer lorsque son téléphone portable sonna. Elle décrocha, et une voix rauque et profonde se fit entendre par le biais du haut-parleur. Elle s'empressa de répondre :

— Ah, c'est toi… Où es-tu… ? Parfait ! Je t'envoie un jet pour la récupérer.

Elle se tourna alors vers sa prisonnière, un sourire radieux sur le visage.

— Ma chère enfant, j'ai une excellente nouvelle à vous annoncer : le Loup a mis la main sur Blanche-Neige. Nous allons pouvoir commencer notre expérience !

Virginia était solidement attachée sur une table d'examen disposée dans la salle de maquillage. Sanglée des pieds à la tête, elle avait la sensation qu'une éternité s'était écoulée depuis cette matinée dans le magasin. Elle savait que Marilyn avait modifié la fuite du temps, afin d'attendre le retour d'Albe et du Loup. La sorcière s'approcha d'elle, tenant entre ses mains une longue aiguille.

— Pourquoi ne suspendez-vous pas le temps ? proposa Virginia, qui tentait de trouver une solution. Vous arrêteriez ainsi le processus de vieillissement.

Marilyn inclina légèrement la tête, étonnée.

— Pour quoi faire ? Être la seule à savoir que j'existe et passer inaperçue aux yeux de la foule ?

Elle se rapprocha de sa prisonnière et poursuivit :

— Je vais vous avouer une chose, uniquement parce que je sais que vous serez morte sous peu : je ne peux pas vivre sans le regard des autres, sans que je sente cette envie, cette admiration jalouse et vaine de mon entourage pour ma beauté et mon pouvoir. C'est ce qui me donne le goût de vivre, qui me grise, qui est ma raison d'être.

Elle s'arrêta un instant pour observer sa réaction. Virginia demeurait étrangement calme.

— Oh, je sais ce que vous pensez, reprit-elle, je ne suis qu'une narcissique qui a les moyens de se faire admirer. En cela au moins, je ne diffère guère du commun des mortels.

— Vous avez une étrange vision de la nature humaine.

Marilyn fit une grimace.

— Cette naïveté ne vous sied guère. Ne me faites

surtout pas croire que vous n'avez jamais connu ce sentiment ! Vous avez travaillé durement pour monter sur les podiums des défilés de mode du monde entier, entendre le crépitement des flashs, ressentir l'ivresse de la gloire au lieu de rester tranquillement à coudre dans votre cuisine.

— Je ne nuis pas à autrui en créant des vêtements.

L'aiguille toujours à la main, Marilyn regarda attentivement sa victime.

— En êtes-vous certaine ? Avez-vous songé un instant aux gamines qui rêvent de porter vos robes, qui se font vomir pour ressembler à vos mannequins ? Ces mêmes enfants qui meurent parfois de leur anorexie et qui vous adulent. Nous sommes tous jaugés par ceux qui nous entourent, que vous le vouliez ou non.

— Je ne les manipule pas pour autant.

— Fadaises ! Vos canons de beauté seront ensuite les leurs. Pourquoi vos robes ne sont-elles pas conçues pour être portées par des mannequins de soixante-dix kilos ?

Virginia ne trouva rien à rétorquer. Marilyn regarda l'heure à sa montre.

— Blanche-Neige et le Loup ne devraient plus tarder, ajouta-t-elle, en enfonçant le cathéter dans une veine de l'avant-bras de sa prisonnière.

Puis elle fixa l'extrémité de l'aiguille à une tubulure, elle-même reliée à un flacon suspendu à l'envers sur un pied.

— Et maintenant, le produit va pouvoir s'écouler progressivement dans vos veines, expliqua-t-elle en activant l'arrivée du liquide de perfusion. Il s'agit d'un curare qui va vous maintenir dans ce qu'on appelle un *état de mort imminente*. C'est fou ce que la médecine a fait comme progrès. Dire qu'autrefois je devais empoisonner des fruits ou des peignes, concocter des bouillons de onze heures. Certes, c'était très romanesque, mais pas très fiable.

— Rien ne dit que votre hypothèse est fondée ! s'écria Virginia qui tentait en vain de se débattre pour défaire les sangles.

— Non, mais nous ne sommes pas liées l'une à l'autre, ça ne me coûte rien d'essayer.

Marilyn se pencha délicatement vers elle et approcha son visage impénétrable du sien.

— Je vais vous expliquer le processus : vous cesserez de respirer, votre cœur s'arrêtera de battre. Rien à voir avec l'inconscience d'Albe lorsqu'elle a avalé la pomme, ou le sommeil de la Belle au bois dormant après s'être piquée sur le fuseau. Là, vous serez vraiment suspendue entre la vie et la mort. Le Loup sera ici dans quelques minutes. Je verrai bien si son état de santé se dégrade.

— Quel honneur de m'avoir choisie pour ce sacrifice !

— C'était avec plaisir ! Faites de beaux rêves ! Je ne vous dis pas à bientôt, car je ne suis pas sûre que nous nous revoyions un jour.

L'obscurité se fit dans l'esprit de Virginia et elle sentit son cœur s'arrêter de battre.


Elle tombait à présent dans un tunnel sombre sans fin.

Son corps ne cessait de chuter sans toucher le fond. Elle n'arrivait même pas à hurler. Elle était totalement paralysée et seul son cerveau était pleinement conscient de ce qui l'entourait. Tout était plongé dans l'obscurité, rien ne la retenait, freinait sa descente. Le Léviathan l'avait engloutie une fois de plus et elle avait l'horrible sensation que cette chute n'aurait pas de fin, qu'elle ne se réveillerait pas cette fois en sueur dans son lit.

Il y eut pourtant un changement dans la luminosité.

Tout d'abord ténue et discrète, telle une pâle lueur dans l'obscurité profonde, cette lumière s'amplifia peu à peu jusqu'à l'éblouir comme l'aurait fait la clarté éclatante d'un plein soleil au zénith. Elle se réveilla, cligna des yeux, les protégeant du revers de sa main de l'éblouissante luminosité.

Elle n'était pas couchée dans un lit ou sanglée sur une table d'examen. Elle se tenait debout, au beau milieu d'une clairière éclairée par les rayons du soleil de midi. Tout autour, des bois sombres s'étendaient à perte de vue, à donner le tournis.

— Vous revenez de loin, s'exclama une voix d'homme.

Le Traqueur se tenait devant elle et l'aidait à s'extraire de sa gangue de ténèbres. En fait de ténèbres, Virginia réalisa qu'il s'agissait de la dépouille d'une bête immense.

— Que s'est-il passé ? demanda-t-elle.

— Je suis intervenu à temps pour vous sauver d'une mort certaine. Ce Loup vous avait dévorée d'une seule bouchée.

Elle jeta un regard affolé autour d'elle.

— Que faites-vous ici ? Où suis-je ?

Le Traqueur la dévisagea, interloqué.

— Pour répondre à votre première question, je chassais la bête qui vous a dévorée. Quant à la seconde, vous êtes non loin de la maison de votre grand-mère.

Elle soupira.

— Je suis emprisonnée au dernier étage du building de la chaîne de télévision *Sydow Network*, à New York. Je peux vous garantir qu'il n'y a aucun loup !

Le Traqueur ouvrit grand ses yeux gris et la regarda, sidéré.

— Je ne comprends pas un traître mot de ce que vous me racontez. Ce doit être le choc qui vous fait divaguer.

Virginia observa plus attentivement l'homme qui se tenait devant elle. Il était vêtu d'amples chausses et non de jeans, et ses bottes crottées semblaient d'un autre âge. Ses longs cheveux blonds, sales et gras, tombaient sur une chemise de laine grossière et puante qui recouvrait son torse.

— Suis-je en Amérique ? questionna-t-elle.

Il eut une moue interrogative.

— Je ne connais pas le royaume dont vous venez de parler. Vous êtes en Bohême, je suis le chasseur de loups attitré du roi.

À cet instant, un étrange phénomène se produisit. La bête abattue sembla remuer, comme animée d'un mouvement propre. Dans le même temps, le Traqueur changea de forme. Son apparence se modifia : ses traits fins se distendirent, sa morphologie s'épaissit et des poils apparurent sur ses mains et son visage. S'opéra devant elle la fusion entre le Loup mort et son chasseur. Le phénomène prit fin de manière brutale, comme si rien ne s'était produit. Au terme de cette transformation, le Traqueur n'était plus tout à fait le même. Il avait repris son apparence humaine, seul son regard était différent. Ses yeux gris brillaient et ils émettaient des reflets dorés. Quant à la dépouille immense du Loup, étendue par terre, elle avait à présent disparu.

Le Traqueur demeura quelques instants abasourdi. Il regarda ses mains, tâta ses joues et sa mâchoire. Quand il comprit soudain ce qu'il était advenu de lui, son visage se ferma et ses épaules s'affaissèrent.

— Je serai mi-homme, mi-bête à jamais, marmonna-t-il d'une voix grave. Peut-être est-ce la punition que m'a infligée la sorcière pour avoir épargné Blanche-Neige.

— Tu n'y es pour rien, chasseur, lança une voix derrière Virginia.

Elle sursauta et se retourna. Une vieille dame menue, aux beaux cheveux blancs, venait d'entrer dans la clairière et les observait.

— En tuant le Loup, tu as rompu l'équilibre qui te reliait à lui, reprit l'apparition. Tu aurais dû en mourir. Mais comme tu as sauvé Virginia, la bête a fusionné avec toi. Car cette jeune femme est le lien entre toi et le Loup, la balance si tu préfères, entre toi et ce monstre.

— C'est donc vous qui êtes intervenue ! s'exclama le Traqueur. Le Loup avait fondu sur moi sans me laisser le temps de réagir puis soudain, il s'est immobilisé, comme pris dans un filet invisible.

Il s'interrompit un instant et poursuivit :

— Vous m'avez sauvé la vie !

Il baissa la tête, esquissant un sourire sarcastique.

— Quelle vie !

Virginia reporta son attention sur la vieille dame. Ces mêmes yeux, ce même air malicieux, cette même voix…

— Mae Zinn ?

— Appelle-moi Mélusine, mon enfant. Je ne suis pas ta grand-mère comme tu as pu l'imaginer tout ce temps. Je veille simplement sur ta personne, car sans toi, tous les équilibres de ce monde merveilleux s'en iraient à vau-l'eau.

Virginia réalisa alors qu'elle avait rendu visite à sa grand-mère au fond des bois, puis que le Loup l'avait avalée. Elle ne comprenait toujours pas comment ce retour en arrière avait pu se produire, puisque quelques instants auparavant, elle était en compagnie de Marilyn dans son building new-yorkais. Toutefois, le souvenir de cet épisode de sa vie passée lui revenait clairement, une première depuis qu'elle avait suivi le Traqueur en Amérique. Même si ce n'était qu'une hallucination liée à la drogue ou à son agonie, elle fut curieuse de connaître les tenants et les aboutissants de l'histoire.

— Pourquoi avez-vous invité le Loup à partager notre repas ? demanda-t-elle.

Mélusine hésita à répondre, l'air contrit.

— Lorsque je l'ai empêché de dévorer la jeune fille que tu as trouvée au bord du chemin en rentrant de la foire, le Loup a réalisé que j'étais davantage qu'une frêle vieille femme. Il ne s'est pas fait piéger une seconde fois. En pénétrant dans la chaumière, il m'a jeté un sortilège avec ses yeux. Il m'a prise au dépourvu, d'autant plus que je ne m'attendais pas à ce qu'il ait de tels pouvoirs. Il les tenait certainement de quelqu'un d'autre qui lui en avait fait don, une puissante sorcière, assurément. Il a pu ainsi me faire prononcer des paroles contre ma propre volonté. Mais il ne pouvait ni t'enlever ni te dévorer en ma présence. Il a donc attendu que tu sortes de la demeure pour t'emmener dans les bois loin de moi. Je n'ai pu intervenir à temps et le pauvre chasseur en a fait les frais. Il devra vivre désormais avec cette double personnalité en lui.

Virginia se retourna. Le Traqueur avait disparu dans

les bois. Un hurlement terrible retentit au loin, un hurlement de détresse profonde qui la fit frémir.

— Fais attention à toi, Virginia, la mit en garde Mélusine, l'équilibre des forces est fragile. Le mal n'aura de cesse de tenter de fausser la balance en sa faveur. Tu es précieuse, car unique.

— Je ne comprends pas !

— Tu es la cohésion de ce monde merveilleux, expliqua-t-elle, avec ce qu'il contient de bien et de mal. Contrairement, par exemple, au chasseur et au Loup qui sont liés l'un à l'autre, toi, tu n'es l'*alter ego* de personne. Du fait de cette particularité, tu n'auras pas à juger, à prendre parti. Tu seras même souvent insensible à ce qui t'entoure.

— C'est atroce ! Je ne pourrai donc jamais aimer, m'émerveiller de la fragilité de l'existence ?

— Non.

— Je ne veux pas de ce rôle ! Pourquoi en voudrais-je, d'ailleurs ? Je veux seulement avoir une vie normale, rien d'autre !

— Il n'y a pas de vie normale, Virginia. Dis-toi que ton fardeau vaut celui d'un autre.

— Libérez-moi de ce sort. Vous êtes une fée, non ?

— Je n'en ai pas le pouvoir.

Virginia soupira, dépitée.

— On ne peut pas vivre sans éprouver de sentiments, lâcha-t-elle, vaincue.

— Tu as raison, on ne peut pas. C'est pour cela que tu oublieras peu à peu ce que je t'ai dit, ce que tu es en vérité, faute de quoi, tu sombrerais rapidement dans la démence.

— Et le Traqueur ?

— Il est aussi le Loup à présent. Il devra désormais

vivre avec les pulsions meurtrières de la bête. Sans cesse, il devra lutter, refréner la monstruosité qui l'habite.

— Sans jamais oublier ?

Mélusine hocha la tête.

— Sans jamais oublier.

Virginia éprouva de la compassion envers cet homme, hanté maintenant par les crimes d'un autre qu'il n'aurait de cesse de combattre.

— Au moins, il saura toujours qui il est.

— Ne l'envie pas, répliqua Mélusine. Il ne pourra jamais trouver le repos.

Virginia marqua une longue pause. Elle n'enviait pas le Traqueur d'être habité par le Loup. Mais sa part d'humanité resterait intacte, ce n'était pas rien.

— Que vais-je devenir ? demanda-t-elle enfin, au bord du désespoir.

Mélusine s'enfonçait déjà dans la forêt. Sa voix devenait distante, plus faible :

— Ton avenir n'est plus dans ce royaume, trop de puissances maléfiques y sont à l'œuvre. Si elles venaient à te tuer, toutes les créatures merveilleuses de ce monde mourraient avec toi, les bonnes comme les mauvaises. Tu vas donc maintenant le quitter. Je vais t'expédier dans une île appelée Albion. Là-bas, tu pourras te faire oublier, t'oublier toi-même.

*T'oublier toi-même...* Virginia ne comprit pas la signification de ces derniers mots. Elle était à présent seule dans la clairière. Une brise légère se leva, faisant bruisser les feuilles des arbres alentour.

— Vous ne resterez donc pas auprès de moi pour me protéger ? s'écria-t-elle.

— J'ai fort à faire, fit au loin la voix de la fée, et j'ai

déjà passé trop de temps près de toi. Il me reste beaucoup de choses à accomplir, me pencher sur des berceaux de princes ou de manants. Rassure-toi : là-bas, tu n'auras plus rien à craindre de ceux qui te veulent du mal.

Virginia regarda autour d'elle. La dépouille du Loup s'était évanouie, il ne restait plus aucune trace du sanglant combat. Affolée, elle courut dans la clairière, s'arrêta et cria d'une voix forte :

— Comment ferai-je, lorsque j'aurai totalement perdu la mémoire ?

Le son de la voix de Mélusine était à peine audible, toutefois, il lui parvint distinctement comme si elle se trouvait là :

— Il existe dans ce monde des veilleurs qui te rappelleront ton passé, si cela s'avère nécessaire. Ils sont rares, fragiles et précieux, et leur force réside dans le simple fait qu'ils ne cherchent pas la gloire. Ainsi, ils n'attirent pas l'attention des puissants. Si ces êtres venaient à être éliminés, alors tout espoir serait vraiment perdu.

La fée avait disparu depuis longtemps, mais l'écho de sa voix se répercutait encore dans la clairière :

— Tout espoir serait définitivement perdu…

Virginia se laissa lourdement tomber dans l'herbe et, prenant sa tête entre ses mains, sanglota à chaudes larmes. Elle ne voulait pas oublier. Pourquoi aurait-elle dû, d'ailleurs ? *On ne choisit pas ce que l'on est, seulement ce qu'on devient*, lui avait dit un jour Franz de son petit air timide. Pour construire son avenir, encore fallait-il avoir conscience de ce que l'on était réellement, avec ses qualités et ses défauts. La vie ne lui offrait même pas ce choix si humain. À cet instant, elle réalisa le terrible fardeau de sa si singulière existence.

— Je suis morte ! s'écria-t-elle, le regard perdu dans les frondaisons qui l'entouraient de toutes parts. Tout cela n'a plus aucune importance puisque votre monde merveilleux a déjà dû mourir avec moi ! Marilyn Von Sydow vient de m'injecter un poison dans les veines. Je suis morte, Mae Zinn ou Mélusine, et vous n'étiez pas là pour me sauver !

*

Dès que Virginia fut partie au commissariat faire sa déposition, Mélusine quitta l'hôtel, héla un taxi et se rendit dans le Queens. Elle n'eut aucune difficulté à trouver l'appartement d'Albe, mais elle eut beau sonner et frapper à la porte, personne ne répondit. L'appartement de Frédéric semblait vide également. Elle exécuta alors un tour qui était dans ses cordes, à savoir passer à travers les murs. Elle visita ainsi les deux appartements et comprit rapidement que les jeunes gens étaient partis précipitamment. Elle découvrit sans mal la destination du couple : le ranch du jeune homme.

Elle n'avait plus qu'à se rendre là-bas.

Pour cela encore, pas besoin d'un avion ou de prendre le train. Mélusine maîtrisait un processus appelé *téléportation*. Cette méthode de déplacement à travers l'espace avait toutefois des inconvénients. Le premier était qu'il nécessitait une énergie considérable et la fée n'était plus dans sa première jeunesse. Le second handicap était l'impossibilité de renouveler ce phénomène avant au moins un mois. Si elle se trompait de destination, elle n'aurait pas de seconde chance.

Elle se concentra donc sur un objet appartenant à Albe, qui devrait lui permettre d'apparaître non loin d'elle. Elle ferma les yeux, focalisa toute son énergie sur la plus minuscule particule composant son être et entama le transfert. Tandis que son corps commençait à subir les effets de ce voyage, elle sentit une distorsion dans l'espace-temps ; quelqu'un d'autre modifiait sa courbure. Une seule autre personne sur terre étant en mesure de réaliser un tel prodige, la fée comprit immédiatement qui cela pouvait être.

La conclusion était limpide : Virginia s'était prise dans la toile qu'avait tissée Marilyn à son intention. Le corollaire à cette déduction la fit frémir : il lui serait impossible de revenir en arrière pour la sauver, car la fée était en plein transfert. Une partie d'elle-même s'était désintégrée et se reconstituait déjà au point d'arrivée.

Autre chose l'inquiéta : elle apparaîtrait au bon endroit, peut-être pas au bon moment.

Elle n'eut pas le temps de tirer parti de ses déductions ou plutôt, elle n'en eut pas besoin. Elle venait de se matérialiser dans une forêt de sapins enneigée. Non loin de là, trois personnes gisaient étendues sur le sol. Deux étaient simplement inanimées, même si la neige rougie gardait la trace de leurs blessures superficielles. Elle découvrit sous leurs vestes lacérées un gilet pare-balles qui les avait protégées des griffes mortelles du Loup. Cependant, leurs organismes s'engourdissaient au contact de la bise glaciale qui soufflait dans cette forêt perdue et il faudrait les secourir rapidement pour ne pas qu'elles meurent de froid. Quant à la troisième victime, elle sut instinctivement qu'elle vivait encore, mais plus pour longtemps. Elle s'approcha de ce corps encore tiède qu'elle reconnut sans peine comme étant celui de Frédéric.

La fée était guérisseuse et il lui restait suffisamment d'énergie pour le maintenir en vie. Elle referma les plaies, ce qui améliora sensiblement son état de santé. Cependant, il demeurait extrêmement faible. Il avait perdu beaucoup de sang lors de l'agression par le Loup — cela aussi, elle le comprit aisément — et il lui fallait d'urgence une transfusion sanguine, ce qui impliquait de le transporter jusqu'à l'hôpital le plus proche. Grâce aux soins prodigués, Frédéric sortit de sa torpeur et observa celle qui venait de lui sauver la vie.

— Albe a été enlevée par un monstre qui ressemblait à un loup, murmura-t-il. Il faut l'aider.

— Elle doit l'affronter, seule.

— Il va la tuer ! insista-t-il.

Elle esquissa un sourire qui se voulait rassurant.

— Ce n'est pas la bête qu'elle doit craindre.

Il entrouvrit la bouche et ses yeux se révulsèrent.

— Je me sens très fatigué, exhala-t-il, avant de sombrer à nouveau dans le coma.

Mélusine hésita. Elle ne pouvait plus se déplacer dans l'espace comme elle venait de le faire et elle n'avait pas la force de transporter ces gaillards. Elle regarda autour. Les motoneiges étaient hors d'usage et, de toute façon, elle ne savait pas conduire de tels engins.

Le désespoir s'empara d'elle. Certes, elle avait sauvé Virginia de la folie meurtrière du Loup l'autre jour en la retenant dans l'ascenseur, et elle avait ensuite porté secours aux six victimes de la bête ; mais, à cette heure, sa protégée était entre les mains de la sorcière et Albe de celles du Loup, qui n'était autre que le Traqueur.

Grave erreur d'appréciation de sa part ! Elle aurait dû révéler sa double personnalité aux jeunes femmes, au lieu de croire avec vanité qu'il suffisait d'habiter non loin d'elles pour les protéger du monstre qui sommeillait en lui. Elle savait qu'il avait participé à des massacres de soldats allemands pendant la Seconde Guerre mondiale, le pauvre ne pouvait pas toujours contrer son instinct animal. Toutefois, elle n'avait pas eu vent de telles boucheries depuis la fin du conflit, aussi avait-elle voulu lui donner sa chance. Elle avait cru qu'il réussissait maintenant à contrôler ses pulsions. N'était-il pas un être humain avant tout, en mesure de poser ses propres choix ? Pendant un temps du moins, elle n'avait pas eu à le regretter, mais elle ignorait un point essentiel : Marilyn avait fait de lui son allié.

La sorcière se doutait-elle de sa double personnalité ? Probablement pas. Le sortilège qu'elle avait dû employer pour l'asservir avait certainement masqué cette dualité. S'en souciait-elle, d'ailleurs ? Elle était seulement intéressée par le côté sanguinaire du Loup. Le reste, les états d'âme du Traqueur, lui importait peu.

Malgré son désarroi, Mélusine s'obstinait à croire qu'il était toujours en mesure de vaincre la bête en lui. Une idée folle à laquelle elle voulait se rattacher tel un naufragé qui s'agrippe à une planche au beau milieu de l'océan. Agenouillée dans la neige, serrant dans ses bras la tête de Frédéric qui reposait sur ses jambes, elle regarda la forêt qui s'étendait à perte de vue. Ils allaient tous les quatre mourir de froid, et ce qu'elle avait fait n'aurait servi à rien…

À cet instant, elle se sentit terriblement vieille, seule et inutile.

Marilyn avait accru ses pouvoirs au fil du temps tandis qu'elle, au contraire, les avait laissés s'évanouir par excès d'orgueil et de dilettantisme. Cette négligence coupable était impardonnable. Elle ferma les yeux, se concentrant pour essayer de transmettre à Frédéric le peu de force qu'il lui restait. C'était la seule chose qu'elle pouvait faire, puisque tout était perdu. Au moins auraient-ils une heure de sursis avant de mourir dans cette forêt immense oubliée des hommes. Déjà, le corps du jeune homme, et aussi son propre organisme s'engourdissaient. La lente agonie était en marche, inexorable.

— Il y a quelqu'un, là-bas ! s'écria une voix au loin.

Mélusine ne prit même pas la peine de se retourner : elle était trop épuisée pour le faire. Bientôt, elle vit des hommes armés vêtus de blanc qui arrivaient en courant vers elle.

— C'est Frédéric Materson ! Il est blessé !

Elle n'eut même pas la force de sourire.

— Mon cher Frédéric, marmonna-t-elle, il faut croire qu'une bonne fée s'est penchée sur ton berceau…

## 21

IL ÉTAIT UNE (DERNIÈRE) FOIS...
*Fées et gestes*

Dès la fin de la Seconde Guerre mondiale, Wilhelm Jacob Snösen décida de prendre Albe sous tutelle. Trois ans plus tôt, sa femme et sa fille avaient péri dans un incendie à New York, pendant qu'il était sur le front en Europe. Il ne s'était jamais remis de cette tragédie. Parfois, au plus fort des combats sur une plage normande ou dans une forêt des Ardennes, il se disait qu'il les rejoindrait soudain, laissant sur le champ de bataille son corps sans vie. Finalement, le conflit l'épargna, ce qui ne fit qu'accentuer le vide immense qui l'habitait.

Puis il y eut cette jeune inconnue que la *101e division aéroportée* avait recueillie. Avec l'autorisation de ses supérieurs, il mena son enquête : elle était toujours amnésique et sans parenté aucune. Il lui proposa de devenir son tuteur, elle accepta, et le suivit sur tous les théâtres d'opérations de l'armée américaine après guerre.

Il s'aperçut rapidement qu'Albe présentait une amnésie lourde. Il consulta de nombreux psychologues et médecins de l'armée, en vain. Elle n'avait aucun souvenir des événements antérieurs à son coma. Il préféra donc lui taire les circonstances exactes de sa découverte. Heureusement, elle n'avait pas l'air de se soucier outre mesure de son handicap. Par ailleurs, les psychiatres qui l'examinèrent conclurent qu'elle était intelligente et parfaitement saine d'esprit. Il n'en doutait pas. Pour rien au monde, il n'aurait voulu jeter le moindre trouble dans sa vie en lui faisant part de ces étrangetés dont elle-même ne se préoccupait pas. Aussi l'aima-t-il comme un père, tout simplement.

Wilhelm Jacob Snösen fut posté à Berlin avec son régiment le 12 août 1961. Sur place, la situation venait subitement de se dégrader. La rumeur disait que les Soviétiques allaient construire un mur. Il empêcherait les Berlinois de l'Est de fuir vers la partie ouest de la ville, privant l'Allemagne communiste de sa jeunesse et de ses forces vives.

Cela faisait seize ans maintenant qu'Albe parcourait la planète avec lui, au gré des ordres de l'état-major. En seize années, elle n'avait pas pris une ride ni changé d'aspect. À part son père adoptif, personne ne s'était rendu compte de cette incongruité. Il faut dire que les militaires qu'ils côtoyaient changeaient lors de chaque déménagement. Cependant, quelqu'un finirait par s'en apercevoir, pensa-t-il en ce jour d'août 1961, tandis qu'Albe quittait l'appartement donnant sur la *Potsdamer Platz*, dans lequel ils venaient d'emménager. Elle disparut dans le couloir, lui promettant qu'elle serait sage et qu'elle ne dévaliserait pas toutes les boutiques de Berlin Ouest.

Sur le front de Wilhelm Jacob Snösen, les rides déjà nombreuses s'y creusèrent davantage. Pourquoi s'inquiéta-t-il ce jour-là à la vue de son teint pâle inchangé et de sa peau toujours indemne du passage des ans ? Ce n'était pas la première fois qu'il relevait ce phénomène étrange. Il mit son anxiété sur le compte du déménagement et de la tension qui régnait dans Berlin. Sous peu, la ville serait coupée en deux. Les Soviétiques massaient des troupes aux frontières du pacte de Varsovie, prêtes à foncer sur l'Europe de l'Ouest au moindre signe d'agression capitaliste.

C'est à cet instant qu'il prit enfin conscience d'une vérité bien plus subtile. Pour la première fois ce jour-là, il réalisa que sa fille n'était pas comme les autres jeunes femmes, comme les autres êtres humains en réalité. Aussitôt, cette révélation le fit frémir, davantage que les sombres nouvelles véhiculées par la radio et les journaux.

Non, Albe n'était pas commune. Devait-il en discuter avec elle ? Il se ravisa rapidement ; cela ne changerait rien. En revanche, si elle mettait le sujet sur le tapis, alors…

Quelqu'un frappa à la porte. Il alla ouvrir. Sans doute avait-elle oublié son sac, elle avait toujours été plutôt distraite. Il se retrouva nez à nez avec une vieille dame aux cheveux blancs parfaitement peignés, une adorable grand-mère dont il n'aurait pu dire l'âge.

— Wilhelm Jacob Snösen ?

Sa voix était à la fois fluette et d'une fermeté rare.

— Oui ?

— Je peux entrer ?

Sans même attendre son approbation, elle se glissa dans l'appartement. Étrangement, il ne s'y opposa pas.

— Fermez la porte, je vous prie, ajouta-t-elle.

Il obtempéra.

— Que voulez-vous ?

— Albe ne vieillira jamais.

Il eut un mouvement de recul.

— Vous dites ?

— Elle n'est pas comme les autres humains, vous avez déjà dû vous en apercevoir. Elle ne prendra pas une ride quand les vôtres s'accentueront jour après jour. Elle ne sera jamais malade, quand vous-même serez atteint de rhumatismes de plus en plus invalidants.

— Qui êtes-vous ?

— Quelqu'un qui veille sur elle. Pas comme vous, bien sûr. De loin seulement.

— Seriez-vous sa mère ?

Elle s'esclaffa.

— Non, dit-elle entre deux éclats de rire, ni sa mère ni sa grand-mère.

— Je ne comprends pas.

— Cela vaut mieux pour vous. Aimez-la, protégez-la. Elle ne sait plus qui elle est vraiment et cela ne la dérange pas. Veillez à ce que ça dure.

Wilhelm Jacob Snösen était perplexe. Cette inconnue semblait sûre d'elle, ce n'était pas une imposture, il en était certain. D'ailleurs, cette révélation ne corroborait-elle pas ses propres réflexions un instant auparavant ?

— Quelqu'un s'apercevra tôt ou tard qu'elle ne vieillit pas, la police par exemple, lors d'un contrôle…

La vieille dame sortit alors un passeport américain de sa poche et le lui présenta. La photo et l'identité étaient celles d'Albe Snösen, seule la date de naissance avait été modifiée.

— Avec cela, dit-elle, vous n'aurez aucun problème avec les autorités.

Il prit le passeport et l'examina attentivement.

— C'est un faux ! s'exclama-t-il. Et pourtant, on le croirait authentique !

Elle esquissa un sourire las et se dirigea vers la sortie.

— Je repasserai dans une quinzaine d'années, fit-elle sans se retourner.

— Avec un nouveau passeport, c'est ça ?

Elle tourna la tête et le dévisagea, impassible.

— Une dernière chose : elle ne devra jamais savoir que je suis venue.

Le ton était directif. Pas menaçant, non, simplement sans discussion possible.

— Comment ferez-vous pour me retrouver ? Je change sans cesse d'endroit.

Elle se contenta de le regarder, l'air ailleurs, sur le pas de la porte entrouverte.

— Je saurai.

Puis elle s'évanouit dans le couloir.


Mélusine descendit l'escalier et traversa la *Potsdamer Platz*. C'était samedi après-midi. Des foules de passants vaquaient à leurs occupations. Parmi eux, elle reconnut beaucoup d'Allemands de l'Est qui travaillaient à l'Ouest ou qui profitaient de l'abondance des produits dans les boutiques occidentales. Demain, pensa-t-elle avec tristesse, ils regarderaient impuissants et rageurs leurs frères de l'Ouest depuis l'autre côté du rideau de fer, élevé à la hâte dans la nuit.

Elle s'arrêta soudain. À quelques pas d'elle, une jeune femme brune au teint pâle regardait des chaussures dans une boutique. Mélusine avait menti sur un point à Wilhelm Jacob Snösen : Albe avait changé. Pas physiquement, non. Le changement était imperceptible pour le commun des mortels, et seule une fée comme elle pouvait se rendre compte à quel point elle n'était plus la même, depuis la dernière fois qu'elle l'avait croisée, petite enfant au château familial.

Albe avait perdu son pouvoir, cette capacité de pressentir le danger d'une aura maléfique à proximité. Mélusine en était sûre : quand bien même Marilyn se serait trouvée derrière elle, lui jetant un sort, elle n'en aurait pas eu la moindre conscience.

Qu'avait-elle donc fait de son sixième sens ? se demanda-t-elle avec stupéfaction. Certes, elle était restée longtemps inconsciente, et le choc de son empoisonnement lui avait fait perdre une grande partie de ses souvenirs. Mélusine réfléchit à ce qui pouvait avoir entraîné un tel changement. Elle ne mit pas longtemps à trouver la cause : autrefois, toutes les héroïnes étaient éveillées. Or à ce jour, seule Albe l'était encore. Elle resta plantée là, hésitante. Devait-elle réactiver les autres sur qui elle veillait de temps à autre, réveiller la Belle au bois dormant, extraire Cendrillon des glaces de l'Alaska et enfin, sortir Virginia de la stase dans laquelle elle l'avait plongée voilà des siècles, afin de la protéger du mal ?

Ce mal, justement, qu'en était-il à ce jour ?

Mélusine savait que Zita vivait recluse au Chili et qu'Ogota coulait des jours heureux au Japon. Restait Marilyn. C'était elle, la plus dangereuse des trois. Elle avait fui à New York, tentant d'y bâtir un empire de presse. Pour l'heure, c'était là sa seule activité malveillante. Pas de quoi fouetter un chat en somme, pensat-elle rassurée. Pas encore de quoi s'affoler, conclut-elle en se remettant à marcher. Rester attentive, si jamais, à l'occasion, Marilyn reprenait du poil de la bête…

Mélusine décida de réactiver les jeunes femmes trente-neuf ans plus tard. C'était le 4 juillet 2000, date anniversaire de l'indépendance américaine. Elle se trouvait ce jour-là à New York, dans le Queens, plus précisément. C'était la quatrième fois qu'elle rendait visite à Wilhelm Jacob Snösen. Il avait à présent quatre-vingt-onze ans et avait posé ses pénates dans ce quartier où il vivait seul, avec Albe. Elle n'était pas là. Il expliqua à Mélusine qu'elle venait d'être embauchée depuis peu dans le kiosque de Times Square.

Le sergent à la retraite n'était plus dans sa première jeunesse, nota Mélusine, mais il gardait cependant une envie de vivre et une sagacité hors du commun. Leurs rencontres étaient toujours aussi brèves qu'imprévues. Elle lui fournissait de nouveaux papiers, lui demandait des nouvelles d'Albe, puis ils se quittaient aussitôt après.

Cette fois-ci cependant, Mélusine repartit inquiète de son rendez-vous. Un je-ne-sais-quoi la dérangeait lorsqu'elle rejoignit Manhattan. Un sentiment inexplicable mêlant mauvais pressentiment et appréhension d'un danger imminent.

Elle demanda au taxi de la déposer non loin de Times Square. En ce jour de fête nationale, les New-Yorkais avaient paré la ville de ses plus beaux atours pour le plus grand plaisir des touristes présents sur place. Elle marcha le long de la Septième Avenue jusqu'à faire face au kiosque. Elle resta là à observer Albe derrière son comptoir minuscule. La jeune femme ne changeait pas au fil du temps, c'était indéniable, pensa-t-elle. Les clients se succédaient au guichet et elle encaissait leurs dollars en échange de tickets à tarif réduit, se fendant d'un large sourire même pour les plus revêches. Mélusine nota que certains d'entre eux lui contaient fleurette, discrètement ou avec insistance. Albe savait à chaque fois trouver le mot juste — ou ferme — pour calmer les plus entreprenants. À première vue, Albe s'en sortait très bien et elle s'en félicita.

Pas longtemps.

Soudain, une limousine remonta la Septième Avenue. En apparence, rien ne la distinguait des dizaines d'autres qui roulaient sur la chaussée à vitesse réduite, pourtant, la fée sut immédiatement qu'il ne s'agissait pas là d'un véhicule ordinaire. En effet, elle ressentit au plus profond de son être l'aura de sa passagère. Malgré les vitres teintées totalement opaques, elle n'eut aucun doute sur son identité. Marilyn Von Sydow avait retrouvé sa splendeur passée, comprit-elle avec stupéfaction, et elle se maudit d'avoir été aussi peu prévoyante. La sorcière n'avait pas seulement acquis une puissance financière, toute sa personne dégageait un rayonnement maléfique incroyable qui la laissa tétanisée.

Mais ce qui la terrorisa le plus, c'est qu'Albe n'eut aucune conscience de cette ténébreuse présence, elle qui avait eu le don de pouvoir la ressentir à des lieues à la ronde. Elle continuait à plaisanter avec un client comme si de rien n'était alors qu'à quelques mètres de là, Marilyn irradiait sans retenue toute l'intensité de sa noirceur.

Mélusine chancela et, lorsque la limousine disparut dans la circulation dense de l'avenue, elle resta longtemps saisie, en prise à un violent sentiment d'impuissance : la sorcière avait acquis un immense pouvoir en si peu de temps ! Un instant, elle se demanda avec appréhension si son ennemie avait senti sa présence sur le trottoir. Las, elle aurait été incapable de le dire. Plus le temps de tergiverser, elle devait se ressaisir au plus vite. Elle se remit en marche péniblement, comme soudain chargée d'un immense fardeau. Réveiller au plus vite Virginia, la Belle au bois dormant et Cendrillon, c'était le seul moyen d'avoir une force à opposer à la toute-puissance de Marilyn, et de réanimer chez Albe un semblant de pouvoir. Une fois qu'elles seraient toutes les quatre actives, les équilibres seraient peut-être rétablis, du moins en partie…

Restait en suspens une dernière question : devait-elle faire recouvrer la mémoire à Albe sans attendre qu'elle ait réveillé les trois autres ? Elle savait comment s'y prendre pour raviver les souvenirs enfouis depuis des siècles, c'était pour elle l'affaire de quelques secondes. Elle se ravisa rapidement ; cela serait désastreux. Comment Albe réagirait-elle devant cet afflux massif d'informations ? Parviendrait-elle à les gérer, à ne pas sombrer dans la folie ? Non, si elle devait se rappeler sa vie antérieure, il fallait que ce soit progressif, ce qui impliquait de passer des mois à ses côtés. Et du temps, Mélusine venait de comprendre qu'elle en manquait cruellement.

Elle soupira longuement, indécise, quand la solution lui apparut subitement au coin d'un trottoir, le long de la Septième Avenue. Un petit homme se tenait là, indifférent au tumulte des passants en ce jour de fête nationale. Mélusine ne l'avait jamais vu auparavant, pourtant, elle le reconnut immédiatement. Comment cet individu de petite taille s'était-il retrouvé là en même temps qu'elle, qu'Albe et que Marilyn ? Cela tenait-il du hasard ou de quelque chose de plus mystérieux, peu importait à vrai dire. La fée savait que chercher à répondre à ce genre de questions était totalement vain. Le veilleur était arrivé au bon endroit au bon moment, ni trop tôt ni trop tard, seul cela comptait. C'est ce qu'elle en conclut et, alors, l'espoir naquit à nouveau. Aussitôt, elle repartit d'un bon pas en dansant presque une gigue, tellement sa joie était grande. Elle n'aurait pas à s'occuper des souvenirs d'Albe, quelqu'un de mieux placé qu'elle le ferait à la perfection, au moment qu'il jugerait le plus opportun…

Mélusine s'occupa tout d'abord de Virginia. Des siècles plus tôt, juste après la fusion entre le Loup et le Traqueur, elle l'avait plongée dans une espèce de stase avant de l'emmener jusqu'à Londres, afin de la protéger de tout péril. Virginia était la plus précieuse de toutes, elle n'avait voulu prendre aucun risque.

Mélusine possédait dans la capitale anglaise une vieille maison qui lui servait de pied-à-terre lorsqu'elle y séjournait. Elle avait installé Virginia dans une pièce du sous-sol, connue d'elle seule. Au cours de ce mois de juillet 2000, elle s'y rendit et leva le charme qu'elle lui avait jeté. Auparavant, elle avait disposé dans le logement un nécessaire à coudre et des tissus en abondance. Elle savait qu'immanquablement, Virginia retrouverait ses anciens réflexes de couturière, un moyen simple et efficace de lui faire recouvrer rapidement ses esprits.

Mélusine sortit au-dehors et l'observa depuis la rue, à travers la fenêtre. Une fois éveillée, elle ne mit pas longtemps avant de s'emparer d'une pièce de soie noire et d'apprécier son contact entre ses mains. L'avantage avec les êtres merveilleux, pensa la fée en la contemplant découper le tissu comme si la parenthèse des ans n'avait été qu'une simple nuit de sommeil, c'est qu'ils se posaient moins de questions existentielles que les humains. Mélusine avait aussi garni son compte en banque et lui avait fabriqué une fausse identité de toutes pièces. Virginia ne chercherait jamais à savoir depuis quand elle logeait là, pensa-t-elle, elle se contenterait de coudre, une occupation qui suffirait à son bonheur.

La fée se frotta les mains, satisfaite. Le processus de réveil s'était parfaitement déroulé. Certes, c'était elle qui avait endormi Virginia, contrairement à la Belle au bois dormant et à Cendrillon. Il était donc normal que la réactivation se déroulât sans anicroche. À présent, elle était confiante. Elle saurait remettre sur pied les deux autres avec autant de brio, à condition de respecter certaines précautions élémentaires et… légendaires.

En septembre 2000, Pierre d'Armancour de Boisjoly souhaita visiter un château médiéval situé au cœur de la Bourgogne. Il allait alors sur ses trente ans et ses parents, de riches aristocrates descendants directs de Louis XV, avaient décidé qu'il était temps que leur fils se prenne en main. Pierre venait de leur avouer son projet professionnel : créer une chaîne de relais et châteaux de luxe à travers l'Europe. Grâce à son nom, et accessoirement aux millions de sa famille, il rénoverait de vieilles demeures de charme à l'abandon pour les transformer en hôtels quatre étoiles. Ses parents s'étaient réjouis. Justement, le matin même de cette annonce, Pierre venait de recevoir une offre de vente d'une bâtisse médiévale située au nord des Hospices de Beaune. La région était touristique, chargée d'histoire, et Pierre trouva là l'occasion rêvée de lancer sa grande aventure professionnelle.

La propriétaire des lieux, une vieille dame un peu frêle aux cheveux blancs, le reçut avec enthousiasme. Elle lui expliqua qu'elle avait décidé de quitter la Bourgogne pour des cieux plus bleus. Pierre eut immédiatement un coup de cœur pour la demeure. Sa splendeur passée crevait les yeux et, moyennant quelques travaux, il imaginait déjà les possibilités offertes par les lieux : golf dix-huit trous dans l'immense parc arboré, piscine intérieure dans les anciennes écuries, restaurant gastronomique avec chef étoilé…

La vieille dame lui proposa de visiter le château. Ils longèrent l'allée ponctuée d'ifs centenaires et entrèrent par une porte majestueuse dans le hall immense. Les pièces se succédaient, tout aussi impeccablement entretenues qu'aux jours de leur gloire d'antan. Des meubles immenses en bois sculpté ornaient chaque couloir, chaque salon, et des lits à baldaquin d'un autre temps trônaient au centre des chambres à coucher. Pierre restait béat d'admiration. Son avis était fait depuis longtemps : ce château serait le sien dès la fin de la visite.

— Et vous n'avez pas vu le meilleur ! s'exclama la propriétaire en se dirigeant vers un mur situé au fond de la grande salle du donjon.

— Je ne comprends pas !

Elle avait posé ses mains à des endroits précis sur les pierres de taille. Elle exerça une pression légère et le mur pivota comme par enchantement, révélant un étroit corridor doté d'un escalier en colimaçon.

— Où cela conduit-il ? questionna Pierre, ébahi.

— Suivez-moi et vous verrez, dit malicieusement la vieille dame qui avait déjà disparu dans le passage.

Tout en grimpant derrière la propriétaire, Pierre se demanda avec enthousiasme ce qu'il trouverait là-haut. Il savait que bon nombre de châteaux de cette époque recelaient des passages cachés permettant, entre autres, d'espionner les hôtes de marque. Il s'imaginait déjà, établissant ses appartements dans ce lieu inconnu de tous, apparaissant et disparaissant comme un passe-muraille. La vieille dame avait atteint le palier. Elle ouvrit la porte en chêne massif qui grinça sur ses gonds, révélant une pièce immense à peine éclairée.

Pierre entra prudemment dans ce sanctuaire secret, à la fois curieux et saisi d'une folle excitation. Face à lui, une cheminée ornée d'un blason gardait encore les traces noircies d'anciens feux de bois. Des toiles d'araignées s'y balançaient lascivement au gré du courant d'air créé par l'entrée des visiteurs. Il y avait un coffre en bois poussiéreux avec, à côté, un métier à filer d'un autre âge. Sur le sol en pierre, un fuseau avait été négligemment abandonné. Pierre tourna la tête vers la droite et découvrit un immense lit à baldaquin sculpté. L'édredon était creusé comme si quelqu'un avait dormi là récemment. Impossible ! pensa-t-il, cette pièce semblait inhabitée depuis des siècles.

— Ma demeure vous plaît-elle ? demanda sa propriétaire, coupant net sa réflexion.

— Si elle me plaît ? fit-il en se tournant vers elle, elle est merveilleuse !

— Et vous n'avez pas encore vu le parc !

— Inutile.

— J'insiste…

Pierre ne voulut pas la contrarier.

— Très bien, fit-il, allons voir le parc !

Il s'étendait sur plusieurs hectares de terrain. Les chênes, hêtres et érables ombrageaient des rhododendrons et toutes sortes d'arbustes dont Pierre ignorait le nom, mais dont il put admirer la beauté sauvage. Sur le sol, des tapis de fleurs sauvages multicolores égayaient les sous-bois.

La visite était presque terminée. Ils s'en retournaient vers le château lorsque Pierre observa intrigué un entre-lacs de ronces, incongru dans cette symphonie de verdure parfaitement entretenue. Au cœur de cet écrin d'épines, couchée dans l'herbe, une jeune femme blonde dormait à poings fermés. En la voyant, son cœur s'arrêta de battre. Un frisson lui parcourut l'échine tandis que des four-millements envahissaient son corps et que le sang affluait à sa tête, lui faisant perdre toute raison.

— Qui est-ce ? ne put-il s'empêcher de demander en s'approchant d'elle à pas de loup, écartant de ses bras les lianes piquantes, faisant fi de leurs morsures.

— Je ne sais pas, dit la propriétaire avec un sourire en coin. Sans doute une vagabonde qui ne savait où dormir. De nos jours, vous savez, bien des personnes manquent d'un toit où s'abriter et…

Pierre n'écoutait pas. Il n'avait d'yeux que pour cette beauté dont la poitrine, joliment mise en valeur par une robe de soie bleue un peu désuète, montait et descen-dait au rythme régulier de sa respiration. Il s'approcha encore et ne put se retenir de prendre sa main délicate dans la sienne, et de la serrer tendrement.

— Belle dame…

Les mots étaient sortis de sa bouche sans qu'il s'en rende compte. Comme mû par une attirance irrépres-sible, son visage s'approcha du sien et ses lèvres vinrent frôler celles de la belle, y déposant un chaste baiser. Aussitôt, elle entrouvrit les yeux et le regarda d'un air un peu distant.

— Oui… ?

Pierre frémit. Le timbre de cette voix était plus doux que la plus douce des mélopées qu'il ne lui fût jamais donné d'entendre.

— Me serait-il permis de vous demander votre nom ?

— Je m'appelle Isabelle.

Les yeux azur de l'inconnue sondaient ceux de Pierre, hypnotisé par ce ciel si doux à contempler.

— Isabelle, je ne vous connais point encore et pourtant, ce que je sais déjà de vous suffit à me combler de bonheur. M'éloigner à présent de votre personne me serait le plus terrible des supplices.

L'esprit de la jeune inconnue semblait toujours embrumé, sans pour autant rester insensible au compliment.

— Un baiser, glissa-t-elle, à tout prendre…

Avant qu'elle eût fini sa phrase, les lèvres brûlantes de Pierre se joignaient aux siennes. Ses joues rosirent et son regard se fit de braise. Indifférente à tout ce qui l'entourait, elle se laissa emporter par la folle étreinte de ce baiser passionné.

Mélusine recula furtivement, laissant seuls les tourtereaux. Pierre d'Armancour de Boisjoly était vraiment un charmant jeune homme, pensa-t-elle en serrant entre ses mains le fuseau à l'extrémité effilée, la Belle au bois dormant ne pouvait pas mieux tomber pour un réveil romantique.

Elle devait maintenant s'occuper de la dernière des trois. Elle réfléchit longuement à la manière de procéder. Il lui faudrait tout d'abord l'extraire de la gangue de glace dans laquelle elle reposait depuis des siècles, puis la réchauffer progressivement afin de la ramener à la conscience. Cendrillon, la mal nommée pour l'occa-

sion, se remettrait facilement de cette congélation for-
cée, pensa la fée. N'était-elle pas une créature hors du
commun, insensible à ce genre de traitement qui aurait
tué quiconque ?

Resterait à la faire réapparaître de façon plausible et
sûre dans le monde contemporain. Mélusine connaissait
ses penchants invétérés pour les bals et la fête, mieux
valait donc l'éloigner des lieux de tentation, comme la
Californie ou New York. L'Alaska, où Ogota l'avait
expédiée, était une région austère, peu propice à ce
genre de dévergondages. Si elle demeurait vivre là-bas,
pensa-t-elle, il y aurait peu de chances qu'elle se fasse
repérer par Marilyn.

À quelques pas de là, les deux amoureux ne faisaient
plus attention à elle. Mélusine les considéra longuement, assez fière de sa réussite. Virginia cousait sagement des robes à Londres, les tourtereaux roucoulaient
et Cendrillon commencerait bientôt une nouvelle vie au
nord du cercle polaire. Finalement, songea-t-elle, tout
se déroulait à merveille. Elle était si enjouée qu'elle
imagina même une petite mise en scène pour réveiller
Cindy. Une facétie, dont seules les fées avaient le
secret…


Il faisait froid, en cette fête d'Halloween 2000 au
nord de l'Alaska, très froid même. Le thermomètre ne
cessait de chuter depuis que le pâle soleil avait disparu
en début d'après-midi, et la petite ville s'enfonçait pour
plusieurs mois dans la nuit boréale. Cela n'empêchait
pas les enfants de se déguiser et d'arpenter les rues en
quête de friandises, comme le voulait la tradition rapportée par les colons irlandais.

Leurs besaces étaient déjà bien remplies. La cité était petite et tout le monde se connaissait, même si de nouveaux venus arrivaient sans cesse vers cette dernière frontière sauvage, bûcherons à la recherche d'un travail grassement payé, géographes en partance pour le pôle Nord, écologistes en manque de grands espaces, prospecteurs miniers et pétroliers, ainsi que toute une farandole d'excentriques qui faisaient de cette petite ville un melting-pot de cultures vivant en parfaite harmonie avec la tribu indienne autochtone.

Il n'était pas loin de cinq heures du soir et les enfants avaient presque fini leur tournée. La dernière maison à visiter n'en était pas une à proprement parler. Il s'agissait plutôt d'une cabane en bois adossée à une immense serre en verre, chauffée les trois quarts de l'année pour fournir aux habitants de la ville des légumes frais en toute saison. Le maraîcher avait bâti cet ouvrage de ses propres mains trente ans plus tôt, quand la bourgade n'était encore qu'un assemblage hétéroclite de caravanes de bûcherons venus exploiter les forêts voisines.

L'homme était généreux avec les enfants. Le matin d'Halloween, il se levait très tôt. Puis, en un rituel impeccablement rodé, il déposait des poches de bonbons à la guimauve, de chewing-gums et de sucreries en tous genres dans ses cultures de potirons, à leur apogée en cette saison. Lorsque les minots fouillaient ensuite parmi les gros fruits orange, il riait aux éclats devant leurs yeux émerveillés de découvrir, à l'endroit où ils s'y attendaient le moins, soit un paquet de sucettes, soit des chocolats crémeux.

Les enfants aimaient tellement ses serres qu'ils s'en réservaient la visite pour la fin, de manière à terminer leur tournée d'Halloween sur une note heureuse et

jamais décevante. Ce soir, ils étaient une bonne dou-
zaine à frapper contre la porte vitrée toujours embuée.
Comme de coutume, le maraîcher vint leur ouvrir.
Comme de coutume, il recula de frayeur devant leurs
masques et leurs déguisements, faisant rire au passage
une sorcière de cinq ou six ans à peine, tout heureuse
de sa farce.

Puis les petits monstres entrèrent et se précipitèrent
vers le carré de citrouilles, de la taille d'un terrain de bas-
ket. Une aire de jeu idéale dans laquelle ils s'égayèrent,
enjambant toutefois avec prudence les cucurbitacées délicatement posées sur un lit de paille fraîche. Près de
l'entrée, les poings posés sur ses hanches, le propriétaire
les regardait faire, un sourire de gamin flottant sur ses
lèvres.

Un Frankenstein en herbe venait de trouver un paquet
de dollars en chocolat. Il exhiba fièrement sa prise à ses
compagnons qui ne lui prêtèrent même pas attention,
trop occupés à chercher ailleurs pitance de friandises
sucrées. Un squelette poussa un cri de joie en découvrant à son tour une pleine poche de bonbons. Le maraîcher attendait avec un bonheur enfantin la prochaine
découverte. Serait-ce le Vampire qui serait le premier à
hurler, ou bien l'enfant qui avait caché son visage derrière un masque de mort, une faux en plastique à la
main ?

Ce fut finalement la petite sorcière qui retint son
attention, celle-là même qui lui avait fait peur sur le pas
de la porte. Elle se tenait debout devant un amas de
citrouilles, fixant du regard un point sur le sol. Contrairement à ses camarades, elle ne bougeait pas, raide
comme un piquet, tête baissée. Intrigué, le maraîcher

s'avança vers elle. Puis son regard suivit le sien, et ses yeux s'écarquillèrent.

— Elle est belle comme une princesse ! dit alors la petite sorcière.

La princesse en question était belle, pour sûr. Elle aurait gagné haut la main le concours de Miss Alaska, pensa l'homme en admirant sa longue chevelure dorée, son corps en tout point parfait, si seulement elle s'était réveillée céans et avait filé jusqu'à Fairbanks ou Anchorage pour y participer.

Et se faire connaître derechef du jury. Car il ne l'avait jamais vue auparavant dans le coin. Il se frotta longuement la nuque, ne comprenant pas comment cette jeune femme était arrivée jusqu'au milieu de ses cultures de citrouilles sans qu'il s'en aperçoive. Il aurait juré qu'elle ne s'y trouvait pas le matin, lorsqu'il disposait les sachets de bonbons. Sa robe de soie ressemblait à celle portée par les jeunes filles se rendant au bal de promo de fin d'année scolaire, en plus raffinée. Elle n'avait qu'une chaussure à son pied, une sandalette en peau de daim ou en…, il n'aurait su dire. L'autre peton était nu, mais si beau, si parfaitement équilibré dans sa forme et ses proportions, qu'il ne pouvait en détacher ses yeux.

— Très belle, confirma-t-il en s'agenouillant devant elle.

La petite sorcière fit de même à ses côtés.

— Abracadabra, réveille-toi ! lança-t-elle d'un geste parfaitement maîtrisé.

Avec stupéfaction, tous deux constatèrent que la princesse endormie obéit aussitôt à la formule magique. Elle se redressa, ouvrit les yeux et ses lèvres remuèrent, avant que le timbre de sa voix ne résonne dans la serre avec délicatesse :

— Je m'appelle Cindy.

Cette rapide présentation suffit à la faire immédiatement adopter par tous les habitants de la ville. Les circonstances de sa découverte occupèrent les conversations jusqu'à Noël, puis de nouveaux arrivants encore plus étonnants firent passer sa venue au second plan. À la Saint-Sylvestre 2000, Cindy faisait déjà partie du décor. Peut-être certains trouvèrent-ils étrange son apparition, vêtue d'une robe de bal désuète au beau milieu d'une culture de citrouilles. Nul ne lui en fit la remarque. Elle dansait divinement et les soirées dans l'unique saloon de la ville furent illuminées par sa seule présence, une présence très assidue d'ailleurs. Cindy aimait danser pieds nus sur le parquet jusqu'au bout de la nuit, insistant à chaque fois pour que la musique continue de jouer, même après la visite de rappel à l'ordre du shérif.

Car chaque samedi soir, le bras armé de la loi finissait toujours par céder devant tant d'insistance, de grâce et d'entrain, autorisant la soirée à se prolonger encore une heure ou davantage, pour la plus grande joie des noceurs de la ville qui n'en espéraient pas tant. Et pour le plus grand bonheur de Cindy à qui personne, non, personne, ne pouvait résister.

C'était là ce qui faisait son charme.

Et qui provoqua sa chute…

*

Le soir d'Halloween 2000, Marilyn Von Sydow se trouvait dans son bureau donnant sur la Cinquième Avenue. À travers la baie vitrée, elle observait les piétons sur le trottoir en contrebas, analysant avec froideur leur comportement comme un scientifique l'aurait fait pour une colonie de fourmis. Des petits enfants quémandaient des bonbons à des passants. *Offrande ou malédiction*, comme au temps où les druides celtes passaient de maison en maison, sollicitant un don pour le Seigneur des Morts, afin d'épargner les donateurs de sa vindicte. Des adolescents tendirent leur poing vers les touristes, index et auriculaire dressés, le signe du diable. Savaient-ils seulement qu'Halloween marquait aussi le début de la nouvelle année satanique ? pensa-t-elle alors en esquissant un rictus lugubre. Elle se garderait de le leur révéler. Ce n'était pas à elle de gratter le vernis de ce produit commercial qu'en avaient fait les Américains, ceux-là mêmes qui avaient pendu pour sorcellerie des innocents à Salem voilà trois siècles, avant d'exhumer ensuite ce sombre rite celtique et de l'exploiter à des fins mercantiles.

Paradoxalement, Marilyn n'aimait pas cette fête — *sa* fête — pour la simple raison qu'elle ne supportait pas cette représentation des puissances ténébreuses sous un aspect des plus disgracieux. Elle s'était maintes fois demandé pourquoi les êtres humains assimilaient le mal à la laideur. Sans doute pour se rassurer, en avait-elle conclu. Toutes les sorcières qu'elle connaissait étaient plutôt belles, et pas une seule n'était affublée d'un grossier poireau sur un nez crochu. Elle était bien placée pour savoir que la malveillance avait toujours pris de beaux atours, les plus séduisants qui soient, de préférence. *On n'attrape pas les mouches avec du vinaigre*, disait le dicton populaire. Le mal se devait donc d'être d'aspect agréable pour mieux se répandre et sévir, elle avait tôt fait de le comprendre. Dans un univers technologique fondé sur l'image et l'apparence, ses chaînes de télévision et Internet ne servaient-ils pas ses desseins à merveille ?

Le mal se répand d'autant plus facilement qu'il est excusé, savait-elle également, justifié par des prétextes sublimes tels que, par exemple, « *la Raison d'État* », « *la dette des pays pauvres* » ou tant d'autres encore. Des trouvailles technocratiques qui légalisaient les guerres injustes, absolvaient les génocides et les massacres de populations, permettaient l'exploitation des peuples et de leurs richesses. De ce genre de méfaits, ce vingtième siècle finissant en avait eu à satiété, s'en était repu sans cesse, du Nord au Sud, de l'Est à l'Ouest. Marilyn avait festoyé à la place d'honneur, cependant, les événements prenaient aujourd'hui une tournure nouvelle, un virage qu'elle souhaitait négocier au mieux.

Car le monde allait changer. Certes, l'Afrique continuerait à crever de faim et d'épidémies, mais l'Asie s'éveillerait, déstabiliserait les vieilles puissances occidentales, héritières de l'antique Empire romain. Il y avait dans ces bouleversements un champ immense à semer, une matrice fertile prête à accueillir en son sein tout le mal qu'elle comptait y déposer, puis le faire grandir jusqu'à ce qu'elle puisse en jouir éternellement. Restaient encore quelques inconnues dans cette équation au résultat hautement prévisible. Deux, plus particulièrement, la chagrinaient profondément.

La première était la montée en puissance de l'extrémisme islamique. Marilyn savait manipuler les humains avides de pouvoir, d'orgueil, de richesse, ou des trois à la fois. En revanche, elle n'avait jamais pu contrôler ces individus méprisant leur ego au point d'être capables de le volatiliser dans les bombes qu'ils portaient à leur ceinture. En vérité, elle n'arrivait pas à saisir les rouages de leur pensée ; comment pouvait-on renoncer volontairement à la vie dans la fleur de l'âge ?

Cela lui paraissait inconcevable, d'autant plus inconcevable qu'elle-même s'acharnait à demeurer immortelle. Le conditionnement d'esprits influençables, la certitude d'un paradis promis ne lui semblaient pas des raisons suffisantes pour quitter à vingt ans une vie que d'ordinaire les autres humains souhaitaient la plus longue possible. Les kamikazes japonais obéissaient à des codes d'honneur millénaires, les soldats mourant à la guerre se sacrifiaient pour défendre leur famille ou leur pays.

Ces terroristes-là n'entraient pas dans ces schémas de pensée préétablis. À ses yeux, ils demeuraient un mystère insondable, en contradiction totale avec ses propres convictions. Elle avait beau retourner le problème dans sa tête, elle ne voyait pas comment canaliser à son profit cette violence inédite dont elle aurait dû se repaître goulûment. Elle s'était donc résolue à en recueillir les miettes, faute de mieux pour l'instant. Elle avait aussi la certitude que l'Amérique allait trembler bientôt sous leurs coups de boutoir, dès le début de ce troisième millénaire. New York, par exemple, le temple du capitalisme triomphant, ferait une cible de premier choix.

La seconde inconnue n'en était pas vraiment une, à proprement parler. Il s'agissait des quatre filles qui les irritaient, elle et ses sœurs, depuis la nuit des temps. Quatre jeunes femmes qui avaient été inactives longtemps, mais qui, depuis peu, venaient de reprendre conscience. Elle percevait à nouveau leur aura de façon obsédante et dérangeante, comme ce dégoût que l'on peut ressentir en découvrant soudain la pestilence discrète et entêtante des chairs en putréfaction. Elles avaient été réveillées, elle en était à présent certaine. La sensation avait crû depuis le début de l'été. En cette nuit d'Halloween, elle avait atteint son paroxysme.

Elle serra les poings. Mélusine était derrière tout ça, c'était évident. La fée venait d'ouvrir la boîte de Pandore, d'initier l'affrontement final dont il ne sortirait forcément qu'un vainqueur. L'équation se compliquait. Dire que ces variables aléatoires auraient pu disparaître aisément, pensa-t-elle avec rage, si seulement Zita et Ogota avaient daigné l'écouter, en 1941… Elles n'avaient pas alors saisi le danger. Elles avaient toujours été trop insouciantes pour discerner la menace que ces jeunes femmes faisaient peser sur elles trois.

Encore une fois, ce serait à Marilyn de se coller à la tâche.


En cette nuit de la Saint-Sylvestre 2000, sa limousine remontait lentement Broadway. Le bug tant redouté l'année passée, la peur qu'il avait engendrée parmi la population mondiale étaient maintenant oubliés. Certes, cette fois-ci, quelques illuminés avaient cru bon de se suicider pensant que la fin du monde adviendrait avec ce nouveau millénaire. Cependant, Marilyn ne percevait pas ce soir la tension ambiante du 31 décembre précédent.

Pourtant, songea-t-elle, la terreur et l'angoisse ne tarderaient pas à renaître. La grande Faucheuse aiguisait déjà son outil, se préparant à moissonner, non pas cette fois des gerbes de vies humaines sur des champs de bataille, mais des civils, se croyant à l'abri dans des mégapoles de béton. La mort ferait son office en son temps. Pour l'heure, c'était à Marilyn d'agir.

Tout d'abord, mettre Mélusine hors de combat. Facile. D'autant plus facile qu'elle ne devait pas se douter que son ennemie de toujours était à l'affût. Car si Marilyn avait décelé si facilement le retour à la conscience des quatre pimbêches, c'était uniquement parce qu'elle n'avait jamais baissé sa garde, contrairement à la fée, si semblable en cela à Zita et à Ogota.

Elle se concentra et prépara le puissant sortilège qu'elle seule maîtrisait à merveille, sa spécialité depuis la nuit des temps. Un charme opérable à distance qui renforcerait les tendances naturellement nonchalantes de Mélusine. Elle ne se douterait de rien. Certes, elle avait jugé nécessaire d'éveiller les jeunes femmes, car elle avait dû ressentir la puissance considérable de Marilyn. Ses soupçons la concernant s'arrêteraient là. Dorénavant, elle se satisferait de cette situation, n'allant jamais imaginer un seul instant que son ennemie profiterait de son manque de vigilance pour passer à l'assaut.

Marilyn lança le sort, puis regarda la feuille de papier posée sur ses genoux. Elle y avait écrit à la main le nom des quatre filles, comme pour signer son acte, l'inscrire dans la continuité de ces contes où tous ces personnages avaient été relégués.

À elle d'écrire le mot fin.

Satisfaite, elle se retourna : au loin, les tours jumelles illuminées défiaient la pesanteur, tels deux totems géants plantés là pour exorciser les peurs du monde moderne. Elle esquissa un rictus. Tuer ces quatre filles, supprimer ces quatre inconnues de l'équation, il ne resterait plus qu'à contrôler les terroristes. Tôt ou tard, certains de leurs chefs tomberaient forcément sous le charme attrayant du pouvoir. Alors, elle aurait prise sur eux.

Et l'horizon serait totalement dégagé.

*

Franz Schüchtern apprit la mort d'Isabelle de Boisjoly le 2 mai 2011, en passant devant un kiosque à journaux de Broadway. L'information faisait la une du *Wall Street Journal*. Il l'acheta aussitôt et s'empressa de se reporter à la page intérieure qui détaillait le malheur.

L'infirmière bénévole était morte de la maladie du sommeil. L'enquête concluait que l'insecte avait dû se trouver par inadvertance dans l'avion affrété par la chaîne *Sydow Network* transportant des sacs de riz jusqu'au camp de réfugiés. Le vol cargo avait décollé quelques heures plus tôt d'une zone infestée de mouches tsé-tsé, sans qu'aucun insecticide ne soit vaporisé dans la carlingue, contrairement à la réglementation. Une erreur regrettable, déclara le porte-parole de *Sydow Network*, rappelant que ce type d'incident était rarissime.

Franz referma le journal, heurtant au passage un New-Yorkais pressé qui se hâtait en sens inverse sur le trottoir. Le quidam s'excusa, mais lui resta là un bon moment, essayant de se remémorer les circonstances exactes de la mort de Cindy Vairshoe, tragiquement décédée dans la chute des tours du World Trade Center dix ans plus tôt. Soudain, il blêmit et se précipita à toutes jambes vers son appartement. Il prit une boîte à chaussures sur une étagère du couloir et l'ouvrit. De vieux morceaux de journaux jaunis s'empilaient là. Il fouilla dedans jusqu'à trouver ce qu'il cherchait : une coupure datant du 2 septembre 2001, neuf jours avant la chute des tours jumelles. Une jeune femme blonde en maillot de bain une pièce, portant une couronne sur la tête, souriait aux objectifs. En travers de son corps, une banderole indiquait son État d'origine, l'Alaska.

Le sous-titre de la prise de vue rappelait que Cindy Vairshoe venait de remporter le premier concours de mannequins organisé par la chaîne *Sydow Network*. À l'époque, Franz était tombé par hasard sur cet article de presse. Aussitôt, il avait suspecté Cindy Vairshoe d'être Cendrillon. Le nom collait, ainsi que les traits de caractère de la jeune femme. Aussi avait-il conservé précieusement le morceau de journal, sans fétichisme, simplement au cas où…

En se félicitant intérieurement, il sortit l'article suivant de la boîte en carton, celui qui relatait la mort tragique de Cindy en haut de la tour nord du World Trade Center, en ce 11 septembre 2001 de funeste mémoire. Il se souvenait parfaitement de cette anecdote dans la grande histoire. Jusqu'à ce jour, il n'avait vu là qu'une malheureuse coïncidence : Cindy s'était trouvée au mauvais endroit au mauvais moment. En apprenant la mort d'Isabelle de Boisjoly, il réalisa que la chaîne *Sydow Network* était le point commun reliant ces deux décès, ou assassinats…

Restait un dernier détail à vérifier. Il fila jusqu'au cybercafé du coin de la rue et fit une recherche sur Internet. Des fans avaient mis en ligne les photos de l'émission datant de 2001. Cindy Vairshoe y figurait en bonne place, en tant que gagnante de ce premier concours de mannequins.

Mais aussi le dernier. Le concept ne fut pas reconduit

l'année suivante, ni celles d'après, en dépit de chiffres d'audience record. La directrice des programmes évoqua le respect de la mémoire de la gagnante, tuée dans la chute des tours, ainsi que celui des milliers de citoyens américains morts ce jour-là avec elle.

Franz sentit un frisson glacé lui parcourir l'échine. Marilyn avait créé une émission pour attirer Cendrillon dans sa toile. Avec cynisme, elle l'avait ensuite annulée, versant au passage des larmes de crocodile devant l'Amérique en deuil. Cette façon d'agir signait son crime, pensa-t-il en sortant du cybercafé. Il remonta la rue jusqu'à la Septième Avenue d'abord, puis jusqu'à Times Square. Sur le terre-plein central, une longue file d'attente serpentait jusqu'au kiosque vendant des places de spectacle soldées. La guichetière, une jeune femme brune qu'il connaissait, plaisantait avec un client.

Onze ans plus tôt, alors qu'il venait d'emménager non loin de ce quartier proche des théâtres, il avait été surpris de voir Albe à ce guichet. Il l'avait immédiatement reconnue et, passé le premier instant de stupéfaction, avait discrètement mené son enquête. Elle s'appelait désormais mademoiselle Snösen et vivait dans le Queens avec son père. Même s'il n'avait jamais compris comment elle pouvait être toujours en vie — bien que, maintes fois, Innocent lui eût affirmé qu'elle dormait seulement —, il était sûr que c'était sa Blanche-Neige qui se tenait dans ce kiosque.

Par timidité, il n'avait jamais osé l'aborder. Et puis, pensait-il en ces instants d'hésitation, comment lui expliquer sa lâcheté, et celle de ses compagnons qui s'étaient dispersés à travers l'Europe après sa mort ? Seul Innocent, dénué du caractère égoïste propre à tous les nains, avait continué à lui rendre visite.

Pauvre Innocent, arrêté en 1943 en Roumanie tandis qu'il allait se recueillir devant son cercueil ! Franz avait fait cette découverte lorsqu'il avait enquêté après la guerre sur la rafle de ses six amis nains. Un nom revenait dans presque tous les rapports : un certain Otto Friedrich, policier nazi. Il savait que ce fonctionnaire zélé avait forcément été mandaté par un supérieur, car les personnes de petite taille, à moins d'être juives, ne faisaient pas partie des priorités de la Gestapo. Au prix d'une recherche minutieuse et acharnée, il avait fait une trouvaille stupéfiante : en marge de l'un des formulaires tapés à la machine par un fonctionnaire du Reich, Otto avait ajouté une note manuscrite. Il se souvenait au mot près de sa teneur : « *Faites savoir à Frau V.S. qu'Einfältig se trouvait non loin de notre zone de recherche.* »

Innocent s'étant fait arrêter à proximité de la grotte où reposait le cercueil de Blanche-Neige, *Frau V.S.* ne pouvait être que Marilyn Von Sydow, à la recherche de son corps, et accessoirement des nains. Apparemment, avait-il pensé en apprenant ensuite qu'Albe était devenue Mlle Snösen, fille adoptive d'un vétéran de la Seconde Guerre mondiale, l'armée américaine avait mis la main sur elle avant la sorcière.

Mais depuis, Marilyn avait fait assassiner Cendrillon et la Belle au bois dormant. Franz était certain qu'Albe serait la prochaine sur sa liste. Le building *Von Sydow* se trouvait non loin de là, sur la Cinquième Avenue ; pourquoi la sorcière n'avait-elle pas commencé par elle ? La conclusion était limpide : elle ignorait sa présence à New York. Pour l'instant du moins…

Les pensées s'entrechoquaient dans sa tête. Respirer un bon coup, analyser froidement la situation. Il se dit qu'il ne servait à rien d'aller trouver Albe de but en blanc et lui révéler qui elle était vraiment. Lui-même perdait peu à peu la mémoire, alors elle, qui avait subi un long coma...

Une idée lui vint en levant les yeux vers les écrans électroniques géants qui surplombaient Times Square. Un ballet français sur Blanche-Neige était actuellement en représentation exceptionnelle à Broadway. Il retrouva aussitôt le sourire. Il savait maintenant comment s'y prendre. Certes, il devrait se faire violence pour oser l'aborder, mais la vie de la jeune femme était en jeu. Aussi pouvait-il faire un effort, mettre pour une fois un mouchoir sur sa timidité obsessionnelle.

Au fond de lui-même, il se réjouit par avance de cette rencontre. Il avait toujours aimé secrètement Albe, peut-être pas à la manière d'Innocent, si pur et si naïf dans son admiration sans limite, mais suffisamment pour éprouver une immense joie rien qu'à l'idée d'aller lui acheter deux places de spectacle.

Il considéra une dernière fois le kiosque. Il se souvint de ce jour funeste où, en rentrant de la mine, il l'avait trouvée affalée sur le chemin, son regard figé pour l'éternité. Maintes fois par la suite, il s'était reproché de l'avoir laissée sans surveillance, alors qu'ils savaient, lui et ses compagnons, qu'elle avait déjà plusieurs fois échappé à la mort.

Le temps avait passé, les remords s'étaient estompés. Ses amis avaient tous péri dans les camps de concentration, lui seul en avait réchappé. Il repoussa le sentiment effrayant de solitude qui le saisit alors. Si seulement il avait eu Innocent, Albert ou un autre de ses compagnons à ses côtés, la terrible menace que représentait Marilyn aurait été plus facile à supporter. Las, il était le dernier des nains encore en vie. Le fardeau de la sauver incombait dorénavant à lui seul. S'il échouait, songeat-il en écartant aussitôt cette sombre pensée, Albe mourrait et la sorcière triompherait. Innocent, Albert, et tous les autres seraient morts en vain sous les coups des bourreaux nazis. Il se devait de réussir, faute de quoi tous les miroirs du monde refléteraient pour l'éternité son échec, et sa honte.

\*

Il avait plu sur New York et les spectateurs sortaient des théâtres en courant, sautant de-ci, de-là, pour éviter les flaques qui s'étaient formées sur le trottoir. Appuyé contre un poteau de l'autre côté de Broadway, Albert Mürrisch attendait, face à la salle de spectacle. L'affiche lumineuse indiquait le titre du ballet : « *Blanche-Neige* ».

Bientôt, Franz et Albe sortirent à leur tour. Il ne put s'empêcher d'éprouver un sentiment de satisfaction en voyant que son ami avait réussi à surmonter sa timidité pour l'aborder. Le plus dur était fait, pensa-t-il, Franz était doué, il éveillerait ses souvenirs. Albe n'avait pas changé, depuis qu'il l'avait aperçue en mai 1945. Par le biais de ses relations au K.G.B., il s'était renseigné sur les hommes de la *101e division aéroportée* en sa compagnie ce jour-là. L'un d'eux, un New-Yorkais dénommé Snösen, l'avait recueillie.

Les années avaient passé, Marilyn avait retrouvé sa puissance. Elle avait bâti un empire comme personne au monde ne l'avait fait avant elle. Le Loup du Caucase était devenu son allié, puis un double événement imprévu s'était produit : l'assassinat de Cindy et d'Isabelle. Jusque-là, Albert n'avait envisagé que celui d'Albe. Jamais il n'aurait imaginé que la sorcière se débarrasse également des autres filles. À présent, il devrait aussi protéger Virginia, devenue depuis peu la coqueluche des magazines de mode. Une cible facile, en somme.

Franz avait dû arriver aux mêmes conclusions, pensat-il. Il venait d'offrir à Albe deux pommes, une rouge et une verte. Un test simple et astucieux de sa part pour savoir si les souvenirs enfouis de Blanche-Neige pourraient ressurgir. Apparemment oui, car elle prit la verte sans hésiter. Albert s'en félicita. Déjà, il avait trouvé brillante l'idée de l'amener voir ce ballet. Il fut fier de son ancien compagnon. Il était temps de lui révéler qu'il n'était plus seul dans son entreprise.

Le couple dépareillé discutait en descendant Broadway. De l'autre côté de l'avenue, il les suivit de loin. Dès qu'elle eut fini la verte, Franz proposa à Albe la pomme rouge. Elle la refusa poliment. Dès lors, Albert eut la certitude qu'elle retrouverait rapidement ses souvenirs. Lorsqu'elle saurait qui elle était vraiment, elle comprendrait leur démarche, et elle accepterait d'être protégée.

Après plus de soixante-cinq ans de recherches, il avait retrouvé le Traqueur dans un quartier interlope de Moscou. Au départ, l'homme avait paru circonspect. Albert avait eu du mal à entrer en contact avec lui, et plus de mal encore à ce que ce géant taciturne et revêche lui accorde cinq minutes de son précieux temps. Il savait comment s'y prendre. Il lui parla d'abord d'Albe et, immédiatement, il lut dans ses yeux cette lueur si particulière aux amoureux transis. Il se réjouit d'avoir vu juste : il l'aimait toujours.

Lui faire accepter la mission avait été une formalité.

Il devrait tout d'abord mettre Virginia à l'abri du Loup. En la ramenant à New York, lui avait-il expliqué, il pourrait loger non loin de chez elle — et de chez Albe…

L'homme avait dit oui. Il était temps. Les jeunes femmes devaient déjà faire l'objet d'une traque sans merci de la part de Marilyn.

De l'autre côté de l'avenue, Albe monta dans un taxi. Franz regarda le véhicule s'éloigner avant de s'en retourner chez lui. Albert traversa au passage pour piétons et le prit en filature. Simple comme bonjour. Après plusieurs décennies passées en Europe de l'Est, ce genre de pratiques lui était devenu enfantin. Il attendrait qu'il soit devant chez lui pour l'aborder enfin. En vérité, il avait hâte de le retrouver. À ce jour, ses compagnons d'évasion de Mauthausen étaient tous morts. Traverser les âges sans vieillir ne comportait pas que des avantages, songea-t-il en accélérant le pas pour se rapprocher de Franz, qui se sentait suivi.

Il ralentit et se cacha dans une encoignure de porte. Lorsqu'il le rejoindrait, il n'envisageait pas de le serrer dans ses bras, il n'était pas coutumier du fait. Franz, lui, ne pourrait s'empêcher de le faire. Albert ne dirait rien, maugréerait sans doute devant cette marque d'affection. Ensuite, il lui ferait part de ses projets : protéger efficacement Albe et Virginia pour pouvoir enfin confondre les deux salauds qui avaient sévi à Mauthausen, et qui s'étaient refait une virginité avec l'aide de Marilyn.

En proie à une sombre mélancolie, il se rappela la fin de cette guerre, la révélation sans précédent de l'existence de camps d'extermination. Il se souvint surtout de toutes ces personnes qui cherchaient en vain sur d'interminables listes de noms ceux de leur mère, de leur père, de leur enfant, de leurs proches…

Des êtres humains qui avaient eu le tort de naître sous l'étoile de David ou celle scintillant au rythme des violons tziganes. À présent, ils avaient rejoint ce même firmament, criant de là-haut «*justice*» dans un silence assourdissant. Pas seulement justice, pouvait-il presque entendre pour peu qu'il se fût donné la peine de tendre l'oreille, mais aussi : «*Plus jamais ça !*».

## 22

# Crimes et châtiment

Le Loup traîna Albe de force dans les couloirs du building *Von Sydow* et emprunta l'ascenseur qui les emmènerait au dernier étage. Elle n'avait pas eu le temps d'émettre de protestations ou de se rebeller. On ne s'opposait pas à la volonté du Loup, à moins de souhaiter mourir rapidement. Autre chose l'inquiétait, bien davantage que la farouche détermination de la bête. Depuis quelques heures, elle se sentait faiblir de plus en plus. Au départ insignifiant, le phénomène s'était accentué au cours du vol qui la ramenait du Montana à New York. Sa substance vitale s'échappait d'elle, comme l'air s'échappe d'un ballon percé d'un trou infime. Une étrange apathie gagnait tout son corps, une fatigue généralisée allant croissant, l'engourdissant inexorablement, à tel point que le Loup devait la porter à bout de bras de sa poigne solide.

Albe en était à présent convaincue : elle mourrait sous peu, quoi qu'elle puisse faire pour tenter de lutter contre cette lente agonie, dont elle ne s'expliquait pas l'origine.

L'ascenseur s'arrêta et la porte coulissa. Lorsqu'elle pénétra dans la salle de maquillage de la sorcière, elle découvrit un étrange spectacle : Virginia était étendue sur une table, livide, lèvres exsangues, pieds et poings attachés. Quant à Marilyn Von Sydow, elle gisait inanimée par terre, à ses pieds. Le Loup se précipita et huma son visage. Il partit d'un rire sardonique.

— La vie la quitte, ricana-t-il en se laissant choir à ses côtés, bientôt, nous aussi on mourra comme elle. Regarde-toi, tu ne tiens plus debout. Quant à moi…

Albe réalisa alors qu'il était épuisé, certainement pas autant qu'elle, mais tout de même sérieusement affaibli. Elle ne comprenait rien à ce qui se passait, et à cette heure à vrai dire, peu lui importait. Elle venait très certainement de perdre Frédéric. À présent, elle ne voulait pas que Virginia meure aussi. Peut-être qu'eux étaient condamnés, mais elle, on pouvait encore la sauver.

— Il faut débrancher la perfusion ! hoqueta-t-elle en titubant jusqu'à la table d'examen.

— Non ! ordonna-t-il en la poussant violemment.

Elle fut projetée contre le mur. Elle émit un gémissement et s'effondra sur le sol.

— C'est votre faute ! hurla le Loup, fou de rage et de dépit, votre faute à toutes les deux. C'est parce que je t'ai épargnée que je suis devenu cette monstruosité. J'étais un chasseur qui avait une bonne place, des hommes sous mes ordres. À cause de toi, j'ai dû fuir le royaume, poursuivi sans cesse par les maléfices de cette sorcière. Puis c'est à cause de Virginia que le Loup a pris forme en moi.

Toujours accroupi au pied de Marilyn, il gémit, terriblement humain. Il poursuivit d'un ton radouci :

— Qu'ai-je gagné ?

Il baissa ses yeux dorés vers le sol et soupira :

— Autant en finir tout de suite !

Levant son museau, il poussa un long hurlement de souffrance. Albe demeura apathique, trop affaiblie pour réagir. Elle saisissait parfaitement le combat intérieur de cet homme, car c'était le Traqueur qu'elle percevait malgré cet aspect, un des plus horribles auquel il avait été condamné. Elle se souvint de ce jour, lorsqu'il était rentré de la chasse avec des grives qu'il lui avait offertes. Elle imagina les sarcasmes qu'il avait dû endurer de la part des autres participants à la battue, lui, le maître des chenils royaux qui s'abaissait à chercher des oiseaux pour une enfant. Elle songea à sa dignité, malmenée par le souverain et sa suite de nobliaux traquant le cerf et les sangliers. Il avait fait fi des moqueries, il avait offert les grives à Albe. Il était fondamentalement bon. Il l'avait toujours été, il n'y avait aucune raison que cela change à présent.

— Je comprends ta souffrance, mais je te connais, Traqueur, déclara-t-elle péniblement.

Elle ressentait nettement dans son corps les prémices d'une mort qui ne tarderait pas à venir. Elle reprit son souffle et ajouta :

— À Paris, tu as sauvé Virginia, tu l'as ensuite protégée.

Le Loup tourna la tête vers elle et l'enveloppa d'un long regard douloureux qui lui déchira le cœur.

— J'ai fait tout cela pour toi, Albe, pour te retrouver. Pas pour Virginia.

Elle le dévisagea d'un air las, saisissant son tourment. Le Traqueur l'avait aimée depuis le premier jour. Hélas, Marilyn, puis le Loup l'avaient brisé à jamais.

— Tu aurais pu tuer Virginia dès que tu m'as retrouvée, tu ne l'as pas fait.

Le Loup reprenait peu à peu apparence humaine. Il

eut un rictus étrange, et la lueur dorée dans son regard s'intensifia.

— J'ai tenté de le faire. Elle n'était pas dans son appartement.

— Tu aurais pu la retrouver, cela t'était facile. À la place, tu as combattu le Loup qui était en toi.

Ses canines et sa mâchoire avaient repris une taille normale. Son visage se remodelait rapidement, les poils disparurent. Le Traqueur dodelina de la tête et la dévisagea de ses yeux redevenus gris.

— Virginia est l'équilibre du monde merveilleux, expliqua-t-il, c'est elle qui nous relie tous. La fée l'avait dit, dans les bois, mais je ne croyais pas que c'était vrai. Ça l'est apparemment. Si elle meurt, nous mourrons aussi.

— Alors, sauve-la ! Sauve-nous !

— Pourquoi ? Pour devoir vivre encore avec cette part répugnante au-dedans de moi ?

— Tu peux vaincre la bête, tu l'as déjà fait !

— Je suis un monstre, lâcha-t-il tristement.

Albe sentait à présent sa vie la quitter pour de bon, comme sous l'effet d'une hémorragie massive. Elle n'avait presque plus la force de bouger ses jambes, et ne serait-ce que soulever son bras lui demandait un effort de volonté considérable.

— Cesse de t'apitoyer, hoqueta-t-elle, il n'est jamais trop tard pour changer.

Le Traqueur avait encore de l'énergie, il pourrait les sauver toutes les deux, il lui fallait se dépêcher !

— Je suis un monstre, répéta-t-il tête baissée, je ne serai plus jamais un homme.

Il resta prostré, le regard perdu dans le vide.

Rassemblant ses dernières forces, Albe rampa comme elle put vers Virginia. Il ne s'y opposa pas. Elle s'agrippa à la table d'examen, attrapa le bras de son amie inconsciente et arracha la tubulure. Immédiatement, elle sentit au-dedans d'elle l'hémorragie de fluide vital s'arrêter net. En revanche, Virginia était toujours immobile, livide.

Quant au corps de Marilyn, il tressauta subrepticement lorsque la perfusion fut retirée. Elle émergea peu à peu de son coma et reprit connaissance. Elle sembla un instant désorientée, avant de recouvrer totalement ses esprits et de découvrir Albe. Elle partit alors d'un sombre éclat de rire.

— Albe Snösen *alias* Blanche-Neige. Quand je pense que tu étais à ma merci, l'autre jour, et que je n'ai même pas fait le rapprochement ! Il faut dire que je n'ai jamais fait attention aux prénoms du petit personnel, encore moins à leurs visages.

Elle se massa les tempes et ajouta :

— J'aurais dû pourtant. Tu sais que tu aurais pu me tuer, ce jour-là, prendre ma place. Personne au sein du conseil d'administration n'y aurait trouvé à redire : une simple lettre disant que tu étais mon héritière, et le tour était joué.

Elle toisa Albe avec dédain.

— C'est en tout cas ce que j'aurais fait, à ta place. Il faut croire que tu n'es pas née pour régner sur le monde. Quand je pense que ton père te voyait lui succéder sur le trône, quel imbécile ! Heureusement qu'il est mort sans savoir ce qu'était devenue sa *chère enfant*.

Albe ne se laissa pas démonter.

— Virginia doit vivre pour maintenir l'équilibre !

Marilyn renifla dédaigneusement.

— C'est bon, j'avais compris !

Son visage lugubre s'assombrit encore. Elle poursuivit :

— Qu'à cela ne tienne : vous resterez mes prisonnières pour le restant de vos jours. Je vous maintiendrai dans un sommeil artificiel, sans que cela nuise à ma santé.

Puis, prenant appui sur ses avant-bras, elle se redressa.

— Toi, lança-t-elle au Traqueur, aide-moi à me remettre sur pied !

Il s'approcha d'elle et vint l'aider.

— Ainsi, tu es moitié homme, moitié bête, lui dit-elle en se relevant. Peu me chaut après tout. Tu pourras toujours compter sur moi pour assouvir tes désirs.

Elle posa une de ses mains contre son torse et la fit glisser vers son bas-ventre. Elle lui effleura la joue de ses lèvres.

— Qui sait, si je n'aurai pas davantage à t'offrir… murmura-t-elle à son oreille avant de désigner Albe et d'ajouter :

— Empare-toi d'elle !

Le Traqueur dévisagea longuement Marilyn, toujours appuyée contre lui, et la gratifia d'un sourire satisfait. Puis il appliqua sa main gauche sur ses lèvres pendant que son bras droit serrait sa gorge jusqu'à l'étouffer. Avec le plat de son pouce, il appuya fortement sur sa carotide. La sorcière tenta de se débattre, de lancer un sort, en vain. Sa bouche était close, maintenue par sa poigne solide. Les yeux exorbités, elle tomba inanimée dans ses bras quelques secondes plus tard.

— Détache Virginia et enlève-la de la table ! s'écria-t-il.

Albe défit les sangles qui retenaient son amie.

— Je suis trop fatiguée, je n'y arriverai pas !

Le Traqueur désigna du menton la sorcière étendue sur le sol, dont il maintenait par précaution la bouche fermée.

— Empêche Marilyn de parler, je m'en occupe !

Confiant à Albe sa surveillance, il s'empara de Virginia, toujours dans le coma, et la déposa délicatement sur un canapé.

— Elle reprend vie, dit-il, je le sens.

Il se saisit ensuite de Marilyn et la ligota solidement sur la table d'examen en lieu et place de sa victime. Albe s'était redressée. Elle chancela, le visage hâve, les traits tirés. Notant sa pâleur extrême, le Traqueur vint la soutenir.

— Comment ça va ? demanda-t-il en l'asseyant dans un fauteuil.

— Mieux, j'ai juste besoin de me reposer un peu.

— Il faut maintenir Marilyn dans un sommeil profond.

Il fouilla parmi les médicaments posés en vrac sur une petite table et se saisit d'une ampoule dont il lut l'étiquette.

— Je vais lui administrer ce sédatif, poursuivit-il. Ensuite, je veillerai personnellement sur elle. Crois-moi, elle n'est pas près de se réveiller.

Albe se leva péniblement et tituba jusqu'au chevet de Virginia. Se saisissant d'un petit miroir, elle le disposa sous ses narines. De la buée se forma.

— Elle respire ! dit-elle enfin soulagée.

Le corps de Virginia se réanima lentement. Il lui fallut plusieurs heures pour qu'elle puisse bouger ses bras et ses jambes. Ses lèvres ne cessaient de remuer imperceptiblement, fredonnant une chanson :

— *Loup, y es-tu, m'entends-tu, que fais-tu ?*

## 23

## *Ils se marièrent...*

Le printemps était revenu sur New York, et ce mois de mai s'annonçait comme l'un des plus beaux que la ville ait connus. Assise derrière le bureau de Marilyn couvert de dossiers et de notes de service, Albe prenait connaissance du programme de la prochaine réunion du conseil d'administration du groupe. Elle reposa le document et s'étira dans son fauteuil. Au dernier étage du building *Von Sydow*, les sirènes et les coups de klaxon de l'avenue parvenaient étouffés jusqu'à elle.

Depuis le départ de Marilyn, rien n'avait changé sur l'imposant meuble de verre et de métal encombré de paperasses, hormis un cadre photographique posé dans un coin. Le cliché jauni représentait un octogénaire en costume cravate tenant fièrement par l'épaule une jeune femme brune au teint pâle. Derrière, on pouvait distinguer la statue de la Liberté en gros plan, et les tours jumelles de Manhattan dans le fond. Albe prit le portrait entre ses mains et observa longuement la photo. Elle retourna ensuite le cadre, au dos duquel on pouvait lire :

« *Au plus beau cadeau de ma vie, ma petite Albe qui illumine mon existence.* »

Wilhelm Jacob Snösen mourut le 9 septembre 2001 à l'âge de quatre-vingt-douze ans. Un camion fou le faucha sur le trottoir, alors qu'il distribuait de la soupe à des sans-abri du quartier. Albe était rentrée tard ce soir-là dans son appartement et l'avait trouvé étonnamment vide. Il était minuit passé, son père aurait dû être là à cette heure. Lorsque le téléphone sonna un peu plus tard, elle sut immédiatement ce que le policier avait à lui annoncer.

Fichu sixième sens !

Elle aimait son père adoptif plus que tout et cette nouvelle l'avait laissée sans voix, sans le moindre sanglot. Elle ne pleura pas non plus lors de son enterrement dans le petit cimetière du quartier. Ce jour-là, elle se maudit de ne pouvoir arracher la moindre larme de ses yeux. Comment se faisait-il que la mort de son père, qu'elle aimait par-dessus tout, n'eût éveillé en elle aucune émotion de ce genre ?

Mais aujourd'hui, lorsqu'elle reposa la photo encadrée sur le bureau et qu'elle enfouit son visage dans ses mains, une digue émotionnelle céda. Tous les chagrins accumulés au cours des siècles se déversèrent brutalement hors du barrage à présent rompu. Elle laissa couler à flots ses larmes et sa peine retenues. Elle pleura la mort de sa mère qu'elle n'avait su protéger de la duchesse Von Sydow, elle pleura Innocent et les quatre petits êtres martyrisés qui l'avaient recueillie dans leur maison.

Enfin, elle pleura son père qui l'avait élevée, qui avait fait d'elle Albe Snösen, une jeune femme n'ayant plus rien à voir avec la princesse un peu guindée d'avant sa rencontre avec cet homme. Elle pleura à chaudes larmes. Elle sanglota, déversa son chagrin encore et encore, jusqu'à ce que ses yeux lui fassent mal et qu'au bout de plusieurs heures, sa peine se tarisse enfin.

Quelqu'un frappa à la porte de son bureau. Natacha, l'ancienne secrétaire de Marilyn, fit son apparition dans l'ouverture.

— Mademoiselle Snösen, dit-elle d'une voix affectée, Franz Schüchtern et Albert Mürrisch sont ici.

— Merci, Natacha. Dites-leur d'entrer.

Les nains apparurent dans l'encadrement de la porte. Franz sautillait d'un pied sur l'autre comme à son habitude. Cependant, ce n'était pas la timidité, mais la joie qu'il tentait de contenir. En revanche, elle ne reconnut pas Albert. Le petit homme grincheux avait fait place à une personne au regard malicieux qui rayonnait de bonheur.

Les deux derniers veilleurs se tenaient devant elle. Elle songea alors aux cinq autres, qui avaient fait les frais d'une idéologie diabolique, capable de transformer un peuple éclairé en moutons de Panurge corrompus.

Peut-être était-il là, le véritable maléfice, songea-t-elle. Annihiler jusqu'à la moindre conscience de sa monstruosité et faire accepter cet état de fait à l'opinion. Albe se dit qu'il faudrait encore et toujours beaucoup de Cassandre de par la planète ainsi que des veilleurs, prompts à dire non.

Franz fut le premier à se jeter dans ses bras.

— Comme je suis heureux de te revoir ! s'exclama-t-il. Nous venons de rentrer à l'instant d'Allemagne où nous avons témoigné au procès des Fringgs.

— Ça y est, c'est fini, cette fois ?

À cet instant, le visage de Franz s'assombrit. Elle

nota que le même masque était tombé sur les traits d'Albert.

— C'est fini.

Franz baissa la tête pour échapper à son regard. Elle savait qu'il n'en dirait pas plus. Le procès public et filmé du couple Fringgs avait fait grand bruit dans les médias du monde entier. Plus tard, il serait certainement projeté dans les écoles et les lycées comme un témoignage aux jeunes générations. Le carnet de notes que le médecin avait conservé dans son appartement avait produit une forte impression dans la salle du tribunal. Oskar Fringgs avait reconnu les actes consignés dedans. Il déclara avoir agi sur ordre de ses supérieurs, argument rejeté par la cour. Son témoignage permit toutefois d'éclairer certains pans sombres de cette période, alors que, partout dans le monde, des thèses négationnistes pointaient le bout de leur nez. Oskar Fringgs écopa de vingt ans de réclusion, ce qui, pour un homme centenaire, équivalait à la prison à vie.

Une condamnation d'un autre ordre l'avait déjà frappé. Le mépris constant qu'affichait sa femme à son égard l'avait profondément affecté, bien plus que ce procès public. Ce n'était plus le vieux monsieur au port altier, mais un vieillard voûté qui attendait avec résignation le verdict du tribunal. Frida Fringgs quant à elle affronta avec un air hautain ce qu'elle considérait comme une humiliation infamante pour la nation allemande. Elle mourut en prison le soir même de sa première comparution devant la cour, sans avoir un seul instant regretté ses actes passés.

Les nains avaient soldé leurs comptes avec la Seconde Guerre mondiale, mais Albe comprit également qu'ils ne pourraient jamais oublier un tel déchaînement de violence, quand bien même auraient-ils vécu encore pendant des millénaires.

Franz s'était maintenant ressaisi. Il embrassa la pièce du regard et reprit, d'un air qui se voulait enjoué :

— Tu occupes le bureau de Marilyn ?

— Elle me l'a laissé, dit-elle en lui adressant un clin d'œil. La vue est superbe, il serait dommage de ne pas en profiter.

— Ta mère serait fière de toi, murmura-t-il pour elle seule. Innocent et Wilhelm Jacob également, s'ils étaient encore de ce monde.

Marilyn ne dirigeait plus la multinationale depuis quelques mois. Une crise cardiaque aussi brutale qu'imprévue avait mis fin avant l'heure à la brillante carrière de la reine des médias. C'était une jeune femme dénommée Albe Snösen qui avait hérité de l'empire Von Sydow. Les journalistes ne manquèrent pas de se questionner sur cette mort subite, suivie par la nomination d'une simple maquilleuse à la tête d'une des plus grosses multinationales de la planète. Albe éluda le sujet avec brio. Le testament de Marilyn avait été rédigé chez l'un des plus gros cabinets d'avocats de New York et son authenticité était indiscutable. La nouvelle présidente précisa également que la question ne méritait plus de figurer dans les conférences de presse. Les journalistes étaient courageux, pas téméraires. L'affaire de l'entartage était encore présente dans tous les esprits, aussi ces menaces voilées suffirent-elles à calmer leurs ardeurs.

Albe n'était pas du genre à s'en laisser conter. Elle n'avait pas tardé à donner un sérieux coup de balai dans l'organisation interne de sa société. Des dizaines de cadres dirigeants furent licenciés sur-le-champ, en particulier ceux œuvrant dans les activités militaires du groupe. Étrangement, plusieurs ministres en poste à Washington démissionnèrent également peu de temps après. Évidemment, aucun d'entre eux ne s'étendit sur les raisons qui les avaient poussés à s'éloigner aussi subitement du pouvoir. Parallèlement, une vaste action antimafia fut menée un peu partout à travers le monde, envoyant en prison des gros bonnets soupçonnés de divers trafics. Certains journalistes virent là un lien avec le changement à la tête de l'empire Von Sydow, mais personne ne put rien prouver. Bientôt, une actualité encore plus brûlante, le mariage prochain de Mlle Snösen avec le beau Frédéric Materson, occulta rapidement tous ces sujets.

Le jour de leurs noces, plus de cinquante chaînes de télé étaient présentes à l'abbatiale de Conques. Albe était splendide. Sa robe, créée par son amie et témoin Virginia Woolf, était parfaitement assortie aux vitraux noirs et gris de l'édifice.

La mariée entra dans l'église au bras d'un homme de petite taille au visage parfaitement glabre, engoncé dans un costume queue-de-pie. Le témoin de Frédéric était une vieille dame aux cheveux blancs, ancienne starlette d'Hollywood qui posait fièrement aux côtés du jeune homme et de ses parents. Les rumeurs disaient qu'elle avait sauvé Frédéric d'une mort certaine lors d'un grave accident de motoneige.

Les journalistes ne manquèrent pas de mitrailler les invités à la cérémonie, en particulier un nain à la longue barbe blanche qui ressemblait à s'y méprendre à celui qui avait amené la mariée jusqu'à l'autel. Le

petit homme ne cessait de plaisanter et, dans les commentaires des journaux, il passa pour le boute-en-train
de service de cette magnifique journée.

Le Traqueur n'assista pas au mariage. Il devait,
selon ses dires, se rendre en urgence au Turkménistan
afin de neutraliser les cinq bombes atomiques entrepo-
sées dans une cache montagneuse sur ordre de Marilyn.
Il confia à Virginia le soin de remettre à la mariée un
petit paquet à la fin de la cérémonie. La carte de visite
avait été glissée dans le ruban, avec ces quelques mots
manuscrits :

« *Pour la plus belle…*

*Signé,* Traqueur. »

Albe sourit, puis entreprit de défaire l'emballage. Un
miroir ovale apparut à travers le papier déchiré. Elle se
reflétait dedans et l'image prit la parole sans même
attendre d'apparaître en totalité :

— Je vous souhaite le bonjour, belle mariée.

Elle prit un air faussement outré.

— Espèce de flatteur impénitent ! Beau miroir, vous
ne changerez donc jamais !

— *Beau miroir*, dit-il en décomposant volontairement les syllabes, voilà qui est fort plaisant à entendre.
Le pensez-vous réellement ou faites-vous allusion à
votre portrait qui s'y reflète ?

Elle fronça les sourcils et s'offusqua :

— Quel cabotin ! Avez-vous songé un seul instant
qu'il pouvait y avoir d'autres personnes que vous
capables de dire la vérité ?

Le reflet inclina la tête.

— À vrai dire, non. Mis à part cela, auriez-vous des
nouvelles de mon ancienne maîtresse ?

Albe faillit déclarer quelque chose, et se retint au dernier moment. À la place, elle répondit :

— Marilyn est un peu indisposée, elle a décidé de prendre du repos. Et vous, comment avez-vous fait pour ne pas voler en éclats ?

Le reflet sourit.

— De rage, la reine m'a passé un beau matin par la fenêtre. J'aurais dû me briser, mais il s'avère que je suis tombé *recta* dans les douves du château. Le Traqueur m'a repêché un beau matin, et me voici de nouveau devant vous, frais comme un gardon.

— Beau miroir, intervint Albe, mes invités m'attendent...

Il prit un air contrit.

— Je vous promets que je serai muet jusqu'à nouvel ordre, mais, de grâce, ne m'abandonnez pas à un reflet moins doux que le vôtre, cela me briserait.

Elle partit d'un rire clair.

— Vous serez mien à jamais, j'en fais serment.

Sur ce, elle colla ses lèvres sur le miroir et y déposa un baiser. Le rouge à lèvres resta sur le verre, ce qui n'eut pas l'air de lui déplaire, car le reflet s'illumina. Elle remballa avec délicatesse le précieux objet et s'en alla retrouver son époux.

Ce fut un beau mariage.

Ils vécurent heureux.

Quant à savoir s'ils eurent beaucoup d'enfants...

La température de la chambre froide avoisinait zéro degré. La dame brune était allongée sur un brancard, sanglée des pieds à la tête. Un flacon de perfusion, relié par une tubulure plastique à son bras, alimentait le sommeil sans rêves de la belle endormie.

Un prince charmant découvrant une si ravissante personne après mille épreuves aurait sans nul doute succombé à son charme. Sans tarder, il se serait précipité pour déposer sur ses lèvres un baiser. La beauté aurait tressailli imperceptiblement, froncé délicatement un sourcil et papillonné des paupières. Le prince aurait pu apprécier le sombre regard envoûtant qu'elle n'aurait pas manqué de lui lancer, et son noble cœur aurait défailli en croisant ses yeux.

Hélas pour la dame, nul prince charmant passant devant le building *Von Sydow* ne soupçonnerait jamais la présence d'un tel joyau au cœur de l'édifice. Heureusement pour les hommes, le goutte-à-goutte de la perfusion n'était pas près de se tarir.

Il en va ainsi des fables et des légendes. En aucune manière, on ne pourrait concevoir une fin malheureuse. En aucun cas, on ne pourrait écrire :

« ... *un rat s'introduisit dans le bâtiment, gratta avec ses pattes le béton, l'effrita suffisamment au point que celui-ci finît par céder.* »

Aurait-il été attiré par les charmes de la belle ? Ces bestioles ne sont guère versées dans l'amour courtois. Probablement qu'une aura maléfique aurait conduit ses pas jusqu'à cette chambre secrète, cachée de tous. Un maléfice ou, plus vraisemblablement encore, le relâchement de la vigilance des gardiens qui survient tôt ou tard, si l'on cesse de veiller.

Et l'on eût ainsi pu lire :

« *Le rat qui entra dans la pièce obscure huma l'air, ouvrant grand ses pupilles brillantes afin de comprendre ce qu'il faisait là, loin de ses égouts. Ses dents le titillant déjà, le rongeur fit ce qu'il savait faire le mieux : il rongea.* »

On peut aisément prédire ce qu'il advint par la suite :

« *Le goutte-à-goutte de la perfusion cessa.* »

De là à imaginer ce funeste scénario :

« *La sombre dame dormait alors...* »

Pour combien de temps encore ?

*À Sophie Scholl, Max Guedj, Simon Wiesenthal, André Trocmé, Clemens August Von Galen, Mohammed V, Jan Karski, et tous les veilleurs autres que ces sept-là, célèbres ou anonymes, qui ont dit non...*

*À la mémoire du commandant Ahmad Shah Massoud, « Cassandre » assassiné dans un désert d'indifférence, le 9 septembre 2001.*

Note de l'auteur : la traque d'Oskar Fringgs, personnage imaginaire, fait référence à celle d'Aribert Heim,
médecin autrichien S.S. ayant réalisé des expérimenta-
tions médicales sur des prisonniers dans les camps de
concentration de Buchenwald et Mauthausen.

# Remerciements

Un grand merci à tous ceux qui m'ont aidé dans l'élaboration de ce roman, en tout premier lieu Antoinette : tu t'es penchée la première avec bienveillance et indulgence sur le berceau de mon manuscrit, je ne pourrai jamais l'oublier. Merci à Marie-France pour ta traque incessante des anglicismes, mais aussi à Monique, Régine, Fanny, Nicole, Christian, Michelle, Marie-France (encore une…), Christine, Franck, parrain et marraine, Jean-Marc, pour ses conseils techniques avisés sur les voitures de sport allemandes, sans oublier tous ceux qui ont cru en ce projet dès ses débuts.

Je tire mon chapeau à Aurélia, mon éditrice, pour son professionnalisme. La pertinence de ses innombrables commentaires vaut largement toutes les baguettes magiques du monde.

Je tiens enfin et surtout à remercier Hélène, ma première lectrice, pour son infinie patience et ses remarques brillantes, ainsi que la confiance, les avis éclairés et le soutien sans faille de Simon et Rémi.

*Retrouvez l'actualité d'HENRI COURTADE
sur Facebook et sur :
http://henricourtade.blogspot.com*

# DU MÊME AUTEUR

*Aux Éditions Gallimard*
LOUP, Y ES-TU ? (Folio science-fiction n° 439)

*Aux Éditions Les nouveaux auteurs*
LADY R.
LADY A.

*Aux Éditions Lucane*
À LA VIE, À LA MORT

*Cet ouvrage a été composé par IGS-CP*
*à L'Isle-d'Espagnac (16)*
*Impression Novoprint à Barcelone, le 3 décembre 2012.*
*Dépôt légal : janvier 2013.*

ISBN : 978-2-07-044972-9/Imprimé en Espagne